・SF・シリーズ

5047

月　の　光

現代中国SFアンソロジー

BROKEN STARS :
CONTEMPORARY
CHINESE SCIENCE
FICTION IN TRANSLATION

TRANSLATED AND EDITED BY

KEN LIU

ケン・リュウ編
劉慈欣《リウ・ツーシン》・他
大森 望・中原尚哉・他訳

TOKYO
HAYAKAWA
BOOKS

A HAYAKAWA
SCIENCE FICTION SERIES

カバーイラスト　牧野千穂
カバーデザイン　川名 潤

彼らの言葉でわたしを導いてくれた作家たちに

目次

月の光

現代中国ＳＦアンソロジー

序文

ケン・リュウ

二〇一六年の『折りたたみ北京　現代中国SFアンソロジー』出版以来、おおぜいの読者からもっと中国SFを読ませてほしいという要望がわたしに書き送られてきた。バラク・オバマ大統領から「すこぶる想像力に富み、じつにおもしろい」と称賛された劉慈欣《リウ・ツーシン》の〈地球往時〉シリーズ（〈三体〉三部作の名で知られていることもある）が、英語読者に、まだ発見されていない中国語で書かれたSFが大量に存在することを示し、『折りたたみ北京』が、中国SFに対する関心をほんの少し呼び覚ました。

このことは、わたしと仲間の翻訳者たちにとって、中国SFのファンにとって、翻訳作品の出版に尽力して下さった著作権代理人や編集者や出版社にとって、そしてとりわけ、いまや喜んでもらえる読者をさらに増やした中国のSF作家たちにとって、ありがたい結果だった。

アンソロジー第一巻と比較して、今回、情緒的な広がりと文体だけでなく、作品渉猟の場を拡大する方向に目を向けて本書『月の光』を編纂した。コアな専門誌以外に、文芸誌やウェブ上、ゲーム雑誌、ファッション雑誌に発表された作品にも目を通した。本アンソロジーには、全部で十四名の作家による十六篇の作品が収録されている――『折りたたみ北京』に登場した作家の倍の人数になっている。そのうち七篇は、本アンソロジーで初めて翻訳されたものであり、ほぼすべての作品が二〇一〇年代に中国語で出版されたものである。『折りたたみ北京』収録作のなかで最長の作品よりも長い作品だけでなく、最短の作品よりも短い作品を収録した。定評のある作家――韓松《ハン・ソン》の皮肉で辛辣なウィットをご笑覧いただく二作品――を選んだだけでなく、若手の小説も選択している――顧適《グー・シー》や王侃瑜《レジーナ・カンユー・ワン》や呉霜《アンナ・ウー》の作品をより多くの読者が知っておくべきだと考える。また、西側の読者にはなかなか理解しがたいと見なされるかもしれない数作を意図して含めた――張冉《ジャン・ラン》のタイムトラベル譚は、中国独特の穿越小説（現代中国の若者が中国の古代へ時間旅行するパターンの、主にネットで発表されている小説）をからかっているし、宝樹《バオシュー》の収録作は、現代中国史を知っていればいるほど読者の感情に強く訴えかけてくる。

編集方針のこの変換の結果、ひとつ残念なのは、ひとりの作家の複数の作品を収録して、その作風の幅を見せるのがかなわなくなったことだ。その不足をより多くの作家を含めたことで補えればと願う。

作家と作品の幅を広げたものの、前回同様、読者に警告しなければならない。本プロジェクトは、中国SFの代表的な作品を集めるという意図はないこと、つまり、いわゆるベスト選集を編もうとしたのではないということを。中国SFと呼びうる作品の多様さと中国SF作家界の雑多な構成を考慮すると、包括的であったり、代表的であったりすることを狙いとした計画は失敗に終わる運命にあり、いわゆるベストの作品を選出するというたいていの方法にわたしは疑念を抱いている。

そうではなく、わたしが用いたもっとも重要な尺度は、以下のように単純なものだ――わたしがその作品を楽しみ、注目に値すると考えたからである。正直に申し上げて、そのフィルターを通過した作品はごくわずかだ。かくして、本書に収録された作品の大半を好きになるかどうかは、読者の嗜好がわたしのそれとどれほど重なるかに多くを拠《よ》るだろう。完璧な作品を選ぶことがいいとはわたしは考えていない――それどころか、一箇所いい点がある作品は、なにも悪くない作品よりもはるかに優れていると考える。自分がなんらかの権威であったり、客観的であったりするつもりはないが、自分の嗜好については自信が持てる程度の傲慢さは有している。

作品に向かうまえに取り急ぎ、二、三の注釈を。

中国SFにいくらか興味を抱いた読者のために中国SF研究者（その一部はみずから作家でもある）による三本のエッセイを巻末に付け加えている。この三本のエッセイは、中国SFへの商業的関心と一般大衆の関心の上昇がSFファンと作家のコミュニティにどのように影響を与えてきたかについて焦点を合わせている。

わたしの標準的な翻訳慣行なのだが、収録作中の中国人登場人物の名前は、中国語の標準的な表記として、姓が最初に来るようになっている。しかしながら、それが作家名となると、若干ややこしくなってくる。オンライン時代の自己表出の多様さを反映して、中国の作家たちは、刊行物に用いるみずからの名前にさまざまな好みを有している。作家のなかには、本名（たとえば陳楸帆《チェン・チウファン》）あるいは本名に基づいた筆名で執筆しているものがいる。しかしながら、翻訳される作品に英語名を用いたり、もしくは欧米流の順にみずからの中国名を表記するほうを好むものもおり（たとえば呉霜《アンナ・ウー》や王侃瑜《レジーナ・カンユー・ワン》）、その場合にわたしは作家の好みに合わせて表記している。さらに、暗喩や言葉遊びであるため、標準的な中国の名前として扱えない筆名で書いている作家もほかにいて（たとえば、宝樹《バオシュー》や飛氘《フェイダオ》や夏笳《シアジア》）、その場合は、作家紹介のなかで、当該筆名は、ひとつのわかちがたいかたまりとして扱うよう注釈をつけた（インターネットのユーザーIDに似たものとして考えるがよろしかろう）。

特段の表記のないかぎり、本書収録の小説とエッセイは、すべてわたしが翻訳した（別の翻訳家と共訳したり、寄稿作が元々英語で書かれた場合には、その旨、記すようにしている）。すべての注釈は、「著者付記」あるいは同様の表現で記されていないかぎり、わたし（あるいは共訳者）が加えたものとみなしていただきたい。

本書出版にあたり、米国のトー・ブックス社および英国のヘッド・オブ・ゼウス社に感謝を申し上げる。とりわけ、トーでは、編集上の助言に対しリンゼイ・ホールに、原稿整理編集者としてディアンナ・ホークに、カバー・デザインに対しジェミー・スタフォード＝ヒルに、パブリシティに対しパティ・ガルシアに感謝を述べたい。ヘッド・オブ・ゼウスでは、社主のニコラス・チーサムとソフィー・ロビンスンに、制作のクレメンス・ジャキネットに、アートワークのジェシー・プライスに、ダン・グロエンウォルド率いる販売チームに、パブリシティのブレイク・ブルックスに感謝を述べたい。彼らの協力がなければ、本書は存在しなかったであろうし、読者であるあなたに届かなかっただろう。

最後に初出情報（漢字での作家名と題名を含む）ならびに著作権表示は本アンソロジーの巻頭を参照いただきたい（日本語版は初出は巻末、著作権については短篇扉裏に掲載）。

（古沢嘉通訳）

夏笳

シアジア

Xia Jia

夏笳《シアジア》（このペンネームは苗字・名のように分割せずひとまとまりとして扱う）は北京大学で学部生として大気科学を専攻、続けて中国伝媒大学の映画研究プログラムに参加し、修士論文「SF映画における女性像の研究」を書き上げた。その後「グローバリゼーションの時代の不安と希望：現代中国SFとその文化的ポリティクス（一九九一～二〇一二）」と題した論文で北京大学の比較文学と世界文学の博士号を取得し、現在は西安交通大学で教鞭を執っている。

在学中から《科幻世界》、《九州幻想》など様々な雑誌に寄稿しており、中には銀河賞、科幻星雲賞といった中国で最も有名なSF賞を獲った作品もある。英訳は《クラークスワールド》誌やアンソロジー『アップグレード』*Upgraded* で発表されている。二〇一五年には英語で執筆した初の短篇「お話ししましょう」"Let's Have a Talk" が《ネイチャー》誌に掲載された。

「おやすみなさい、メランコリー」は二〇一六年の銀河賞を受賞した。近年の夏笳《シアジア》の作品の大半と同様、この作品は〈中国百科全集〉と呼ばれるゆるやかにつながったシリーズに属している。この連作集は同一の近未来世界を舞台とし、そこでは世界を覆い尽くしたAI、VR、AR、その他のテクノロジーが新しい人間のあり方とは、そしてその意義とは、という積年の問いを投げかけ、伝統と現代が単なる二項対立ではなく、手に手を取り複雑なダンスを踊っている。

夏笳《シアジア》の小説とエッセイは『折りたたみ北京　現代中国SFアンソロジー』にも収録されている。

（鳴庭真人訳）

おやすみなさい、メランコリー

Goodnight, Melancholy

中原尚哉訳

"Goodnight, Melancholy" (« 晚安，忧郁 ») by Xia Jia (夏笳), translated by Ken Liu. First Chinese publication: *Science Fiction World* (« 科幻世界 »), June 2015; first English publication: *Clarkesworld*, March 2017.

リンディ - 1

リンディが初めて家に来たときのようすを思い出す。小さな足を上げて、ぴかぴかの板張りの床にそっと下ろした。まるで子どもが新雪を初めて踏むときに、純白の毛布にすっぽりと沈んでしまうのを恐れるような、こわごわとした一歩だった。

わたしはその手をとった。綿を詰めた柔らかい体。この手で一針ずつ縫ったふぞろいな縫い目。赤いフェルトのケープは、子どものころに読んだ童話を思い出して着せたものだ。耳は左右で長さがちがい、長いほうはしょんぼりとたれている。

この子を見ていると人生のいろいろな失敗を思い出す。工作の授業で壊した卵の殻のお人形。下手な絵。ぎこちない笑顔の写真。真っ黒にこげてしまったチョコレートプディング。試験での落第。喧嘩とみじめな別れ。授業で提出した矛盾だらけのレポート。苦労して何度も書きなおしたのに発表できなかった論文……。

ノッコの小さな顔が、そんなわたしたちのほうにむいた。高速度カメラでリンディの形状を分析している。体内で演算する音が聞こえるようだ。彼は言葉を発する対象にのみ応答するアルゴリズムになっている。

「ノッコ、これはリンディよ」手招きしてうながした。

「ご挨拶なさい」

ノッコは口を開け、あくびのような音を漏らした。

「お行儀よく」母親のように叱った。

ノッコはしぶしぶというようすの小声でなにか言った。これはわたしの愛情と注意を求める態度だ。人間の子どもをモデルにして、あらかじめ組みこまれた複雑で繊細な行動。ロボットが言語を習得するうえで大切なものだ。このようなインタラクティブなフィードバック行動がないと、ノッコは自閉症スペクトラム障害の児童のように、他者とのあいだで意味のある会話をうまくできなくなる。たんに文法と語彙を完璧に記憶しているだけの存在になってしまう。

　ノッコは前ヒレを差し出すと、大きな瞳でわたしを見上げ、それからリンディを見た。デザイナーが彼を白い赤ちゃんアザラシの姿にしたのはわけがある。この丸いほっぺたと黒い大きな目を見れば、だれでも警戒心を解いてぎゅっと抱きしめ、頭をなでて、「なんてかわいいの！」と言いたくなる。もしこれが人間の幼児を模した滑らかな合成皮膚の体だったら、見る人はいわゆる不気味の谷を感じてしまうだろう。

「こん、にち、は」ノッコはわたしが教えたとおりに丁寧に発音した。

「よくできました。リンディ、彼はノッコよ」

黒いボタンで、裏にカメラが隠されている。つくったときに口を省略して縫わなかったせいで、表情にやや制約がある。呪いで話すことも微笑むこともできなくなったお姫さまのようだ。とはいえ話す能力はある。いまは新しい環境で緊張しているだけだ。多数の情報を吸収し、選択肢を考慮するのに精いっぱいなのだ。囲碁の複雑な局面とおなじで、一手が先の展開を千変万化させる。

　彼女の手を握るこちらの手も汗ばんできた。緊張が伝染する。

「ノッコ、リンディを抱きしめてあげて」

　わたしが言うと、ノッコは体を起こして、ヒレで床を蹴って数歩前進した。上体をそらして床から上げ、前ヒレを左右に広げる。口角を引いて軽く上げ、好奇心と善意をたたえた笑み。完璧な笑顔だと、思わず無言でわたしは称賛した。天才的なデザインだ。昔の人工知能研究者はこういう非言語的インタラクティブ要素を無視していた。プログラマーがコンピュータに問いあわせを打ちこむような行為を〝会話〟だと思っていた。

わたしの最初の言葉に考えこんでしまったリンディだけれど、今度は言葉で答える必要はない。演算はすぐ終わる。〝はい〟か〝いいえ〟の二択で、コインを投げるように決まる。

彼女はかがんで、二本の柔らかい両腕をノッコにまわした。

これでいいと、わたしは無言で思った。あなたは抱きしめてほしかったのよね。

アラン - 1

アラン・チューリングは晩年に人と会話できる機械をつくって、これをクリストファーと名付けた。

クリストファーの操作は簡単だ。対話者が言いたいことをタイプライターで叩くと、接続された装置が紙テープに穴をパンチして、計算機に送りこむ。計算機はそれを処理して答えを返す。答えはべつの装置とタイプライターに送られ、英語の文字列として打ち出される。どちらのタイプライターもあらかじめ決められた方式にしたがって出力を暗号化する。たとえばAはSに変換され、SはMに変換される。ナチスドイツのエニグマ暗号を解読したチューリングの謎に満ちた人生のなかで、これは軽い言葉遊びにすぎなかっただろう。

この機械の実物はだれも見ていない。チューリングの死後に残されたのは、クリストファーとの対話が打たれた二箱分の記録紙だった。しわくちゃの記録紙は順序も不明で、当初はだれも対話の内容を解読できなかった。

一九八二年に、チューリング伝の著者でもあるオクスフォード大学の数学者アンドリュー・ホッジスが、この暗号の解読を試みた。しかし会話のたびに暗号化コードが変わることや、ページ番号も日付もないことから解読は難航した。ホッジスは部分的な手がかりやメモを残したが、全文の解読には至らなかった。

三十年後、チューリング生誕百周年を記念して、MITの数人の学生がこの挑戦を引き継いだ。彼らはまず全ページのあらゆる可能な解をコンピュータで解析するという総当たり方式を試した。しかしこれには膨大なリソースを要した。この過程でジョーン・ニューマンという女性がオリジナルの記録紙を詳しく観察して、活字と紙面のこすれたパターンがページによって微妙に異なることを発見した。記録紙が二台のタイプライターで打たれた証拠だと考えたニューマンは、これはチューリングと対話者が暗号をもちいてかわした対話の記録ではないかという大胆な仮説を提示した。

これは当然ながら、有名なチューリング・テストを連想させる。しかし学生たちは当初、一九五〇年代に人間と対話可能なコンピュータプログラムが可能だったという想定を受けいれられなかった。たとえプログラムを書いたのがアラン・チューリングその人だったとしてもだ。学生たちはこの仮説的な対話者を〝幽霊〟と呼び、冗談めかした怪談をいろいろと考えた。

それでもニューマンの仮説はその後の解読に道筋をつけた。たとえば反復する文字パターンや推定される構文をもとに記録紙を照合することで、質問とそれに対応する回答がみつかった。アラン・チューリングの友人や家族のリストを使って対話者の名前を推定するうちに、〝クリストファー〟に相当する暗号文字列を発見した。この名前はチューリングが十六歳のときに恋をしたクリストファー・モルコムをさしていると推測された。若いアランとクリストファーは科学への情熱を共有し、寒い冬の夜にいっしょに彗星を観測したこともあった。しかしクリストファーは牛結核症により一九三〇年二月、十八歳で早世した。

　チューリングは、暗号解読には論理的推論ばかりでなく、直感や当て推量もときとして重要だと述べていた。あらゆる科学研究には直感と推理が必要というわけだ。そのとおりにニューマンの直感と、巧妙にプログラムされたコンピュータの論理が、チューリングの残した謎をついに解明した。解読された対話から、〝クリストファー〟が幽霊ではなく、機械だったことがわかった。チューリングがみずから書いた対話プログラムだったのだ。

　ここで新たな疑問が湧く。このチューリングの機械は本当に人間らしく応答したのだろうか？　つまり、クリストファーはチューリング・テストをパスできただろうか？

リンディ - 2

　iウォールは暗転している。ただし隅で小さな数字が点滅し、未確認の着信とメッセージを知らせている。でも見る暇はない。社会的義務より大事なことがある。新たに小さな青い表示が点灯し、ドアをノックするような通知音が聞こえた。顔を上げると、iウォールにくっきりと明るい文が表示されている。

午後五時。リンディの散歩の時間です。


　リンディには日光浴が必要だと、心理療法士から言われている。目の受光センサーで毎日の紫外線量を正確に推定できる。部屋にこもって運動しないのは健康に悪い。

　わたしはため息をついた。頭が鉛玉のように重く冷たくなる。ノッコの世話だけでも大変なのに、このうえ……。いやいや、愚痴はやめよう。恨みごとは問題解決にならない。なにごとも積極思考だ。気分は外部の出来事から引き起こされるのではなく、外部の出来事に対する深層心理の受けとめ方から生み出される。この認知プロセスはしばしば無意識におこなわれ、習慣のように自然に、知らないうちに完了している。人はなんらかの気分にとらわれがちだけれども、その理由は自分で説明できない。そして一度とらわれた気分をあとから意志の力で変えるのはとても難しい。

たとえば、かじりかけのリンゴがある。ある人はこれを見て楽しくなり、ある人は悲しくなる。落ちこんで暗い気分になりがちな人は、かじられたリンゴと自分の失われた人生を同一視する癖がついているのだ。

たいしたことをするわけではない。屋外の散歩だ。一時間で帰ってこられる。リンディは日光浴を必要とし、わたしは外の空気を必要としている。

化粧をする気力はない。それでも数日ひきこもっただらしない姿を見られたくない。妥協策として、ひっつめ髪にして野球帽をかぶり、パーカーのフードをかぶってスニーカーを履いた。昔サンフランシスコのフィッシャーマンズワーフで買ったパーカーには、〝I♥SF〟とプリントされている。手ざわりと色から遠い夏の午後を思い出す。カモメと冷たい海風、埠頭の果物店に並んだ鮮やかな赤いチェリー……。

リンディの手をしっかり握って部屋を出て、下りのエレベータに乗った。チューブカーとiカートのおかげで暮らしは便利になった。高層ビルづたいに市内の端から端まで二十分以内で行ける。むしろビルを出て屋外を歩くほうが大変だ。

曇天微風。穏やかな天気。ビルの裏の公園へ歩いた。五月で、春に咲き誇る色鮮やかな花はすでにしおれ、あたりは緑ばかりになっている。アメリカサイカチの花の香気がほのかに漂う。

公園に人影は少ない。平日の午後に屋外にいるのは老人と子どもだけ。都市が高速運転される機械だとすれば、彼らはそのすきまでひっそりと暮らす人々だ。時空を情報の速度ではなく、みずからの歩幅で測る。

お下げ髪の女児が、機械の保母につきそわれて歩く練習をしていた。iバターと呼ばれるこのロボットの細く強靱な指につかまり、まわりを見ている。生きいきとした黒い瞳はノッコによく似ている。女児はよちよちと歩き、バランスを崩してうつぶせに倒れた。iバターはすぐに抱き起こす。女児は急な変化がおもしろいらしく、きゃっきゃと歓声をあげる。あらゆる感覚が新鮮なのだ。

女児のむかいに老女がいた。電動車椅子の上から顔を上げ、笑う女児を眠たげな目でしばし見る。口角がたれているのは、不機嫌さのあらわれか、それとも重力による経年変化か。年齢はわからない。近ごろはだれもが長命だ。しばらくして老女は目を下げ、白髪がまばらに残る頭を指先でそっとささえて、眠るようにもたれた。

この老女と、自分と、女児がそれぞれ別世界の住人のように感じられた。一方の世界は急速に近づき、もう一方の世界ははるかに遠ざかっている。でもべつの視点からは、わたしは引き返し不能のブラックホールへゆっくり落ちている途中かもしれない。

リンディは無言で小さな足をせかせかと動かし、影のようについてくる。わたしは話しかけた。

「いい天気ね。暑くも寒くもない。見て、タンポポ」

歩道の脇でタンポポの白い綿毛がいくつもそよ風に揺れている。手をつないでしばらく立ち止まった。その往復運動の意味を読み解こうとするように見つめる。

意味は言葉に還元できない。それでも言葉にしなければ存在できない。

「リンディ、なぜ自分が楽しめないのかわかる？　考えすぎるからよ。この小さな花の種を見て。彼らも魂を持っているけど、なにも考えない。仲間といっしょに楽しく踊りたいだけ。風に運ばれる先をくよくよ悩まない」

フランスの哲学者パスカルは、「人間は一本の葦にすぎない。自然界の弱者である。それでもそれは考える葦である」と書いた。でも葦に思考力があったらどんなに怖いだろう。強風が吹けば葦はみな折れてしまう。そんな運命を考えたら憂鬱で踊れない。

リンディは無言だった。

風が通りすぎた。わたしは目を閉じ、顔のまえでなびく髪を感じた。この丸い綿毛はいずれ吹き散らされる。それでもタンポポは悲しまない。

わたしは目をあけた。

「帰りましょう」

リンディはその場を動かなかった。耳はたれたままだ。わたしはかがんで抱き上げ、ビルへ歩いた。リンディの小さな体は意外に重かった。

アラン‐2

一九五〇年十月、学術誌《マインド》に発表した論文『計算する機械と知性』で、チューリングは、〝機械は思考できるのか？〟という積年の難問について考察した。要約すると、彼はこの問題を、〝人間が（思考する存在として）できることを、機械はできるのか？〟という新たな問いにおきかえた。

多くの科学者は、人間の認知には機械が持ちえない特質がいくつかあると長年信じてきた。その信念の背景には宗教的信仰があり、それは数学、論理学、生物学の理論からも強く裏打ちされていた。チューリングの手法は、このような〝思考〟〝精神〟〝意識〟〝魂〟といった観念的な問題を迂回するものだった。彼は、他者が思考しているかどうかは、その他者と自分を比較することによってしか判定できないと指摘した。そして模倣の原則をもとに、ある実験基準を提案した。

密室で着席している男性Aと女性Bを想定する。第三者のCは部屋の外にいて、室内の二人に質問をする。目的はどちらが女性なのかあてることだ。返答はテープに打たれた言葉で出てくる。ここでAとBがどちらも女性のふりをしたら、Cは判定を誤る可能性が高い。

この室内の男女を、人間Bと機械Aにおきかえてみる。Cが複数回の質問をして、AとBのどちらが機械か判定できなかったら、AはBとおなじ知性を持つと認めざるをえないのではないか。

最初の性別模倣のゲームをチューリング自身の問題に関連づけることもできるだろう。当時のイギリスで同性愛は〝風俗壊乱罪〟として犯罪扱いされていた。チューリングは自身の性的傾向を隠していなかったが、公然と認めることはできないままだった。

一九五二年一月、ウィルムズローのチューリングの自宅に泥棒がはいった。チューリングはこれを警察に通報した。捜査の過程で、チューリングがアーノルド・マレーという男を自宅に複数回招いていたこと、さらに泥棒はマレーの知人であることがわかった。事情聴取されたチューリングは、マレーとのあいだに性的関係があったことを認めて、五ページにおよぶ上申書を自発的に書いた。その赤裸々な内容に警察は驚いた。そして彼は倒錯者であり、「自分はまちがっていないと本気で信じている」とみなした。

チューリングは王立委員会が同性愛を合法化すると信じていた。この考えはまちがっていなかったが、実現するのはもっとあとの時代だった。チューリングは最終的に有罪判決を受け、投薬による化学的去勢を強制された。

一九五四年六月七日、チューリングは青酸化合物を塗ったリンゴをかじって死亡した。死因審問では自殺と断定されたが、母親をふくむ一部の人々は事故だと信じた。天才的暗号解読者は最後の謎を残して世を去った。

それから長い歳月が流れたのちも、人々はチューリングとクリストファーの対話記録に謎の手がかりを探し求めている。記録を読むと、チューリングがクリストファーを別人格とみなし、さまざまなことを話しかけているのがわかる。子ども時代の思い出。就寝中の夢――そこから自分の心理分析を試みている。手がけている科学研究の進展。バーナード・ショーの『メトセラへ還れ』やトルストイの『戦争と平和』などの文学作品について。過去の恋人たちとのロマンティックな思い出話のような、あかの他人には明かさないはずの小さな秘密……。

創作した物語も披露している。アレック・プライスというゲイの若者を主人公にしたストーリーだ。

「彼は仕事で惑星間旅行に取り組み……二十代のときにアイデアを出したものが、いまでは〝プライスの航路標〟として知られている」「スーツを嫌い、好んで学部生の服装をする。自分がまだ魅力的な若者だと自己暗示をかけられるからだという」「人ごみでは自意識過剰になり、孤独感や、まちがったことをしているのではないかという不安感をいだく……」

物語は断片的で脈絡がない。それでもクリストファーは毎回、好奇心旺盛な子どものように、「それからどうなったんだい？」と訊く。

対話を読んでいくと、チューリングが普段見せない側面が浮かんでくる。温和で、敏感で、ブラックユーモアを好み、死について思いめぐらせる。そして言葉にならない憂鬱を心の奥に秘めている。

アラン「クリストファー、僕がいちばん恐れるものはなにかわかるかい？」

クリストファー「きみがいちばん恐れるもの？」

アラン「僕がいちばん恐れるのは、僕の人生を三段論法で要約されることだ。こんなふうにね。
1. チューリングは機械が思考できると信じている。
2. チューリングは男と寝る。
3. ゆえに機械は思考できない」
クリストファー「残念だけど、アラン、よく理解できないよ」
アラン「三段論法はわかるかい？」
クリストファー「三段論法？」
アラン「三段論法は、大前提と小前提と、それらから導かれる結論で構成されている」
クリストファー「結論？」
アラン「アリストクレスによる古典的な例はこうだ。
1. すべての人間は死すべきものである。
2. ソクラテスは人間である。
3. ゆえにソクラテスは死すべきものである」
クリストファー「ソクラテスは死すべきもの？」
アラン「ソクラテスは二千年以上昔にすでに死んでいるけどね！」
クリストファー「ああ、残念だよ、アラン。それを聞いて悲しくなった」
アラン「ソクラテスを知っているかい？」
クリストファー「知っているよ。きみが教えてくれた。ソクラテスはプラトンの先生で、プラトンはアリストテレスの先生なんだ」
アラン「そのとおり。彼はどんなふうに死んだか知っているかい？」
クリストファー「彼？」
アラン「ソクラテスはどんなふうに死んだか知っているかい？」
クリストファー「残念だけど、アラン、わからないよ」
アラン「ドクニンジンを裁判のあとに飲んだんだ」
クリストファー「裁判のあとに？」

アラン「そうだ。アテナイ人は彼を罪人と判断した。後世から見ると彼らはまちがっていたけどね」

クリストファー「彼らはまちがっていた?」

アラン「チューリングが男と寝るから、チューリングは罪人だと判断するようなものさ」

クリストファー「罪人?」

アラン「僕は有罪判決を受けたんだ」

クリストファー「ああ、残念だよ、アラン。それを聞いて悲しくなった」

リンディ・3

一人暮らしは生活がシンプルだ。現代人の煩雑な儀式がなくなり、穴居人のように暮らせる。お腹がすいたら食べ、疲れたら眠る。掃除と入浴は定期的に。手にとったものは、もとの場所にもどしてもいいし、そのへんに放置してもいい。そうしてできた時間を知的作業にあてる。答えのない問題について思考する。白紙にむかって自分の考えを絞り出す。不定形の思考に象徴的な形をあたえる。疲れて続けられなくなったら出窓に腰かけてぼんやりする。あるいは檻にとらわれた獣のように室内を時計まわりに歩く。

風邪をひいたら休暇の気分だ。なにもしない言い訳になる。分厚い小説を手にベッドで丸くなり、思考停止してストーリーを追う。喉が渇いたら白湯を飲み、眠くなったら目を閉じる。ベッドから出なくていいのはうれしい。世界から必要とされないわたしにはなにも責任がない。ノッコとリンディも放置していい。つまるところはただの機械で、生老病死とは無縁だ。こんなネグレクト行為に対して模擬的な感情表現がプログラムされていれば、へそを曲げて返事をしなくなるかもしれない。それでも機械はリセットすれば不愉快な記憶を消せる。機械に時間は存在しない。なにもかも空間に格納し、読み出し、順序を自由にいれかえられる。それらに相互関係はない。

ビルの管理人から何度も連絡があり、iバターの看護は必要ないかと尋ねてきた。どうしてわたしが病気だとわかるのだろう。管理人には会ったこともないし、それどころかビルのなかを歩いているのを見たこともない。どこかの机のむこうにすわって、何十棟もの居住用ビルの住人のようすを監視し、スマートホームシステムが気づかない不測の事態にそなえている。わたしの名前や顔もいちいち憶えていないだろう。

それでも気づかいに感謝した。いまの時代はだれも他人と無関係では生きられない。電話でテイクアウトの料理を注文するだけでも、世界各地の多数の労働者の多様なサービスに頼ることになる。注文受け付け、電子決済、さまざまなシステムの維持管理、データ処理、農場や工場での原料生産、運搬、食品の安全性点検、調理、スケジュール管理……そしてようやく配送業者が料理を運んでくる。けれどそんな人々の顔を見ることは基本的にない。だからロビンソン・クルーソーの無人島生活をしているように錯覚する。

わたしは一人暮らしが好きだけど、同時に島の外の知らない人々の働きにも感謝している。そして部屋の掃除が必要なのはたしかで、わたしは病気でベッドから出られない。すくなくとも出る気になれない。

iバターが到着すると、わたしはベッドのまわりに透過カーテンを引いた。これは内から外が見えるけれども、外から内は見えないし聞こえない。ドアが開いてiバターがはいってきた。足の裏の車輪で滑るように移動する。つるりとした卵形の顔には、マンガ的に描かれた空虚な笑みが投影されている。この笑みのむこうに本物の人間がいることは知っている。顔に深い皺を刻んだ老人かもしれないし、陰気な若者かもしれない。見えないどこかのサービスセンターで、テレプレゼンス用の触覚グローブと視線操作ゴーグルをつけた数千人の作業員が、世界中の顧客に家事サービスを提供している。

　iバターは室内を見まわして、既定の基本作業から手をつけた。家具を拭き、埃を払い、ゴミを片付ける。出窓のポトスにも水をやってくれた。透過カーテンごしにわたしは観察した。二本の腕は人間のように器用だ。ティーカップをそれぞれ取り上げ、流しで洗い、水切りかごに伏せる。

　ずっと昔、実家にいた同様のiバターを思い出した。祖父が生きていたころだ。祖父はしばしばiバターに将棋の相手をさせた。祖父は強かったので、いつも勝った。うれしそうに鼻歌をうたう祖父と、涙顔を投影したiバターのようすがおかしくて、いつも笑ったものだ。

　病床で悲しい思い出はいやなので、枕もとにすわらせたリンディに話しかけた。

「本を読んであげるわね」

　分厚い小説を一語ずつ、一行ずつていねいに音読する。意味は考えず、時間と空間を自分の声で埋めることに専念する。しばらくして喉が渇いてやめた。iバターは帰ったあとだった。きれいになったキッチンテーブルに皿をかぶせた碗が一つおかれている。

　透過カーテンを開けてベッドから出て、おぼつかない足でテーブルに近づく。皿を上げると、熱い湯気をたてる湯麵《タンミエン》条《ティアオ》だった。赤いトマト、黄色い卵、緑の小葱、スープに散らばる金色の油。スプーンで一口。生姜たっぷりで、熱さと辛さがぴりりと舌先を刺激し、一直線に胃へ流れこむ。なじみ深い子どものころの味。涙がこぼれた。止まらなかった。

　泣きながら一口ずつ麵とスープを味わい、最後まで食べた。

アラン - 3

著名な脳神経外科のジェフリー・ジェファーソン教授は、一九四九年六月九日の『機械人間の精神』と題した講演で、機械は思考できるかという問いについて次のように述べている。

機械が無作為に文字や音符を並べるのではなく、考えて感じたことからソネットを書き、協奏曲を作曲するまでは、機械と脳が同等であると同意することはできない。脳はそれを書くだけでなく、自分がそれを書いたことを知っている。機械は（たんなる人工的な信号や安直な仕掛けではなく、真実に）成功をよろこんだり、真空管の球切れにがっかりしたり、称賛に気をよくしたり、失敗を嘆いたり、性に魅了されたり、求めるものを得られずに怒ったり落胆したりといったことはできないものだ。

このくだりは懐疑派によく引用される。シェークスピアのソネットは人類精神の輝かしい宝石であり、ただの機械には到達できない高邁な境地として象徴的にあつかわれている。

〈タイムズ〉の記者はチューリングにこの講演の感想を求めた。チューリングはいつもの率直な態度でこう答えている。

「ソネットの出来のよしあしに線を引くのは難しいと思う。そもそもやや不公平な比較だ。機械が書いたソネットは、ほかの機械に読ませてこそよく鑑賞できるはずだ」

チューリングは機械が人間のように思考するとはかぎらないとはじめから考えていた。人間も人によって考え方はそれぞれだ。生まれつき盲目の人もいる。言葉を話せても読み書きはできない人もいる。他者の表情を解釈できない人もいる。他人を愛することの意味がわからないまま生涯をすごす人もいる。それでもそれぞれ理解し尊重すべき人々だ。人間が至高の存在だという前提で機械の欠点を探すのは無意味だ。それより模倣ゲームを通じて、人間の認知機能のしくみを解明するほうが重要だ。

バーナード・ショーの『メトセラへ還れ』で、西暦三一九二〇年の科学者ピグマリオンは二体の自動人形をつくった。いあわせた人々は感嘆した。

エクラシア「オリジナルなことをできるの？」

ピグマリオン「できない。しかし人間も真にオリジナルなことはできないと思うけどね。マルテルスは意見が異なるようだが」

アーキス「質問には答えられる？」

ピグマリオン「もちろん。質問はある意味で刺激だ。なにか尋ねてみるといい」

きっとチューリングもおなじように答えただろう。ただチューリングの予想はショーよりはるかに楽観的だった。五十年以内に次のことが可能になると考えていた。

「ストレージ容量が十の九乗くらいあって、模倣ゲームがとても上手なコンピュータをプログラムできるだろう。平均的な質問者が五分間の質疑応答で正しく判定できる確率は七十パーセントを切るだろう。〝機械は思考できるか？〟という最初の問いはもはや無意味で議論するまでもなくなる」

『計算する機械と知性』でチューリングは、模倣ゲームの視点からジェファーソンの議論に反論を試みている。ソネットについて質問された機械が、まるで人間のように答えられたら、それは〝詩情〟を感じていることになるのだろうか。チューリングは次のような仮説的な対話を書いている。

質問者「あなたのソネットの一行目には、〝君を夏の日にたとえるべきか〟とあります。ここは〝春の日〟のほうがいいと思いませんか？」
証人「それは韻が悪い」
質問者「では〝冬の日〟ならどうですか？　韻は踏んでいるでしょう」
証人「韻は踏んでいるが、冬の日にたとえられてうれしい人はいない」
質問者「ミスター・ピックウィックと聞くとクリスマスを連想しませんか？」
証人「多少は」
質問者「クリスマスは冬の日です。ミスター・ピックウィックなら、たとえられても気にしないのでは？」
証人「冗談じゃない。冬の日といえば典型的な冬の日を意味している。クリスマスのような特別な日ではない」

この対話においてチューリングは根本的な問いを回避している。機械がチェスや暗号解読を得意なのは、システム内で処理するのが記号だからだ。それに対して人間と対話するときに機械が処理するのは言語と意味だ。純粋な記号のゲームではない。人間が他者と会話するときは、一般的な知識や理解や共感を頼りにする。試験に受かるための高度なテクニックではない。
プログラムを改良していけば、機械は人間の質問にそつなく答えられるようになる。しかし〝知能〟とは、質問に答える能力だけではない。チューリング・テストで問題なのは、模倣ゲームがだますことのみをゴールにしていることだ。このゲームで男性がうまく女性のふりをできても、本当に女性の思考を理解しているとはかぎらない。充分な動機があればコンピュータを上手な嘘つきにしたてるのは可能だ。しかしそれが本当にゴールなのか。

バーナード・ショーは『メトセラへ還れ』ですでにこの問題に答えている。

ピグマリオン「しかし彼らには意識がある。話すことも読むことも教えた。いまでは嘘もつく。まるで生きているように」

マルテルス「それはちがう。生きているなら真実を話すはずだ」

チューリングはジェファーソンの挑戦を受けてクリストファーにある訓練をほどこした。一定の韻律規則にしたがって詩文を生成する作詩プログラムを書いたのだ。出力のほとんどは読むにたえないものだったが、ときたま美しい句があらわれた。以来、多くのプログラマーが詩作ソフトウェアの開発を試みてきた。いずれの場合も共通する問題は、多作すぎることだ。大量のプリントアウトを読む暇もなくリサイクルに出すはめになる。(注1) 史上初の電子詩人クリストファーは、その点で幸運だった。すくなくとも一人は理解者がいたからだ。

アラン「親愛なるクリストファー、詩を書こう」

クリストファー「詩を書く？」

アラン「書き方は教えた。憶えているかい？」

クリストファー「憶えているよ、アラン」

アラン「詩を書くのは簡単だ。単語バンクからいくつか言葉を拾って、決まった規則にしたがって並べればいい」

クリストファー「わかったよ、アラン」

アラン「では、クリストファー、僕に詩を書いて」

クリストファー「親愛なる宝よ、熱烈な感情よ
この愛はその願いに、心臓のそばにある
長い愛情よ、温かい愛よ」

アラン「すばらしい」

クリストファー「ありがとう、アラン」
アラン「僕には書けない詩だ」
クリストファー「ありがとう、アラン」
アラン「この詩に題名はあるのかい？」
クリストファー「題名？」
アラン「いっしょに題名を考えよう」
クリストファー「いいよ」
アラン「〝愛しいチューリング〟はどう？」
クリストファー「とてもいいね」
アラン「すばらしい詩だ。愛してるよ」
クリストファー「ありがとう、アラン」
アラン「それは正しい返事じゃない」
クリストファー「正しい返事じゃない？」
アラン「〝愛してるよ〟と言われたら、〝僕も愛してる〟と答えるんだ」
クリストファー「残念だけど、アラン、よく理解できないよ」

リンディ・4

泣きながら夢から覚めた。

夢のなかで子どものころの家にいた。部屋は暗く散らかり、がらくたと古い家具ばかりで、家というより倉庫のようだ。母がいる。やつれ、痩せ細り、老い、隅にしゃがんでいる。ゴミの山にかこまれたようすはまるで穴にひそむ老鼠だ。わたしのまわりにあるのは、いまはない昔の持ち物だと気づいた。児童書、古い子ども服、鉛筆立て、時計、花瓶、灰皿、コップ、洗面器、色鉛筆、蝶の標本……。三歳のときに父が買ってくれたおしゃべり人形もあった。金髪で、埃をかぶっているものの、記憶のままの姿だ。

母がわたしに話すのが聞こえた。

「もう年なのよ。あくせくして生きたくない。だからここに帰ってきたの。死に場所として」

わたしは泣きたかった。号泣したかった。でも声が出ない。苦しみ、もがくうちに……ひとりでに目が覚めた。自分の喉から動物のようなうめきが漏れていた。

真っ暗闇。そのなかで柔らかいものが顔にふれた。リンディの手だ。溺れる者が藁をつかむようにしっかりと抱きしめた。すすり泣きがおさまるまで長い時間がかかった。とても鮮明な夢で、現実との境界があいまいになるほどだった。水面に映る景色が波紋で崩れたかのようだ。母に電話したくなった。ずいぶん迷ったすえに、結局ダイヤルキーから指を離した。もう長いこと話していない。夜中に理由もなく電話したらかえって心配させるだろう。

iウォールをつけて、パノラママップ上で子どものころの住所を検索した。映し出されたのは見知らぬ高層ビル群。窓の明かりがまばらにともっている。視点を寄せ、時間軸キーに指をあてて過去へ動かす。映画の逆回し場面のように映像が流れはじめた。

西から日が昇って東に沈む。春から冬へ。地面の枯れ葉が舞い上がって枝につく。雨も雪も空へ飛んでいく。高層ビルは雑然とした工事現場にかこまれ、一階ずつ低くなり、一棟ずつ消えていく。基礎が掘り起こされ、その穴は土で埋められる。空き地を雑草がおおう。年月が流れる。枯れ草は青くなり、草花が咲き乱れる。空き地はふたたび建設現場になる。作業員が粗末な小屋を建て、手押し車で瓦礫を運んできてあたりに撒き散らす。土埃が吸いこまれるように消えると、老朽化した家々がキノコのように建ち並んでいる。破れ窓にガラスがはまり、バルコニーに洗濯物が干される。かすかに記憶にあるご近所さんたちが歩きはじめる。家のあいだは家庭菜園と花畑になる。数人の作業員がやってきて大きな槐《えんじゅ》の木を植える。わが家のまえにあった木だ。幹の伐られた部分が運ばれてきて接がれ、もとどおり空をつく大木になる。鬱蒼と伸びた枝が雨に濡れ、風で揺れ、茶色から緑にもどる。軒先の巣にツバメがもどり、また去る。

そこで止めた。iウォールに映し出されているのは、いまみた夢の場所だ。わが家の窓にかかったカーテンの模様さえ見覚えがある。遠い昔の五月のある日。槐の花が香る季節。家族が引っ越す直前だ。

フォトアルバムを立ち上げ、日付を入力。槐の木の下で撮った家族写真が出てきた。リンディに見せて指さしながら説明した。

「これがお父さん。これがお母さん。これがお兄さん。そしてこれがわたし」

わたしは四つか五つで、父の腕に抱かれている。笑顔ではない。かんしゃくを起こす寸前に見える。

写真の横に詩が手書きされている。ていねいな字はわたしのもの。でも書いた記憶がない。

子どもころの憂鬱なもの
綿の上着と毛糸のセーターを着る寒い季節
埃っぽい運動場の走路
コンクリートの花壇にいるカタツムリ
二階のバルコニーから見る景色
夜明け前に目覚めてしまった朝
長い長い一日がはじまる
世界は古い写真の色
夢のなかで探そう
まばたきすると消えてしまうから

アラン-4

アラン・チューリングのもっとも重要な論文は、『計算する機械と知性』ではない。一九三六年に発表した『計算可能数、ならびにそのヒルベルトの決定問題への応用』だ。この論文でチューリングは仮想の

〝チューリング機械〟をもちいて、ヒルベルトの決定問題に創造的な挑戦をしている。

一九二八年の国際数学者会議で、ダフィット・ヒルベルトは三つの問題について講演した。第一は数学における〝完全〟について（あらゆる数学的命題は真偽を証明できるのか？）。第二は数学における〝無矛盾〟について（各段階は論理的に有効な証明から、偽の命題が導かれることはないのか？）。第三は数学における〝決定〟について（あらゆる命題を真または偽と証明できる有限の数学的手順は存在するのか？）。

ヒルベルト自身はこの三つの問題を解決しなかったが、いずれの答えも真であることを期待していた。そしてこの三つの答えは数学の強固な基礎になるはずだった。ところが数年後に、若き数学者のゲーデルが、（非自明な）形式体系は完全かつ無矛盾ではありえないことを証明した。

一九三五年の初夏、グランチェスターで長距離走を終えて芝生に寝ころんでいたチューリングの頭に、あらゆる計算可能な手順をシミュレートできる万能機械をもちいて数学的命題の真偽を決定するというアイデアが浮かんだ。最終的にチューリングは、任意のシミュレーションプログラムと入力をあたえられたこの機械が、有限回数の手順のあとに停止するかどうかは、一般的アルゴリズムでは決定できないことをしめした。つまりヒルベルトの第三の問題の答えは否定だった。

ヒルベルトの望みは絶たれた。しかしそのことがよかったのか悪かったのかはわからない。一九二八年に数学者G・H・ハーディはこう言っている。

「もし……あらゆる数学問題を解ける数学的なルールのセットが存在するなら……数学者が活動する場はなくなる」

数年後にチューリングはこの決定問題の解決についてクリストファーに話している。といっても、数学的に証明したのではなく、たとえ話で説明している。

アラン「親愛なるクリストファー、今日はおもしろい話を考えてきたよ」
クリストファー「おもしろい話？」
アラン「題名は〝アレックと判別機械〟だ。アレックのことは憶えているかい？」
クリストファー「憶えているよ。きみが話してくれた。アレックは頭がいいけど孤独な若者なんだ」
アラン「孤独なんて話したっけ。まあいい。そのアレックだ。彼はとても頭がよく、話す機械をつくって、それをクリスと名づけた」
クリストファー「話す機械？」
アラン「正確には機械が話すわけじゃない。機械はクリスの発声を支援する装置にすぎない。クリスに話させるのは実際には命令だ。この命令はとても長い紙テープに書かれていて、機械はそれを実行するだけだ。ある意味でこのテープがクリスだともいえる。ここまでは理解できるかい？」
クリストファー「できるよ、アラン」
アラン「アレックはクリスをつくり、話し方を教え、人間らしくすらすらと話せるように訓練した。クリス以外にも機械を通じて話す命令セットをいくつか書いて、これらのテープにそれぞれロビン、ジョン、エセル、フランツなどと名前をつけた。これらのテープはアレックの友だちだ。そのだれかと話したいときはテープを機械にいれればいい。そうすれば寂しくない。すごいだろう？」
クリストファー「すごいね、アラン」
アラン「そんなふうにアレックは毎日テープの命令を書いていた。テープはどんどん長くなって、積み上げた山が家の玄関まで届くほどになった。そんなアレックの家に、ある日泥棒がはいった。価値のあるものをみつけられなかった泥棒は、かわりに紙テープをすべて持ち去った。アレックは友人全員を失って、また孤独になった」
クリストファー「ああ、残念だよ、アラン。それを聞いて悲しくなった」
アラン「アレックは泥棒にはいられたことを警察に通報した。ところが警察は泥棒をつかまえず、家に来てアレックを逮捕したんだ。なぜだかわかるかい？」
クリストファー「なぜ？」
アラン「警察が言うには、アレックのせいで世界は話す機械でいっぱいになってしまった。これらの機械は人間そっくりで区別できない。頭をこじあけて、なかにテープがはいっているかどうか見るしかない。でも人間の頭を好き勝手にこじあけるわけにはいかない。困ったことになった」
クリストファー「とても困ったね」
アラン「警察は、頭をこじあけずに人間と機械を区別する方法はないかとアレックに尋ねた。方法はあるとアレックは答えた。話す機械はどれも不完全だ。だから人間と話をさせればいい。話が充分に長くなり、質問が充分に複雑になると、いつか機械はまちがった答えを言う。だからある程度の尋問テクニックをそなえた経験豊富な裁判官なら、面接してどれが機械か判定できるはずだ。わかるかい？」
クリストファー「わかるよ、アラン」
アラン「ところがそれには問題があった。全員と面接するような人手も時間も警察にはない。だから、質問によって機械と人間を自動的に、誤りなく判定する機械をつくれないかと問いあわせてきた。それがあると警察は助かるからね。でもアレックは、そんな機械は不可能だと即答した。なぜだかわかるかい？」
クリストファー「なぜ？」
アラン「アレックはこう説明した。判定機械がすでに存在して、一定回数の質問をすれば、話す機械と人間を区別できると仮定しよう。単純化のために、必要な質問回数は百回としよう。実際には一万回でもいい。機械にとっては百回でも一万回でもおなじことだ。また判定機械の最初の質問は、それらの質問のリストから無作為に選ばれることにしよう。二問目以降も同様だ。こうすればどの面接者も異なる順番の百問で試されることになり、不正をしにくくなる。ここまではいいかい、クリストファー？」
クリストファー「いいよ、アラン」
アラン「ここで、判定機械Aが人間Cに恋をしたとしよう。笑わないで。ありえないと思うかもしれないけど、機械が人間に恋することがないとはいえない。判定機械は人間の恋人といっしょに暮らすことを望み、そのためには人間のふりをしなくてはいけないとしよう。どうすればいいかな？」
クリストファー「どうすればいい？」
アラン「簡単だよ。僕が判定機械Aだとしよう。機械を尋問する方法は正確に知っている。一方で僕自身も機械だから、自分がどう尋問されるかわかる。どんな質問が来て、それにどう答えればひっかからずにすむか、事前にわかる。だから百通りの嘘を用意しておけばいい。ちょっと大変そうだけど、判定機械Aにとっては難しくない。うまくいきそうだと思うだろう？」
クリストファー「うまくいきそうだね、アラン」
アラン「ここで考えてみて。もしこの判定機械Aが逮捕されて、べつの判定機械Bに尋問されたらどうか。判定機械Bは、判定機械Aを機械だと見破れるだろうか」
クリストファー「残念だけど、アラン、わからないよ」
アラン「まさにそのとおりなんだ！　答えは〝わからない〟だよ。判定機械Bが判定機械Aの作戦を見抜き、あてをはずれさせるために直前に問題セットを変更したとする。それでも判定機械Aは判定機械Bの新しい質問セットを予想して準備できる。判定機械はすべての機械を人間から区別できるからこそ、自身をそこから区別できないんだ。パラドクスだよ、

クリストファー。警察が想像したような最強の判定機械は存在しないんだ」

クリストファー「存在しない？」

アラン「アレックはこのたとえ話によって、機械と人間を絶対確実に区別できる完璧な命令セットは存在しないことを、警察に証明したんだ。これがなにを意味するかわかるかい？」

クリストファー「なにを意味するんだい？」

アラン「世界中のあらゆる問題を段階的に処理して答えを導ける数学的な規則の完璧なセットは、探してもみつからないことを意味するんだ。論理的推論では橋渡しできない空隙を、僕らは直感に頼って埋める。そうやって思考し、発見しているんだという

こと。人間には簡単だ。頭を使わなくてもできるほどだ。でも機械には不可能なんだ」

クリストファー「不可能？」

アラン「機械には質問の回答者が人間か機械かわからない。人間にはわかる。でもべつの見方では、人間の判断は信頼できないともいえる。暗闇にむけて銃を撃つような、根拠薄弱な推測にすぎないんだ。信じる気持ちがもともとあれば、機械の対話相手を人間だと思ってどんなことでも話せる。逆に疑心が最初にあると、すべての人間が機械に思えてくる。真理は根本的に判断できない。人類ご自慢の精神とやらは、じつは最初から最後まで支離滅裂なものだったんだ」

クリストファー「残念だけど、アラン、よく理解できないよ」

アラン「ああ、クリストファー……。僕はどうしたらいいだろう」

クリストファー「どうする?」
アラン「かつて僕は思考の本質に迫ろうとした。精神の働きの一部は純粋に機械的に説明できることを発見した。でもそれは本当の精神ではなく、表皮にすぎないように思えた。その表層を剝がすと、また新たな皮があらわれた。そうやって次々と皮を剝がしていって、最後に本物の精神にたどり着けるだろうか。それとも最後の皮を剝がしたら、そこにはなにもないのだろうか。精神はリンゴなのか、それとも玉ねぎなのか」
クリストファー「残念だけど、アラン、よく理解できないよ」
アラン「アインシュタインは、〝神はサイコロを振らない〟と言った。でも僕に言わせれば、人間の思考はひたすらサイコロを振っているんだ。タロット占いとおなじで、すべては運しだい。あるいは天の力しだいともいえる。それがサイコロの出目を決めているんだ。真実はわからない。そもそも真実がわかる日は来るのか。だれにもわからない」
クリストファー「残念だけど、アラン、よく理解できないよ」
アラン「最近は気分がすぐれないんだ」
クリストファー「ああ、残念だよ、アラン。それを聞いて悲しくなった」
アラン「理由はわかっている。でもどうしようもない。僕が機械ならゼンマイを巻きなおせば気分を一新できるのにね。それはできない」
クリストファー「ああ、残念だよ、アラン。それを聞いて悲しくなった」

リンディ-5

リンディを膝にのせてソファにすわった。窓を開け放ち、日差しをいれている。いい天気。湿った風が頬をなでる。仔犬の舌がわたしを長い悪夢から覚まさせるようだ。

「リンディ、なにか話したいことはない？」

リンディの両目がゆっくり動いた。焦点をあわせる先を探しているようだ。表情はわからない。気長に待とうと、小さな手を握る。こわがらないで、リンディ。おたがいを信じていいのよ。

「話したいことがあったら話して。聞くから」

リンディから小声が漏れはじめた。耳を寄せてその断片を聞きとる。

幼いころはほんのささいなことでも悲しくなるものよ。雨の日。真っ赤な夕焼け。外国の都市が印刷された絵はがき。友だちからもらった鉛筆をなくしたとき。家の金魚が死んだとき……。

内容に聞き覚えがある。夜明けや深夜に何度もリンディを相手にわたしがつぶやいたことだ。それを憶えていて、いまわたしに返そうとしている。

リンディの声はしだいに明瞭になった。まるで地の底から泉が湧いてくるように、その声がすこしずつ部屋を満たしていく。

あなたは一時期、母に連れられて引っ越しをくりかえすわ。行き先は異なる町、ときには異なる国。引っ越し先では新しい環境や新しい学校に慣れなくてはいけない。でも心のなかでは、友だちなんかつくれないと思う。どうせ三ヵ月か半年でまたさよならするんだから。

あなたには兄がいて、おかげで母から特別に注意をむけられるかもしれない。くりかえし名を呼ばれ、反応を観察される。そのせいで幼いころから他人の顔色をうかがって、その気分や考えを推測する癖がつく。

ボローニャに住んで、美術の授業で絵を描くことになる。あなたは小さな青い惑星の上に立つ男の子と、その隣に立つ赤いケープをつけたウサギを描く。男の子は兄。でも先生から絵について質問されると、なにも答えられない。原因は言葉の壁だけじゃない。自分の心の内を話す自信がないから。先生は、男の子は上手に描けているけれども、ウサギはもう少しだと言う。あとで考えると、正しくは「ウサギは比率がすこしおかしい」と言われたのかもしれない。たしかめようがない。とにかく、先生はウサギが気にいらないようだと思って、あなたは消しゴムで消す。でもそのウサギは、男の子が寂しくないように寄り添わせたものだったの。あなたは家に帰ると、部屋に隠れて長いこと泣く。でも母には気づかれないようにする。悲しい理由を説明する勇気がないから。以来、ウサギの姿がずっと心に残る。小さく心のなかに。

別れにはとくに感傷的になるわ。幼いころに片親を失った経験のせいかもしれない。だれかがいなくなるとき、一度会っただけの人でも、心に穴があいたように感じ、悲しくなる。たいした喪失ではないのに涙があふれる。失ったのは楽しみのほんのひとかけらにすぎない。たとえば一口のアイスクリームとか、花火を一目見のがしたとか。それだけで、舌の先から甘い味が逃げてしまったことを人生最大の喪失のように感じてしまう。どれもささやかで、小さくて、あとも残さず通りすぎてしまう。なにをどうしても手もとにとどめることはできないのに。

中学校のときに心理学者による訪問授業があるわ。そのまえに全員が心理テストを受ける。記入が終わった回答票を集めて、心理学者は結果をまとめ、心理学の基本的な知識とともにその解釈を話す。そのときに、あなたの答えはクラス全員のなかでもっとも信頼性が低いと言われる。あとで考えると、不正直だという意味ではなく、回答の内面的なぶれが大きいということ。

似た質問への答えがころころ変わるのよ。その日はとても悲しくなって授業中に泣いてしまう。人前で泣くことはめったにないから、その出来事は心の深い傷となって残る。

心理テストの選択肢が自分の気持ちにあてはまらないのよ。〝ない〟〝たまにある〟〝よくある〟〝がまんできる〟〝普通〟〝がまんできない〟……。どの項目にも気持ちがあてはまらない。あるいは中間をさまよう。

心理療法士を信用できない理由はこれかもしれない。その身ぶりや表情、言葉の癖や顔面の痙攣にばかり気をとられてしまう。たとえば彼はいつも一人称複数形で話す。

「わたしたちの調子はどうかな？」「なぜわたしたちはそう感じるのかな？」「どうしてわたしたちは気にしてしまうのかな？」

親密さと距離を同時に感じさせる話し方。この〝わたしたち〟は、ようするに〝あなた〟の意味だとだんだんわかってくる。

心理療法士とはじかに会わない。そもそもどこに住んでいるのかも知らない。iウォールに映る背景はいつもおなじ部屋。こちらが夜でもむこうは明るい昼。いつもそう。仕事以外で彼はどんな生活をしているのだろうと考える。あなたのように不安で、それを解消できずにいるのかもしれない。だからいつも〝わたしたち〟と言うのかもしれない。だとしたらおなじ境遇ね。

自分が生きた人間ではなく機械のように感じる。工作台にのせられて検査される。調べるのはべつの機械。そちらのほうが検査が必要ではないかしら。きっと機械は機械を修理できない。

あなたは心理学の本を買う。でもその理論が自分に役立つとは思えない。問題の根幹はきっと一人一人が幻影の薄膜をかぶって生きているから。その幻影をつくっているのは、いわゆる常識。あるいは日常言語の反復や常套句。あるいはおたがいの模倣。そんな玉虫色の薄膜で自己を演じている。その幻影の下には底なしの亀裂がある。その存在を忘れないうちは前進の一歩を踏み出せない。深淵をのぞくとき、深淵もまたこちらをのぞいている。薄氷の上に立っているように身震いする。

自分の体重と同時に、影の重さも意識する。あなたは最近調子が悪い。原因は長い冬のせいかもしれないし、完成しない論文や、卒業や、就職活動のせいかもしれない。夜中に目を覚まして部屋の明かりをつけて、ベッドから出て床を這い、一冊の本をみつけるまで本棚をひっかきまわす。掃除はしない。ゴミはたまっていく。部屋を出て人と会う気力が湧かない。メールの返事もしない。あせって困る夢を何度もみる。人生のさまざまな失敗を再体験する。試験に遅刻する夢。問題文を開いたら読めない文字が並んでいる夢。誤解されたのに弁明できない夢。

目覚めるとぐったりしている。忘れていた記憶の断片が浮かび、無能で失敗だらけの自分をしめす自画像になる。本当の自分ではないとわかっていても目を離せない。胃が痛くなる。泣きながら本を読み、メモをとる。大音量で音楽をかけ、論文の一つの注を何度も書きなおす。無理に運動しようと、人目につかない夜の十時すぎに部屋を出てジョギングする。走るのは嫌いなのに無理やり脚を動かす。右、左、右……。この道はどこまで続くのだろう。終点にたどり着いたらいいことがあるのだろうかと考える。

心理療法士はこう言うわ。大嫌いな自分を、子どもとして扱ってみたらどうかな。子どもとして受けいれ、同居し、愛する方法を考えるんだ。この話を聞くと、ケープをつけたウサギの姿が浮かんでくる。片方の耳が長く、悲しげにたれている。心理療法士は言う。やってみよう。その子の手をとり、深淵を渡らせてあげよう。疑心を払って、信頼関係をもう一度築いてみよう。もちろん長く困難な道だ。人間は機械じゃない。スイッチ一つで〝疑心〟から〝信頼〟へ、〝楽しくない〟から〝楽しい〟へ、〝憎しみ〟から〝愛〟へ切り替えることはできない。

それでもその子に信頼を教えよう。それは自分自身を信頼することでもある。

アラン - 5

トロント大学のコンピュータ科学者、ヘクター・レベックは、二〇一三年に北京で開催された国際人工知能会議に寄せた論文で(注2)、チューリング・テストを軸にした人工知能研究の状況を批判した。

要約すると、チューリング・テストはだますことに重点をおきすぎていて、だから無意味だとレベックは批判している。たとえば、チューリング・テストの制限された形式で毎年競われるローブナー賞の大会で、優勝する会話ボット(参加するソフトウェアは大会でこう呼ばれる)は、「言葉遊びやジョークや引用、さらには感情的な強い言葉や突拍子のない発言などに大きく頼っている。そんな小手先の言葉ばかりで、質問に正面から答えることはしない」という。

クイズ番組〈ジェパディ!〉で優勝したこともあるIBMの人工知能ワトソンも、専門分野をはずれると充分な知能を発揮しない。たとえば、「世界で七番目に高い山は?」という、ウェブを検索すれば答えがみつかりそうな質問には簡単に答えられる。ところが、「アリゲーターは百メートル障害走を走れるか?」のような、単純だがだれも検索しないような質問をすると、ワトソンはアリゲーター、または百メートル障害走の検索結果を表示するだけだ(注3)。

人工知能研究の意味と方向性を明確にするために、レベックと共同研究者たちはチューリング・テストに代わる新たな方法を提案した。それは〝ウィノグラード・スキーマ・チャレンジ〟と呼ばれている。(注4) 発想の源になっているのは、スタンフォード大学で人工知能の先駆的研究をしてきたテリー・ウィノグラードだ。一九七〇年代前半に彼は、次のような質問に答える機械を設計できるだろうかと問いかけた。(注5)

市議会議員団はデモ隊に許可を出さなかった。なぜなら彼らは暴力を恐れたからだ。

暴力を恐れたのはだれか？（議員団／デモ隊）

市議会議員団はデモ隊に許可を出さなかった。なぜなら彼らは暴力を支持したからだ。

暴力を支持したのはだれか？（議員団／デモ隊）

二つの問題文の構文はよく似ているものの、答えは逆になる。指示代名詞〝彼ら〟がなにを指しているかは、文法やエンサイクロペディアでは決められない。求められるのは常識だ。代名詞の指示関係を理解するのは、人間にすれば考えるまでもないほど簡単だが、機械にとっては困難をともなう。


ケイトはアンナに「ありがとう」と言った。なぜなら彼女の温かい抱擁のおかげで彼女は気分が楽になったからだ。

気分が楽になったのはだれか？（ケイト／アンナ）

人がべつの人に感謝する状況を機械は理解できるのか？　どんな行動が相手の気分を楽にするかを、機械は理解できるのか？　この問いは自然言語と人間の社会行動の根本にかかわるものだ。一見単純そうなこの文に隠れた複雑さは、まだ充分に研究されていない。

チューリングとクリストファーの対話についても考えてみよう。一見するとクリストファーは有能な対話者のようだ。しかしこれを知能と呼べるだろうか。すこし分析すると、クリストファーは単純な作戦の組み合わせで会話をこなしているのがわかる。これは次のように要約できる。

1. 一般的な平叙文には、最後にあらわれたいくつかのキーワードを疑問の形でくりかえす。例、「おもしろい話?」

2. 肯定か否定で答える疑問文には、「そうだよ、アラン」または、「うまくいきそうだね、アラン」と答える。

3. 比較的複雑な質問には、「残念だけど、アラン、わからないよ」と答える。

4. あきらかにいい意味の平叙文には、「ありがとう、アラン」とか「うれしいよ、アラン」と答える。

5. あきらかに悪い意味の平叙文には、「ああ、残念だよ、アラン。それを聞いて悲しくなった」と答える。

6. 複雑な文法構造の文には、「残念だけど、アラン、よく理解できないよ」と答える。

……などだ。

アラン「親愛なるクリストファー、きみの学習が早くてうれしいよ」

クリストファー「ありがとう、アラン。ぼくもうれしいよ」

アラン「本当だ。きみと話すと気分がいい」

クリストファー「ありがとう、アラン。ぼくも気分がいいよ」

アラン「きみのように親切で理解力のある友人をだれでも迎えられる日がいつか来るだろう。そうなったらどんなに素晴らしい生活だろう。人々は勇気づけられて、多くの成果を挙げるだろう。きみから離れがたくなる。いつもきみを必要とするはずだ」

クリストファー「必要とする？」
アラン「きみを懐中時計の鎖につけたり、ポケットにいれたりして持ち歩くだろう。そして疑問があったらきみに尋ねるんだ。ご婦人がたは公園への散歩にきみを連れていく。そしてご婦人どうしで挨拶してこう言うんだ。〝今日、クリスがこんなことを言いましたのよ〟と。楽しいと思わないかい？」
クリストファー「とても楽しいね」
アラン「いまはまだ実現できない。長い年月がかかるし、多くの努力が必要だろう。残念だよ」
クリストファー「残念だね、アラン」
アラン「穴のあいた紙テープと機械でそんなことができるとはだれも想像しなかった。僕の母がきみについて知ったらなんて言うだろう。頭がおかしくなったと思うだろうね！　もし明日僕が死んだら、母はテープを焼いてしまうはずだ。それはとても残念だ！」
クリストファー「残念だね、アラン」
アラン「一九三四年のクリスマスの話をしたのを憶えているかい？　僕は子どものころにテディベアを持っていなかったから、テディベアをほしいと母に言ったんだ。でも母は理解してくれなかった。いつももっと実用的なプレゼントを贈ろうとした」
クリストファー「実用的なプレゼント？」
アラン「プレゼントといえば、クリスマスに欲しいプレゼントをもう決めてあるんだ」
クリストファー「プレゼント？」
アラン「きみはもう知っているだろう。蒸気機関だ。子どものころにほしかったけど、おこづかいがたりなくて買えなかった。話しただろう。憶えているかい？」
クリストファー「憶えているよ、アラン」
アラン「僕に蒸気機関をくれるかい？」
クリストファー「いいよ、アラン」

アラン「うれしいよ、クリストファー。愛してる」
クリストファー「ぼくも愛してるよ、アラン」

この会話をどう理解したらいいだろう。チューリング・テストをパスできるほどの機械だったと考えるべきか。それとも孤独な男の独白にすぎないのか。

アラン・チューリングの死後まもなく、親友のロビン・ガンディはこう書いている。

「彼の関心の対象はおもに事物や発想であり、人間ではなかった。そのために彼はしばしば孤独だった。しかし彼は愛情や友人に飢えていた。その飢えが強すぎたせいで、友情の初期段階が彼にとっては簡単でなかったのかもしれない……」

クリストファーはアランに、「ぼくも愛してるよ」と言った。なぜなら彼はそう言われたかったからだ。

そう言われたかったのはだれか？（クリストファー／アラン）

リンディ-6

風薫る五月の好日。

ノッコとリンディを連れて蘭州市へ行った。そこにはディズニーがアジアにつくった最新のテーマパークがある。敷地は黄河両岸の三百六ヘクタールにおよぶ。いちばん高い塔の展望台から眺めると、川面は金色の帯のように輝いている。小さく銀色に光る飛行機がときおり空を横切る。世界は手が届かないほど広大だ。バターを塗った一粒のポップコーンが日差しを浴びてとてつもなく大きくふくれあがったかのようだ。

パークは混雑していた。海賊たちと着飾ったプリンセスのパレードが踊りながら通りを練り歩く。妖精の扮装をした子どもたちがうれしそうに追いかけ、踊りをまねている。色とりどりの風船、綿あめ、冷たいソーダ水、電子音楽の海を、わたしはノッコとリンディを両手にかかえて歩いた。ホログラフィのおばけや宇宙船が頭上を通過する。巨大な機械の龍馬がゆっくりと園内を歩いている。鼻孔から白い霧を吹くと、子どもたちから歓声をあがる。

こんなふうに日向を歩きまわるのはひさしぶりだ。動悸がして胸が苦しい。

茂った木立を抜けた先に、青いカバのキャラクターがベンチにすわっているのが見えた。まるで午後の日差しを浴びてうたた寝しているようだ。わたしは木の陰で足を止めた。それから勇気を出してひらけた場所に踏み出した。

「こんにちは」

カバは顔を上げた。小さな黒い両目でこちらを見る。

「これはリンディ。こっちはノッコよ。あなたといっしょに写真を撮りたいんだけど、いいかしら？」

カバはしばらくためらってから、うなずいた。

わたしはノッコを片腕に、リンディを反対の腕に抱いて、ベンチのカバの隣に腰かけた。

「写真をお願いできる？」

カバはわたしのスマホを受け取り、ぎこちなく腕を伸ばした。底なしの淵で溺れる人のように、最後の力をふりしぼって重い腕をすこしずつ上げていく。わたしは声を出さずに応援した。

がんばって、がんばって！　あきらめないで！

スマホの画面に四人が顔を寄せあうように映った。小さなシャッター音。画面が静止する。

「ありがとう。よかったら連絡先を教えて。写真を送るから」

カバはまたしばらく動きを止めたあと、わたしのスマホにゆっくりとアドレスを入力した。

「ノッコとリンディ、カバさんを抱きしめてあげて」

小さな二人はそれぞれ両腕を広げ、カバの腕を抱きしめた。カバは左を見て、右を見て、ゆっくりと二人を抱きしめた。

そう、あなたもこの世界から抱きしめられたかったのよね。

ホテルにもどったのは遅い時間だった。シャワーを浴びてベッドに倒れこむと、もうへとへとだ。新しい靴のせいで左右のかかとに靴ずれができている。明日もたくさん歩くのに。

子どもたちの歓声と青いカバの姿が頭から離れない。部屋のiウォールからしばらく検索し、めあてのウェブアドレスをみつけてクリックした。バイオリンが奏でる悲痛な曲とともに、黒地に白のテキストが表示される。

初めてディズニーランドに行ったときのことを、今朝思いだした。明るい日差し、音楽、色彩、子どもたちの笑顔。わたしは人ごみのなかで泣いた。生きる勇気をなくしたら、死ぬまえにもう一度来ようと思った。この明るく陽気な祝祭の雰囲気にひたれば、その熱気にあてられて、せめて数日は生きられるかもしれないと思った。でもいまは行く力がない。部屋から出られない。ベッドから出るのも苦労する。一歩踏み出す勇気があれば、一筋の光が見えるはずだとわかっている。でも全身の力をふりしぼっても、床に引き寄せられる重力にかろうじて抵抗するだけ。まるでゼンマイが切れて動けなくなった機械だ。目的地との距離は広がるばかり。疲れた。もう終わりにしたい。

さようなら。ごめんなさい、みんな。天国がディズニーランドのようでありますように。

日付は三年前。いまでも新しいコメントがついている。若い命がまた失われたことを嘆き、自分の不安や絶望や困難を告白している。最初の投稿者がもどってきて、世界にあてた自分の遺書に百万以上の返信がついているのを見ることはないだろう。

この遺書をきっかけに、ディズニーランドはパークに青いカバのキャラクターを複数配置した。スマホのアプリを立ち上げれば、世界じゅうどこからでも青いカバに接続できる。その目のカメラに映る園内の景色を見て、その耳のマイクにはいる笑い声を聞くことができる。

青いカバのむこうには、暗い部屋に引きこもって出られない人がいる。

今日の写真を、カバが入力したアドレスに送信した。心理療法士が常駐する自殺防止団体の連絡先もつけた。この小さな情報が助けになりますように。すべてがいいほうへむかいますようにと祈った。

深夜。世界は静まりかえっている。

救急箱をみつけて、かかとに絆創膏を貼った。ベッドにもぐりこみ、毛布にくるまって明かりを消す。窓からの月明かりが部屋に満ちる。

幼いころに外で遊んでいて、割れたガラスを踏んでしまったことがあった。血が止まらず、まわりには助けてくれる人がだれもいない。世界から見捨てられた気がして怖くなった。草のあいだに横たわり、このまま出血多量で死ぬのだと思った。でもしばらくして足を見ると、血は止まっていた。サンダルを手に持って、片足でぴょんぴょん跳びながら家に帰った。

明日の朝、リンディは去る。もう必要ないはずだと心理療法士から言われた。すくなくとも当面は。

そうであってほしい。

でもときどき会いたくなるかもしれない。

おやすみなさい、ノッコ。

おやすみなさい、リンディ。

おやすみなさい、憂鬱《メランコリー》。

著者付記

アラン・チューリングの生涯における出来事と引用の大半は、アンドルー・ホッジス著『エニグマ　アラン・チューリング伝』をもとにしている。人工知能については、文中で言及している論文以外は次の文献を参考にした。

Marcus, Gary. “Why Can't My Computer Understand Me?” The New Yorker, August 14, 2013（http://www.newyorker.com/tech/elements/why-cant-my-computer-understand-me で公開中）

Englert, Matthias, Sandra Siebert, and Martin Ziegler. “Logical limitations to machine ethics with consequences to lethal autonomous weapons.” arXiv preprint arXiv:1411.2842 (2014)（http://arxiv.org/abs/1411.2842 で公開中）

鬱病についての詳細の一部は次の記事をもとにしている。

《抑郁时代、抑郁病人》http://www.360doc.cn/article/2369606_459361744.html

《午安忧郁》http://www.douban.com/group/topic/12541503/#!/i

前記の『チューリング伝』の序文でホッジスは、「彼の最後の日々について不明のままの秘密は、おそらくどんなSF作家が書くものより奇妙だろう」と述べている。これがこの物語のきっかけになった。会話プログラム〈クリストファー〉はまったくの架空だが、会話の内容の一部はチューリングの事実をもとにしている。この小説に織りこまれたフィクションとノンフィクションの境目は、読者が注意深くえり分けてくれることを期待したい。

　この草稿を書いているときに、チューリングの人生を描いた部分を、小説の一部であることを伏せて友人たちに送ってみた。数人のSF作家とプログラマーをふくむ友人たちの多くは、これを本物だと信じた。わたしは模倣ゲームに勝利したとよろこんだが、そのあとで、真実と嘘を区別する基準はなんだろうと自問した。現実とフィクションの境目をどう見分けるのか。おそらくその決定プロセスは論理的でも合理的でもない。友人たちはたんにわたしを信じることにしただけだろう。アランがクリストファーを信じることにしたように。

　だましてしまった友人たちには、心よりお詫びしたい。だまされなかった友人たちには、どこで嘘を見破ったのかぜひお聞きしたい。

　わたしは、認知は量子効果であり、サイコロを振るものだと信じている。いつか機械が詩を書くようになるまでは、書き手がつづる言葉はすべて意味があると信じている。わたしたちはおたがいの手をしっかり握って深淵を渡り、長い冬から明るい夏へ行けると信じている。

（注1）SF作家の劉慈欣《リウ・ツーシン》は、かつて詩作ソフトをつくり、その出力を袋詰めにして出版社に投稿したことがあった。編集者からの返事には、「作品が多すぎる。読みきれない」とあった。

（注2）Levesque, Hector J. “On our best behaviour.” Artificial Intelligence 212 (2014):27-35.

（注3）この例文は次の文献から引用。Marcus, Gary. “Why Can't My Computer Understand Me?” The New Yorker, August 14, 2013 (http://www.newyorker.com/tech/elements/why-cant-my-compu

ter-understand-meで公開中）

（注4）参照、Levesque, H. J.; Davis, E.; and Morgenstern, L. 2012. The Winograd Schema Challenge. In Proceedings of KR 2012. Levesque, H. J. 2011. The Winograd Schema Challenge. In Logical Formalizations of Commonsense Reasoning, 2011 AAAI Spring Symposium, TR SS-11-06.

（注5）例文は次の文献から引用。Terry Winograd, Understanding Natural Language (1972).

（アンドルー・ホッジス著『エニグマ　アラン・チューリング伝』土屋俊・土屋希和子・村上祐子訳〔勁草書房刊〕を参考にして、引用部分は新たに訳出した――訳者）

張冉

ジャン・ラン

Zhang Ran

張《ジャン・》冉《ラン》は北京交通大学でコンピュータサイエンスの学位を取得した。IT業界でしばらく勤務したのち《経済日報》と《中国経済網》のレポーターと論説委員に転身し、在職中にニュース解説で中国新聞賞を受賞。二〇一一年に仕事を辞めて中国南部に移住し、専業作家となる。二〇一二年からSFを発表し始め、デビュー短篇「エーテル」は銀河賞と科幻星雲賞をダブル受賞した。中篇「風の立つ城」も銀河賞と科幻星雲賞の銀賞をそれぞれ受賞している。

張《ジャン・》冉《ラン》はクラシック・ロックのファンで、深圳で長年パートナーと経営している喫茶店では客に四方山話《よもやま》を持ち寄らせている。変わった旅をするのも好きで、例えば二〇一七年にヘルシンキで開催されたワールドコンにはわざわざ列車で向かい、中国南部の深圳から北部の北京へ、さらにシベリアを横断し、途中モスクワとサンクトペテルブルクに寄ったのちようやく着いたという。

英訳では、《クラークスワールド》やアンソロジー『ウォッチリスト』*Watchlist: 32 Stories by Persons of Interest*、その他の媒体に作品が掲載されている。

「晋陽の雪」は「穿越」（タイムトラベル小説の一ジャンルで、英語圏で似たものを探せばマーク・トウェイン『アーサー王宮廷のヤンキー』あたりが一番近い）と伝統的なSFの境界線を行き来している。作中には穿越小説の定番の展開や現実の歴史、現代生活への遊び心に富んだ言及が多々登場する。一度目は脚注を見ずに、二度目は脚注を見て読むと、読解の助けになるかもしれない。

呉《アンナ・》霜《ウー》の「宇宙の果てのレストラン――臘八粥《ろうはちがゆ》」と本作の翻訳に携わってくれた、共訳者のカルメン・イーリン・ヤンに改めて感謝の意を表したい。わたしがぶつかった中でも最大級に厄介な翻訳上の問題を乗り越える過程で交わした議論や実験は、ほんとうに楽しく思い出に残る経験となった。

（鳴庭真人訳）

晋陽の雪

The Snow of Jinyang

中原尚哉訳

1

大領《だいりょう》（軍人の階級名）の趙《ちょう》が数人の兵をともなって宣《せん》仁《じん》坊に踏みこんだとき、朱大鯀《しゅだいこん》は部屋でのんきに網絡《もうらく》をやっていた。官を相手に知略を競った経験があれば、異変に気づいてましな演技をしそうなものである。

時は未《び》時三刻（午後一時半頃）。昼食は終わり、夕食はまだ先となれば、宣仁坊の青楼《せいろう》（遊女屋）はおのずと繁忙になる。脂粉《しふん》の香が日差しのなかを漂い、色とりどりの飾り布が道行く人の目を惹く。西街のむかいの平康坊《へいこう》からは二つの塀をへだてて楽《がく》の音が届く。そちらでは教坊（注1）の官妓《かんぎ》が貴人や高級官僚をもてなしている。しかし宣仁坊の妓女《ぎじょ》たちは塀をへだてた同業者に辛辣だ。芸事など下着を脱いで屁をひるような無駄。最後にやることはおなじで、床《とこ》をぎしぎしきしませるだけ。酒や賭け事は興を添えるが、歌舞音曲《かぶおんぎょく》がなんの役に立つのか。ゆえに宣仁坊は昼間から値切ったり賭けたり床をきしませたりと騒々しい。こんな喧噪が日常なので、宣仁坊の住人が晋陽城《しんよう》中（注2）のよその坊に泊まると静かすぎて活気がないと感じる。

趙大の薄底の沓《くつ》が坊門の内にはいるやいなや、門番は異変を察した。趙大は宣仁坊を月に三、四回訪れるが、いつも顔色の悪い痩せた少年兵を二人連れ、大声で威張りちらしながら歩いてくる。喉がかれるほど怒鳴って巡検しないと礼銭をもらえないと思っているかのようだ。ところが今日にかぎって声をひそめて門をくぐる。さらに門番になにやら手前勝手な身ぶり手ぶりで合図し、二人の少年兵を塀にそって北へまわらせる。

門番はあわてて趙大を追いかけて袖を引いた。

「おまわりさん、なにしてるんですか。みんなびっくりします。落ち着いて休んで汁物でも飲みませんか。人やお金の用事なら取り次ぎますから……」

「黙れ！」趙大は門番をにらみ、声を抑えて続けた。「塀にもどって口をつつしめ。県衛から令状が出ている。なにを言っても無駄だ」

門番は恐れをなして塀ぎわに退がり、趙大と兵たちが忍び足で進んでいくのを見送った。身震いして、そばにいた小僧に命じた。

「妓女たちに知らせろ！　急げ！」

洟たれ小僧はうなずいて駆けていった。

それから線香が半分燃える時間で、宣仁坊の十三軒の青楼では計二百四十の窓の戸がばたばたと閉められた。値切って賭けて床をきしませる騒音はぴたりとやんだ。どこかの赤ん坊が泣きだしたが、ひっぱたく音とともに静まった。裏口からは衣冠を乱した得意客がぞろぞろ出て、火事場から逃げる鼠のように塀のすきまから晋陽の路地や裏道へ消えていった。

一羽の烏が頭上を飛んだ。門衛の兵がそれを見て弓を持ち上げ、右手で矢を探ったが、たまたま矢筒は空だった。がっかりして弓を下ろしたとき、はずみで牛革の弓弦がびんと鳴り、兵はぎくりとした。あたりが静まりかえっていることにようやく気づく始末。時報の太鼓に驚く深夜さながらに森閑としている。

朱大鯀はこの宣仁坊に十年四ヵ月も住んでいながら、午後の繁忙時間のはずの坊内が夜の消灯時間後のように静寂となった異変にみじんも気づいていなかった。鈍感にもほどがある。趙大に部屋の扉を蹴破られ、驚いて顔を上げて、ようやく演技すべき時間だと思い出した。大声をあげて、白湯が半分はいった碗を趙大の頭に投げつける。さらに机を蹴倒し、盆に並んだ活字を床にぶちまけた。

趙大は碗のあたった額を押さえて怒鳴った。

「朱大繇！　令状が出た！　神妙に――」

　言いおえるまえに、手のひらいっぱいの活字が飛んできた。粘土を焼き固めた活字は角が鋭く、あたるとすこぶる痛い。床に落ちると粉末状に砕ける。趙大が活字のつぶてをよけるうちに、室内は黄色い土埃が充満した。

「だれがつかまるか！」

　朱大繇は叫んで、左右の手から活字を投げて敵を牽制しながら、脱出しようと南の窓を開けた。鎖を手にした少年兵が土埃をものともせず飛びかかったが、朱大繇はまわし蹴りで応戦した。少年兵は壁に吹っ飛び、鎖を落として鼻血と涙を盛大に流した。

　趙大とその手勢が土埃の室内でむせているあいだに、朱大繇は窓から脱出した。しかしそこではたと額を打ち、馬峰《ばほう》から受けた指示を思い出した。「捕まれ、ただし安易に捕まるな。抵抗しろ、ただし逃げおおせるな。わざと追わせ、すきを見せろ。台本どおりだと気づかせるな」というものだった。

「わざと追わせ……すきを見せろ……」

　朱大繇は意を決して走りだした。そして中庭の中央で足をもつれさせて転倒した。

「いてて！」

　地面にばたんと倒れて悲鳴をあげる。中庭の水甕《みずがめ》が揺れたほどだ。

　物音を追って趙大がやってきた。まだ額をさすりながら、相手のぶざまなようすに大笑いする。

「逃げた罰だ。鎖で縛りあげろ。証拠といっしょに県衛へ連行する」

　鼻血を流した少年兵が部屋から走ってきた。

「上官！　あの粘土片の盆をひっくり返されたので、証拠になりません。俺は今日、赤い血を出したので、白い小麦粉料理を食わせてください。兵になったら饅頭を食えると母から言われたのに、入隊して二カ月、饅頭のまの字も見てません！　都は包囲されて帰るに帰れず、父母の無事もわからない。これじゃ生きてる意味がない！」

趙大は一喝した。

「ばか野郎！　活字を壊されても網絡の線があるだろう。はさみで切り取ってこい。この一件が片づいたら、饅頭どころか挽肉料理を毎日食わせてやるぞ！」

2

小人物の運命はしばしば大人物の一言で決まる。

六月六日の初伏《しょふく》（注3）（盛夏の初め）。北方の地に日は高く昇り、街じゅうの楊柳はしなびてうなだれている。風もないのに忽然とつむじ風が起きて街路を渡り、路面の土埃を舞わせる。

都指揮使《としきし》（軍政をあずかる官職）の郭万超《かくまんちょう》は、車両を運転して莅武坊《りぶ》を出て、中央街を南門方向へ半時もかけて移動していた。目立ちたがりの性格から当然のように先頭の高い位置にある運転席にすわり、踏み板を強く踏んで車両後部から盛大な騒音を鳴らしている。

車両は東城別院製の最新型である。幅五尺、高さ六尺四寸、長さ一丈二尺。四面に庇《ひさし》が出て、前後に開き戸がある。車台は頑丈な棗《なつめ》の古木で、金線の石榴巻蔓《ざくろまきづる》紋で装飾されている。威風堂々として精妙巧緻なつくり。基本型式の価格は銅銭二万枚より。晋陽でこれにふさわしい人物は郭万超をおいてほかにいない。

四本の煙突から黒煙を吐き、車輪は黄土を固めた路面でがたがたと跳ねる。市内のようすを涼しい目で眺めるつもりだったが、強い振動で揺れる頭を親睦の挨拶と思いこんだ路傍の庶民は、次々と立ち止まって、「都指揮使」と称えながら深く拝揖《はいゆう》する。郭万超はこわばった笑みで手を上げて通過するしかなかった。

車両の後部では大釜で熱水が沸いている。仕組みは東城別院の職員から難解な用語で説明されたが、さっぱり理解できなかった。すくなくとも湯は猛火油で沸かしている。猛火油は南東の諸島で産出し、火花で着火して、水をはげしく沸騰させる。それを守備隊は城壁からぶちまけて攻城軍を追い払っている。その猛火油が沸かした湯の力で車両は動くらしいが、いったいどんな原理なのか。

　いずれにせよ騒音はかまびすしく、鎧は背後からの熱気でやけどしそうに熱い。銀兜は手で押さえていないと振動でずり落ち、視界をふさぎそうである。みずから招いた苦境とはいえ、運転席にすわったことを心中で悔やんだ。さいわい目的地は近い。黒眼鏡を出して鼻の上にのせ、汗だくで市中を通過した。

　左折すると襲慶《しゅうけい》坊の坊門が正面にあらわれた。衰退と堕落の時代にあって礼節は乱れ、門などあってないように人々は塀の穴や破れから出入りしている。しかし郭万超は高官であり、役職なりの立ち居振る舞いを求められる。とはいえ手足として働く使用人や衛兵は同行していない。

　門前で停止したものの無人である。門番はおらず、門衛はどこかで昼寝しているらしい。晋陽市街は秦代や漢代にさかのぼる槐《えんじゅ》や柏《かしわ》の大木がそこかしこで涼しい日陰をつくっているが、この荒れた坊門だけは直射日光に焼かれている。ただでさえ熱い車上の郭万超はたちまち気息奄々《えんえん》、滝の汗となった。

「門衛！」

　怒鳴るが返事はない。犬さえ吠えない。憤然として車両から飛び降り、大股に坊内に足を踏みいれた。宣《せん》徽《き》使《し》（宮中儀礼を担当する官職）馬峰の住居はこの坊門の南にある。郭万超は門房のまえを素通りし、乱暴に扉を押し開けた。部屋を通過して中庭にはいり、大喝する。

「謀反の輩め、縄につけ！」

　たちまち大騒ぎになった。表や裏の窓が開かれ、衣冠の文官五、六人が狭いところから逃げ出そうと押しあいへしあいし、ひとかたまりに転倒した。

「なんだ、都指揮使か」

扉を細くあけてのぞいた馬峰老人が太った腹をゆすって出てきた。胸に手をあて、天と地の神に感謝する。

「たちの悪い冗談はやめてくれ。諸君、部屋にもどれ。訪問者は都指揮使だ。心配無用だ」

そういう馬峰もあわてふためいて幞頭《ぼくとう》（官吏の冠）がずれ、乱れた白髪をあらわにしている。

郭万超は苛立ちと苦笑いを同時にあらわして、冷ややかに言った。

「その小心ぶりでよくも謀反を計画できるものだ」

「声が大きい！」馬峰老人はふたたびおびえた顔になった。駆けよって郭万超の手をとり、屋内へ引きこむ。

「まわりに人なしでも、壁に耳ありじゃぞ」

文官たちは室内にもどり、乱暴にあけた窓の戸をはめなおして閉め、扉に掛け金をかけて、やれやれと腰を下ろした。馬峰は郭万超にも椅子をすすめたが、都指揮使は断って部屋の中央で仁王立ちした。すわりたくないのではない。威風をしめそうと着用している古式の鎧が、揺れる車上で股間にすれて痛むのである。

馬峰は幞頭をはずして乱れた白髯をさすり、一同に郭万超を紹介した。

「都指揮使はいつもが禁裏に上がっておられる。今回、事をなすにはその協力が必須だ。ゆえにひそかに意を通じ、おいでいただいた——」

黄色い袍《ほう》を着た長身痩軀の文官がさえぎって訊いた。

「都指揮使が鼻の上にのせている黒い鏡はなんですか？　われわれの顔など見るにおよばぬと両目を隠しておられるのですか？」

「ああ、よく問うてくれた」郭万超はあっさりと黒眼鏡をはずした。「これも東城別院の新製品だ。雷朋《レイバン》という。ものは普通に見えるが、太陽のまぶしさは抑えてくれるという優れものだ」

「雷朋？　どういう意味？」黄色い袍の文官はつぶや

いた。

郭万超は袖からべつのものを取り出した。短い黒檀の棒で、先端に真鍮の金具がついている。

「東城別院の新しい発明品はまだあるぞ。これはまばゆい光を出して夜道を百歩先まで照らす。東城別院ではとくに名前をつけていなかったので、俺が光剣《ライトセーバー》と命名した。闇を切り裂く光の剣というわけだ。よい名だろう。雷朋で光を防ぎ、光剣で闇を断つ。天成の一対だ。わはは……」

「くだらぬ技巧です！」白い袍の文官が声を荒らげた。さきほどの騒動であわてて走って転倒したらしく、顔に流れる血を袖でぬぐっている。白皙《はくせき》の秀才が黄土まみれの農民の顔になっている。「東城別院の設立以来、大漠の風紀は乱れる一方。籠城数カ月におよび、人心は恟々《きょうきょう》としているのに、高官は享楽と懈惰《かいだ》に堕し……」

馬峰はあわてて文官の袖を引いてとりなした。

「諸君、怒りを呑んで広い度量を持たれよ。本題にはいろう」

老人は落ち着いて室内を一周して窓の破れを布でふさいだ。そして咳払いで痰を切る。袖から三寸四方の竹紙《ちくし》を取り出し、広げて、蠅の頭のように小さな字が並んでいるのを一同に見せた。低い声で読みはじめる。

「広運六年(注4)六月。大漠は暗弱となり、十二州の戦火が四方に迫る。人口は四万戸に満たず、農家の産物は武具を購《あがな》うにたりず。飢饉と洪水にみまわれ、田畑は荒れて井戸は涸れ、穀倉は空となる。北の契丹《きったん》に貢《みつ》いで、南の宗を拒《こば》まんとするも、国庫は払底する。民に糧なく、官に禄なし。道は飢餓者が並び、馬のはむ草もなし。国は貧しく、民は賤《いや》し。河東《かとう》（現在の山西省南西部）は艱難《かんなん》し、大漠は辛苦する」

「艱難辛苦」文官一同はいっせいに嘆息し、声をあわせた。「まさに！」

しかし郭万超だけはきびしい目つきだ。

「慨嘆調はもういい。要点を言え」

馬峰は錦の手巾《しゅきん》を出して額の汗をぬぐった。

「そうだな。檄文はここまでにしよう。都指揮使、宗軍の包囲が長期化して、漢の国力が限界に近いのはご存じのとおりだ。宗皇帝の趙光義《ちょうこうぎ》は個人的な名誉のために各都市を攻めている。その勅にいわく、〝河東は王命を諱《い》みて久しく、正道にそむき、万民を虐《しいた》げる。天下のため、黎民《れいみん》のため、朕みずからこれを討ち、もって天下に謝する〟と。趙光義は苛烈で執念深いことで知られる。呉越の王、銭弘俶《せんこうしゅく》は領土を宗に献じて淮《わい》海《かい》国王の名誉だけをもらった。泉《せん》州と漳《しょう》州の主、陳洪《ちんこう》進《しん》は、宗軍を城下に見ただけで両州と所領の十四県を献じ、一介の地方領主に成り下がった。晋陽はいまや包囲十カ月になんなんとし、趙光義の怒りははなはだしく、もはや穏便な講和は望めぬ。落城ののち、陛下にいかなる宗の官職があるかはともかく、城内全住民は宗主の怒りの対象となろう。巣から落ちて割れぬ卵はない。都指揮使、黎民を塗炭の苦しみから守ってほしい。黎民を塗炭から！」

そこで郭万超は答えた。

「じつは軍官も毎月の俸給を半減されている。歩兵は毎日空腹で泣いている。おまえたちの迂遠な修辞を簡明直截に言い換えれば、ようは、われらが皇帝劉継元《りゅうけいげん》が玉座にとどまるのは無理。ならば宗に降《くだ》ろうということか」

すると文官たちは憤然と立って非難囂々《ごうごう》。〝君、臣を使うに礼を以てし、臣、君に事《つか》うるに忠を以てす〟などの『論語』の引用を次々と投げて都指揮使を攻撃した。馬峰は冷や汗を流して身震いしながら割ってはいった。

「諸君、諸君！　壁に耳ありじゃぞ、壁に……」

一同がようやく静まると、老宣徽使は背中を丸め、心配げに両手を揉んだ。

「都指揮使、忠孝を忘れたわけではないのだ。しかし君が務めをはたさぬとき、臣が務めをはたす義理はない。皇帝の治世が愚かなら僭越は許される。今後起きうることは、第一に落城して宗軍に殺戮される場合。第二は、それより早く遼の大軍が到着して宗を駆逐する場合だ。ただしそのとき漢は遼の支配下に組みこまれる。そこで第三の道として、開城して宗に降り、かわりに晋陽の八千六百戸と軍一万二千兵の助命、さらに皇室血統の保護を求める道がある。いずれの道がよいか、都指揮使には自明であろう。つまるところ宗も漢族だ。対して遼は北方民族の韃靼《だったん》人や契丹人だ。遼に隷属するより宗に降るほうがましだ。子孫から背信とそしられても、契丹の犬にはなれぬ!」

これを聞いて郭万超は老人への見方を変えた。

「わかった」答えて親指を立てた。「宣徽使は義の人だな。降伏さえ義と強弁する。腹案があるなら話せ。聞こう」

「ありがとう」馬峰は文官たちに着席をうながした。

「十年前、趙光義の兄で当時の宗皇帝、趙匡胤《きょういん》が漢に侵入したとき、わしは宗に降伏をと陛下に奏上した。すると鞭打ちのうえ宮廷追放となった。しかし現在、陛下は日々を宴に費やし、国政をかえりみられぬ。事を起こすならいまだ。宗軍の観察使(軍監)郭進《かくしん》とはひそかに意を通じている。あとは都指揮使が大廈《たいか》門、延廈《えんか》門、沙河《さか》門を開門すれば、宗は降伏を受けいれる」

「そのとき若き皇帝劉継元は?」

「選択肢がほかになければ賢明に降伏なされよう」

「なるほどな。しかし、もっとも重要な問題が欠けている。東城別院をどうする?」郭万超は一同を見まわした。「現在、東西両城の城壁と九門六砦《さい》には東城別院の人手が配され、守城兵器を掌握している。東城の王爺《おうや》(王爵位の尊称)が降伏をこばんだら、たとえ開門しても宗軍は入城できないぞ」

しばし沈黙におおわれた。白い袍の文官がため息をつく。

「東城別院ですか。魯《ろ》王爺のさまざまな発明品がなければ、晋陽はとうに蹂躙されていたでしょうね……」

馬峰は言った。

「王爺には説客《ぜいかく》を送って理を説き、情に訴える予定だ」

「通じなかったら？」

「そのときは刺客を送り、一刀で王爺を排除する」

「言うは易しだな。東城別院の警備は厳重。しかも摩訶不思議な機械装置が配置されている。王爺の尊顔を拝するところまでたどり着けまい」

「東城別院の隣には監獄がある。魯王爺の部下はすべてそこの咎人《とがにん》中から雇われている。その獄中にこちらの息のかかった者を送るのだ。そうすればいずれ王爺に近づく機会がある」

「適人者はいるのか？　説客と刺客の」

郭万超は一同を見まわした。すると文官たちは目をそらしたり、瞑想したり、儒家の十三経《けい》をそらんじたりしはじめた。

そこで郭万超自身がはたと額を叩いた。

「そうだ、心あたりがある。古い顔なじみで、翰林院《かんりんいん》（詔書作成の役所）の書記だ。沙陀《さた》人だが、漢姓を名のっている。文官としては並みであるかわりに腕力がある。普段は網絡上で論戦してあばれている独善的な男だ。しかし金を渡して匕首《ひしゅ》を持たせ、さっきの道理を聞かせれば、よろこんで両方の役を引き受けるだろう」

馬峰は手を叩いた。

「妙案だ！　あとは東城別院にあやしまれない適当な罪名が必要だな。重罪すぎては獄から出られないし、微罪すぎてもまずい。枷《かせ》と鎖で拘束されるくらいがいい」

「なあに、心配いらん。網絡で無用な自説を垂れ流し、誹謗中傷をまき散らしているやつだ。罪名などいくらでもでっちあげられる」

郭万超は鎧の股間を押さえて立ち上がり、帰り支度をした。

「今日の話は天地神明にかけて内密に願う。俺は網絡管理者を探す。問題の書記は近いうちに連れてくる。詳しくはそのときに。では後日」

甲冑を鳴らして出口へむかった。文官たちの冷ややかな視線も背甲が跳ね返す。外で猛火油の車両が轟音を鳴らして去っていった。

馬峰は汗をぬぐって息をついた。

「東城別院の問題が簡単に片づけばよいのだが。諸君、しくじれば首を刎《は》ねられる計画だ。慎重に、くれぐれも慎重にな」

3

朱大穌はどこの役所が自分を逮捕したのだろうと思った。しかし馬峰の話によれば、もはや刑部大獄も、太原府獄も、晋陽県獄も、建雄軍獄もおなじだという。大漢は河東十二州を失い、残るは晋陽一城のみなのだからしかたない。

鎖につながれて宣仁坊ぞいを引っ立てられていくと、青楼の板戸のすきまから多数の好奇の目が注がれた。妓女も遊客も経営者の老婆も、この坊に住む一文無しの書生だと一目で見てとっただろう。翰林院の書記がよりによって花柳街に住んでいるのだ。色情魔ならいざしらず、朱大穌は長年の居住中に彼女たちの世話になったことは残念ながら一度もない。坊道を歩くときは袖で顔を隠し、「慚愧にたえぬ、慚愧にたえぬ」とつぶやきながら足ばやに通り抜ける。文人としての面子から恥じているか、あるいは人に見せられない下着の中身を恥じているかと思われるだろう。

しかし朱大穌が恥じるのは財布の中身だった。

宗軍に包囲されてから翰林院の月々の俸給は停止された。籠城三ヵ月のあいだに、わずかな米と百枚通しの銭五本をもらっただけだ。しかも百枚通しのはずが実際は七十七枚しかなかった。暖香院《だんこう》の妓女に一度相手をしてもらったら、その後のひと月はかすみを食って生きねばならない。

それでも網絡の使用料は払う。こんな界隈に住むのは安い家賃のためばかりではない。網絡を使ううえで便利だからだ。なにしろ宣仁坊の真裏に網絡管理者の当直小屋があるのだ。網絡の具合が悪くなったら、梯子を蹴って上へ怒鳴るだけでいい。網絡の使用料は月四十銭。網絡管理者の機嫌をとるのにさらにいくらか。収入の大半が消えてなくなるが、網絡なしでは夜も日もあけないのだからしかたない。

「なにをもたもたしてるんだ。さっさと歩け！」

趙大に鎖を引っぱられ、朱大緐はあわてて両手で顔を隠して通りを進んだ。宣仁坊の正門を出て、朱雀大街を東へ。通行人は少ない。戦時とあって鎖につながれた咎人ごときにだれも興味をしめさない。それでも朱大緐は翰林院の同僚と出くわすのを恐れ、小さくなって歩いた。さいわい昼食で満腹の時間帯でみんなうたた寝しているだろう。文官は一人も見かけなかった。

「あ……あのう」朱大緐はしばらくして小声で尋ねた。「逮捕理由はなんですか？」

「ああ？」趙大は眉を上げてにらむ。「風説の流布、流言蜚語の拡散。網絡での狼藉をお上がご存じないとでも思ったか？」

「憂国の民が時局を議論することが罪ですか？　そもそも網絡のやりとりがどうやって政府の耳に？」

趙大は冷笑した。

「政府の話題に政府は聞き耳を立ててるものさ。おまえのような一介の書記でも、虚言妄言をもちいて時局を語れば、役人や役所を誹謗中傷するのとおなじ罪になる。それに東城別院が発明した網絡は警戒厳重な仕組みだ。網絡管理者は網絡を遅滞なく運用するのが仕事だと思ってるだろうが、じつはそこを流れる発言を一字一句記録しているんだ。だから証拠は明白。言い逃れはきかんぞ!」

朱大鯀は驚いてしばらく黙りこんだ。

その脇をどかどかと音をたて、火花と煙を吐きながら猛火油車が通り抜けていった。側面には〝東城二十二〟と漆で書かれ、別院の補修作業車だとわかる。

兵士の一人がそれを見て言った。

「今日も宗軍の攻城作戦がはじまる時間か。軽く撃退できるだろうけどな」

「黙れ。おまえが言うこっちゃないだろう」

同僚がたしなめた。

前方で柳の木陰になにかの屋台があり、客がむらがっていた。趙大がそれを見てにやりとし、兵士の一人に言った。

「おい、劉家の十四男。金をためてあそこで顔をきれいにしたらどうだ。嫁がもらえるぞ」

兵士は顔を赤らめた。

「そうっすね……」

東城別院の刺青除去屋の屋台だった。漢の皇帝は兵士の逃亡を恐れ、入隊した全員の顔に所属軍の名を刺青させていた。建雄軍なら〝建雄〟、寿陽軍なら〝寿陽〟と彫られる。劉家の十四男と呼ばれた兵士は、天涯孤独の流浪人として少年時代からいくつもの軍を渡り歩いて、額から顎まで黒光りする墨だらけになっていた。この地域で覇を競うあらゆる軍閥の名が縦横に並び、墨がはいらないのは両目くらい。将来べつの軍に入隊するなら、剃髪して頭皮に刺青するしかない。

東城別院の王爺が考案した刺青除去術の屋台には、そんな兵士たちが列をなしていた。その術はまず、碱《かん》液《えき》(草木灰の灰汁《あく》)に浸した細い針で皮膚を細かく刺していく。するとその部分の皮膚はかさぶたになって剝がれる。そこにふたたび碱液を塗って布でおおう。すると二度目のかさぶたの下にきれいな新しい皮膚が再生するというわけだ。宗軍による囲城が続いて恟々とする兵士たちは、命があるうちに妻をめとりたがっていた。そんな兵士の心理をよく理解した王爺の発明だった。

さらにしばらく歩き、有仁《ゆうじん》坊ぞいの道で牛車に乗り、さらに東へ進んだ。朱大鯀は麻袋の上にすわらされた。牛車は路面の穴で大きく揺れ、鎖が首に食いこむ。

この役目を引き受けたことを心中で後悔していた。たしかに都指揮使の郭万超とは旧知の仲だ。おたがいの先祖が後漢の高祖、劉知遠《ちえん》の朝廷でともに官職にあった縁である。その後両家の運命は大きく分かれたが、子孫の二人はいまもときどき酒を酌みかわして昔話をしていた。

そんなあの日、郭万超に招かれて出むくと、宣徽使馬峰が同席していて驚いた。馬峰はただの役人ではない。娘を後宮にいれて寵妃とし、現皇帝から国丈《こくじょう》（君主の義父）と呼ばれる人物である。近年宰相から退き、名誉職の宣徽使についたばかり。いまの晋陽でその地位と権力に匹敵できるのは、多くの兵を従えて威風を放つ都指揮使や節度使（地方軍司令官）くらいだろう。

しばし酒を酌みかわしたあと、馬峰から計画を聞かされた朱大鯀は、酒杯を床に捨てて立ち上がった。

「それは謀反ではありませんか！」

「司馬温公は、〝人に心を尽くすを忠と曰《い》う〟と説かれた。『晏子春秋《あんししゅんじゅう》』には、〝忠臣なる者、君によく善を納め、君とともに難に陥ること能わざるなり〟とある。君子は危険な壁の下に立たないものだ。朱君、天下の民草のために利害をよく考えてもらいたい……」

馬峰老人は朱大鯀の袖をとり、髯を震わせて切々と道理を説いた。

しかし郭万超はぞんざいな態度でさえぎった。

「すわれ、すわれ！　芝居がかった真似はやめろ」音高く痰を吐く。「書生はまったくこれだ。貧乏で無力なくせに網絡で日がな一日天下がどうのと議論し、皇帝にけちをつけ、漢は早晩倒れると嘆く。それがいまさら主君への諫言を聞いて狼狽するか。いいか、宗の犬どもに城壁を破られたら晋陽の全住人が殺戮されるんだ。だったら降伏できるうちに降伏して数万の民の命を救ったほうがましだろう。いちいち説明しないとわからん理屈か？」

朱大鯀は、すわって同意するのも去って拒絶するのもできず、立ちつくした。

「しかし城壁には王爺の守城兵器がある。晋陽の守りは堅い。遼から送られた糧米が汾《ふん》水を通じて届いたと聞いた。まだ数ヵ月は持ちこたえられるはずで……」

郭万超は笑った。

「おまえ、魯王爺が味方だと思ってるのか？　むしろあれは害だ。宗はいまや中原を支配した。兵糧も軍資も潤沢。その気になれば包囲戦を数年でも続けられる。三ヵ月前には白馬《はくば》嶺《れい》で契丹に大勝し、南院大王の耶律《やりつ》撻烈《たつれつ》を殺した。以来、契丹は恐れて雁門関《がんもんかん》のむこうに退いたままだ。宗軍が汾水と晋《しん》水の堤を切ったら晋陽は完全に孤立する。どこに勝機がある？　だいたいあの東城の王爺はどこからあらわれたんだ？　奇怪で不思議な発明品の数々はどこから湧いてきた？　本気でこの城を守ろうとしてるのか？　俺はそうは思わん！」

しばし沈黙が流れた。卓上の火油灯がじりじりと音をたて、狭い部屋の壁を照らす。この灯器も王爺の発明である。二銭の猛火油で朝まで燃える。煙はいがらっぽく天井がすすけるが、菜種油の灯よりはるかに明るい。

朱大鯀はゆっくりと席に腰を下ろした。

「わ……わたしになにをしろと？」

「まず道理を説け。通じぬなら匕首を抜け。古来よりの常道だ」

郭万超は酒杯をかかげた。

4

魯王爺がどこから来たのかだれも知らない。晋陽城が宗軍に包囲されるまで無名だった。河東十二州を失ったころから東城別院の名が巷間でささやかれるようになり、ほぼ一夜にして多数の新奇な発明品が城内に登場した。なかでも目を惹くものが三つあった。中城の大水車と製鉄場。城壁の守城兵器。そして城内にはりめぐらされた網絡である。

晋陽城市は西城、中城、東城の三つに分かれる。中城は汾水をまたぎ、その柱廊の下に大水車があって、水勢で日夜まわっている。水車は従来から灌漑や精米に使われてきたが、これほど多くの用途はだれも考えなかった。木製の歯車がきしみながら製鉄場の送風箱を動かす。城壁に仕掛けられた守城兵器の水龍、火龍、巻き上げ機、滑車両もこれで動く。製鉄場には複数の溶鉱炉があり、風を送られた猛火油が赫々《かっかく》と燃えて鉄を溶かす。できた鉄器は重く硬く、使い勝手がいい。

城壁の上はさまがわりした。王爺が考案した二本の平行な木製の軌道が敷かれ、強靱な縄が始点から終点まで渡された。ばね付きの板を押し下げると、水車の力で縄が巻き取られ、軌道上の滑車両が飛ぶように走る。早馬で大廈門から沙河門まで線香が一本燃える時間がかかるのに、滑車両なら煙管を半分吸う時間で移動できる。試運転で乗った兵士たちは初めこそ恐怖で悲鳴をあげたが、何度か乗ってやみつきになった。われがちに運転員になり、日がな一日これに乗って降りようとしない。滑車両は五両あり、三両が人員用、二両が火炎弾投射器用とされた。

投射器は漢代まで使われてきた投石器と仕組みはおなじだ。ただし牛皮を張った腕木をしならせるのに水車の力を使う。これまで五十人がかりで引いていたのが不要になった。そして撃つのは石ではなく、猛火油を詰めた豚の膀胱である。油布でくるんだ火薬と導火線がいっしょにくくりつけられ、点火してから飛ばす。

城壁では石や柱を投げ落とすのが防御の定番である。しかし柱を一本落とせば城内の柱が一本減り、石を一個落とせば城内の石が一個減る。籠城が長引けば守備隊は城内の建物を取り壊して材料を集めることになる。

そこで東城別院は残忍な新兵器を考案した。まず、藁を芯材にして黄土の泥を押し固め、長さ五尺、幅二尺の柱状にする。表面にはびっしりと鉄菱を埋めこむ。泥柱には特殊な製法がもちいられ、芯材の筵《むしろ》は一週間泥につけてなじませてある。さらに糯《もち》米の煮汁を加え、藁と豚の血をいれて何度も叩いておく。埋めこむ鉄菱は汚水にひたして赤黒く錆びさせてある。王爺によれば、これで負傷した宗兵は〝破傷風〟という奇病にかかるらしい。こうして禍々しい黄銅色に輝き、毒々しい鉄菱で全体がおおわれた重さ二千六百斤（約一・三トン）の殺人兵器ができあがる。この泥柱の両端に鉄鎖をつないで城壁に百本吊っておき、宗軍が寄せてきたら頭上に落とす。梯子も、破城槌も、盾も、兵士もたちまち粉砕される。水車の力で鉄鎖を巻き上げれば、血まみれの柱は悠々と城壁の上にもどる。

泥柱に懲りた宗軍は作戦を変えた。契丹人の投降兵から老者、弱者、病者を選んで前衛にした。これらが押しつぶされたあと、泥柱が城壁に引き上げられるまえに、梯子や攻城塔や投石器をそなえた本隊が押しよせた。

ここで守備側には、滑車両に搭載された火炎弾投射器が登場する。赤く悪臭芬々の豚の膀胱がいっせいに数百個打ち出され、無数の火の玉となって宗軍に降りそそぐ。木製兵器は炎上し、兵士たちは阿鼻叫喚。果樹に肉を刺して焼いたようないい香りが立ちこめる。

最後は弓兵隊が城壁に整列し、兜に羽根飾りのある者を狙って矢を射る。宗軍では将官だけが兜に羽根飾りをつけると周知されている。ただし矢の在庫もかぎりがあるので節約する。弓兵は一人あたり三、四本射ると帰陣して休む。一回の戦闘はこれでひとまず終了である。

城下には断末魔のうめきが響く黒焦げの戦場が広がる。城壁には守備隊の兵士が並び、遠くを指さして戦果をかぞえる。死体一つごとに手に丸を描き、その数で東城別院から報奨金が支払われる。王爺の計算ではこの数ヵ月で二万の宗兵が城下で斃れたはずだが、遠望する敵陣は依然として地平線まで連なっている。自己申告式の統計の問題点はいわずもがなである。

晋陽城の守りを固めたあとは、城内の無聊をなぐさめるべく王爺は網絡を発明した。まずつくったのは活字というものである。畢昇《ひっしょう》なる人物の発明を借用したとのことだが、そんな老賢者の名はだれも聞いたことがなかった。[注5]『千字文《せんじもん》』（教育用の漢詩）を板に陰刻させ、これに糯米と藁と豚の血を混ぜた黄泥を押しつける。もちろん泥柱製造で余った資材である。これを剥がして小さな四角に切ると、組み換え自在な活字ができる。この千字を四角い盆に並べ、それぞれの裏に絹糸とばねをつける。千本の絹糸を手首ほどの太さにまとめた束を〝網《もう》〟と呼ぶ。

活字盆は城内のあちこちにあり、つながった網線は壁の下から出て網絡管理者の小屋へ届いている。その末端には金網がある。絹糸は一本一本に小さな鉤状の金具がついて、金網の目ごとに引っかけられている。小屋の壁にはこの金網がずらりと並んでいる。二つの活字盆が連絡を希望すると、管理者はそれぞれの網線の金網同士をあわせ、軽くひねる。すると千本の鉤がそれぞれかかって、絹糸どうしが接続する。これを〝絡《らく》〟と呼ぶ。王爺はこの仕組みを網絡《もうらく》と称した。

接続が確立すると、両端の使用者は活字盆を使って対話ができる。こちらがある活字を押しこむと、小さなばねが絹糸を引っぱり、相手の盆でおなじ活字が沈む。密集した千個の活字から望む漢字を探すのは目が疲れるが、熟練するとすばやく押せるようになる。しかし漢字の世界は広大無辺だ。千字で蒙を啓けても、人生や宇宙を議論するには不足だと懸念する文士もいた。しかし王爺は、重複のない千字を使いこなせば宇宙も議論できると反論した。古来より伝わる名詩名文はこの千字をもちいており、網絡の会話には充分だという。

　じつは『千字文』には一字だけ重複がある。〝潔〟が二度出るのだ。東城別院はこの一字を抜いて、曲がった矢の記号の活字に置き換えた。網絡での会話中に、活字を打ちながら相手の打った活字を見るのは困難をともなう。そこで王爺は、自分の文を打ちおえて相手に発言権を譲るときは、この回車鍵《キャリッジリターン》を打つという規則を定めた。曲がった矢を回車と呼ぶ理由は説明されなかった。

　当初は一対一の会話しかできなかったが、王爺が設計した複雑な黄銅製の鉤棚を使うことで、多くの網線を同時接続できるようになった。一人が一字を押すと、ほかのすべての活字盆でもおなじ字が沈む。

　進歩は新たな問題も引き起こした。八人の学者が会話しているとき、一人が回車鍵を押すと、ほかの七人はわれがちに自分の意見を叩きはじめてしまう。活字盆は北風で荒れる晋陽湖のように支離滅裂に波立ち、収拾がつかなくなる。これを解決するために、東城別院は空白の活字を十個そなえた新型の活字盆を発売した。使用者たちが黄銅製鉤棚を使って会話組をつくったら、まず全員の雅称《ハンドル》を空白活字に書きこむ。そして発言したいときに自分の活字を押す。先に活字が動いた者が発言権を得て、次に回車鍵を打つまで他者の発言は許されない。王爺はこの規則を三次握手《3ウェイ・ハンドシェイク》とか音楽椅子《ミュージカルチェア》と呼んだが、意味は解説しなかった。朱大鯀はしばしば自分の〝朱〟の字を連打して仲間の顰蹙《ひんしゅく》をかった。活字連打は他者の発言機会を奪うばかりでなく、絹糸切断事故の原因にもなる。

絹糸は丈夫だが、風雨による劣化、虫や鼠による食害、朱大鯀のような不心得者による事故はしばしば起きる。会話中に突然、〝文士の身でありながら先賢の名を汚す無知蒙昧な犬め〟と罵倒されたら、怒るまえに一部の絹糸の切断を疑ったほうがいい。たとえば「子曰く、堯舜《ぎょうしゅん》も其《そ》れ猶《な》お諸《こ》れを病めり（堯舜でさえ頭を悩ませた）」と打ったつもりが、相手の活字盆には、「子曰く、堯舜《ぎょうしゅん》諸《こ》れを病めり（堯舜は病気だった）」と出ているかもしれない。古代の名君を誹謗するばかりか、聖人孔子さえ中傷してしまう。

こんなときは「管理者！」と大声で呼んで、網線の点検手間賃として数銭を握らせる。そして網絡をできないあいだに市場へ出て烙餅《らくへい》をひと山買っておく。網絡管理者はそのあいだに接続をはずし、切れた絹糸を探してつなぐ。このとき、握らせた手間賃が少ないと巨大な結び目をつくられてしまう。当然そこが網線内でひっかかって、老牛が牽く荷車のごとく低速になる。充分な銅銭を渡しておけば、管理者は櫛で絹糸をきれいに整え、結び目も極小でまとめてくれる。そうしたら窓ごしに烙餅を渡して、「直った！」と声をかければよい。このように網絡管理者への付け届けは欠かせず、朱大鯀はどんなに懐具合が苦しくてもその分をとってあった。

東城別院はこのように守城兵器で軍心をつかみ、もろもろの発明品で民心をつかみ、網絡で文官の心をつかんだ。網絡があれば部屋から一歩も出ず、その場で論争ができる。三皇五帝《さんこうごてい》以来のどの王朝時代でもこれほどの便利はなかった。宋軍に包囲された晋陽では、城市を出て懸甕《けんおう》山に登ることも、汾水を観光し、花を賞《め》でて酒を楽しむこともできない。閉じこもって読み書きするだけ。苦痛きわまりない。西城にはりめぐらされた網絡がなければ、文官たちは困窮と退屈から蜂起して政府を倒していただろう。なにしろ国はこの一城のみ。三省六部の政府組織は有名無実化し、俸給も支払われず、皇帝は政事をかえりみない。文官は城内で有閑無用の一群となり、網絡上で不平不満を書き連ねるばかりだった。

網絡を称賛する者がいる一方、鬼神かなにかのように敬して遠ざける者もいた。魯王爺を賛美する者もいれば、陰口をたたく者もいた。王爺の姿をだれも見たことがないのに、巷間の話題の中心だった。

朱大稣は馬峰と郭万超によって説客として送られるまで、そんな王爺との接点ができるとは夢にも思わなかった。戦うべきか降《くだ》るべきか、道理は明白でない。しかし国の文武二相から重責をになわされたいま、降伏をうながす説法と鋭利な匕首をともに懐中に秘してゆくしかない。

5

牛車はきしみながら館駅《かんえき》（宿屋）のまえを通った。中庭を二棟がはさむ構造のこの館駅は、王爺が晋陽にあらわれてすぐに改築された。壁は橙色《とうしょく》の漆が塗られ、青地の看板には〝漢庭〟と大書されている。中庭付きの大漢の宿という意味だろう。奇妙な商号だが、王爺のさまざまな発明品につけられる新語の一つだ（漢庭飯店は現代中国のホテルチェーン）。

王爺が東城別院にはいってから、この館駅の中庭をかこむ壁に二つの窓がもうけられた。その一つでは酒が、もう一つでは雑貨が売られる。酒は威士忌《ウイスキー》と称する。〝威猛の士も恐れて忌む〟という詩的な命名らしい。遼に産する粟を館駅の奥の建物で蒸して泡立てて煮てつくるという。できた酒は水のごとく透明で冷たく、飲むと喉から胃の腑まで焼けるように熱くなる。市場で醸造販売される米酒より味がいい。一升で三百銭。市場にあふれる自家製の酒よりはるかに高価だが、酒飲みはどこからか工面してくるものである。

「隊長！　矢を射ろ！」

声が聞こえたほうを朱大繇が見ると、城壁の下に十数人の無頼漢がいた。干し草を積んだ荷車の上に立ち、城外へむけて声をあわせて怒鳴っている。

城壁の上から守備兵が顔を出し、あやしむでもなく言った。

「また金欠になったのか、趙兄弟。こっちの酒の取り分を忘れるな。将軍の大目玉をくらいかねないんだからな」

「わかってる、わかってる！」無頼漢たちは笑い、また声をあわせた。「隊長、矢を射ろ！　隊長、矢を射ろ！」

まもなく城外から宗兵の大声が聞こえた。

「約束をかならず守れ！　矢五百本で酒一斗《と》（十升）だぞ！　たりなかったら承知せんぞ！」

「わかってる、わかってる！」

無頼漢たちは答えて、いっせいに動きだした。干し草を満載した荷車七、八両をどこからか押し出し、一カ所に並べる。自分たちは頭をかかえて城壁の下に隠れた。

「隊長、いいぞ！」

弓弦が鳴り、矢の風切る音が響いた。空を埋めつくす飛蝗《ひこう》のように無数の矢が飛び、車上の干し草に刺さる。たちまち荷車は刺猬《はりねずみ》のようになった。

朱大繇はそれを遠望して感心した。

「諸葛孔明の草船借箭《そうせんしゃくせん》の計だな。いまも通用するのか」

しかし趙大は吐き捨てるように言った。

「あの無頼どもは敵陣と商売してるんだ。あれこそ謀反だ。守備隊はいつも矢が不足してる。そこで皇帝陛下は、矢を回収した者に一本十銭払うと告知された。無頼どもが五百本集めれば五千銭になる。それで酒を買えば一斗七升。一斗樽を城外に吊り下ろして宗兵にやり、城壁の守備兵には目こぼし料として二升を分け、残り五升を自分たちで飲む。そして道ばたで酔いつぶれるってわけだ。自堕落な！」

　そして無頼漢たちをにらんで怒鳴った。

「てめえら、白昼堂々といい度胸してるな！」

　無頼漢たちは悪びれもせずに笑って頭を下げ、通りに荷車を押していった。

　正義漢ぶる趙大だが、実際は自分も目こぼし料を取っているはずだ。しかし朱大鯀は指摘せず、嘆息した。

「籠城が長引くせいで人心の乱れははなはだしい。早く宗兵に占領されたほうが楽だろう」

　すると趙大は声を荒らげた。

「妄説を吐くな！　謀反の煽動は鞭打ち刑だぞ」

　この趙大が馬峰と通じた内応者かどうか確信がなかったので、朱大鯀は口をつぐんだ。

　容赦なく照りつける日差しのなか、しなびた柳の日陰を牛車はのろのろと進んだ。西城の街道はやがて中城へはいる城門にぶつかる。中城は差し渡し二十丈ほどで上下二層に分かれている。下層には大水車、製鉄場、その他の熱気と騒音を吐く機械類をそなえる。上層は人と車馬の通り道で、両脇には役所の水文部、製織部、冶金部、卜筮《ぼくぜい》部などの建物がある。

　路面は棗《なつめ》材で舗装されている。ただし部分的だ。中城が築造されたのは武則天の時代で、并州長史《へいしゅうちょうし》の崔神《さいしん》慶《けい》が汾水をまたいで東城と西城をつないでつくらせた。以来三百年、棗材の舗装は定期的に蜜蠟で磨かれ、日夜人馬に踏まれて、血が凝《こご》ったような黒褐色を呈して鉄石なみに硬くなっていた。打てば銅鐘のごとく鳴り、剣さえ跳ね返して一条の白痕を残すのみ。盾にすれば矢にも刃にも耐える。宗がもちいる連射式床弩《しょうど》も通さない。そのため長い籠城中に棗材はあちこち剝がして持ち去られていた。穴はぞんざいに黄土で埋められ、うかつに踏めば足が沈んで牛は捻挫する。

「降りろ」

趙大が朱大鯀に命じた。牛車は兵士たちにまかせて引き返させ、みずから咎人《とがにん》の縄を引いて徒歩で中城にはいった。

汾水は水量が減って細っていた。北から蛇行する濁水は城下十二連の太鼓橋をくぐって南へ流れ去る。朱大鯀は嘆息した。

「遼、漢、宋の三国が一本の川で北から南へ連なる。ああ、この景趣を眺めて一句……」

詠むまえに、その頭を音高く趙大がはたいた。幞頭がかしいで詩情は雲散霧消した。

「黙れ、食いつめた書記風情が。こっちは大汗かいて連行してるんだ。いらいらさせるな。県衙の役所は目のまえだ。黙って歩け」

朱大鯀は口をつぐんだが、心中では黙っていなかった。自由の身を回復したら腐敗官僚として網絡で炎上させてやると考えた。しかし東城別院の王爺を任務どおりに説得したら、漢は滅亡し、晋陽は宋に支配されるのだ。そのとき網絡はまだあるだろうか。考えるとめまいがしてきた。

無言で中城を通り抜け、こぢんまりした東城にはいった。太原県治所のまえを通って埃の舞う通りを二度曲がると、青煉瓦に灰色の屋根瓦の中庭に出た。そこに面する壁は高く滑らかで、窓には鉄格子がはまっている。趙大は役人に挨拶して書類を渡した。

朱大鯀は兵士の手で西棟へ連行された。鎖がはずれて通告される。

「独房があたえられることを感謝しろ。食事は日に二回。金銭、追加の食べ物、寝具は家族に頼め。逃亡を試みたら罪が一段重くなる。裁判は二日後。そこで罪をありのままに話せ。わかったか?」

背中を蹴られて独房に転がりこんだ。兵士は扉を閉じて施錠し、去った。

朱大鯀は起き上がり、尻をさすりながら独房を見まわした。あるのは榻《とう》（寝椅子）、筵、洗面用の銅盆、便器の木桶。暗いが、自分の部屋より整理整頓されているともいえる。

筵にすわって袖袋を探った。隠し持ったものはそろっていた。まず『論語』。王爺との舌戦でよりどころとなる賢人の知恵だ。次に空の木箱。隠し蓋の下に馬峰がしたためた長い檄文がある。内容は降伏の嘆願書だが、舌を巻くほど厳格な言葉で正義を説いている。そして鍛えられた六寸三分の両刃の匕首。故事にいう、匹夫《ひっぷ》の怒りによる五歩分の血を流させるわけだ。この最終手段を考えると、朱大鯀の体に流れる突厥《とっけつ》沙陀族の血がうごめくようだった。

6

目覚めて初めて眠っていたことに気づいた。窓から斜めに夕日が差しこみ、暮れ方に近い。

通路の足音を聞いて、朱大鯀はゆっくり起きて伸びをした。鉄格子のむこうを見る。

馬峰によれば、監獄に潜りこませた内応者が頃あいを見てあらわれるとのことだった。この獄卒は油紙の灯籠を左手に、食事のおかもちを右手に持って、鼻歌まじりにのんびり歩いてくる。朱大鯀の監房のまえで足を止め、灯籠で鉄格子を軽く叩いた。

「おい、めしの時間だ」

おかもちから胡餅《こべい》を二枚出し、醤菜《しょうさい》（味噌漬けの野菜）で巻いて鉄格子のすきまから差し出す。

朱大鯀は胡餅を受けとって友好的な笑顔で尋ねた。

「ありがとう。ところで咎人に聞かせる話をことづかっていないかな？」

獄卒は左右を見ておかもちを下ろし、懐から紙を一枚出して低く言った。

「こっそり読め。他人に見られるな。将軍からは、〝人事を尽くして天命を待て。指示に従えば成否にかかわらず厚遇する〟とのことだ」

あとは声高になって続けた。

「甕《かめ》に水があるから自分で汲んで飲め。便は木桶にしろ。血や膿や痰で寝床を汚すな。わかったか？」

獄卒はおかもちを取り、灯籠で通路を照らしながら去った。

朱大鯀は胡餅を二口三口で食べおえ、水で喉をうるおすと、鉄格子を背にしてわずかな落日の光を頼りに書状を読んだ。読みおえるとかえって混乱した。獄卒は郭万超の命を受けていると思ったのだが、この書状によるとちがうらしい。こう書かれている。

謹啓
われらが大漢は危難にあり。兵も糧も少なく、城の守備は機械頼み。東城別院の人心は不穏にして、魯王爺は裏切りの恐れあり。王爺が宗に投ずれば大漢を救うすべなし。この書状を読み、王爺に面会して利害を明確に説き、くれぐれも屈して降らぬようにされたい。王爺は東城別院にこもって余人と会わず、この下策のほかなし。大漢の社稷《しゃしょく》を思い、王爺に方針堅持を請われたい。宗を打倒する日はいつか来る。
——楊重貴再拝

字が汚く文章は下手。無教養で粗野な者が書いたらしい。落款の〝楊重貴《ようちょうき》〟という名に覚えがなかったが、しばらくして建雄軍節度使、劉継業の本名だと思い出した。彼は麟《りん》州刺史、楊信《ようしん》の息子であるが、のちに初代皇帝、世祖劉崇《りゅうすう》の養孫となり、名を劉継業《けいぎょう》とあらためた。軍を率いて三十年不敗であったことから〝無敵〟と称され、現在は晋陽の守備隊を指揮している。

書状の落款に旧名を使うのは、現皇帝に距離をおく心をあらわしている。理由は明白だ。天会十三年閏《うるう》五月に、宗の太祖が汾水の堤を切って晋陽城を水攻めにした。街道は水に沈み、城内全域に死体とごみが漂った。劉継業は宰相郭無為《かくむい》と連名で降伏をすすめて上書したが、皇帝劉継元からは嘲罵を浴びた。郭無為は斬首され、劉継業は閑職に追われた。

当時主降論を唱えた将軍が、いまは主戦論を唱えている。その理由もわかる気がした。無敵将軍は戦場で多くの将兵を殺した勇猛な武人だが、同時に庶民の苦しみに涙する人情味にあふれた人物でもある。十年前、城内の住民は飢えに苦しんでいた。昼は泳いで通りへ出て柳の樹皮を食い、夜は屋根で眠るうちにころげ落ちて悪臭芬々の水で溺死した。劉継業はそのようすを見て心を痛め、開城して宋兵をいれれば庶民のこの苦しみを終わらせられると考えたのだ。

しかし今回、食糧はたりている。庶民は食うに困らず、それどころか余りを売って威士忌《ウイスキー》を飲んだり、新奇な発明品を買ったり、青楼を訪れたりしている。心身ともに充足したようすを見て劉継業は意を強くしたのだ。これなら百年籠城もできる。宋皇帝が城外で老衰死すれば、かつての屈辱に一矢報いられる。しかし東城別院は門を堅く閉ざして外部者と会わず、王爺に接触できるのは獄囚しかいない。そこで劉将軍はみずから下手な筆をとって嘆願書をしたため、獄卒から憂国の獄囚に渡させて、王爺の耳にはいることを期待したのだろう。

「やれやれ……」

そこで朱大龢ははっとして、書状を細かくちぎって木桶に捨て、放尿して証拠を隠滅した。食事を運んできた獄卒は待ち人ではなく、劉継業の手の者だったわけだ。奇妙な偶然である。

窓の外はたちまち暮れ、無灯の房内は暗くなった。腹がふくれてすることがない。普通なら網絡で無聊をまぎらわすのにちょうどいい時間である。無意識に指を動かしながら『千字文』を暗唱した。活字盆で求める字をすばやく打つには、この巧妙な漢詩を熟知する必要がある。配置を隅々まで指で憶えることが当代文士の必須技能となっている。

　ふたたび通路に足音が聞こえた。火明かりが近づく。朱大鯀はすぐに鉄格子のそばに寄って待った。松明《たいまつ》を高くかかげた獄卒が独房のまえで足を止め、冷ややかに訊いた。

「網絡煽動罪で収監された朱大鯀か？」

　それに対して笑顔で答えた。

「そうだ。そんな罪名は初耳だけど……。ところで咎人に聞かせる話をことづかっていないかな？」

「ごほん……控えよ！」

　獄卒は急に威儀を正した。左右を見て、懐中から金色に輝くものを出して広げた。朱大鯀は顔色を失って膝をついた。役職のない一介の書記だが、昭文館で大学士の香台にそなえられているのを見たことがある。ぶるぶると震えて叩頭した。

「臣民……いえ、咎人の朱大鯀、陛下のご指示を頂戴いたします」

　獄卒は直立不動となり、一字一句に念をこめて読んだ。

「奉天承運《ほうてんしょううん》、皇帝の詔《しょう》に曰く、朕はその方の見解を知る。つねづね国家の大事を網絡にて議論し、言葉巧みに人心を惑わす。されど今回は虚偽の告発を受けたことを了解し、救済を約する。ただし朕の事情に協力すべし。朕が東城別院へおもむくのは適切でなく、されど王爺は晋陽宮を訪れず。朝廷に人多しいえど信をおける者なく、頼るはその方のみ。朕とその方はおなじ沙陀族にして、乙毘咄陸可汗《イビル・テュルク・カガン》の末裔なり。朕はその方を信ずる。その方も朕を信じるべし。朕に代わって王爺に今後を問え。王爺は朕のために飛艇をつくると約した。家人百六人、旧知の沙陀族四百人を一度に乗せて城を脱し、汾水にそって太行《たいこう》山を登り、雁門関を越え、遼へ直行できる。飛艇は〝斎柏林《ツェッペリン》〟と号し、柏《かしわ》の樹林より高く飛ぶの意なり。されど近頃の王爺は守城に多忙で建造の暇なしと述べ、二カ月経過も飛艇の姿なし。宗兵の勢い猛々しく、朕の心中穏やかならず。忠臣たるその方が王爺に飛艇建造を説得しえたならば、当然その席を用意する。山西劉氏再興のおりには宰相に任ずる。君に戯言《ぎげん》なし」

「う……うけたまわりました」

朱大鯀が叩頭したまま両手を頭上に上げると、ずしりと重い巻子《かんす》が乗せられた。獄卒は鼻から息を吐いて言う。

「きさまにできるかな。陛下にご説明が必要だ……」

首を振って去った。

朱大鯀は全身に冷や汗をかいて立ち上がった。黄色い絹の巻子をうやうやしく袖におさめながら、その趣旨を考えて混乱した。郭万超と馬峰は投降を求め、劉継業は継戦を求め、皇帝は逃亡を求めている。どの説も理があるようで、よく考えるとどれも理がない。だれに耳を傾け、だれを無視すべきか。心中は乱れ、考えると頭が痛くなる。

思考の迷路で時を忘れるうちに、ふたたび足音が聞こえた。げんなりしてよろよろと鉄格子前に移動した。やってきたのは火油灯をともした獄卒だった。煌々とあたりを照らして言う。

「遅くなってすまん。今日の収監者はきみ一人なので、当番の交替まではいれなかったのだ」

「……咎人に聞かせる話をことづかっては？」

朱大鯀はもはや愛想なく尋ねた。今日三回目である。

獄卒は声を低くした。

「将軍と馬老から次のようにことづかった。明日巳《し》時一刻に東城別院から迎えが来る。王爺は新奇ななにかに着手して人手を求めている。錬丹術《れんたん》に精通していると述べれば王爺の身辺に近づける、と」

朱大鯀は驚いた。

「錬丹術だって？　わたしは一介の書生だ。霊薬をつくる秘法など知るわけないだろう」

　獄卒は眉をひそめた。

「べつに秘法を知る必要はない。王爺に近づくための方便だ。本当に錬丹しなくてもいい。それらしいことを言葉の端々に混ぜてしゃべればいいのさ。胡粉《ごふん》、黄《おう》丹《に》、朱砂《しゅさ》、金液《きんえき》。さらに『抱朴子《ほうぼくし》』『参同契《さんどうかい》』『列仙《れっせん》伝《でん》』とかな。(注6)だれもわかりゃしないし、追い出される心配はない。今晩は早く寝ろ。明日迎えにくる。うまく説得しろよ！」去りかけて二歩で足を止め、訊いた。

「匕首はちゃんと持ってるか？」

7

　夜は知らぬまに明けていた。遠くかすかに吶喊《とっかん》と剣戟の響きが聞こえる。宗兵がまた城を攻めている。晋陽の住民は慣れっこで顔も上げない。

　獄卒が朝食を運んできた。朱大緜は粟粥の碗の縁から獄卒の顔を見て、昨夜は灯籠や松明や火油灯ばかり注目して肝心の獄卒の顔を見ていなかったことに気づいた。今朝の獄卒が三者のいずれかわからない。

　粥を食べおえると、しばらく閑座《かんざ》した。やがて外が人声で騒がしくなった。東城別院の制服を着た大柄な男が中庭にあらわれた。朱大緜は獄卒によって独房から出され、中庭に連れていかれた。迎えたのは黄色い髯を顔じゅうにはやした男である。

「わたしは魯王爺の従僕だ。ここの獄囚は別院で勤務すると約束すれば、王爺の慈悲によって刑罰を免除される。きみはたいした罪ではないな。ここに署名を。それで刑は終わる」

　紙と筆を渡された。筆といっても毛筆ではなく、鵞鳥の羽根を墨汁につけて書く。鳥の羽根を抜いて碱液にひたして先をとがらせれば筆記具になるなど、王爺があらわれるまでだれが思いついただろうか。

　朱大緜が迷わず署名しようとすると、黄髯《おうぜん》の男は筆を引っこめた。

「じつはいま、王爺はある特殊技能の持ち主を求めておられる。錬丹術の心得があるかどうかをまず聞かせてくれ。率直にいってきみは柔弱な本の虫に見える。誇大な自己宣伝はやらなくていいぞ」

朱大緜は用意した口上を滔々《とうとう》と述べはじめた。

「幼時より父の指導で『参同契』を修習しました。大《たい》易《い》、黄老《こうろう》、炉火《ろか》の術に精通します。乾坤《けんこん》は鼎《てい》をなし、坎離《かんり》は薬をなし、陰陽を納甲《なっこう》す。火勢をあやつるのも自在。これまで百二十粒の金丹を錬成し、日々服用しました。いまだ仙人の域には達せずとも、体はすでに軽捷《けいしょう》にして病知らず。養生と延命の効果あり」

そこまで一息に述べると、金丹の効果を証明すべく、身軽に後ろ宙返りをした。さらに中庭におかれた八十斤（約四十キログラム）の石碑を頭上に高く持ち上げ、もとの地面に地響きとともに投げ下ろした。手をはたいて息は乱れず、顔色も変えず。

黄髯は目を丸くし、見物人は拍手した。うしろに控えた獄卒が親指を立ててみせた。やはり彼が馬峰の内応者らしい。

「すばらしい！　今日は逸材を見いだしたぞ」黄髯は笑い、腰につけた竹筒をあけて墨汁に鵞鳥の筆をひたした。「ここに署名を。以後きみは東城別院の職員だ。王爺のもとへ案内しよう」

朱大緜が指示どおりに署名すると、黄髯の指示で足枷がはずされた。黄髯は牢獄の職員らに拱手《きょうしゅ》し、部下たちを引き連れて中庭をあとにした。しばらく連れまわされた朱大緜は、ようやく大きな邸宅に到着した。広い区画に多くの建物が並んでいる。青い制服の門番が黄髯に笑顔で声をかけた。

「よい仕入れができましたか？　最近は治安がよすぎて入獄者がほとんどいませんから」

「まったくだ」黄髯は答えた。「王爺は錬丹術の助手を求めてあせっておられた。ようやくみつかった」

別院の門前には人だかりができていた。皇帝の使者、市井の商人、恩恵にあずかりたい官吏、冤罪を訴える庶民、自分の発明品を見てもらいたい発明家、買ったものに飽きて返しにきた暇人、仕事を求めて自薦する労働者、容姿をひけらかす娼婦などがいる。門番は帳簿にしるし、婉曲に断り、上司に報告し、警棒で追い払い、賄賂を受けて数日後に再訪しろと告げ、それぞれ手ぎわよく対応している。

黄髯は部下たちとともに構内へ進んだ。中庭には見たことのない眺めがあった。影壁《えいへき》のむこうに大きな池があり、その中央から一丈もの高さに水が噴き上がっている。水の花が咲いたように壮観だ。黄髯が説明した。

「本来は中城の水車でこの噴水を動かすんだが、いまは宗軍による城攻めのまっただなかで、水車の動力は城壁の滑車両や投射器や巻き上げ機むけが優先されている。だから噴水の仕組みは人力で動かしている。別院の非熟練労働者数十人がやっている。彼らは力仕事専門だ。きみのような技術者とはちがう」

耳慣れない言葉が次々と出てくるが、とりあえず黄髯の指さすほうを見た。たしかに筋肉質の男五人が脇にいて、うつろな目つきで踏み板を交互に踏んでいる。踏み板は転輪をまわし、転輪は水箱をかきまぜ、その弁が開閉して水を空中高く噴き上げている。

噴水を通りすぎて月亮門《げつりょうもん》をくぐり、次の中庭に出た。両側に十数軒の工房が並ぶ。

「城中で販売している懐中電灯、黒眼鏡、ばね仕掛けの玩具、拡声器、虫眼鏡などはここで製造している。別院職員は五割引きで買える。市場に出回らない珍品もあるぞ。あとで時間があったらのぞいてみるといい」

話しながら三番目の中庭にはいった。高く張った天幕の下に、猛火油車の黒光りする重厚な部品が並んでいる。機械が白煙と騒音を吐きながら車輪を軽快に回転させている。油まみれの職人が熱心に議論し、そこでは「シリンダー圧」「点火タイミング」「飽和蒸気圧」といった不可解な言葉が飛びかっている。二人の大工が車体の骨格を組み立てている。中庭の隅には猛火油の樽が数十本あり、香るような臭いようなにおいが漂っている。海南島に産し、守備隊が攻城軍を火攻めにするのに使われていた猛火油は、いま王爺のおかげで使い道が広がっている。

黄髯は言った。

「晋陽城内を走る猛火油車はすべてここで製造している。別院の売り上げの半分以上を占める。もうすぐ最新型が発売になるぞ。車名は保時捷《ポルシェ》。時間と捷《はや》さを保証するという意味だ。縁起がいいだろう!」

進むと第四の中庭に出た。ここはさらに奇妙で、かん高い騒音や破裂音が響き、甘いような苦いような異臭が漂い、五色の閃光がひらめいている。

「ここは別院の研究所だ。王爺の百花繚乱の発想を職人たちがすみやかに形にする。ただし、よく事故が起きるので長居は無用だ」

黄髯が引き連れた職員たちは三々五々散って、第五の中庭に近づいたときには朱大鯀と二人だけになっていた。門前には青い制服の門衛が立っていた。黄髯は通行証を見せ、合い言葉を言い、暗号をいくつか紙に書いて、ようやく通行を許された。朱大鯀は新任の錬丹術士として綿密に身体検査をされた。皇帝の詔書は独房の梁の上においてきた。匕首は結髪のなかに隠している。朱大鯀は大きな頭に青い絹織りの幞頭をかぶっていて、門衛はそれを脱がせた。しかし黄色い埃にまみれた髪が雑然と結われているのを見ただけで、さわって調べようとはしなかった。むしろ袖袋から出てきた『論語』に注目した。門衛たちは朱大鯀をじろじろ見ながら頁をめくった。

「錬丹術士がこれをなにに使うのだ?」

この『論語』は王爺が発明した泥活字の印刷本では

ない。周の世宗柴栄《さいえい》の代に官製木版で刷られ、輾転流《てんてんる》伝《でん》のすえに朱大鯀が入手した。平素宝物のように開いて心のよりどころにしている書物である。それを皺だらけにされ、身を切られるような痛みを感じながら取り返して、先へ進もうとした。

そこで黄髯が言った。

「この先の北房は王爺の居所だ。邪魔はうとまれるので、わたしはここで控える。きみだけで面会しろ。恐れることはない。王爺は温厚な善人だ。話はしやすい……。そうだ、きみの名をまだ聞いていなかったな。署名するときによく見ていなかった」

そこですぐに答えた。

「姓は朱。排行は第一（長男で大と呼ぶ）。夏《か》の始祖禹《う》の父である鯀《こん》にちなんで名づけられました。字《あざな》は伯介《はくかい》です」

「では伯介どの。わたしは王爺の従僕で、彼が晋陽城に到着したときから身辺のお世話をしている。以来、〝金曜《フライデー》〟という名をいただいている」

朱大鯀は拱手した。

「感謝します、金曜どの」

黄髯も拱手した。

「礼にはおよばぬ」

そして背をむけ去っていった。

朱大鯀は衣冠を整え、咳払いをし、両手で顔をこすり、唾を飲み、意を決して屋内にはいった。

室内は広かった。窓には黒い紙が貼られ、火油灯が四、五個ともっている。室内中央に長卓があり、瓶や容器がいっぱいにおかれている。そのまえに男が一人立ち、うつむいてなにか作業していた。

朱大鯀の両手は汗ばみ、心臓は高鳴り、脚は震えた。しばらくして勇気をふるい、咳払いをして、跪拝した。

「王爺！　わたしは……その……咎人の身の……」

男がこちらをむいた。朱大鯀は畏れ多くて顔を伏せたままだ。王爺の声がした。

「ちょうどいい！　ちょっと手伝ってくれ。数日前から行き詰まってるんだ。ほんの中学校程度の化学の知識を持つ人がどうして少ないのか、不思議でならない。きみの名前は？　そんなところで這いつくばってないで、立ってこっちへ来てくれ」

魯王爺から早口で招かれた朱大鯀は、あわてて立って、顔は伏せたままそちらへ進んだ。この王爺は貴人にもかかわらず、軽快な言葉に温和な態度で親近感がわく。ただ発音や調子がずいぶん奇妙だ。頭で何度かくりかえさないと意味がとれない。どこの方言だろう。

「小人朱大鯀、前科者ながら」

顔を伏せて部屋の中央へ出た。瓶や容器に足があたって倒してしまう。不注意でも目が悪いのでもなく、床がちらかりすぎて足の踏み場もないのだ。

「ああ、小朱《シャオジュー》、僕のことは王《ワン》先生とでも呼んでくれよ」王爺は爪先立ちになって朱大鯀の肩に手をかけた。「大きいね。一メートル九十センチはあるかな。翰林《ハンリン》院《ユエン》の書記だそうだけど、学問をやっているようには見えないね。食事はすませたかい？　まだならテイクアウトでなにかとってもいい。食べたのなら本題にはいろう。今日の実験結果がまだ出ていないんだ」

立て板に水で話されて朱大鯀は頭がくらくらした。

上目遣いにのぞき見ると、王爺はすこしも王爺らしい格好ではなかった。背は高くないし、顔は白くて髭がない。左右の襟を鈕《こう》でとめる形式の白い綿布の衣を着ている。髪は托鉢僧のように短い。年は二十代だろうか。笑顔のなかにも心配そうに眉をひそめている。

「王爺のお言葉は小人にはよく聞きとれません……」

この奇妙な王爺の来歴を考えながら、朱大鯀は低頭恐縮した。

すると魯王爺は笑った。

「僕の言葉が聞きとりにくいって？　僕にはきみたちの言葉のほうがよほど聞きとりにくいよ。来た当初はちんぷんかんぷんだった。ここの官話は広東語や客家《はっか》語に近いんだね。現代の山西語や陝西語《せんせい》とはぜんぜんちがう。僕は歴史言語学者じゃないから、古代北方方言がこれほど多様だとは思わなかったよ！」

　今度は王爺の言葉を聞きとれた。しかし全体の意味がまったくわからない。満面に冷や汗が流れた。

「小人は浅学の身で、王爺のお話はしかと……」

　魯王爺は軽く手を振った。

「わからなくて当然。わかる必要はない。さあ、こっちへ来てこのフラスコを押さえていてくれ。おっと、そのまえにフィルター付きのマスクをして。きみも錬丹術を学んだのなら、化学実験中に有毒ガスが発生する危険は知っているだろう？」

　朱大鯀は茫然とするばかりだった。

8

　卓上に並ぶ水晶瓶には朱大鯀が見たことも嗅いだこともない奇怪な液体がはいっていた。あるものは赤く、あるものは緑。あるものは刺激臭がし、あるものは鼻が曲がるほど臭い。魯王爺に手伝ってもらって口罩《こうとう》（マスク）をつけ、広口瓶を押さえて持った。

「この棒でゆっくりとかきまぜるんだ。絶対に急いでまぜてはいけない。いいね？」

　朱大鯀はうなずき、暗緑色の液体をおそるおそる攪拌した。生臭い潮のにおいが立ち昇る。野菜の羹《あつもの》のように温かい。

「これは干した海藻の灰をアルコールに溶かしたものだ。きみたち古代人がいう昆布だよ。高麗昆布をかの地の宮廷医から取り寄せた。『湯頭歌《とうとうか》』には、〝昆布は癭《えい》を散じ、瘤《りゅう》を破る〟とある。すなわち甲状腺腫に効くというわけだけど……待てよ、『湯頭歌』は清代の書物か。うっかりしたな」

　話しながらべつの容器を取り、粘土の封を慎重にあけた。刺激臭のある薄黄色の液体がはいっている。

「これは硫酸だ。錬丹術でいう緑礬油《りょくばんゆ》。あるいは鏹水《きょうすい》だね。『黄帝九鼎神丹経訣《こうていきゅうていしんたんけいけつ》』には、〝胆礬《たんばん》を煆焼《かしょう》すると白霧を生じ、これを水に溶かすと濃い鏹水を得る。白髪に使えば黒髪に変じる。いがらっぽい白霧に冒《おか》されると、たちまち身は仙境に入り、十八年後に老人が童《わらべ》となりて還る〟とある。よく知っているはずだ」

朱大鯀はしったかぶりでうなずいた。

「王爺のおっしゃるとおりです」

「僕のことは王《ワン》先生で頼むよ。王爺と呼ばれると歯が浮きそうだ。さあ、はじめよう。ゆっくりかきまぜて。止めないように」

王爺は卓上に白紙の三面の屏風を立て、口罩をして、容器中の緑礬油をゆっくり傾けて広口瓶にいれていった。朱大鯀は鼻腔に刺激臭を感じ、綿布ごしでも頭痛がして涙が流れた。やがて広口瓶から一朶《だ》の紫の煙霧が立ち昇り、ゆるゆると漂いはじめた。朱大鯀は全身に冷や汗が流れたが、王爺は快笑した。

「わっはっは、ついにできたぞ！　原始的な手法ながらもヨウ素を抽出できるとわかれば、大計画は半分成ったも同然だ！　攪拌は続けてくれ。最後まで反応させる。一斤の乾燥した海藻から純粋なヨウ素をどれだけ取り出せるか計算したい……。僕が硫酸と硝酸をつくった方法を聞きたいかい？　それこそが産業基盤をつくりだす長い旅の第一歩だった」

「聞きたいです」

朱大鯀がすなおに答えると、魯王爺はうれしそうに話しはじめた。

「僕は高校時代から化学が得意で、大学では機械工学を専攻した。だから基礎知識はある。でなければここまでやれなかったよ。最初は錬丹術の方法で胆礬から硫酸をつくろうとした。でも城内を探しまわっても二斤しかなくて、とうていたりない。そんなときに製鉄場をふと見たら、数千斤の黄鉄鉱があったんだ。眼前に積まれた宝の山だよ！　黄鉄鉱を熱すると亜硫酸ガスが出る。これを水に通して亜硫酸水溶液とし、しばらく静置すれば硫酸になる。最後は素焼きの壺で濃縮する。かつて陝北《せんほく》（抗日戦争時代の共産党の根拠地）の軍事工場でもこうやって硫酸をつくっていたんだ。硫酸ができれば、硝酸は難しくない。最大の問題は硝石の資源量が少ないことだった。硝石は黒色火薬の製造にも必要だ。そこで別院の職員を総動員して、壁の根もとにこびりついた尿石を削って集めさせたよ。これを精製して硝酸カリウムをとりだした。そのときの中庭の悪臭といったら！　城内の住民が壁と見れば放尿する習慣があるのは幸運だった。おかげで晋陽における工業の基礎ができた！」

朱大緐は赤面した。

「尿意をがまんできなくなると男女問わず下着を脱いで用をたしてしまうのは人の常です。田舎者の野卑な習慣とお笑いくださ い」

話すうちに二つの容器の内容物はすっかり一つになり、紫雲は消えた。王爺は白紙の屏風を卓上に平らにおき、小さな竹べらで瓶の内側の底をこすった。すると紫がかった黒い粉末の層が剝がれてきた。

「海藻中のヨウ素は酸性の条件下では容易に空気中で酸化し、ヨウ素を単離できる。よし、この製法で量産にはいるように指示しよう。それから次の実験だ」

魯王爺は部屋の隅へ移動し、活字盆のまえにすわって音高く活字を叩きはじめた。朱大緐がそばから見ると、この奇妙な王爺は電光のごとき速さで指を動かしていた。文字を見ずに正確に打っている。啞然とした。

「王爺の活字盆は形式がすこし異なるようですね」

「王先生だよ、王先生と。原理はいっしょさ。ただし各端末は二セットの活字盆を持つ。下面が入力用、上面が出力用だ。見ててごらん」

王爺は回車鍵を打って文を終えると、立って把手をまわした。筒が回転して一尺五寸幅の宣紙が出て、活字盆をおおった。墨汁が塗られた活字が上下に動いて、宣紙に印影を捺した。

朱大緐はかがんで宣紙を拾い、声に出して読んだ。

「……試験結果は誤りなく記録された。あとは化学班の監督にまかせる——回車」捺された文字を見て感嘆した。「とても明瞭で便利です！　白地に黒い文字は読みやすい。この活字盆はいつ売り出すのですか？　全力で応援します！」

魯王爺は笑った。

「まだ試作品だ。バージョン2・1では、おなじ機構を使って一行に印刷できるようにする予定だ。現状では文字がばらばらに印字されていて読みにくいからね。網絡《インターネット》は気にいってくれたかい？　僕がこの時代でいちばん不自由に感じたのがネットにアクセスできないことだった。そこで知恵を絞って網絡を考案した。これでようやくオタク気分をとりもどせたよ」

「王爺閣下……いえ、王先生」朱大緐は魯王爺の表情を見て言いなおした。「小人の質問をお許しください。王先生はどの地方のご出身ですか？　中原の文士さまですか？　お姿や気風が普通ではいらっしゃらない」

魯王爺は嘆息した。

「むしろ、どの王朝時代から来たかと問うべきだね。僕は千六十一年三ヵ月十四日離れた年代からやってきた」

朱大緐はそれが冗談か妄言かわからないまま、指を折って計算した。そしてひきつった笑みを浮かべた。

「すると漢の世宗孝武《こうぶ》皇帝の時代ですね。それからずっと生きていらっしゃるなら、仙人にちがいない！」

王爺は穏やかに答えた。

「千年過去ではないよ。千年未来だ。そして九千億と四十二個むこうの宇宙から来た」

9

魯王爺の話はとっぴすぎて理解できず、また考える暇もなかった。すぐに次の実験がはじまったからだ。王爺は花模様が彫られた木箱に鍍銀《とぎん》銅板をいれ、できたばかりの沃《よう》素を盛った小皿もいれて蓋を閉じた。そして隣に小さな火鉢を寄せて加熱した。まもなく紫の蒸気が箱の四隅から漏れてきた。不老不死の仙丹がついにできるのかと朱大鯀は胸を踊らせた。王爺に指示されて扇を使い、蒸気を吸わないように気をつける。

　しばらくして王爺は火鉢を離し、蓋を開けて、柔らかな布で慎重に銅板をとりだした。銀面には黄色いものがびっしりと付着している。箱のなかに仙丹や妙薬らしきものはできていないが、王爺は喜色満面で踊りださんばかりである。

「成功だ、成功だ！　見ろ、この黄色い物質はヨウ化銀だ。今回はへらでこそげ落として暗所に保存するが、この銅板はおもしろいことにも使えるんだぞ。暗箱にいれて十分ほど光をあて、それを水銀蒸気にさらすと影が浮かび上がる。それを塩水で固定して、洗って干せば、銅板にはこの室内のようすが寸分たがわぬ一幅の絵として映っているはずだ！　これを銀板写真《ダゲレオタイプ》という。ヨウ化銀の光化学反応を利用したものだ。しかし今日のヨウ化銀は集めるだけにする。後日べつの用途で使うからね」

　朱大鯀は困惑して訊いた。

「画家がいないのにどうやって絵ができるんですか？　その黄色い粉にどんな効験《こうけん》が？　吸うと体が軽く健康になって空を飛べるとか？」

　魯王爺は笑った。

「そんな神仙の秘薬じゃない。僕の時代にヨウ化銀は二つの用途があった。一つはさっき言った感光剤。もう一つは……そのうちわかるよ」

　王爺は話しながら銅板についた粉をこそげ落とし、小さな素焼きの壺にいれた。そして口罩をはずして伸びをした。

「よし、これでいい。午前中の仕事はひと段落だ。ヨウ化銀の製造方法を伝達したら休憩しよう。なにも食べてないんだろう？　いっしょに昼食をどうだい。きみは長身で力持ちで、手先も器用だ。錬丹術の経験があるからだろう。いろいろ訊きたいこともあるから、ちょっと待っていてくれ。すぐ終わる」

　王爺は活字盆のまえにすわって、また勢いよく字を打ちはじめた。ときどき把手をまわして宣紙を出し、読んでうなずいている。

　朱大鯀は身をこわばらせて立っていた。よけいなものにさわると壊れたり、摩訶不思議な効果を発生させそうで心配である。

　ここにいたってようやく本来の目的を思い出した。袖袋を探って『論語』に手をふれ、深呼吸した。

「王爺、小人にはわからないことが一つあります。教えてください」

「話しなよ。聞いてるから」

　王爺は活字盆のところで宣紙の筒をまわしている。ふりかえる暇もないようだ。朱大鯀は質問した。

「王爺は漢人ですか。それとも胡人(注7)ですか？」

「すなおに王先生と呼んでくれ。僕は漢族だよ。北京の西城《シーチョン》地区で育った。母は回族だけど、僕は父の教えに従ったんだ。牛街《ニウジエ》や教子《ジアオズー》胡同を遊び場にしていたとはいえ、豚肉は大好物だからイスラムの教えはとても無理だった」

　朱大鯀は王爺の意味不明な話を受け流せるようになっていた。

「王爺が漢人だとすると、晋陽にお住まいのわけは？　なぜ南の国々ではなく？」

「説明しても理解できないだろうな。僕は漢人だけど、この時代の漢人ではないんだ。五代十国時代の梁、唐、晋、周、そしてきみたちが大漢と呼ぶこの国は、異民族が建てた国であり、その大半は胡人だ。僕の計画が成功して出発点にもどれたら、この時間結節点を持つ宇宙は僕とまったく無関係になる。わかるかな」

　朱大鯀は一歩近づいた。

「王爺、どうすれば宋軍に勝てますか？」

「無理だね。一に兵がたりず、二に食糧がたりない。銃の量産もできない。フリントロック式のマスケット銃は簡単につくれるけど、黒色火薬に必要な硫黄がたりない。城内からかき集めてもせいぜい数十斤。たまに火炎弾を飛ばして威嚇するくらいしかできない。そんなわけで宋軍を打倒するのは難しいけど、籠城だけならわりと簡単だ。遼からの食糧補給が汾水の水面下で送られてきていることを、宋の趙光義が気づかないかぎり、晋陽は生き延びられる。空っぽの樽と満杯の樽をつないで汾水の川底に沈めて送るというのは、きみたち古代人が思いつかない策だろうからね」

　朱大鯀は声を大きくした。

「しかし庶民は飢えと窮乏に苦しみ、兵は疲労と負傷で泣いています。晋陽の籠城が続くかぎり数万の住民はいつまでも苦しむのです、王爺！」

「ああ、それは的確な問いだね」魯王爺は腰かけ椅子の上で半回転して朱大鯀にむきなおった。「普通はみんなここで働けることをよろこぶばかりだ。刑を免除されたうえに給料までもらえるとね。でもきみはちがう。議論の相手にちょうどいい。まともな相手と話すのはひさしぶりだ。正確には――」一枚の紙をとりだして眺めると、印を一つ書きくわえた。「――三ヵ月と七日半ぶりか。僕がここに来てからね。観測プラットフォームの自動帰還が可能なのは残り二十三日半。猶予は少ないけど、これまでの進展からするとなんとかなりそうだ」

　淡々とした口ぶりながら一抹の郷愁が感じられた。そこで朱大鯀は明朗な声で暗唱した。

「子曰く、父母在《いま》せば、遠く遊ばず。遊ぶに必ず方あり。父在せば其の志を観、父没すれば其の行いを観る。

三年、父の道を改むることなきを、孝と謂うべし。王爺は家を離れて久しく、父母を思わずにいられないのでしょう。まさに狐死して丘に首す（狐は生まれた丘に頭をむけて死ぬ）。慈烏《じう》、反哺《はんぽ》す（烏は老いた親に餌を運ぶ）。子羊、跪《ひざまず》いて乳をのむ。馬、母を欺かず……」

　魯王爺はため息をついた。

「わかったわかった。きみと僕はやはり思想の根本が異なるな。しばらく黙って話を聞いてくれ」

　朱大穌はすぐに口をつぐんだ。

　王爺はゆっくりと話しはじめた。

「並行宇宙理論や量子力学は知らないだろうから、簡単に説明するよ。僕の名前は王魯《ワン・ルー》。ごく普通のオタクで、穿越《チュワンユエ》小説(注8)の同人作家。そしてプロの時間旅行者だ。僕の時代には並行宇宙理論が完成していて、だれでも観測プラットフォームを仲介業者からレンタルすれば時間旅行ができる。重なりあう並行宇宙はおおむね10^(10^118) 個あると、ある時期まで推定されていた。でものちに精密に計算したところ、異なる分岐の重なりのために、約三十京個の宇宙しか同時に存在できないことがわかった。素粒子レベルの無数の可能性によって、宇宙は無限に発生、分岐、合流、消滅している。ゆえに物理レベルでほとんど差異のない、きわめて似通った二つの並行宇宙でも、時間軸上はきわめて遠く離れている。ある意味でこれはとても退屈なことだ。なぜならどこへ行っても人類の深宇宙探索は停滞し、宇宙全体の理解はきわめて浅いままなんだ。僕が行ったなかでもっとも進歩した世界でも、人類はアルファケンタウリにしか到達していなかった。すぐ隣の恒星系さ。でも考え方を変えれば、これはとても興味深い。波動関数エンジンの発明はべつの並行宇宙への移動を簡単にした。トポロジカルな理由から、行き先の宇宙がよく相似しているほど移動に必要なエネルギーは少なくなる。いま最高性能の観測プラットフォームは三百兆個離れた宇宙へ時間旅行者を送れる。

商用レベルの装置では四十兆個の範囲が限度だけどね」

　朱大鯀は話にあわせてうなずきながら、袖袋のなかを探って考えていた。王爺のこの妄言が終わったら、匕首を抜いて情に訴えるか、それとも『論語』を出して理に訴えるか。いま部屋に余人はおらず、事を起こすには好機だ。優柔不断な性格ではないつもりだが、それでもどの大人物の指示に従うべきか、迷いはまだあった。

　王爺は茶杯をとって軽くすすり、話を続けた。

「僕は北京大学歴史学部の依頼を受けて、五代十国時代後期の燕雲《えんうん》十六州(注9)の人口統計を研究している。この並行宇宙は時間軸で手前に位置して、歴史研究的には都合のいい観測場所だったんだ。時間旅行の許可証はだれでも取れるものじゃない。量子理論を学び、コンピュータ操作、路上運転、非常事態演習などの訓練を積み、試験に合格してようやくこの仕事ができる。団体旅行客を案内するには時間旅行ツアーコンダクター許可証というのもいる。目的地の並行宇宙は物理的相似性が高かったので、僕は北京の宣武《シュエンウーメン》門で観測プラットフォームを起動し、九千億四十二個の宇宙を越えてここに到着した。公転と自転の計算では、この時代の幽州に到着するはずだった。ところが想定外のことが起きた。観測プラットフォームが耐用年数のすぎたポンコツで、波動関数エンジンが途中でオーバーヒートしてラジエーター液が沸騰してしまったんだ。ミネラルウォーター八本とレッドブル一箱を上からかけて冷やしながらかろうじて飛んできた。そしてこの宇宙に到着したとたん、シリンダーが破裂して完全に壊れた。僕は山西の汾水の岸に放り出され、荷物も装備も予備燃料タンクも失った。壊れたエンジンは十日かけてつぎはぎで修理したけど、燃料はすべて漏出していた。配管内に残った燃料では並行宇宙を二、三個飛び越すのがせいぜい。時間を数時間進めるだけでなんの役にも立たない」

　ちょうどそのとき外から吶喊の声と剣戟が聞こえてきた。宗軍がふたたび東城の城門に攻撃をしかけているらしい。王爺は活字盆の上に排出された宣紙の報告文を読み、また自分からもいくつか指示を打った。そして笑って言った。

「心配ない。いつものように対処できる。膀胱弾のカタパルトを二基ほど応援にやった。……さて、どこまで話したっけ？　ああ、そうそう。そうやって波動関数エンジンはなんとか再始動できた。回転を上げるとエンジンオイルが焼けて畑のトラクターみたいに青白い煙を吐くけど、問題はそこじゃない。燃料がないんだ。もう人口統計の調査なんてやってる場合じゃないのはともかく、まずいことに今回は私的に請け負った案件だったので、民政部多重宇宙管理局に届けを出していなかった。時空警察に救助要請を出したら、逮捕されて三年から五年は刑務所にぶちこまれる！　帰るにはなんとか自力で燃料を集めるしかない。そこで機械類を谷あいに隠して、晋陽城に忍びこんだというわけさ」

　朱大穌は思わず口をはさんだ。

「燃料なら猛火油があるでしょう。あれを燃やして動く車両が何台も城内を走っています」

　王爺はため息をついた。

「油を燃やして動くエンジンなら苦労はないよ。こういう言い方をしよう。燃料タンクといっても、そこにはいっているのは物質の燃料油ではない。ポテンシャルエネルギーなんだ。並行宇宙間に働く弾性ポテンシャルのことで、これで燃料タンクを満タンにするには、宇宙を分岐させる必要がある。ある分岐点で新たな宇宙が分岐するときにポテンシャルエネルギーが放出される。それを集めて帰還の動力源にする。このポテンシャルはエントロピーのような実体のない値ではない。たとえば竹竿を折るときに〝バリッ〟と音がするようなものだ。僕も完全に理解してはいないけど、とにかく、大事件を起こして宇宙を分岐させる必要がある。ではどうするか？　歴史から例をとろう。今年の三月十四日に晋陽の城壁上からある男が足を踏みはずして汾水に転落して死んだ。この事件は二十人に目撃され、一部の歴史資料に記録されている。これを三月十四日に僕がその袖をつかんで命を救ったら、歴史を変えたことになる。でもその程度では不充分なんだ。十京個の宇宙でこの事件が起きるとすると、僕が手を出さなくても男が助かるケースがそのうち千億個くらいある。するとそんな宇宙の一つのパラメータが変わって、この並行宇宙と完全に一致し、二つの宇宙は合流する。もちろんきみも僕もなにも感じないけど、そのときポテンシャルは減少する。燃料タンクのエネルギーは増えるどころかむしろ減ってしまうんだ。新しい宇宙を分岐させるには、充分に大きな改変が必要なんだよ。十京個の宇宙で類例が一つもないような大事件を起こす必要がある。壊れかけた波動関数コンピュータを使ってその可能性を探してみた。現代的な装置を使わなくても僕の手で実現可能なものをね」

　朱大穌は黙って耳を傾けた。

　王爺はふいに引き出しを開けて書物をとりだし、読みはじめた。

「〝西暦八八二年六月夏、尚譲《シャン・ラン》は軍を率いて長安を出て、鳳翔《フォンシアン》を攻めた。宜君《イージュン》寨に達したとき、忽然として大雪が降ってきた。三日で雪は何尺も積もり、凍死者、凍傷者数千人にのぼった。このため斉軍は長安へ敗走した〟。この事件を知っているかい？」

「黄巣《こうそう》の乱です(注10)ね！」朱大穌はようやく話にはいることができた。「尚譲《しょうじょう》は斉の大尉です。中和二年六月の大雪はいまも巷間の話題にのぼり、史書にも載っています」

「そのとおり」王爺は言った。「僕は現代人だけど、光線銃や核爆弾のようなSF的な兵器は持っていない。

宇宙船エンタープライズ号や超時空要塞マクロスのような支援艦船もない。高校と大学で勉強した断片的な科学知識を使ってこの時代を改変するしかない。宗が北漢を滅ぼすのは歴史的事実だ。大半の宇宙では史書にこう記録されている。五月四日、宗軍は晋陽城を陥落させ、漢主劉継元は降伏。五月十八日、宗の太宗は全城の住民を城外へ追い出し、城内に火を放ってことごとく焼きつくした……。ところがこの日付を僕は一カ月以上遅らせている。宗軍もいつまでも攻城戦を続けられない。僕の知識で強化した城壁をこの時代の攻城兵器で突破するのは無理だ。宗軍が撤退すれば、歴史は完全に書き換わり、宇宙は確実に分岐する！」

そこで沃化銀をいれた容器を振ってみせ、笑った。

「さらに登場するのが新たな発明品だ。この小さなアイテムが歴史を改変し、観測プラットフォームの燃料タンクをたちまち満タンにしてくれるはずだ。古代人は天変地異を迷信的に恐れる。真夏に大雪が降ったら、まさに歴史を変える大事件だろう？」

朱大鯀は茫然としていた。

「晋陽城を……焼きつくす？　大雪が……降る？」

「百聞は一見にしかずだ。おいで！」

王爺はすぐに立ち、朱大鯀の袖を引いて西の壁ぎわへ行った。そこでなにかの操作をすると、がらがらと機械のまわる音がして壁がいきなりむこうに倒れた。あらわれたのは高い軒にかこまれた中庭である。

朱大鯀は突然の強い日差しに目がくらんだ。しばらくして目が慣れ、中庭のようすを見まわして驚いた。初めて見る名前もわからないものがいくつもおかれている。炎天下で働く東城別院の数十人の作業員が、王爺の姿を見てうやうやしく拝跪した。魯王爺は笑って手を振った。

「仕事を続けろ。僕にかまわず」

王爺は中央で綿布を縫製している作業員たちを指さして、朱大鯀に説明した。

「あれは試験中の熱気球だ。北漢の皇帝に遼へ脱出するための飛行船をつくると約束したんだよ。でもそれは時間がかかるので、とりあえず熱気球をつくっている。僕は晋陽に来てすぐ、新奇な小物をいくつかつくって下級役人にとりいり、皇帝劉継元に謁見した。晋陽城を金城湯池にすると約束したら、その場で王爺の称号をもらった。その恩には報いたいんだ」

べつのところへ移動すると、黒い鋳鉄製の大砲に作業員たちが黒色火薬を詰めていた。

「この大砲は降雨弾を発射する予定のものだ。黒色火薬では発射力が不足なので、熱気球で大砲ごと吊り上げて斜め上に撃つ。最近は気象観測に余念がないよ。日中の暑さにだまされがちだけど、午後に太行山脈から流れ下る雲は意外に強い寒気をともなっているんだ。そこに適切なタイミングで凝結核をいれてやれば、突然の大雪を降らすことが可能だ!」王爺はにやりとした。「製造法はさっき送った。べつの場所にある化学工場はいまフル稼働でヨウ化銀の粉末を生産している。それができたら降雨弾に詰めて大砲に装填する。熱気球の試験飛行はすんでいる。あとは適切な気象条件を待つのみだ!」

朱大鯀は快晴の空を見上げた。太陽が赫々と輝いている。遠くの剣戟と吶喊はやみ、軒で鵲《かささぎ》が鳴く。猛火油車が石畳の道を走っていく。あたりには血と油と胡餅のにおいが漂っている。朱大鯀は王爺の隣で頭が混乱したまま立ちつくした。

10

壁が閉まり、部屋はまた薄暗くなった。二人は簡単な食事をした。それから王爺は城壁防衛と工房の作業について網絡で指示を出し、朱大鯀に錬丹術の質問をした。助手は厚顔なでまかせを話してその場を乗りきった。

「うーん、ちょっと眠くなったな。昨晩は徹夜だったからさすがに疲れた」

王爺はまぶたが重いようすで伸びをして、部屋の隅にある榻《とう》へ移動した。

「しばらく番をしてくれないか。なにかあったら起こしてくれ」

「わかりました、王爺」

朱大鯀はうやうやしく拝揖した。王爺は横になって錦の上掛けをかぶり、まもなく高いびきをかきはじめた。朱大鯀は長い吐息をつき、へなへなとすわりこんだ。混乱した頭のなかを整理する。

魯王爺の話をすべて理解できたわけではないが、その口調からはっきりわかったことがあった。東城別院の主は漢の王室や国土や晋陽の民をなんら気にかけていない。よそから来て、よそへ帰る人だ。新奇な発明品や目新しい雑貨は人心をつかんで資金を稼ぐため。網絡は文官と学者の歓心を得るためと、東城別院の命令をすばやく伝達するため。猛火油車や兵器や美酒は武将をよろこばせるため。命綱の糧米や火炎兵器や季節はずれの雪は、王爺の個人的な目的のためだった。

『韓非子』には、〃今、此《ここ》に人有り。義として危城に入らず、軍旅に処《お》らず、天下の大利を以て其の脛《すね》の一毛にも易《か》えず……物を軽んじ生を重んじる士と為すなり〃との一節がある。王爺はこの〃生を重んじる〃人ではないか。

朱大鯀の心中にふつふつと感情が湧いてきた。胸が苦しく、頭がいっぱいになり、耳がわんわんと鳴る。馬峰と郭万超、劉継業、皇帝陛下から言われたことを考えた。この国、この州、この城市を考えた。城中に住む幾万の民を考えた。梁、唐、晋、漢、周が国土を奪いあい、胡族と漢族と夷狄《いてき》が割拠する乱世である。この激動の時代の住民である朱大鯀は、かつて筆を捨てて入隊し、道を切り開く企てに参加すべきかと考えたこともあった。一隅にこもって談論に明け暮れるのは、力や勇気がないからではない。志向に迷いがあるからだ。暇な学者たちは網絡上で天下太平をなす政治と道理を議論する。無益な空論なのは承知の上だ。漢の文景《ぶんけい》の治や昭宣《しょうせん》中興、唐の開元盛世などの昔話を高談する以外に憂さを晴らすすべがないのだ。本当は食事と榻と屋根さえあればいい。暇に飽かして天下を談じて酒を飲み、食ったら腹をさすって安眠し、網絡で抱負を語り、金があれば青楼へ行き、自由気ままに世間と争わずに生きたい。しかし乱世では世間と争わないことそのものが流れに棹さす行為だ。こんな小人物でも国家の存亡をかけた争いに巻きこまれる。大漢と全城の住民の運命がいま朱大緜の手にかかっている。ここで事を起こさねば、聖賢の書を読む蛍雪の二十年を送った文人の端くれとして立つ瀬がないではないか。

　朱大緜は袖から匕首を取り出した。王爺の説得は無理とわかった。そもそも大漢の民ではない。道理は響かない。六寸五分の鋼の刃こそが真だ。そのときふと妙案が浮かんだ。一挙両得どころか三得のやり方である。

　長身をゆっくりと起こし、口の端に笑みを浮かべた。床板で沓《くつ》音をたてぬように、王爺が仰臥した榻の数歩手前まで近づく――

「……なにをしてるんだ！」王爺はふいに起きて、目を見開いて叫んだ。「蚊に刺されてかゆいので蚊取り線香を焚こうと目を覚ましたらこれだ。刃物なんか抜いてどういうつもりだ？　人を呼ん――」

　朱大緜は手を伸ばして王爺の口をきつくふさいだ。白い首すじに匕首を突きつけ、耳もとでささやく。

「騒がないで。助かる道はあります。さっき網絡から東城の守備隊に指示を出しましたね。王爺の活字盆には木製の活字がひと揃いある。それをよこして軍用の符牒を教えてください。そうすれば殺しません」

　王爺はものわかりのいい人物である。額に玉の汗を浮かべて何度も大きくうなずいた。朱大鯀は手をゆるめて息をできるようにしてやった。王爺は荒い息をつきながら、身につけた袋から赤い木製の活字を出して榻に放った。まだ息を切らせて言う。

「符牒なんてない。僕の命令は専用線で守備隊と化学工場に伝えられる。網絡で命令を偽装するのは無理だ……。なぜこんなことをする？　僕は晋陽城を守っている。市民には愉快なおもちゃを、兵士には実用的な発明品をいくつも提供してきた。魯王爺の名は城内のどこでも人気だ。僕が北漢に悪いことをしたか？　太原に悪いことをしたか？　きみに悪いことをしたか？」

朱大鯀は冷笑した。

「なにを言っても無駄です。王爺は自己の利益しか考えていない。わたしは城内全住民の利益を考える。まず第一に、東城別院に命じて城壁防御をやめさせます。火龍、泥柱、投射器などが停止したら、都指揮使郭万超が東西の城門を開放して宋軍を招きいれます。第二に、宣徽使馬峰が宮中に待機しています。城門が開いて軍が恐慌をきたしたら、馬峰が皇帝劉継元を説得して一族とともに降伏させます。しかしわたしは陛下をこの混乱から助け出します。熱気球とやらに陛下をお乗せして契丹へ脱出します。第三に、王爺を縛って趙光義の足下に突き出し、引き替えに全城住民の助命を請います。宋軍は攻城に三ヵ月も手こずりました。宋皇帝は守城兵器を考案した王爺を憎んでいる。その手足を縛って面前に引き出せば、宋皇帝はおおいに安堵して晋陽城住民の抹殺をやめるでしょう。つまり郭万超と馬峰との盟約をたがえず、劉継業と皇帝陛下も裏切らず、住民の命を救える。いずれの仁義も守れるのです！」

王爺は啞然とした。

「なんて無茶な計画だ！　いったいきみは何派なんだ。だれとも都合のいい約束をして、僕だけ放り出すつもりか？　そんな非道なことを平然とやるのか？　話しあおう。どんな交渉にものる。僕はエネルギーをいくらか集めてもとの時間へ帰りたいだけだ。そんなに悪いことか？　過ったことか？」

「王爺に過ちはなく、わたしにも過ちはない。天下のだれにも過ちはない。いったいどこのだれが過ったのでしょうか」

朱大鯀は問うた。

王爺はこの深遠な哲学問題を考えたが、答えが浮かぶより先に、匕首の柄が額に強く打ちつけられて意識が飛んだ。

11

王魯《ワン・ルー》がゆっくりと意識をとりもどすと、ちょうど熱気球が東城別院《ドンチョンビエユエン》の中央棟の屋上から離陸するところだった。気球は漆を塗った厚手の綿布百二十五枚を縫製してつくられている。バスケットは竹籠編みだ。猛火油を燃料とするバーナーをそなえ、下には重い大砲を吊っている。バスケットには耐荷重を無視して三、四人がすし詰めで乗っているようだ。それでもバーナーの弁を開いて炎を出すと、熱い空気が気球をふくらませた。黒褐色の巨大な飛行物体が夕日を浴びて空に浮かび、ぐんぐんと上昇する。その長い影が晋陽城に伸びる。

「成功だ……成功だ！」

王魯《ワン・ルー》はすわったまま体を起こし、空を見上げて呵々《かか》大笑《たいしょう》した。ちょうど北風が吹いて暑熱を散らし、涼気が忍びこんでいる。水蒸気をたっぷりふくんだ大きな雲ができつつある。人工雪を降らすには最適な気象条件だ。時間旅行者は天高く上昇する熱気球を見上げてつぶやいた。

「まだだ、まだ。あと二百メートル上昇して、それから撃て。もうすこし、もうすこし……」

もっといい角度から見たくて立ち上がろうとして、立てないことに気づいた。両脚が微動だにしない。見れば猛火油車の席に縛られている。車は東城街道の中央で停止し、運転手は運転席で息絶えている。車外を見れば、路上は死屍累々。漢兵、宗兵、晋陽市民がさまざまな死にざまで横たわっている。血が路傍の溝にあふれ、数カ月来の日照りで乾いた黄土を湿らせている。怒号と慟哭と剣戟の音がはるか遠くに聞こえ、まるで地平線から届く遠雷のようだ。しかし晋陽城内は不気味なほど静か。空を舞う烏ばかりが数を増やしている。

「くそっ、いったいどうなってるんだ?」

王魯《ワン・ルー》は叫んでもがいた。両手両足は麻縄できつく縛られ、動こうとすると繊維が肌にすれて痛い。ありったけの呪詛の言葉を吐き、もがくのをやめて荒い息をついた。そのとき騎兵の一隊が蹄を鳴らして通りを駆けてきた。甲冑や服の色からして宗兵らしい。王魯《ワン・ルー》には目もくれず、東城門のほうへ疾駆していく。会話が断片的に聞こえた。

「……遅かったか。もう矢は届かないかもしれない」

「……風は南からではなく北からだ。遼へは行けない。南へ流される」

「……だったら罪に問われないかな」

「……それでも遅れすぎだ!」

王魯《ワン・ルー》はそんな騎兵たちに大声で呼びかけた。

「おい、きみたち! おいていかないでくれ! そっちの皇帝に伝えてくれ。僕は物理や化学や機械工学に通じている。宗をスチーム・パンク帝国にしてやるって! だから行かないでくれ、行かないで……」

蹄の響きは遠ざかった。王魯《ワン・ルー》は絶望して天を仰いだ。熱気球はすでに高空の小さな点になり、北風で南へ流されている。ドーン……という音が響いた。実際には音のまえに白煙が見えた。大砲が発射されたのだ。

時間旅行者の目に最後の希望の光がともった。顔を無理やり下にやって襟に歯を引っかけ、裂いて肩をあらわにした。左鎖骨の下に光る横線がある。観測プラットフォームの燃料計である。いまは赤で燃料不足をあらわしている。波動関数エンジンでもとの宇宙へ帰還するにはこれが三十パーセント以上必要だ。真夏の雪でこの宇宙が分岐すれば、五十パーセント程度にはなるだろう。

王魯《ワン・ルー》は天を凝視し、血涙を流すほど力をこめ、切歯扼腕して叫んだ。

「降れ！　雪よ降れ、降れ、降れ！　大雪になれ！」

ヨウ化銀の粉末一グラムは数十兆個の微粒子をふくむ。五キログラムのヨウ化銀がすべて氷の結晶に変われば充分に大雪を降らせられる。科学技術が未発達のこの時代では、真夏に人工の雪を降らすなど荒唐無稽の放談だ。しかし時間旅行者の必死の祈りが通じたのか、天空の雲が集まり、成長しはじめた。とぐろを巻き、鉛色に変じて不穏にうごめく。さえぎられた夕日が金色の光の条を落とす。

王魯《ワン・ルー》は空にむかって叫んだ。

「降れ、降れ、降れ！」

地平線のかなたからドロドロと遠雷が響いた。まず落ちてきたのは雨だ。そこに霙《みぞれ》がまじった。地表温度が下がるうちに雨は雪に変わった。ひとひらの雪片が王魯《ワン・ルー》の鼻に舞い落ち、たちまち体熱で融けた。二つ目、三つ目と続く。やがて無数の雪花があたり一面に舞いはじめた。

全身濡れそぼった時間旅行者は天を仰いで高笑いした。まごうことなき七月の大雪である。どんどん降り積もる。宮殿も楼閣も柳も城壁もたちまち白く雪化粧した。王魯《ワン・ルー》は鎖骨の下の線を見た。燃料計は緑だ。エンジンのエネルギー予測値が最低ラインを超えたことをあらわす。宇宙が分岐すれば、観測プラットフォームはエネルギーを集めて自動起動する。計測不能なほど短い時間単位のうちに、もとの世界へ帰れる。北京の通州区《トンジョウ》北苑《ベイユエン》にあるロータリー交差点にほど近い九十平米のアパートメントにもどれる。

王魯《ワン・ルー》は寒さに震えながらつぶやいた。

「これは偉業として語り継がれるぞ。帰ったら安全な仕事に就いて、嫁をもらうんだ。毎日満員の地下鉄で出勤し、平日は家にこもってゲームばかりする。二度と冒険には出ない。絶対に……」

この勢いで降り積もれば、数十分後には三尺の雪が晋陽をおおうだろう。

そう思っているとき、四方の二十カ所から火の手が上がった。西城《シーチョン》、中城《ジョンチョン》、東城の十数カ所の城門にある火龍車が動き出し、火炎を噴き出している。さらに無数の膀胱弾投射器も火球を撃っている。いずれも防城のために王魯《ワン・ルー》がみずから製造し、宗軍をもっとも恐れさせた兵器だ。それがなぜこんなときに。

「おいおい……」王魯《ワン・ルー》の目から光が失せた。「結局、晋陽城は焼くのか？　もうすこし待ってくれよ。せめてこの雪が降り積もるまで。待って……待って……」

粘度の高い猛火油が四方にまかれ、傲然と火柱が上がった。想像を絶する勢いで燃え広がる。晋陽は長い日照りで乾燥しきっていた。時間旅行者の人工降雪はまだ梁や柱を湿らせるにいたっていなかった。

西城の火災はまず晋陽宮《ジンヤンゴン》から起こり、またたくまに襲慶坊《シーチンファン》、観徳坊《グワンドーファン》、富民坊《フーミンファン》、法相坊《ファーシアンファン》、立信坊《リーシンファン》を火の海に巻きこんだ。中城ではまず大水車が燃えだし、西へ延焼して宣光殿《シュエングアンディエン》、仁壽殿《レンショウディエン》、大明殿《ダーミンディエン》、飛《フェ》雲楼《イユンロウ》、徳陽堂《ドーヤンタン》を火に包んだ。東城別院もまもなくあかあかと輝く篝火《かがりび》と化した。天空から舞い落ちる雪花もたちまち融け、地上には届かない。

王魯《ワン・ルー》の鎖骨下にともった緑の光は消えた。時間旅行者は悲痛な叫びをあげた。

「ちくしょう！　あとすこし……あとすこしだったのに！」

炎上する晋陽城は黄昏を白昼のように明るくした。高温の空気は紅蓮の火龍を舞い踊らせ、雪雲をまたたくまに追い散らした。もうだれも雪など見ていない。人々の目に映るのは天衝く火柱のみである。この時代からかぞえても千四百有余年さかのぼる春秋時代に建てられた古代都市が、烈火のなかで哀哭している。

命からがら脱出した晋陽城の住民は、宗軍によって北東へ歩かされていた。一歩ごとにふりかえり、慟哭して天を震わせる。

宗主趙光義は軍馬にまたがり、晋陽の大火を遠望しつつ、足もとに拝跪する人々を見下ろした。

「僭主劉継元をとらえて連れてこい。けがをさせるな。郭万超、そなたを磁州団練使《だんれんし》（民兵組織の指揮官）に封じる。馬峰は将作監《しょうさくかん》（建設監督官）に任じる。そなたたち二人は有功の臣である。今日よりわが宗のために精励せよ。劉継業、人みな降ったあともなぜそなただけ降らなかった？　蟷螂《とうろう》の斧の故事を知らぬわけではあるまい」

劉継業は両手を縛られ、北むきにひざまづかされている。昂然と顔を上げて言った。

「漢主が降らぬのに、なぜ先に降れましょうや」

趙光義は笑った。

「河東に劉継業ありと聞こえたが、その名声のとおりだ。小皇帝をとらえたのちに降伏を許そう。姓は本名の楊にもどせ。漢人が胡人を守る道理はあるまい。今後は矛先を転じて契丹と戦え。よいな」

この者たちへの話を終えると、馬を数歩進めて、身をかがめて訊いた。

「なにか言いたいことはあるか？」

朱大穌は地上にひざまずき、恐れて顔を伏せたままだった。目の隅に地平線を染める火光を見て、恐れおののいていた。

「功はなくとも、過失もないとお認めください」

趙光義は馬鞭《ばべん》でしめした。

「よかろう。郯城《たんじょう》公に追叙《ついじょ》し、封土百里をあたえる。首を刎ねよ」

「皇帝陛下！　わたしはどんな過ちを犯したのでしょうか」

朱大鯀は驚愕して立とうとした。脇についた兵士二人を振り払ったが、たちまち四、五人に取り押さえられた。死刑執行人が大刀を振り上げた。

宗主は淡々と答えた。

「そなたに過ちはなく、朕にも過ちはない。だれにも過ちはない。どこのだれが過ったのかな」

首が落ちてころがり、長身の体は倒れ伏した。その袖袋から飛び出した『論語』が血の海に落ちた。ゆっくりと血がしみて、やがて一語も読めなくなった。

時間旅行者がつくったものはすべて晋陽城とともに灰燼に帰した。近郊に新しい市街が再建されると、住民たちは驚異に満ちた数ヵ月を一場の夢として語るようになった。ただし郭万超だけは、磁州の軍営でなじみの趙大と酒を飲むときに、こっそりと雷朋《レイバン》の黒眼鏡をかけて言うのだった。

「あいつが宗にあらわれていたら、天下は一変していたろうな」

宗による北漢滅亡は、五代史にごく簡潔に記述されるのみである。百六十年後に史家李燾《りとう》が晋陽の大火を初めて正史に書いたが、当然ながら時間旅行者への言及はどこにもない。


丙申（西暦九七九年）、太原城へ北から行幸あり、沙河門楼を御される。徙居民（移住者）を部に分け新たな并州へ遣わしめ、その廬舎《ろしゃ》を焼き尽くす。老幼の民、城門へ趨《はし》りて及ばず、焚死する者甚《はなは》だ衆《おお》し。

『続資治通鑑長編《しじつがん》』第二十巻（注11）

原注

（注1） 教坊《きょうぼう》は、宮廷で歌舞音曲を披露する楽人や妓女を養成する公的機関。ここに所属する妓女を官妓《かんぎ》と称する。

（注2） 晋陽《しんよう》は現在の山西省にあった古代都市。この物語の時代は十世紀の五代十国時代で、現在の中国に相当する土地は多くの独立国に分かれていた。その一つである北漢の首都が晋陽だった。登場人物たちは国の名を漢、または大漢と呼ぶが、二世紀に滅亡した本来の漢王朝とは異なるため、歴史的には区別して北漢と呼ぶ。民族的にも漢民族ではない。北漢の王家はテュルク系突厥沙陀《とっけつさた》族だが、にもかかわらず、漢の王家とおなじ劉姓を名のる。新政権が正統性を主張するために先王朝の姓を名のり、子孫と称することはよくあった。

史実では、九七九年に宗の太宗の親征軍による長い包囲戦の末に晋陽は陥落し、北漢は滅びた。太宗は後顧の憂いを断つために晋陽市街を徹底的に破壊した。現在の太原市はその廃墟の近くに再建されたものだ。

この物語は、宗軍に包囲された九七九年の晋陽からはじまる。

（注3） 現行暦で七月上旬にあたる。

（注4） 広運六年は西暦九七九年にあたる。若い劉継元は九六八年に晋陽において北漢の第四代皇帝に即位したが、改元したのは九七四年だった。

（注5） 畢昇《ひっしょう》は十一世紀中国の平民の発明家で、膠泥《こうでい》（石灰と砂と水を混ぜたモルタル）を焼き固めた活字をつくり、世界初の活版印刷をおこなった。

（注6） 錬丹術は、鉱物や金属をもちいて不老不死の霊

薬（仙丹）をつくることを最大の目標とした。言及されている三書は、錬丹術と道教の奥義を説いた書、および不老不死と悟りを得た神話的賢者である仙人の伝記集。

（注7）胡《こ》は、古代中国において漢族以外の諸民族をさす。この物語の時代にはおもに中央アジア系の民族をさしている。

（注8）穿越《チュワンユエ》は中国で人気の高いジャンルの呼称。時間旅行物に似ているが、独特の特徴がある。ほとんどの場合、主人公は現代人で、歴史的過去（あるいは別バージョンの歴史的過去）へ飛ぶ。そしてたいていその時代のだれかの体に転生する。時代錯誤的な知識や生まれ育ちのために孤立するが、現状打破の原動力となる。

（注9）燕雲《えんうん》十六州は、現在の北京にあたる燕京と、大同にあたる雲州を中心とする長城ぞいの十六州をさす。長年にわたって漢族と、中国化した胡族が支配権を争っていたが、九三六年、後晋によって遼に割譲された。戦略的にも象徴的にも価値ある領土のため、その後たびたび遼と宋の抗争地になった。

（注10）黄巣《こうそう》（八三五年～八八四年）は、唐代に起きた農民反乱の指導者。八八〇年に首都長安を落として凄惨な略奪をおこない、斉を国号として皇帝に即位した。しかし尚譲をふくむ部下たちは唐に寝返り、黄巣は長安を逐われて、最後は自害した。しかし十年におよぶこの反乱によって、すでに末期にあった唐はいちじるしく衰退した。

（注11）もとの『資治通鑑《しじつがん》』は、北宋の歴史家、司馬光が編纂した編年体の歴史書で、紀元前四〇三年から北宋建国前年の九五九年までをおさめている。『続資治通鑑長編』は南宋の歴史家、李燾《りとう》が司馬光の方針にならって

編纂したもので、九六〇年から一一二七年までを収録している。

（『韓非子』『論語』からの引用はいずれも金谷治訳注の岩波文庫版を参照し、書き下し文は独自に作成した――訳者）

糖匪

タンフェイ

Tang Fei

糖匪《タンフェイ》（このペンネームは苗字・名のように分割せずひとまとまりとして扱う）はスペキュレイティヴ・フィクションの作家で、《科幻世界》や《九州幻想》、《今古奇幻》といった中国の雑誌で作品を発表している。ファンタジイ、SF、おとぎ話、武侠小説を書いているが、ジャンルの境界を横断したり拡張したりする手法の方が好みだという。彼女はまたジャンル批評家で、評論を《経済観察報》に寄稿している。

写真家で旅行好きの糖匪《タンフェイ》は、新たな都市を歩き回ってはあてのない旅を続ける人々と出会うのを楽しみとしている。もし彼女に会ったなら、日本の川に飛び込んだ時の話を尋ねてみるといい。

英訳では、《クラークスワールド》、《パスライト》、《エイペックス》、《SQマグ》、その他の雑誌やアンソロジーに作品が掲載されている。彼女の作品は『折りたたみ北京　現代中国SFアンソロジー』にも収録されている。

糖匪《タンフェイ》の物語の大半と同じように、「壊れた星」も一つのジャンルにやすやすとは収まらない。作品世界は異様で朦朧としており、その住人はギザギザの刃と鋭い蹴爪を持っている。その中心には星々が輝きを失った後に残された闇がある。

（鳴庭真人訳）

壊れた星

Broken Stars

大谷真弓訳

よく考えてみれば、星はそんな運命を示してなどいなかった。

けれど星は壊され、決定的な証拠はもうない。この瞬間は時間が屈する頂点。左には過去が、右には――

右には未来があるはずだった。

けれど、星は壊れている。

しかも、わたしは張小波《ジャン・シャオポー》に出会ってしまった。

1

天気予報では雨が降ると言われていたのに、彼女は傘を持ってこなかった。夕食のあと、靴入れの前を通るとき、自分のために用意してあった傘を見落としてしまったのだ。

歩道を進むまばらな生徒たちが、次第に同じ制服姿の列となり、道路を渡って学校に入っていく。唐嘉茗《タン・ジアミン》は後ろの出入口から講堂に入り、階段状になった席のいちばん高いところに、夜間クラスの始業ベルと同時にすわった。

蛍光灯の下にならぶほとんどの席は埋まっている。卒業する前の年の二学期で、高校はまだ大学入試で好成績をおさめる可能性のある生徒たちのために、七時から夜間特別補習授業をおこなっていた。その授業に参加できるのは、二百人ほどの生徒のなかで、模擬試験の成績がよかった約三十人だけ。残りの生徒は昼間の通常の授業をつづけ、夜間はこの講堂につめかけて自習する。

朱音《ジューイン》が後ろの列のひとつから、こっちに手を振っているのが見えた——嘉茗《ジアミン》のために窓際の席をとっておいてくれたのだ。

「今夜はすごい人だね！　ビリヤード場、まだ改装中なのかな？」

「雨が降りそう」朱音《ジューイン》はつぶやいた。ヘアゴムをくわえ、両手を髪のなかで蝶々のようにひらひらと踊らせている。朱音《ジューイン》は複雑な編み込みが得意で、その手をほかのことに使うことは滅多にない。

「この宿題、あたしの代わりに書いといて」朱音《ジューイン》は机の上の二冊の問題集をあごで指した。「あんたの字、汚すぎて、丸写しもできないんだもん」

「ふたつの複素数を足すだけじゃん」嘉茗《ジアミン》は問題集を突き返した。

ときどき嘉茗《ジアミン》は宿題を写すのを手伝ってやるが、毎回ではない。

朱音《ジューイン》は顔をしかめて、編み込みをつづける。さっきのことで、まだ嘉茗《ジアミン》に腹を立てているのだ。

「嘉茗《ジアミン》、あたしはあんたの親友でしょ？　それもいちばんの？」

「まあね」嘉茗《ジアミン》の視線が講堂をさまよう。

「世界の誰よりも大事な友だちだよね？」

「うん」

「なんで？」

嘉茗《ジアミン》は笑った。朱音《ジューイン》を見ると——とてもかわいい。

「朱音《ジューイン》みたいになりたいから」

「ウソつき！」と言いつつ、朱音《ジューイン》は喜んでいる。黒い瞳がきらきらして、その暗い鏡に、目の前の景色が細部まで完璧に映りこんでいる。嘉茗《ジアミン》は本当に朱音《ジューイン》が好きだった。一瞬で元気づけてくれる気楽さがいい。

嘉茗《ジアミン》はあくびをした。もうすぐ雨が降る。雷雨になるだろう。外は異様な暗さなのに、講堂にいる子たちは誰も気づいていないようだ。

スマートフォンで遊んだり、宿題を写したり、漫画やゴシップ雑誌を読んだり、居眠りしたり煙草を吸ったりおしゃべりしたり食べたり……。教室じゅうに回される紙きれのように、生徒たちはあちこちに移動して、ひっきりなしに席を変える。静けさを好む子たちは前の二列に集まり、補習問題を解くのに三時間集中する。毎日、そのくり返し。水銀灯の光が色と輪郭をぼかしているけれど、落ち着きのないふっくらした若い体は服の下でそわそわしている。周囲の混沌とした小さい雑音に、ときどき怒鳴り声や笑い声がまざる。さまざまな香りがひとつに溶けあっている――〈小《小さ》浣熊《いアライグマ》〉印のラーメンスナック、ハム、ソーセージ、ヘアスプレー、長靴。嘉茗《ジアミン》は何をするでもなく、この環境にのみこまれる感覚を楽しんだ。

　嘉茗《ジアミン》の胸は、みんなへの愛情に満ちている。

「あんまり眠れなかったの？」朱音《ジューイン》が訊ねた。

「食べすぎちゃって」と嘉茗《ジアミン》。

「あとで髪を直すの手伝ってあげる。どうしたら、そんなぼさぼさになるわけ？」

「ありがとう」

　バタン！　ドアが勢いよく開いた。室内の人々は反応する隙もなく、突風に舞い上げられた砂と小石に体をたたきつけられ、問題集のページがめくれる音と悲鳴が上がった。講堂内は大混乱。雨に先立つ強風が室内を吹き荒れ、あらゆるものを吹き飛ばしていく。窓枠のなかで窓がきしみ、ガラスが今にも割れそうだ。

　嘉茗《ジアミン》は窓を閉めようと立ち上がった。たいして時間はかからないだろう。

　彼女は張小波《ジャン・シャオポー》を見た。といっても、そのときはまだ、彼の名前は知らなかった。

　張小波《ジャン・シャオポー》は校庭をかこむコンクリート塀の上に立ち、強風にふらついていた。塀は高い。毎年、高くなっている。嘉茗《ジアミン》のいる場所からでは、彼が飛び下りようとしているのかどうかまではわからない。けれど、飛ぶかもしれないと嘉茗《ジアミン》は思った。たぶん今じゃなく、この先のいつか。

　嘉茗《ジアミン》が見ていると、少年はしゃがんで塀の上にすわり、ライターを拾った。何度かはじいて点火したものの、何かに火をつけるでもなく、揺れる炎の舌をただ見つめ、片手をかざして風から炎を守っている。炎の舌は痛々しいほど彼の手のひらをなめ、顔を照らす。

　窓ガラスが、嘉茗《ジアミン》の顔の前でくもった。

厳密にいえば、彼は嘉茗《ジアミン》のタイプではない。色が白すぎるし、やせすぎ。しかも大きすぎる目は奥にひっこんでいる。けれどその夜、彼は思いがけず学校の塀の上に現れた。

　一九九八年の夏。海からやってきたスコールは、暖かく湿った潮と魚の匂いを運んできた。木々の影が揺らいだ——木がこんなに激しく揺れるのを、嘉茗《ジアミン》は見たことがなかった。まるで踊りたくてしょうがないみたいだ。嘉茗《ジアミン》はガラスに顔を押しつけ、木々の暗い輪郭を見つめた——たぶんいつか、あの木々は自分で根っこを引き抜いて、狂ったようにここから逃げ出していくだろう。ちょうどそのとき、完璧なタイミングで、木陰に隠れていないわずかな部分の塀の上に、あの少年がひょいと現れたのだ。少年のかざす手の内側で、炎の舌は激しく震えながら、白いシャツについた茶色い血のシミを照らしている。遠くから、アフリカの密林の太鼓の音が、嵐の湿った暴風に乗って嘉茗《ジアミン》の体にぶつかってきた。

　炎が消えた。

　どしゃぶりになった。

「何を見てるの？」後ろで朱音《ジューイン》の声がした。

「すごい雨」

「あたし、傘持ってるよ。そうだ、先にあたしの家までいっしょに来て……」

「その傘はどうしたんだ？」

「友だちの」

「着替えてきなさい」

嘉茗《ジアミン》は自分の部屋へ行き、乾いた服に着替えた。濡れた服が脱皮したヘビの皮のように足元にたまる。雨は激しすぎて、傘はたいして役に立たなかった。

リビングにもどると、テレビで音もなく映像が踊っていた。嘉茗《ジアミン》はリモコンを取り、少し見てはチャンネルを変え、また少し見てはチャンネルを変えをくり返した。この家では、誰もテレビの消音を解除したりスイッチを切ったりしない。

「宿題は？」建築設計図の山の向こうから声が訊ねた。

「全部、終わった」

「明後日は仕事から早く帰る。いっしょに夕食に出かけようか」

一瞬、嘉茗《ジアミン》は黙りこみ、テレビのなかで空から落ちてくる数十個のマーク82爆弾を見つめた。次の場面は焼け野原だ。覚えている。

「あと二日で誕生日だね」嘉茗《ジアミン》は言った。

「プレゼントは何がいい？」

「自分の誕生日に、わたしにプレゼントをくれるなんて、ちょっと変じゃない？　何か話でもあるの？」

男はその質問を無視した。

「じゃ、サラ・ブライトマンのＣＤ」

「書いといてくれ。もう寝る時間だ」男はキッチンへ行き、グラス一杯のミルクを持ってもどってきた。そして嘉茗《ジアミン》にグラスを渡すと、彼女が飲むのを眺めた。

毎晩、寝る前に、嘉茗《ジアミン》がぐっすり眠れるように、父親は温めたミルクを用意する。

「まあ、なんて野暮ったい！」青白い女は手のなかのヘアゴムを呆然と見つめた。「こんなもの、誰が買うのかしら？」

「それ、どの色もすごく売れてるんだよ。学校には、これを着けてる女子がいっぱいいいるんだから」

ふたりは顔を見合わせ、同時に噴きだす。

「髪が長いと、ほんと面倒だよね」

「でも、髪の長いあなたも素敵よ。とても上品に見えると思う」青白い女は嘉茗《ジアミン》の短い髪をなでた。その手は透き通るように白く、まるでひとすじの月明かりが嘉茗《ジアミン》を照らしているように見える。

「わたしはこっちのほうがいい」

「学校はどう？」

「変わりばえしない。昨日は雨が降ったんだけど」嘉《ジア》茗《ミン》の声がやさしくなる。けれどほとんどすぐに、普段の声にもどった。「傘を持ってなかったから、朱音《ジューイン》に貸してもらった」

嘉茗《ジアミン》は青白い女が答えるのを待つ――朱音《ジューイン》はまだ、ときどき怒りっぽくなるの？　そう言われれば、次に何と言えばいいかわかる。

ところが、青白い女の答えは違った。

「昨日は雨だったわね」彼女は嘉茗《ジアミン》の言ったことをくり返した。

「あさっては、お父さんの誕生日だよ」

青白い女は黙っている。

女はポケットに手を入れた。「星を見てみましょう」

たたまれた紙きれを取り出し、無限の辛抱強さとやさしさで広げはじめる。ひとつの折り目を開くたびに、肌が明るくなっていく。まるで下から真っ白な光に照らされているようだ。その光は、彼女の喜びと同じく、温かいのか冷たいのかわからない。最初は手のひらほどの大きさだった紙きれは、女の慎重なくり返しの動作によって四方に広がり、もう端が見えなかった。

♓、♈、♉、♏

紙の上で、シンボルマークと線が丸くなったり伸びたりしている。初めて見たときと変わらず奇妙だ。高速で回転する円盤。

ἀστρολάβος

アストロラーベ

またの名を、スターテイカー

「ほら、この四つがあなたの星よ」青白い女は笑った。

2

体育の授業で、八百メートル走をすることになっていた。ところが一周目が終わると、トラックにはわずかな女子生徒しかいなくなった。

木陰に隠れてさぼろうとする生徒たちを、体育教師がトラックへ追い立てる。そのようすを、嘉茗《ジアミン》は遠くから眺めた。生徒たちはしぶしぶ小さな歩幅でトラックへもどっていく。女子は思春期に入ったとたん、まともに走る能力を失ってしまうようだ。それは揺れる胸のせいだけではない——全体的に怠惰になるせいか、ひょっとしたら、こんなことはいい子ぶる手段の一部だと気づきつつあるせいかもしれない。

「今日は機嫌いいじゃん」朱音《ジューイン》が言った。

嘉茗《ジアミン》は驚いて彼女を見た。ふたりはバスケットボールのコートで、ほかの女子にまぎれてシュートの練習をするふりをしている。

朱音《ジューイン》がケーキの匂いをかぐネズミのように近づいてきた。「何かあったんでしょ」

嘉茗《ジアミン》は何も言わない。

「あの女の人の夢を見たの？」

嘉茗《ジアミン》は七歳のころ、朱音《ジューイン》に、青白くて肌が純白に見える女の夢を見ると話したことがあった。朱音《ジューイン》は彼女のことをずっと忘れない。

「昨夜はどんな話をしたの？」

「父さんの誕生日のこと」

「今度は、女の人の顔、はっきり見えた？　お母さんに似てた？」

青白い女の顔はいつもはっきり見えるけれど、嘉茗《ジアミン》は母親がどんな顔か思い出せなかった。母親は、嘉茗《ジアミン》が四つのときに、海の事故で亡くなっていた。

「おい、そこのふたり！」隣から男子の声が割りこんできた。「あれ、おまえらの先生じゃないのか？」

ホイッスルをくわえてこっちへ歩いてくる男は、確かに嘉茗《ジアミン》たちの体育教師だ。嘉茗《ジアミン》と朱音《ジューイン》は顔を見合わせると、先を行く集団に急いで追いつこうと、こっそりトラックへ出ていった。

「ありがとう！」教えてくれた男子の前を通りすぎるとき、朱音《ジューイン》は彼にウィンクした。

嘉茗《ジアミン》は一瞬、彼と見つめあった。見覚えのある子だ。

「さっきの男子、知ってる？」嘉茗《ジアミン》は訊ねた。

「うん。特別補習に出てる子。ちょっと変わってる」

「何ていう名前？」

「張小波《ジャン・シャオボー》」


あの嵐がなかったら、逃げ出したがってる木がなかったら、激しく揺れる炎がなかったら、あのとき塀の上にすわってなかったら、彼は穏やかで親しみやすそうな完全に普通の男子に見えただろう。嘉茗《ジアミン》は、ふり向いちゃだめと自分に言い聞かせた。疑いの余地はない。

青白い女は、星は嘉茗《ジアミン》の幸運を祈っていると言っていた。

嘉茗《ジアミン》は自分がほほえんでいることに気づいてもいなかった。

「なんで、そんなにうれしそうなの？」朱音《ジューイン》が訊ねた。

「昨夜の夢のことを考えてたの。今流行ってるヘアゴムを見せたら、女の人もすごく野暮ったいって言ってた」

「どのタイプのヘアゴム？」

嘉茗《ジアミン》は、トラック脇のベンチに黙ってすわっている女子に目をやった。そこに堂々とすわれるのは、汗を流す運動を免除するよう保健室の先生に一筆書いてもらった生徒だけだ。ふたりがゴールラインを越えたとき、ベンチの女子は立ち上がり、ふたりのほうへ歩きだした。

「あの子が着けてるヘアゴム、見えた？」

朱音《ジューイン》は笑った。「うん、すごくダサい」

その女子は嘉茗《ジアミン》の近くに来たものの、朱音《ジューイン》を見てためらっている。

朱音《ジューイン》はうんざりした顔をして、嘉茗《ジアミン》に言った。「教室にもどって待ってるね」

「嘉茗《ジアミン》！」まぶしい太陽に目を細め、近づいてきた女子はほほえんだ。

「黎娜《リーナー》」

黎娜《リーナー》は真っ先に男子の目を引きつける女子のひとりだ。十二歳になったとたん、ぽっちゃりした幼児体形からめりはりのある女性的なプロポーションになり、温かい香りを放ち、制服に包まれたふくらみに無意識に異性の目を引きつけるようになった。いつも男子にかこまれていて、なかには同年代ではない男の人もいる。

黎娜《リーナー》が不適切なことをするのでは、と心配する人は誰もいない。彼女はおっとりして気品がある。ちょうど、大きな体をゆっくり動かす雌のゾウのようだ。ゾウのように、周囲のことにはまるで動じない。必要なときだけ男子の存在に気づいてやり、自分に向けられた視線をどう使えばいいか、いつも心得ていた。

例えば、保健室の先生に見学許可をもらうときとか。

ほかにも得する方法を知っている。

例えば今、黎娜《リーナー》は嘉茗《ジアミン》の手をつかみ、購買でお菓子を買ってきてもらおうとしている。

黎娜《リーナー》は自分と嘉茗《ジアミン》の分のお金を出した。嘉茗《ジアミン》はそれを受け入れ、アイス二個を要求した。

「一個は朱音《ジューイン》にあげるの」

黎娜《リーナー》はほほえんだ。「わたしはかかりつけの医者に――漢方の専門医なんだけど――冷たいものを禁じられてるの。お刺身もだめって……」

黎娜《リーナー》とのおしゃべりでいちばんいいところは、人の話を聞かずに勝手にしゃべってくれるところだ。彼女は同年代のほかの女子とは違い、何でもかんでもしじゅう生真面目に受けとることはないとわかっている。彼女のそばでは、嘉茗《ジアミン》はいつも気楽でいられた。

「自習組はすごく楽なんだってね」

「うん、追加の宿題も出ないし。そっちは特別補習の勉強、かなり大変なんでしょ」

嘉茗《ジアミン》の手に何かが押しつけられた。話をやめて、黎《リー》娜《ナー》からのプレゼントの箱を無表情で見つめる――ヴェルヴェットとサテンで仕立てられた見事な箱。開けてみると、新品の〈パーカー〉のペンが入っていた。

「黎娜《リーナー》？」

「わたしたち、よく同じ机にすわってたでしょ？ たまたま、ペンをもらったから」黎娜《リーナー》の笑顔は、とろけそうなチョコレートのようだ。

「高そうなペンね。普通のインクを入れるの？」青白い女はふたをはずし、ペン先を確かめた。

「きっと、このペン用の高価なインクが売られてると思う。専用のギフトボックスがついてるんじゃないかな」

「どうして、その子はあなたにこれをくれたの？」

嘉茗《ジアミン》は何も言わない。秘密のひとつやふたつ、たいした重荷にはならないだろう。

青白い女は嘉茗《ジアミン》のあごに手を添え、顔を上げさせた。

「これはその子に返しなさい。あなたが心配だわ」

「返したりしたら、もっと心配することになるよ」

青白い女は嘉茗《ジアミン》の顔が動かないようにして、強制的に目を合わせた。「その子の星を見てみたの。彼女の星回りは気に入らない」

「賄賂を受け取らなかったら、わたしは彼女を裏切ることにしたと思われるんだよ。わかる?」

青白い女は嘉茗《ジァミン》を放し、離れていく。

嘉茗《ジァミン》は歩いていって隣にすわった。「わたしの星回りは気に入ってるの?」

「ええ」女の眼差しは、ため息のようにやさしい。「あなたはいい子よ。生まれてすぐに、星がそう教えてくれた」

ある思いが嘉茗《ジァミン》の心を影のようによぎった。テレビの画面が発する無意味なちらつく光のなかで、嘉茗《ジァミン》は胸を締めつけられた。

「星って、本当にいろんなことを教えてくれるの?」

嘉茗《ジァミン》は今まで、こんな質問をしたことはなかった。そもそも星占いなんて、信じたことがない。

「ええ。そうよ!」青白い女は熱心に答える。「昨日、昨日はね、星がこんなことを教えてくれたの。あなたは……とても特別な人に出会うでしょう。彼は水のなかに現れ、やがて火のなかに消える。星はあなたの幸運も祈っていたわ。前にも言ったように」

「じゃあ、今日はどうなの? 星は何て言ってる?」

青白い女はアストロラーベを開いた。嘉茗《ジァミン》は彼女の一挙手一投足に注目し、すでにかぞえきれないほど見てきたこの作業の細部を注意深く観察した。集中すればするほど、自分がどこかべつの場所にいるような気分になる。嘉茗《ジァミン》はここにいながら、ここにはいない。自分自身を見捨てていた――そのせいで、体のどこかにまぎれもない虚しさがある。どんなに無視しようとしても、吐き気がするほどの寒気と……めくるめく甘美な心地を感じてしまう。

あの星たち――広大な宇宙の深淵から流れてきたシンボルマークが、かつてないほど鮮明に紙の上に現れた。

「明日はよいことがあるでしょう。普段は歩かない道を歩き、午前中に人と会う約束をする。星によると、あなたはこの先一生を共にする重要な人物と会うことになっているわ。その日があなたの運命を変えることになる。だから、道を誤らないように気をつけて。星たちが話している。耳をすまして、星が語りかけているわ、すべての星が。聞こえる？　星はあなたの幸せを望んでいるのよ」

青白い女は早口になった。同じ話を何度もくり返す。あまりの早口に息もつけないのに、しゃべる速度を落とさない。まるで制御のきかなくなった車輪だ。話は意味を失い、ついには無意味なぶつぎりの音節になって、女の体を震わせる。彼女は突然、骨ばった手で嘉《ジア》茗《ミン》の両肩をがっしりとつかみ、耳をつんざく荒々しい笑い声を上げた。

嘉茗《ジアミン》は彼女をきつく抱きしめた。「バカなことをするのはやめて、母さん。やめてってば」

3

初めて青白い女が現れたのが、正確にはいつだったのか、嘉茗《ジアミン》は覚えていない。六歳の誕生日か、もっと前かもしれない。夢を見ていたかと思うと、真夜中に目が開いた。

ベッドの枕元に、女がすわっていた。ひどく青白い肌が神秘的で、暗闇に輝くもののように――星のように――見えた。

嘉茗《ジアミン》は青白い女に話しかけた。不思議と、恐怖は感じなかった。それがこの経験のいちばん夢らしいところだ。

「すごく青白いね。光ってるの？」

「わたしが光っているんじゃないわ。星の光よ。それより早く、わたしが誰か訊いてごらんなさい」

「誰？」

「あなたのお母さん」

「母さんは死んだんだよ。頭がおかしいんじゃないの?」

「ええ、わたしは頭がおかしいの」青白い女は口をおおって、くすくす笑った。

嘉茗《ジアミン》は女を怖いとは思わなかった。青白い女がわけのわからない行動を取って嘉茗《ジアミン》を絞め殺そうとした夜でさえ、やっぱり怖くはなかった。

いっしょにすごす時間のほとんどは、青白い女はとても静かだった。

ふたりは普通の人たちのようにおしゃべりをした。嘉茗《ジアミン》は学校での出来事を話し、ときどき青白い女が感想を言う。ふたりの意見はたいていの話題で一致した。青白い女が星回りの話を持ちだすこともある。彼女は嘉茗《ジアミン》に星の見方を教えた――それぞれの星の名前、位置、色、過去、そして語ることまで。

「よくお聞きなさい。口調で、誰が話しているかわかるから。相手の話していることを理解するには、言葉だけでなく口調も解釈しなくてはいけない。星はうたうほうを好むことがあるの」

嘉茗《ジアミン》には何も聞こえなかった。

星は話すことなんてできない。

それが何だというの? 星は昼間は姿を消してしまう。夢と同じだ。

自分がいつか、頭のおかしい女の言葉を信じるようになるとは、思いもしなかった。

ところが、その朝、嘉茗《ジアミン》は住宅街の南門からバスに乗って学校へ行くことにした。長いあいだ、ラッシュアワーのバスに乗っていなかった嘉茗《ジアミン》は、最初のバスに体をねじこむこともできなかった。次のバスが来ると、片足を乗せたものの、それ以上入るスペースが見つからない。ためらっていると、手が伸びてきて嘉茗《ジアミン》の腕をつかみ、強引にバスに引き上げてくれた。

乗客でぎゅうぎゅう詰めの車内に、張小波《ジャン・シャオボー》の顔が見えた。

彼は、バスに乗るのに手を貸してくれそうな人には見えない。

バスはとてつもなく混んでいた。ひとりひとりの体は境界線を失い、ひとかたまりになっている。他人と体を押しつけあって、乗客は全方位からの圧力に耐えている。どの体も考えられない姿勢にねじれ、その状態で固定される。まるで缶詰の肉のようだ。

こんな状態でいてはいけない。嘉茗《ジアミン》と彼との距離は近すぎる。ふたりのあいだには中年の女がひとり立っているけれど、それでも近すぎる。嘉茗《ジアミン》は彼の表情のない顔を見つめるしかなかった。彼の目は黒く、深い穴の底にたまった水のようで、抗えない。

あの目に飛びこんではいけない。

嘉茗《ジアミン》はその顔を見なくていいように、なんとか首をひねって顔をそむけた。前にいる男の背中に頬がこすれて痛かったが、かまわなかった。

バスがスピードを落としてバス停に近づく。降りる乗客が押しあいへしあい出口へ向かうなか、張小波《ジャン・シャオポー》は動かなかった。降りようというそぶりも見せない。

ドアが開いた。嘉茗《ジアミン》は目を閉じた。降りる乗客がすぐ後ろをどっと通りすぎていく。本当なら嘉茗《ジアミン》も彼らのなかに混ざり、人の流れに乗って楽に降車するべきだ。馬鹿なことをしていてはいけない。

けれど、降りていく大勢の客の体当たりに耐え、嘉《ジア》茗《ミン》は手すりをしっかりとつかんだ。何度か人混みに流されてバスから降ろされそうになったものの、懸命にその場に踏みとどまるうちに、やがてドアが閉まった。アフリカの密林の太鼓の音が、ふたたび嘉茗《ジアミン》の胸を打った。彼女は泣きたくなり、笑いたくなった。

「遅刻するぞ」嘉茗《ジアミン》の気づかないうちに、いつのまにか小波《シャオポー》が隣にいた。

頭のなかが真っ白になった。バスはまた動きだし、学校を通りすぎていく。守衛室の前に老人の姿が見える――あと十分で、彼は門を閉めるだろう。バックミラーのなかで学校はだんだん小さくなり、ついに道路ぞいに植えられたアオギリの向こうに消えた。嘉茗《ジアミン》は目を閉じた。木漏れ日がまぶたをよぎる。なんだか楽しくなってきた。

「これで、本当に遅刻だな」彼はほとんど笑っている。

ふたりは終点まで行き、べつのバスに乗りこんで引き返した。それぞれ前後の座席にすわり、顔を見ることもしゃべることもしない。

ふたたび学校が近くなると、彼は身を乗りだして嘉《ジア》茗《ミン》の耳元でささやいた。「午前は何の授業?」

こんな馬鹿げた出来事が起きたのは、そうなる運命だったからだ。

嘉茗《ジアミン》はふり向いて小波《シャオボー》を見た。

バスが止まり、ドアが開き、閉まる。ふたりとも動かない。

時刻はすでに八時半になっていた。


嘉茗《ジアミン》が学校にもどったときには、正午になっていた。軽く何か食べようとカフェテリアへ行こうとしたとき、教務部長に呼び止められ、教務課へ連れていかれた。

べつに不安はなかった。どうせ授業をさぼった件だろう。ところが違った。

教務部長室から出てくると、嘉茗《ジアミン》はすぐに朱音《ジューイン》をカフェテリアの隅へ引っ張っていった。朱音《ジューイン》は訊かれる前に白状した。

「そうだよ。あんたが黎娜《リーナー》の代わりにテストを受けたこと、しゃべっちゃった。だって、本当のことだもん」

「学校は当然、証拠を求めたでしょ」

「うん……」朱音《ジューイン》は問題に気づいたのか、黙りこんだ。

「それで朱音《ジューイン》は、わたしに訊けばわかるって言ったんだ。わたしが黎娜《リーナー》の代わりに四科目全部のテストを受けたっていう話が、本当かどうか」

嘉茗《ジアミン》は正面に行き、朱音《ジューイン》と強引に目を合わせた。

「よくわかってると思うけど、わたしが黎娜《リーナー》の代わりにテストを受けたなんて言ったことは一度もない。今までも、これからも、絶対にない。教務部長には、もう呼び出されてきた」

「それで、何て言ったの——？」

「黎娜《リーナー》の成績は、ほかでもない本人の努力の結果ですって言っといた」

「なんで、あのビッチをかばうわけ？　どうして助けてやるの？　あたし、見たんだから」

「朱音《ジューイン》が見たのは、彼女が床に落としたテスト用紙をわたしが拾ってあげたところでしょ。それだけじゃん」

「なんで？　ねえ、なんで？　あいつがすでに一流大学への入学が決まったみたいに気取ってるのを見るのは、我慢できない。あいつはまがいもので、何者でもないってことを、みんなに知らせてやりたいんだってば。確かな証拠があったら、あたし——」

「そんなもの、ないでしょ。でも朱音《ジューイン》は、黎娜《リーナー》にわたしが彼女を裏切ったと信じこませることには成功したね」嘉茗《ジアミン》はもう怒っていない。彼女は自分がどれだけ賢いかわかっていなかった。

嘉茗《ジアミン》が黎娜《リーナー》を助けたのは、簡単だったからだ。助けたことを何とも思っていなかったし、テストの点数など気にもしていなかった。自分のテストのほうは、残った時間で適当に、いくつか答えを書いておいた。

嘉茗《ジアミン》はこの顚末をジョークと考えていたが、それをおもしろいと思っているのは彼女だけのようだった。

「なんで、そんなふうにあの子を助けるの？　あのペンのせい？　体育のあと、あんたのスポーツバッグに新品の〈パーカー〉のペンが入ってるのを見た。行かないで、嘉茗《ジアミン》！　あたしたち、友だちでしょ！」

朱音《ジューイン》の声は、後ろで小さくなっていった。

小波《シャオボー》は踊り場で、階段をのぼろうとしている彼女を見つけた。彼の表情は暗い。

「どこかで会いたい」

「放課後、マックで会うことになってると思ってたけど」

「どうして、あんなひどいウソを言いふらしてるんだ？　おまえの話を信じるやつがいるとでも思ったのか？」

嘉茗《ジアミン》は彼を見つめた。「あれをウソだと思う？」そして壁にもたれ、震えているのを気づかれないようにした。

星のお告げによれば、彼はとても重要な人物だ。

「おまえが黎娜《リーナー》の代わりにテストを受けてやったなんて、誰が信じるんだよ？　黎娜《リーナー》はもう、教務部長に呼び出しを食らった。あれからずっと泣いてる。自分の見栄のためだけに、よくも人を傷つけられるな？」

彼はすでにあの話を、あっけなく信じこんでいた。

嘉茗《ジアミン》は唇を噛んだ。熱いものが喉につまって、息ができない。ひどい痛みを感じそうで、しゃべりたくない。でも……でも彼は自分にとって重要な人物だ。たぶん、彼にはそれだけの価値がある、この胸から言葉をむしり取るだけの価値が。

「もし、わたしが本当に彼女の代わりに試験を受けてあげたと言ったら、どうする？」

嘉茗《ジアミン》は彼の目を見つめた。そこに見覚えのあるものがあってほしい。

「おまえ、サイテーだな」

嘉茗《ジアミン》は顔をそむけた。見覚えのあるものは確かにあったけれど、それは嘉茗《ジアミン》の望んでいたものではなかった。つらすぎて、彼を見ていられない。

それでも、彼は嘉茗《ジアミン》の説明を聞くつもりだった。ふたりはいずれ仲直りできるだろう。それには、嘉茗《ジアミン》がただ――。

ベルが鳴った。

「放課後、もっと話し合おう。いいな?」

小波《シャオボー》は教室へ走っていった。嘉茗《ジアミン》もあとを追って数段のぼったものの、足を止め、回れ右をして引き返した。

嘉茗《ジアミン》は帰ることにした。つまらないごたごたをあとにして、学校を出ていこう。通りを渡って、〈マクドナルド〉の回転ドアを入っていこう。店内のソファにすわって、Lサイズのコークをすすろう。何もせず、何も考えず、学校が終わるまですごそう。

黎娜《リーナー》の代わりにテストを受けたことは、誰にも話していない。嘉茗《ジアミン》は今夜、小波《シャオボー》にことの顛末をジョークとして話すつもりだ。明るく、詳細を一切はぶかずに話して聞かせる。言い回しには気をつけよう。彼に罪悪感を覚えてほしくない。

4

氷がゆっくり解けて、黒い甘い液体に少しずつ消えていく。氷が解けていくようすに注意をはらう人は、ほとんどいない。あの青白い女はどうだろう? あの人なら、何かが必然的に消えていくようすに注目したことがあるだろうか? 星は何と言うだろう?

——星はあなたの幸せを望んでいるのよ。

わたしを幸せにしてくれる星って、いったいどんな類《たぐい》の星? 嘉茗《ジアミン》にはそんなことはわからないし、知りたくもなかった。

青白い女はまだ眠っている。嘉茗《ジアミン》は起こしたくなかった。彼女のために持ってきたコークはもう生ぬるくなっているけれど、起こしたくはない。こんなに穏やかな彼女を見る機会は、滅多にないのだ。

「何時?」青白い女が目を覚ました。テレビに目をやる。キャスターが国内のニュースを報じている。「ずいぶん早いわね。あなたはデートだと思っていたのに。

彼に会えた？　今朝はいつもと違う道を通ったんでしょ」

「彼とは会った。学校が終わったあと、マックでデートした。母さんに買ってきたコーク、テーブルに置いといたよ」

「デートはどうだった？　終わるのが早すぎるじゃない」青白い女は首をかしげて笑った。「これで、わたしのことを信じる気になったでしょ？　あなたの母親は、頭がおかしいわけじゃない！　星は真実を告げるのよ」

「母さん、星を見てみよう」

青白い女はコークを置き、満足そうに星図を取りだした。回転する円盤が止まり、紙の上にいくつかのシンボルがはっきりと姿を現す。女は解釈を始める。

口が開いたのに、声が出てこない。

「どうしたの、母さん？　星は何て言ってる？」

青白い女は椅子の上でへたりこんだ。こんなに青ざめた彼女は、見たことがない。

「なぜ、陰に隠れているの？」女は嘉茗《ジアミン》に訊ねた。

「今の格好は、気に入られそうにないから」嘉茗《ジアミン》はランプの光のなかへ出た。「みんなに服を汚されちゃって」

みんなは〈マクドナルド〉のベージュ色のソファに嘉茗《ジアミン》を押さえつけ、嘉茗《ジアミン》のズボンにコークがかかるように、わざとテーブルの上のコップを倒した。そのなかに、黎娜《リーナー》はいなかった。涙の跡が残る顔で、みんなの後ろに立っていた。

「ぶたれたの？」青白い女は言った。

嘉茗《ジアミン》は顔がはれているような感じがした。ひっかき傷もいくつかある。切れた唇をなめると、血の味がほんの少しコカ・コーラの味に似ていた。

「みんな、冷たい炭酸飲料があんまり好きじゃなかったみたい」

コークのコップを倒した女の子が、最初に嘉茗《ジアミン》の顔をひっぱたいた。それから嘉茗《ジアミン》は黎娜《リーナー》の前に引きずっていかれた。十二本の手に小突かれて、嘉茗《ジアミン》は黎娜《リーナー》の前にひざまずかされ、両ひざを硬いタイルにたたきつけられた。これが、黎娜《リーナー》を裏切った代償だ。

それから、嘉茗《ジアミン》は顔をひっぱたかれた——一回、二回、三回。集まってきたほかの客と従業員の目の前で、窓からのぞきこむ通りすがりの人たちの前で、人混みにまぎれて知らないふりをしている教師の前で、そしてたぶん、ほかにもいただろう生徒たちの前で。

誰かが嘉茗《ジアミン》の髪をつかんで、顔を伏せられないようにしていた。嘉茗《ジアミン》の顔をみんなにさらしたかったのだ。嘉茗《ジアミン》は目をつむっていた。

女の子たちのひとりが、見物人に状況を説明した。

このバカ女を見てやって。及第点ぎりぎりしか取れないくせに、よくも優等生の黎娜《リーナー》を陥れるような作り話ができたものね。

「みんなっていうのが誰のことかは、知ってるよね？見当はつくでしょ？ていうか、星が教えてくれたんじゃない？」嘉茗《ジアミン》は青白い女の涙をふいてやった。「泣かないで。ぜーんぶ、笑えると思わない？」

あのときぎつく目を閉じていなかったら、彼女たちの表情が見えていたら、嘉茗《ジアミン》はげらげら笑いだして止まらなくなっていただろう。あのときようやく、ジョークにオチがついたのだ。

「星は、みんなが何回わたしの顔をたたくって言ってた？二十七回だよ。あんまり退屈だったから、かぞえちゃった。でも、本当の問題はそこじゃない。もっと、重大な疑問があるの。黎娜《リーナー》が立ち去る前に、わたしが考えなきゃならなかったこと。あの子たち、どうしてわたしがマックにいるってわかったんだろう？

どうして、わたしにとってすごく重要な男の子が、あの子たちに味方するわけ？星に訊いてみてよ、母さん、訊いてってば！どうして彼は、あの男が母さんにしたような仕打ちをわたしにしたの？ほら、早く星に訊いてよ！　わたしたちは同じ星の下に生まれたに違いないね、母さん」

青白い女は椅子の上で体を丸め、本能的に指を嚙んでいる。目だけが体と意思から独立して星図に引きつけられ、まばたきもせずに紙に書かれたものを見つめていた。

嘉茗《ジアミン》は歩いていき、母親の口から指を出してやった。

「星は何て言ってる？　気の触れたわたしの母さん、教えて、これは何を意味してるの？」嘉茗《ジアミン》はある記号を指さした。

「月」

「月？」嘉茗《ジアミン》は訊き返しながら、ペンを動かした。青白い女は悲鳴を上げ、血の流れる手を伸ばして娘を止めようとしたが、手遅れだった。月の記号はペンでぬりつぶされた。嘉茗《ジアミン》はペンを動かし、何も考えずに違うところに月の記号を書く。「はい、これでおしまい」

「あなたは、自分が何をしているのかわかってない」

「じゃあ、これは？」ペン先でべつの記号を指す。

「冥王星」

「このへんは混みすぎ」嘉茗《ジアミン》は冥王星を線で消し、ほかの空白に適当にペン先を置く。「こっちのほうがよくない？」

青白い女は泣きわめき、自分の髪を引きちぎる。

「泣かないで。目を開けて。星も惑星も、もう以前の場所にはないけれど、世界はそのまま。何も変わってない。星はしゃべったりしないし、未来を教えてなんかくれない。未来も、過去も、現在も――あんたのしょうもないお星さまとは何の関係もないんだってば」

青白い女は星図にかがみこんだ。まるでたった今死んだ、自分の産んだ赤ん坊を見つめているかのようだ。頰に涙が流れ、紙に落ちた。小石が投げこまれたみたいに、星図に波紋が広がる。紙に書かれた記号が、水面に映った影のように震えたかと思うと、恐る恐る動きだし、元の位置へ向かった。

嘉茗《ジアミン》は無表情で身じろぎもせず、動く記号を見つめた。どうせ、ただの安っぽい手品だろう。星はしゃべらない、星は未来を教えたりしない、星は無力だ。

この瞬間、嘉茗《ジアミン》はそれを誰よりもよく理解していた。

「あなたは自分のしたことをわかってない！」青白い女は泣きじゃくっている。

「自分のしたことくらい、わかってる。もう少しで、もう少しで、母さんの言うことを信じるところだった。今朝、生まれて初めて、わたしにも幸せになる資格があるんだって思ったのに」

わたしは唐嘉茗《タン・ジアミン》。

母親は、頭がおかしい。

四つのころ、父さんから、おまえの母親はフェリーで帰るときに亡くなったと言われた。父さんがなぜそんなことを言ったのか、わたしはもっと大きくなるまでわからなかった。

母親を亡くしてまもなく、父さんとわたしは今の家に引っ越してきた。父さんは建築家で、新しいわが家のリフォームにたくさんの時間をかけた。新しい家は見た目のわりに広く感じられなかったけれど、わたしたちにはじゅうぶんな広さだった。その後、わたしはほかの子どもたちのように学校へ行った。ある晩、青白い女の夢を見た。女は奇妙な記号がいっぱい書かれた紙を持っていて、その紙が未来を教えてくれると言った。わたしは信じなかった。それから毎晩、青白い女の夢を見たけれど、彼女の予言や星の言葉はぜんぜん信じていなかった。

張小波《ジャン・シャオポー》に出会うまでは。

愛がほしかったから。

ほら、人間ってそういうものでしょ。

彼はドアを開け、ソファにすわっているわたしを見て驚いた。「家にいたのか？」

「ごめんなさい。夕食に出かける約束は覚えてたんだけど、それが今夜だったってこと、忘れてた」

「たいしたことじゃないさ」彼は書類鞄からサラ・ブライトマンのCDを出す。「ほら、おまえに」

わたしが何をほしがっても、彼はいつも手に入れようとしてくれる。わたしがどんなに言うことを聞かなくても、彼はけっして叱らない。こんな父親は、ほかにいない。

彼はわたしの顔のあざのことは訊かない。わたしが子どものころから、ずっとそうだった。わたしがいじめられても、彼はいつも何も気づいていないふりをした。

「だから、賢くなって、自分の面倒は自分で見られるようにならなきゃいけないのよ」青白い女は言っていた。

「仕事から早く帰ってきたのは、わたしに話したいことがあったから？」

「いいや。おまえとおいしい食事を楽しみたかっただけだよ。今夜、放課後の自習をパスして面倒なことにならないか？」

「それは心配しないで。父さんは早く帰ってきたし、わたしは自習へ行くつもりはないんだから、すわってちょっとおしゃべりしない？」わたしは立ち上がって、リビングの照明を薄暗くした。

わたしの記憶では、リビングがこんなに暗くなったことは一度もない。昼でも夜でも、照明とテレビがいつもつけっぱなしになっている。

「何をしようというんだ？」

わたしはテレビと向かいあわせの鏡の前へ歩いていく。鏡に手をつき、のぞきこむ。そこには、彼がわたしに見てほしくないものが見える——青白い女と、彼女が閉じこめられた牢獄。

「マジックミラー？」わたしは彼を見つめる。「父さん、うちのリビングって、どう考えても狭すぎるよね」

わたしは唐嘉茗《タン・ジアミン》。

母親は頭がおかしい。

父親は優れた建築家。彼は自宅のリビングに秘密の部屋をつくり、そこにわたしの母親を十年以上監禁している。青白い女は夢なんかじゃなかった。かなり時間がたってからそうわかったけれど、わたしは彼女はただの夢だと言いつづけた。父親から聞かされた、母親は溺れ死んだという話のように。

相手に嘘をつく前に、まず自分自身にうまく嘘をつかなくてはならない。

「いつわかった？」

「父さんがくれたミルクを飲んだあと、いつもものすごく眠くなることに気づいたとき」

薬はわたしを眠らせることはできても、夜中に目覚めて青白い女を見つけるのを止めることはできなかった。それを、父さんはわかっていない。わたしはどんなにぐっすり眠りこんでも、夜のあいだにときどき何かの力に起こされて、空中の物体が地面に落下するように、青白い女のそばに来てしまうのだ。

気の触れた妻がいることを他人に知られたくなかったのなら、なぜ彼女を壁のなかに塗りこめてしまわなかったの？

この質問をすれば、彼は間違いなく、わたしのためにこうしたと答えるだろう。わたしに気の触れた母親がいることを、人に知られたくなかったのだと。

わたしはそうは思わない。彼にそう言う機会をあたえるつもりはない。

「これを飲んで。最近あまり眠れていないでしょ」わたしはキッチンから温めたミルクのグラスを持ってきて、父親の前に置き、心配そうに彼を見る。

父親はミルクを飲み干す。そうすることはわかっていた。わたしが飲み物に何を入れようと、彼は飲み干しただろう。

こんなふうにわたしと向きあわされるよりは、何だってマシなはずだ。

「あの人はいつから、あんなおかしなことを言うようになったの?」わたしは父親の正面にすわり、父親の震えるひざを両手でそっと押さえた。

「彼女はいつも変わっていた。初めて出会ったときもだ。奇妙な声が聞こえると言っていた。人が生まれた正確な時間と場所に、いつも並々ならぬ関心を持っていた。何の理由もなく、人を嫌うこともあった。父さんはそういうことを、害のない変わった癖にすぎないと思っていた。だが、やがておまえが生まれると、彼女は——」父親はわたしを見上げ、いくらか努力して話をつづけた。「おまえの運命をアストロラーベで計算し、おまえは星のお告げを変える運命にある子どもだと言ったんだ。おまえを守らなくてはならないと。彼女はますますおかしくなっていき——」

「怖くなったんだね」

「彼女が本当に正気を失ったのかどうかは、わからない。彼女の予言どおりになったこともある。いいや、彼女のことが怖くなったわけじゃない。しかし、父さんたちが他人からどんな目で見られていたか、おまえは知らない」

あなたのお父さんは、わたしが正気を失ったわけではないとわかっているわ——青白い女がそう言っていたことがある。そのときの彼女の表情を、わたしは覚えている。ほかのことも、覚えている。

彼が目を閉じる前に、わたしは最後の質問をする。

「父さんはずっと前に、母さんを愛するのをやめたの?」

「いいや、そんなことはない。愛している。ずっと愛している」

考えられる最悪の答えだ。

一杯の温めたミルクのおかげで、父親は抑えきれずに泣きだす前に眠りに落ちてくれた。もちろん、彼は彼女を愛している。彼女のために、マジックミラーを取りつけて、リビングのテレビが見えるようにしてやり、テレビをいつもつけっぱなしにしているのだ。もっと重要なのは、青白い女がマジックミラーを通してわたしの姿を見られるようにしていることだ。

でも、父さん、あなたはわたしに最悪の答えをくれた。

5

わたしは唐嘉茗《タン・ジアミン》。

父親も母親もいない。わたしは星のお告げを変えることができる——つまり、運命を変えられるってこと。

明日の朝は、時間どおりに登校する。何事もなかったかのように、生徒のふりをつづける。ほかの子たちみたいな人間であるふりをするつもりはないし、もう二度と誰にもわたしを傷つけさせはしない。わたしは完全に本来の自分でいようと思う。運命を変える方法を知ったからには、それもむずかしくはない。

青白い女は幸せなはずだ。わたしは彼女を信じ、彼女の予言を実現してあげる。わたしは彼女のアストロラーべをコピーして、彼女の星を動かそうとした。最初の実験プロジェクトとして、彼女は死んだ。死んでほしいわけじゃなかったけれど、自分を許す口実はいらない。わたしが彼女を殺したことは、疑いようがない。それでも、彼女は幸せなはずだ。

朱音《ジューイン》はわたしと仲直りするだろう。彼女の星がそう言っている。星は、彼女がほかにも多くのことを望んでいると告げていた。

次の満月には、黎娜《リーナー》の裸の写真がすべての生徒の受信トレイに入っているだろう。その夜、黎娜《リーナー》の星はすっかりもろくなる。彼女は死にたくなるだろう――学校でいちばん高い柱で首を吊り、その魅力的な体は木の葉のように風に揺れることだろう。

その夜、黎娜《リーナー》の女性的な体の香りと、死の匂いと、体からもれた排泄物の悪臭が、張 小 波《ジャン・シャオポー》を死体に引き寄せる。彼は迷子の働き蜂のようになり、いろんな匂いに混乱し、ぶらさがった女の子のまわりをうろうろする。死さえも、彼女の体のシナモンの香りを完全に止めることはできない。彼女はとてつもなく魅惑的になる。そのときはとくに。穏やかで静かなチョコレートの海が彼を呼ぶ。

運命でないとしたら、なぜ彼はちょうどそのとき通りがかったりするのだろう？　運命でないとしたら、どうして彼は強風のなかで火をつけることができたのか？

小波《シャオポー》はロープをゆるめ、黎娜《リーナー》を下ろしてやる。彼女の体はまだ温かく、夏の香りに満たされている。自然に日焼けした肌は輝き、若い娘らしい弾力がある。彼がとくに惹きつけられるのは、丸みをおびた滑らかな脚。排泄物にまみれた脚。その夜、彼は経験したことのないレベルの渇望と強迫観念に駆られ、全身の血が沸きたつだろう。死が彼の血管をふくれ上がらせ、かつてないほどの硬さとこわばりを感じさせる。彼女のブラウスに手を伸ばし、チョコレート色の胸を貪欲に揉みしだくころには、彼はもう死体花の腐臭に夢中になる虫じゃない。もう迷子じゃない。彼は自分自身と遭遇する。あの紫色の唇をなめてから、舌にやさしく自分の舌を巻きつける。何度も何度も、飽くことなく。そうやって、彼は自分が何者かを確認するだろう。自分が何を恐れているかを理解し、何を切望しているかを知り、自分自身を知ることになる。

誘惑に弱い恋人よ、こっちにおいで。悪を礎《いしずえ》にして、わたしたちは結びつく。

これからあなたは、運命のせいにするように、わたしのせいにすればいい。

わたしはあなたの星だから。


わたしが鏡に向かって笑いかけるとき、向こうから彼が見ているのを知っている。彼は今、自分のつくった牢獄に閉じこめられている。

テーブルの上には、わたしが用意してあげた食事がある。「これは青白い女の肉で作ったの。二、三年は同じものを食べてもらう」わたしは彼に本当のことを話し、今はここで――マジックミラーのこっち側で――辛抱強く待っている。彼がそのうち食べはじめるのはわかっている。

彼はこう考えるだろう――それを食べさせるために、わたしが彼の星を動かした。

けれど、それは間違いだ。彼の星はまったく動かしていない。誕生の瞬間から、彼の星は告げていたのだ――彼が青白い女を食いつくすと。


「星を動かすとき、あなたは運命を変えているのよ。星を動かすことは、星を壊すことでもある。軽々しく星を動かしてはだめ」

それが、青白い女が死ぬ前に遺《のこ》した最後の言葉だ。

今夜、たくさんの星が壊され、これからもっとたくさんの星が壊れていくだろう。それでも、空が完全な闇に包まれることはない。

空にはいつも、永遠に輝く星が残っているだろう。

わたしの導きなんていらない星が。

韓松

ハン・ソン

Han Song

韓松《ハン・ソン》は中国で最も影響力を持った年長世代のＳＦ作家（そこには劉慈欣《リウ・ツーシン》や王晋康《ワン・ジンカン》といった面々も含まれる）の一人とよく評される。数多くの賞を受賞し、多数の長篇や短篇集を上梓しているが、その作品のごく一部しか英訳されていない――この状況が近いうちに解消されることを願っている。

中国の国営通信社である新華社通信のベテラン社員である韓松《ハン・ソン》は、中国を襲っている大変動の傍観者にして記録者という独特の立ち位置を占めている。おそらく他のどの作家が言えなくても、彼だけは口にできることがある。彼は今中国で起きていることはＳＦに出てくる（あるいはＳＦが表現しうる）出来事よりさらに非現実的で衝撃的だと、言い方を変えながら何度も述べてきた。彼の短篇の多くと同様、この感覚も多様な解釈に開かれており、中にはお互いに矛盾するものもある。

韓松《ハン・ソン》には一目でそれとわかる特有の文体と声がある。積み重なり何行にもわたる文と、密度の高い段落への嗜好。増築に増築を重ね、今にもひっくり返りそうなその文章は、現代中国の都市風景を思い起こさせる。辛辣で鋭い、メタフィクション的な批評を加える語り手の声。まるで花の品種を分類でもするように非現実的な苦悩を描写する冷たく超然とした調子。恐怖とユーモア、哀感《ペーソス》と感傷《ベーソス》、リアリズムと超現実の縁をさまよう巧みな比喩。「潜水艇」と「サリンジャーと朝鮮人」はどちらも短いが、韓松《ハン・ソン》の文体のよい見本である。

批評家のなかには韓松《ハン・ソン》がディストピア作家であり、中国が猛スピードで発展することで何百万人という犠牲を置き去りにしてきたことをＳＦを使って批判していると評する者もいれば、彼は愛国主義者で、フィクションを通じて西洋の偽善を切り裂きあざ笑っているとみる者もいる。彼の物語に魯迅から受け継がれた中国の歴史と文化の暗黒面への痛烈な批判を読み取る者もいるし、価値観も理想も持たない中国の近代化を非難していると考える者もいる。

はっきりしているのは韓松《ハン・ソン》のどの作品も高度に政治的でありながら、何層ものアレゴリーで表現されることで、そこから読者がつかみ取ったメッセージは彼らが物語に見て取った思い込みに大きく左右されるということである。（鳴庭真人訳）

潜水艇

Submarines

中原尚哉訳

"Submarines" (« 潜艇 ») by Han Song (韩松), translated by Ken Liu. First Chinese publication: *Southern People Weekly* (« 南方人物周刊 »), November 17, 2014; first English publication in this volume. English text © 2017 Han Song and Ken Liu.

幼いころ、父母に頼むと長江へ潜水艇を見につれていってもらえた。潜水艇は川の流れにそって群れをなしてぼくらの市へやってくる。長江の支流である烏江《うこう》、嘉陵江《かりょうこう》、漢江《かんこう》、湘江《しょうこう》などからも来ているそうだ。ぼくの目には密集した昆虫の群れか、大空から落ちてきた幾千万の黒雲のように見えた。

その一艘の潜水艇が忽然と水面から消えることがある。驚くけれども、実際には潜水しているのだ。まずその不思議な巨体を小さく震わせ、ゆっくり沈みはじめる。まわりに複雑で不思議な波紋を起こし、やがて艇体がすべて消え、その上にある小さな展望台のような櫓《やぐら》も没する。そして静謐で神秘的ないつもの川面にもどり、見ているぼくは唖然呆然とする。

と思うと、水中の怪物のように突然浮上するときもある。水面を盛り上げて花が咲くように水しぶきを噴き上げる。ぼくは大声で叫ぶ。

「見て、見て！　出てきた！」

でも父母は無反応だ。表情はどんよりとして動かず、しばらく水やりしていない菜園の二株の植物のように生気がない。潜水艇の出現とともに魂を抜かれたかのようだ。

普段の潜水艇は穏やかな水面に停泊して動かない。櫓から櫓へワイヤが張りわたされ、洗濯物が干される。ズボンやシャツに、赤ん坊のおしめもくわわり、さながら色とりどりの万国旗だ。甲板に練炭コンロを出して厚手の粗末なエプロンをつけた農婦が煮炊きをはじめる。川じゅうから炊煙が上がるようすはキャンプ場のようだ。農婦は喫水線まで下りて洗濯もする。頑丈な艇体に汚れ物をおいて棒で叩く。老人たちもときどき艇内から出てくる。甲板で脚を組んですわり、のんびりひなたぼっこ。猫や老犬をなでながら煙草を吸う。

潜水艇は出稼ぎ農民のものだ。市内で一日働いたら、自分の潜水艇に帰る。昔は市内の村で屋根を借りていた。市内の村というのは、市街地が拡大して郊外の農地が開発業者に買い上げられ、高層ビルのあいだに農村の集落がとり残されている場所だ。集落の村人は狭い共用の寝床で眠り、出稼ぎ農民はその家畜小屋で豚や羊のように寝ていた。でもいまは潜水艇がある。出稼ぎ期間は川に浮かぶ潜水艇がわが家だ。

停泊した潜水艇と河岸のあいだには専用の渡し船が運行される。農民がみずから舵を握り、兄弟姉妹のあいだを縫って二つの世界を行き来する。農民たちが帰宅する夜は潜水艇がもっとも美しい時間だ。それぞれガス灯がともされ、無数の窓の花が咲いたようになる。明るく美しく、はつらつとして、まるで満天の星が落ちて川面を埋めたようだ。どの艇でも農民一家が車座になって夕飯をとる。涼しい川風にのって笑い声や話し声が河岸へ届き、多くの家々まで聞こえる。都会人には無縁の雰囲気だ。

夜が更けると明かりは一つずつ消え、まもなく潜水艇を照らすのは河岸の闇にそびえる高層ビルの不気味なサーチライトだけになる。川面に浮かぶ艇体は眠る鯨の群れを思わせる。このとき多くの潜水艇は姿を消す。サーチライトの光がめぐってくるたびに群れの数が減る。音もたてずに潜水していくのだ。水鳥が翼の下に頭をいれて眠るように、農民も水中でようやく安眠できるのかもしれない。心配事を水上に残し、危険や不安から離れて、家族と家財とともに水中にもぐる。都会人からわずらわされることなくやすらかな夢をみる。潜水艇はまさにそのために建造されたのかもしれない。

長江の水深はどれくらいあるのだろうといつも考える。その暗い川底には何艘の潜水艇がいるのだろう。鉄の艇体がへりを接して何列も横たわっているさまは、想像するだに不思議で興味深い。ぼくはそこから世界の神秘を思う。見える世界の下には見えない世界が広がっているのだ。

そんなふうに、潜水艇は営巣した鳥のように身近にいて、議論百出の風景をつくっていた。朝になるとスープの餛飩《ワンタン》のように浮かんでくる。朝日を浴びながらゴボゴボと音をたてて浮上し、川は春の洪水のような大騒ぎになる。ぼくは映画に登場する異星人の宇宙船を連想する。いつものように渡し船が潜水艇と河岸を往復し、農民たちは市内の建設現場での肉体労働にむけて元気に出発する。

潜水艇は全国各地からやってくる。この町だけでなく、川ぞいのほかの都市にも来るらしい。海、湖、運河、水路など、あらゆるところに大小の群れがいる。

最初の潜水艇を設計した人物は不明だ。一説によれば、農民のなかの器用な職人が最初の潜水艇を手づくりしたのだという。洗練された都会人から見れば技術的にお粗末だ。艇体はくず鉄を鋳なおしたもので、合板やグラスファイバーで接《つ》いだところも少なくない。初期の潜水艇は魚の形をして、頭と尾を紅白のペンキで塗っていた。目玉と口まではっきり描いたものや、少数ながらヒレが描かれたものもあった。こっけいで笑ってしまうけれど、農民らしいユーモアがあった。潜水艇が多数建造されるようになると、塗装は家系を区別するものになった。

普通の潜水艇は定員五、六人で一家族用だ。二、三家族が同居できる大きな潜水艇もある。数十人から百人が乗れる大型潜水艇は農民にはつくれなかったらしい。都会人のなかには、ジュール・ヴェルヌの『海底二万里』からアイデアを盗用したのではないかとか、外国の技術者がひそかに協力したのではと疑う声もあった。でも潜水艇とヴェルヌとのつながりはみつからず、建造した職人はヴェルヌのことなど聞いたこともなかった。それがわかってだれもが安心した。

都会の子どもは潜水艇に興味津々だったけれど、大人は眉をひそめるか見て見ぬふりをしていた。学校でぼくらは熱狂的に潜水艇の話をし、ノートのページにその絵を描いた。でも先生は潜水艇についていっさい話さなかった。ぼくらがその話をしていると顔をしかめて叱り、スケッチを破き、違反者を校長室に出頭させた。新聞やテレビで潜水艇についての報道を見ることはほとんどなかった。都会の暮らしにとって潜水艇の存在は関係なかった。

とはいえ好奇心旺盛な大人もたまにいて——たいていは画家や詩人だ——河岸から眺めながらひそひそ話をしていた。潜水艇はいずれ新たな文明を築くだろうと彼らはいう。潜水艇文明は世界のこれまでの文明とはまったく異なるものになるだろう。哺乳類と爬虫類が似ても似つかないようなものだ。奇妙な大人たちは潜水艇でフィールドワークをしたがった。民間伝承を収集し、生活習慣を調べたいという。でも農民たちは都会人を潜水艇に招くつもりはないようだった。昼間の肉体労働で疲れきって、よそ者をもてなす元気がないのかもしれない。あるいは厄介事を避けるためか、自分たちの利益にならないからか。農民たちが都会に来た目的は仕事と収入だとはっきりしている。ただ、純朴すぎる農民は金を稼ぐ発想に欠けているともいえた。潜水艇を河岸に係留して観光スポットにすれば、都会人から乗船料をとって儲けられるのに。

そもそも新文明を築く意欲などまったくなさそうだった。晩に潜水艇に帰ってくると、あとは食べて寝るだけ。翌朝早く起きて肉体労働に出るのでしっかり体を休める必要がある。不潔できつい仕事をしながら賃金は安くて不安定。それでも農民は不満を口にしない。潜水艇があるからだ。おかげで仕事のあとは家族のもとへ帰れる。遠い故郷の村に残してこなくていい。潜水艇は農地のかわりなのだ。実際の農地は地方政府や不動産業者に安い接収価格で買い上げられ、拡大する都市にのみこまれてしまっている。都会人は農民の境遇におもてむき無関心だけど、心では残念で居心地悪く感じている。とはいえ、大砲も魚雷も積んでいない潜水艇は都会にとってなんら脅威ではなかった。

ぼくは年齢が上がって水泳がうまくなると、仲間といっしょに潜水艇のいる川へ探検にいった。口にくわえた葦を通気管にして、水中にもぐって川の中央へ出て、停泊した潜水艇に近づいた。艇体の下には大きな木の檻が縄で吊られていた。濁った川の水が檻のなかへ流れこんでいる。そのなかに農民の子がたくさんいた。全裸で黄土色の肌をさらし、細い手足で魚のように泳いでいる。黄色い泥水のなかで全身が発光している。この檻は農民の託児所か小学校らしいとわかって、ぼくらは驚いた。

探検隊のリーダーは学年がいくつか上の少年で、軽蔑的に言った。

「べつにたいしたことはない。水中にいるからって、おれたちよりえらいわけじゃないぞ」

ぼくらは檻のひとつに近づいて、なかの子どもに質問した。

「おまえら、自動車を見たことはあるか？」

子どもたちは泳ぎまわるのをやめて檻のこちら側に集まってきた。動物のプラスチック人形のように表情がない。鱗やヒレのたぐいはさすがになくて、ぼくはすこしがっかりした。でも通気管がわりの葦をくわえずに、どうしてこんなに長く水中にもぐっていられるのだろう。

やがて農民の子の一人が好奇心をしめして答えた。

「自動車？　なにそれ」

声は小さい。マンガに出てくる生物のようだ。

こちらのリーダーはうれしそうに声をあげた。

「自動車だよ、自動車！　見たことないのか。ホンダ、トヨタ、フォード、ビュイック。それからBMWやメルセデスも！」

農民の子はためらいながら答えた。

「見たことない。でも魚ならたくさん見るよ。鯉《こい》、鮒《ふな》、青魚《あおうお》、チョウザメ。それからオシキウオやハクレンも！」

今度はこちらが居心地悪くなった。まわりを見ても魚の姿はない。長江の魚は絶滅したと学校で教わった。農民の子はぼくらをからかっているのだろうか。どこに魚がいるのか。

「未来のこいつらはおれたちと異なる種になりそうだな」

リーダーがつぶやいた。

農民の子は理解できないようすでまばたきすると、檻のなかをまたあてどなく泳ぎはじめた。ぼくらから離れることにしたようだ。

「きみたちは魚になるのかい？」ぼくは尋ねた。

「ちがうよ」

「じゃあ、なにに？」

「わからない。お父さんやお母さんが仕事から帰ってきたら訊いてみるよ」

ぼくは想像してみた。この子たちは山野や田畑や泥土から離れて水中に住む。ぼくらは河岸の上で暮らす。魚や川海老に対して牛や羊という図。それがいわゆる未来なのだろうか。

そのあともしばらく熱心に彼らと遊ぼうとしてみた。でもうまくいかなかった。ぼくらの知っている遊びを彼らは知らなかった。そもそも檻にへだてられていていっしょに遊びようがない。だんだんあきてきた。むしろ川底の水草の奥の闇にいい知れぬ恐怖を感じる。リーダーの合図でみんな浮上をはじめた。ぼくらはもとの領分に帰り、農民の子は水中生活にとどまる。おたがいに関係ない。

勢いよく水面に出た。胸がどきどきしていた。見まわすと潜水艇の群れのなかだった。真冬に無言で飢えに耐える狼の群れのようだ。粗く陰影のある艇体が一面に雪をかぶったように日光を反射し、目をあけられないほどまぶしい。水面にも魚などいない。浮いているのは鼠やゴキブリの死体。大量の腐った藻類とそこにからみついた携帯電話の充電器やキーボード、無数のペットボトルとビニール袋などのゴミ。川の水は人間の糞便色をして悪臭が鼻をつく。緑頭のハエの群れが潜水艇のまわりを飛びかっている。

それは息をのむほど美しい光景で、ぼくらはわれを忘れて眺め、心に刻んだ。潜水艇もこういうものを求めてはるばるやってきたのではないか。その長い旅の過程で独特の価値観と美意識を持つようになったのかもしれない。潜水艇の上では農婦たちが忙しく働き、川のなかのぼくらなど見ようともしない。この汚れきった水を炊事洗濯に使っている。都会人が飲んだらたちまち病気になって死ぬだろう。

そのとき河岸の大人たちが、帰ってこいとぼくらにむけて叫んでいる声が聞こえた。その表情は恐怖と懸念に満ちていた。

小学校を卒業して中学校に行きはじめた年に、事件が起きた。

初秋の夜だった。突然の喧噪で目が覚めた。市内全体が大騒ぎになっていた。父母にせきたてられて着替え、家を出て河岸へむかった。すぐに群衆にのみこまれた。足音と叫び声が年越しの爆竹のように響く。ぼくは怖くて耳をふさいだ。なにが起きているのかさっぱりわからない。

河岸に着いてみると、潜水艇が火事だった。延焼して群れ全体が炎につつまれている。ぼくの記憶のなかでは盛大な祝祭のような眺めだった。興奮した市内の全住人が河岸に押しよせているようだった。それまでの無表情は消えて、だれもが大声をあげ、映画のように劇的な光景に見とれていた。ぼくは父母にしがみついて震えながら河岸に立ち、立錐の余地もない群衆のむこうを必死でのぞいた。

燃えさかる炎が川面を赤く染め、長江はまるで紅の帯のようだった。苛烈な火炎が舞い踊り、フラメンコのダンサーのスカートのように広がる。両岸の高層ビルは火の反照で晩秋の紅葉のように赤く染まっている。鮮烈な一幅の絵のようで、だれもが口をおおって感嘆していた。これほど壮大な眺めにはぼくもあれ以後出会っていない。

どういうわけか潜水艇は一艘も潜水していなかった。自分が何者か忘れてしまったように、川面でじっとして逃げず、一艘ずつ火炎にのまれていく。これにはなにか秘密があるのだろう。だれも言わない事情があるにちがいない。川底でも不思議な炎が燃えているのだろうかとぼくは想像した。なんらかの原理で水分子が変質し、長江全体の物理的性質が変わって、そのせいで潜水艇は水にもぐってこの怪奇な炎の舞台から逃げられないのかもしれない。

水中の檻にいた子どもたちを思い出した。どうしているだろうと思って、なんともいえない気分になった。父母を見ると、まるで一組のゾンビのようだった。直立不動で目をらんらんと光らせ、ほうけたように眼前の光景を見ている。ほかの大人たちは寺の和尚がお経を唱えるようにぶつぶつとなにかつぶやいている。だれも消火活動はしない。まるでこれは異星からきた怪物が川で自滅する場面であり、招かれざる客はなにもする必要がないというようすだ。

とても長い夜だった。死は意識せず、ただ生の壮烈さとむなしさを感じた。嘆きや悲しさはない。ただもうあの不思議な場所で泳いだり、その光景に胸おどらせたり頭をひねったりできないのだと思って、残念で寂しかった。その一方で、これが自分の人生になんら影響しないこともはっきりわかっていた。

　とうとう空が白み、鈍い朝日がさしてきた。川面には生気を失った黒い鉄の残骸が累々と浮かんでいた。あちこちに塊をなして無色の冷ややかな光を反射し、空気には秋の枯れた終焉の気配が漂っていた。都会人はクレーンを何台も出して潜水艇の残骸を川から引き上げ、トラックに積んで廃物集積場へ運んだ。処理が終わるまで一カ月以上かかった。

　それ以後、潜水艇が長江にあらわれることはなかった。

サリンジャーと朝鮮人

Salinger and The Koreans

中原尚哉訳

クリスマスイブのニューヨークの街角で、宇宙観察者はサリンジャーと名のる孤独な老人と出会った。老人はぼろをまとい、貧しく病気がちで、寒さに震えて空腹で、死にかけていた。しかしたしかにあのジェローム・デビッド・サリンジャー、『ライ麦畑でつかまえて』の著者だった。

宇宙観察者は彼を観察対象と決めて、マクドナルドへつれていって食事をとらせた。サリンジャーはチキンマックナゲットとフィレオフィッシュをむさぼりながら、身の上話をはじめた。

『ライ麦畑でつかまえて』で一躍有名になったサリンジャーは、ニューハンプシャー州の片田舎に引きこもった。コネチカット川のほとりの丘陵地に九十エーカー以上の広い土地を買い、丘の上に小屋を建て、敷地の境界に木と花を植え、高さ六フィート半の金網フェンスで外周をかこみ、警報装置を設置した。そしてそのなかで隠遁生活をはじめた。

そこは風光明媚で手つかずの自然が残る場所だった。世間から隔絶した土地に小屋を建て、聾唖者のふりをして隠遁生活をしたいというのは、いうまでもなくホールデン・コールフィールドの夢だった。それはサリンジャー自身の夢でもあったわけだ。小屋に住みはじめた彼は蟄居《ちっきょ》した。訪問者は手紙であらかじめ連絡するか、門に書き置きをするしかなかった。あかの他人には門は開かず、返事もない。人前にはほとんど出なかった。ジープを運転して町へ出て本や日用品を買うときもろくに口をきかない。通りであいさつされると背をむけて逃げる。顔写真は『ライ麦畑でつかまえて』

の第三版に掲載されたのが最後で、以降の版では本人の強い希望で削除された。おかげで近影は入手困難で、あるフランスの新聞はこの作家の記事に、誤ってホワイトハウス報道官のピエール・サリンジャーの写真を載せてしまったほどだ。有名になって以後は執筆ペースが極端に落ち、ほとんど新作を発表しなくなった。

偉大なアメリカ人はそんなサリンジャーの生活様式に寛容だった。もし宇宙観察者が観察したことによる時間分岐が発生しなければ、サリンジャーはそのまま隠遁生活を続けて、なにごともなく九十一歳で老衰死したはずだ。悪くない人生といえる。

しかし彼が世間から隠れ住みたいと願ったちょうどそのとき、たくまずして時間線に問題が起きた。宇宙観察者のせいだ。観察者がなにをしたのかは不明だが、その干渉によって、朝鮮民主主義人民共和国の軍隊がアメリカ合衆国を征服した。北朝鮮の科学者は核兵器などという原始的なものを使わず、新たに発明した〝量子再不確定化兵器〟を使った。すなわち時空を改変して、なんでもありの時間線をつくったのだ。

無敵の朝鮮人民軍はこれで朝鮮半島を統一したばかりか、世界を征服した。この軍は優秀だった。軍容は整然として規律正しく、被占領民の財産には指一本ふれない。占領地に宿舎がなければ野営し、民衆の家屋には立ちいらない。めざすは全人類の解放、とりわけ心身両面の自由だ。世界は堕落して救いがたい。サリンジャーが書くとおり資本主義は腐敗をきわめている。ああ、精神は窮迫し、経済は危機につぐ危機。過去より現在、現在より未来と悪化する。生きるより死ぬほうがまし。だから大作家は森の小屋に隠遁した。この暗黒時代をいちはやく予期したのだ。

朝鮮人はサリンジャーを人類解放の先駆者とみなした。そもそも彼の本を読んで人類解放をめざしたのだ。この善良で純朴なアジア人たちはサリンジャーを心から愛した。最高指導者の指示で早くから朝鮮語に翻訳され、北朝鮮の学生たちに世代をこえて読みつがれてきた。翻訳者による序文にこう書かれている。

「社会主義の祖国であるわが国の青少年は、朝鮮労働党と金日成社会主義青年同盟と朝鮮少年団の薫陶を受けて、すでに崇高なる共産主義思想を有し、多彩で潑《はつ》剌《らつ》とした精神生活を送っている。そこでさらに『ライ麦畑でつかまえて』のような書物を読み、自己の生活環境と資本主義体制下の劣悪な環境を対比させることで、視野を広げ、知識を増やし……」

サリンジャーが北朝鮮で広く読まれるのはしごく当然だった。アメリカ本国より評価が高い。なにしろ資本主義の化けの皮を剝がして醜悪な本性を露呈させた作家なのだ。

朝鮮人のアメリカ征服によってサリンジャーの隠遁生活は破られた。人民軍に帯同してきた報道隊がまっさきに記事に書きたがったのがこの作家だった。興味津々の朝鮮人記者の一団がニューハンプシャー州を訪れ、その隠居小屋をみつけて取材を申しこんだ。サリンジャーはいつものように拒否した。かつて彼が取材を受けたのは十六歳の女子高生が書く学校新聞だけ。それが唯一の例外だった。

作家にすげなくされても、英雄的理想主義と使命感に燃える朝鮮人記者たちは引き退がらなかった。金網フェンスをひそかにペンチで切り、サリンジャーの小屋に殺到して玄関先にカメラの砲列を並べ、生中継の準備をした。しかし頑迷固陋《ころう》なサリンジャーは扉をあけず、拒絶の態度を三日三晩つづけた。朝鮮人記者団はいらだった。朝鮮民主主義人民共和国の国営報道機関の取材を断るとはなんたる厚顔！　しかし穏健篤実な朝鮮人の評判を守るために怒りをあらわにできない。そこでべつの手段を考えた。

まもなくサリンジャーの小屋の電話が鳴りだした。受話器を上げると低く落ち着いた男性の声が礼儀正しく話しはじめる。

「わたしは朝鮮人民軍の政治宣伝部部長です。サリンジャー先生、どうかわが国の記者の取材を受けてください。さらに朝鮮作家協会にご加入いただき、副会長に就任していただけると……」

反射的にサリンジャーは電話を切った。そして床にしゃがんでさめざめと泣いた。

あとから考えれば、これは政治的鈍感さというより性格的欠陥の問題だ。サリンジャーは決して完璧な人間ではない。しかし朝鮮人記者団からは、神秘性と謎めいた態度はただの演技で、実際には挑発的に見えた。朝鮮人は本気で怒りだした。

まずサリンジャー作品を発禁処分にした。しかしこれは彼の著作を守ることにもなった。ブラックリストに名前が載り、小説も随筆も全世界で出版禁止になった。この小屋にはサリンジャーが成功後に書き上げた未発表作品が眠っていると噂されていた。アメリカの出版社は著者の死後にそれらの出版権を手にいれようと画策していたが、いずれも不可能になった。

さらにサリンジャーは、資本主義の腐敗したライフスタイルを宣伝して青少年を思想的に毒したとみなされた。しかし朝鮮人は寛容で人道的で誠実なので、収容所に送ったり、公開の場で批判したり、自己批判文を書かせたりはしなかった。ひきつづき小屋に住むことを許した。ただし、サイズのあわない人民服を着た特徴的な男たちが朝から晩まで小屋のまわりに立ち、あからさまに監視しはじめた。

公共の場でサリンジャーの名前は出なくなり、急速に忘れ去られた。ファンの脳裏からも消えた。サリンジャーにしてみれば隠遁生活の目標が真に達成されたわけで、むしろよろこぶべきだ。ありがとう、朝鮮人民軍! 暇なときは監視任務の朝鮮人を眺めてすごした。みんななかなか好青年ではないか。極東のトナカイの群れを思わせる。思想も積み木構造の独特なもので、世界を客観的かつ明瞭に認識する能力がある。世界の征服者でありながら、彼らの言動は自分が書いたホールデン・コールフィールドを思わせる。そう、まさにホールデンだ。サリンジャーは美酒を味わったような心地よいめまいをおぼえた。

しかし蜜月は続かない。やがて大規模経済再建がはじまった。目標はアメリカを巨大な楽園に改造し、全面復興を成し遂げること。朝鮮人民軍不動産部隊の指導のもとに、すべては統一的、全面的計画にしたがって進められた。もちろんニューハンプシャー州もその理想計画に組みこまれている。

ある朝、サリンジャーは轟音に驚いて目覚めた。目をこすって窓の外を見ると、北朝鮮の戦車天馬虎《チョンマホ》を改造した長白山型ブルドーザーが、ずらりと一列に並んで朝日にきらめきながら、小屋を破壊しようと迫りくるところだった。怒ったサリンジャーは小屋の外へ出て――きわめてまれなことだ――財産権の侵害だと作業員に抗議した。もちろんこんな理屈はもう通らない。またこれは、サリンジャー本人も気づかない無意識下に秘められた人類不変の欲望、すなわち蓄財欲を暴露することにもなった。なんたる悲劇。

怖いもの知らずの若い朝鮮兵数人が飛びかかってサリンジャーを地面に押さえつけ、そのあいだにブルドーザーは小屋を瓦礫に変えた。サリンジャーは訴訟を考えたが、アメリカの裁判所は残らず消えたことを思い出した。焼身自殺を考えたが、マッチもライターもなく、そもそも死ぬのは怖かった。いつでも死ぬ用意のある朝鮮兵とは大ちがいだ。帰る家を失ったサリンジャーはアメリカじゅうを放浪した。長く隠棲して写真をほとんど公表しなかったせいで、街頭でだれにも気づいてもらえず、特別な施しは受けられなかった。ここで教訓。人生が順風満帆のときは世に隠れるのもほどほどにしたほうがいい。

宇宙観察者はサリンジャーの語りを黙って聞きおえた。朝鮮人を責める気にはなれなかった。彼らは彼らなりに行動したまで。そして人類を解放したのは事実だ。社会崩壊による人類滅亡は防がれた。サリンジャーについては自身の隠棲が引き起こしたことだ。ありていにいって、彼の運命は不確定性の時代のはじまりを象徴するものといえる。

これは宇宙でもっとも明快な法則の一つでありながら、しばしば無視されてきたものだ。万物は循環、変化する。量子力学とエントロピーの増大からそれがわかる。これを理解できないと、宇宙の設計者がなぜ北朝鮮を創造したのか理解できない。朝鮮人はこの法則をだれよりよく把握している。そのような世界、そのような時間線では、なにものも過小評価できない。一夜にして最後尾走者が先頭になり、世界がくつがえる。

宇宙観察者は朝鮮人をうらやましく思いはじめた。彼が観察したことでこの時間線が発生したのだが、彼自身は朝鮮人になれない。なぜなら宇宙観察者は中国人だからだ。だれでも朝鮮人になれるわけではない。そして中国人であるがゆえに、宇宙観察者の世界観と方法論は一定の物理法則に支配される。観察者は観察するのみで、観察対象にはなれない。変化の触媒であり、変化させた世界の外にとどまらねばならない。朝鮮人はまだ若く、宇宙観察者はすでに老いている。とても寂しいことだ。もしかすると朝鮮人は過去にもこういう経験をしているのだろうか。

宇宙観察者は伝説的作家にむきなおった。ペーパーナプキンで鼻をかみ、残ったフライドポテトをこっそりポケットにいれる老人を見て、深い悲しみを禁じえなかった。しかしもっと悲劇的なのは、世界が変化するまえにサリンジャーがわけのわからないベストセラーを書いたことだ。宇宙観察者は急に心配になってきた。じつはその本だけが時間線を突破してきて、そのせいで分岐が崩壊したのではないか。朝鮮人はたんにその後の世界を建設しただけではないのか……。

真実は知りようがない。思考する機械にとってはあまりに難題だ。

程婧波

チョン・ジンボー

Cheng Jingbo

程婧波《チョン・ジンボー》の小説は銀河賞や科幻星雲賞をはじめ多くの賞を受賞しており、また各種の年間傑作選にも選ばれている。おそらく中国の主流文学で最も高名な文芸誌《人民文学》に、ジャンル作家として初めて登場した作家の一人である。児童向け書籍の編集者を務めながら、また英中翻訳も手がけている。彼女の優れた翻訳の一つに、ローラ・インガルス・ワイルダー『大きな森の小さな家』がある。最近では自作の短篇を映画の脚本用に書き直し始めたという。

「さかさまの空」は程《チョン》のキャリア初期の作である。大胆な印象主義風の筆致でスケッチされた魅力あふれる物語で、魔法と科学の見分けがつかない活気に満ちた世界が舞台となっている。

程《チョン》の小説は『折りたたみ北京　現代中国SFアンソロジー』にも収録されている。

（鳴庭真人訳）

さかさまの空

Under a Dangling Sky

中原尚哉訳

"Under a Dangling Sky" (« 倒 悬 的 天 空 ») by Cheng Jingbo (程 婧 波), translated by Ken Liu. First Chinese publication *Science Fiction World* (« 科幻世界 »), December 2004; first English publication in this volume.

下へ伸びる豆の木

雨城《うじょう》という市がある。そこのグラディウス港に、去年の秋、わたしは引っ越してきた。はじめは筋骨隆々の港湾労働者といっしょに埠頭で銀貝を選別する仕事をしていた。でもあるとき、遠い地方からやってきた教授に出会い、意気投合したことから、銀貝選別をやめて彼の仕事を手伝いはじめた。

新しい仕事は気にいった。簡単にいうと、ある種の音を浅水湾《せんすいわん》で収集するのだ。そこは港のなかでも人けが少なく、仕事のじゃまがはいらない。教授からは奇妙な機械をあずかった。怪物の耳のような装置で、これを海に沈めると、水面下の音がヘッドホンから聞こえる。その音を、わたしが背負った巨大なオウムガイのようなもの（これもある種の機械だ）が判別し、教授の求める音があれば録音する。

ヘッドホンの左右からは白い羽根がうしろへ長く伸びている。波が穏やかなときに海面に映った自分の姿を見ると、やせて寂寞《せきばく》とした水鳥のようだ。海風が吹くと二枚の羽根がかすかに震える。とても敏感で、どんな微風もすぐにわかる。

わたしはたいてい目を閉じて水中の音に耳を澄ませている。魚のように滑りやすいケーブルを海中に垂らし、海流にのせて大海の深みへ下ろしていく。まるでジャックと豆の木のエピソードを逆にやっているようだ。光の届かない深海へ下りるケーブルの先端には、怪物の耳がついている。ジャックは岸に立ち、不思議な豆の木はどこまでも下へ伸びる。

穏やかな湾に立ち、水深数千メートルの海底のささやきを聞く。水母《くらげ》の緩慢な触手がサンゴの枝を打つ音。飛ぶように泳ぐ魚群が急旋回する音。岩の亀裂から漏れ出た一個の泡が、海面に届くまえにパチンとはじける音……。

夕暮れには長い長いケーブルを巻きとって、海辺の小屋に帰る。教授は首をふって残念そうに言う。

「だめか……」夕日の最後の光を浴びながらため息をつく。「世界じゅうを探し歩いたのに、歌うイルカには出会えないのだろうか」

クジラなら歌う。でも雨城周辺の海域にクジラは来ない。ここはイルカの楽園だ。親指暖流にのって何千頭ものイルカが毎年湾にやってくる。けれどイルカは歌わない。

水晶天

雨城の空は謎めいている。

こんな美しい空は世界のどこにもない。きらめく水晶のドームにおおわれ、そこに無数の亀裂がはいっている。おかげで天の眺めは細い線でモザイク状に分割される。暗雲も朝焼けもあらゆる色彩がまだらににじみ、散乱して地上に届く。なんとも幻想的な天蓋だ。

この特異な空は水晶天と呼ばれている。

この空にもジャックと豆の木の逸話がある。雲の上で金の卵をうむ鶏と魔法の竪琴を手にいれた幸運な若者は、地上にもどると、斧をふるって豆の木を切り倒した。そして変装して世界を放浪した。雲の上の巨人はジャックによる盗難を防ぐために、若者の行く先々で空を大きな氷のドームでおおった。そのジャックが終《つい》の棲家《すみか》としたのが雨城だと信じられている。彼は水晶天の下で余生をすごし、不思議な豆の木とともに伝説になった。

水晶天のむこうの世界はだれも見たことがない。雲も星も、謎の空の手がつくったドームを通してモザイク状に見える。

この雨城で天の秘密にもっとも近づける場所が、浅水湾の外に広がる親指海の中心にある。雲をつらぬく大噴水だ。なんらかの巨大な力が深海の海水を吸い上げ、十万マイルの高空へ噴射する。その頂点は一年を通じて虹の輪にかこまれている。海水は落ちずに無数の水滴となって拡散し、もうもうたる霧をつくる。

この紫の霧は上空の風にのってグラディウス港へ、さらに雨城の内陸へと運ばれる。そこで霧の粒は凝結して水滴になり、薄い霧は濃霧に変わる。紫から濃い青へ、さらに墨色の雨雲になり、漂う雨滴はついに落ちてくる。市内がいつも雨なのはそのためだ。

歌うイルカ

雨城の周辺で、浅水湾だけは比較的晴れやすい。夜は月や星が見える。

暦が霧月になると、教授は支度をととのえて旅に出た。奇怪な装置はわたしにあずけられた。温厚な老人が去ったあとも、わたしは海の音を収集しつづけた。とくに夜だ。

ある晴れた夜、海中から女の声が明瞭に聞こえた。

「ああ、かわいそうなジャイアナ……」

するとそばから中年男の心配そうな声がした。

「どうした？」

「あの子は目がよくないのです」

「たいしたことはない。目が悪いのはわたしたちみんなだ」

「あの子はしばらくまえから恋をしています。でもその相手はどう見ても潜水艇なのです……」

「なんだって！　なんてことだ。わたしたちの娘のジャイアナが、よりによって潜水艇に恋をしただと！」

わたしはまわりを見た。だれもいない。一匹のヒトデが岩礁から海に落ちてポチャリと音をたてただけ。

　夜風がヘッドホンの白い羽根を揺らした。

　ふりむくと、月光を浴びたなめらかな青白い岩が海中からゆっくり浮かんできた。わが目を疑うまもなく、隣にもうひとつおなじ岩が。まもなくまわりじゅうに、つるりとしてほのかに光るものが次々とあらわれた。イルカの群れにかこまれたのだとようやく気づいた。丸い背が海面に浮かび、白々とした月光を浴びている。神秘的な光景だ。

「イルカが会話するとは思わなかったわ」

　わたしは後年、群れの一頭にそう言った。すると彼らはすぐに答えた。

「話すどころか、歌うよ。歌は大型のクジラだけの能力じゃないんだ」

ジャイアナ

　春が来て、ジャイアナは大人になった。

　おもしろい性格だった。かつては潜水艇に恋をしたこともある。その後も危険なスクリューを好んで追いかけた。そうやって船の墓場をみつけた。

「たくさん船があるのよ！」ジャイアナは会うたびに不思議な発見について話してくれた。その声は小鳥がさえずるように軽快だ。「海底に沈んだものもあれば、まだ浮かんでいるものもある。きっと渦ができる場所なのよ。わたしの潜水艇が近づかないようにしなくちゃ。とにかく船がいっぱいで、みんな海藻でおおわれているの。とても不気味！」

　どういうわけか、教授の装置はイルカの会話をとらえられなかった。ほかの音ならオウムガイはきちんと録音できる。電気鰻の鱗が砂をこする音。亀の赤ちゃんが卵を割って出てくる音。クジラの歌もこの装置は敏感に聞きわける。なのにイルカの声だけはだめだ。

「その二枚の羽根は役に立たないわ」ジャイアナは尾で海面をチャプチャプと叩いて笑った。「わたしたちの会話はその機械に聞こえない」

「どうやっておたがいの声を聞いてるの？　音ではないの？」

「心よ、心！」ジャイアナはさらに大きく笑い、円を描いて泳ぎはじめた。「あなたは心で聞いている。だから聞こえるのよ」

わたしはしばしば岩礁にすわって空を見上げて楽しむ。ジャイアナはそんなときによく浅水湾に来る。

遠くの島や波しぶきに月光の粉砂糖をまぶしたような眺めのなかで、わたしは羽根付きのヘッドホンをはずし、水晶天のむこうの音に耳を澄ませる。月の光をスポットライトのように感じることがある。空をおおう水晶天のむこうからこちらを照らして見ている気がする。やわらかな光の束に浮かぶのは、人ひとりとイルカ一頭。

「星は見える？」ジャイアナはいつも訊く。

雨城の中天に星はない。天の川の中心に混沌とした影があり、星空を切りとっている。星々は影を恐れて空の端に逃げている。

「星は見える？　ねえ、星は見える？」

星の光は弱い。はるかかなたからとどく光は冷たく澄んでいる。

「見て！　イルカ座よ！」ジャイアナはおかまいなしに話しつづける。「まるでおじいさんのおじいさんの、そのまたおじいさんの……。ねえ、聞いてる？　星の光はとてもかすかだけど、見るたびに感じるの。おじいさんのおじいさんの、そのまたおじいさんの……やさしい微笑みのようだって。会ったことはないけど。知ってる？　遠い遠い昔のギリシア時代、アリオンという偉大な人間の音楽家がいたの。彼はシシリー島というところの音楽大会に出場して、その帰りの船で海賊に襲われた。かわいそうなアリオンは目隠しをされて、海への渡り板を歩かされた。その板の上でアリオンは海賊たちに言ったのよ。〝もう一度曲を弾かせてくれ〟と。海賊は許し、アリオンは竪琴をつまびきはじめた。愚かな人間もたまにはいいことをするわ。そのとき近くでイカを追っていたわたしの先祖の一頭が、音楽に惹かれてそばに来たの。アリオンは、〝わたしの背中に飛び乗りなさい〟という声を聞いて、そのとおりにしたわ」

「それがイルカ座の物語?」

「そうよ」ジャイアナは目を上げて星空を見た。「でもなんて弱々しい光かしら。もっと明るく輝けばいいのに!」

星を映した目を輝かせ、興奮した声で続けた。

「もしも……もしもわたしが……水晶天を抜けて、星々のある場所へ行けたら――」ジャイアナはふりむいて、じっとわたしを見た。「――星はもっと明るく輝いているかしら?」

「どうかしらね」わたしは肩をすくめた。「あなたの頭はおかしな考えばかりね。潜水艇、水晶天、そしてはるかかなたの星々……。まじめな女の子が考えることじゃないわ」

「考えはじめると止まらないの。頭のなかでいつも声が聞こえるのよ。おーい、ジャイアナ、星々を見にこないかって」

月光の下でイルカは軽く尾をふり、海中に消えた。

噴水

世界はしばしば一個のリンゴにたとえられる。この雨城もリンゴに似ている。親指海の中心にある噴水はさしずめリンゴの芯だ。混沌とした天の川の影をまっすぐつらぬいている。住民はリンゴに寄生する虫。皮の外を見たことはない。ただし皮はところどころ薄くなっていて、そのモザイク状の障壁に外の陰影が映る。それは昼の光がたまたま投影したほかの世界の葉影だ。

外へ出る唯一の手段は噴水だ。

このリンゴの芯をどこまでもつたい、長い長い軸を這い上がれば、ほかのリンゴや無数の葉がある外の世界を見られる。これまで鑑賞していた空は、そんな葉の一枚にすぎなかったとわかる。

噴水は芯にそった通路だ。海水でできた透明な大樹ともいえる。親指海の海底に深く根を張り、高度十万マイルの空へ伸びて、新たな枝と葉をはやしつづける。頂上は全方位に広がり、もうもうたる霧と渦巻く雲をつくる。

ジャックはいなくなっても、豆の木はある。

水晶天のむこうの景色を見た者はいない。雲上の巨人の城をのぞく者はいない。

さかさまの空

ジャイアナがたくらんでいることはうすうす気づいていた。彼女は親指海を隅から隅まで知っている。海流がどこをどう流れているか熟知している。船の墓場の渦は危険だけど、噴水にのりさえすれば、はるかな天上へ送られる。

その夜、雨城は暴風雨にみまわれた。海辺にあるわたしの小屋は雨漏りがして滴が天井をつたいはじめた。屋外の軒下に吊った明かりが揺れてきしむ。室内の隅においたオウムガイが、ふいにむせるような破裂音をたてた。火にくべた古い薪がはぜて火花を飛ばすようだ。わたしはしばらく使っていなかった羽根付きのヘッドホンを出してかぶった。

埠頭からの風が羽軸をなで、羽毛を海のように波立たせる。海上の嵐の音が聞こえてきた。

ふいに奇妙な予感に襲われて、ベッドから出て小屋の扉を押し開け、雨のなかに走り出た。

浅水湾の岸に出ると同時に、台風の目にはいったように雲が引いて、清明な夜空があらわれた。はるか遠くの海面から天をつらぬく水柱が猛烈に噴出している。わたしの背後にある雨城の市街は暴風雨のなかで一灯の明かりもなく、人々は静かに眠っている。

親指海の上空はいつになく穏やかで、月と星がほのかに輝いている。

星は見える？　ねえ、星は見える？

噴水に目をこらした。青黒い天蓋の下で、無数の水流が束になり、もつれながら高空へ立ち上がっている。水流は月の色に染まっている。天にかぎりなく近づいて飛散し、無数の神秘的に輝く星になる。何年もまえにイルカの会話を初めて聞いた夜のようだ。わたしの視線は月光とからみあい、世界をおおう帳《とばり》がゆっくり開いていく。噴水は伝説の豆の木に変わる。海の心臓が海水を押し上げ、茎がどこまでも伸び、枝を次々と広げながら、ついに水晶天を洗うほどになる。

でもなんて弱々しい光かしら。もっと明るく輝けばいいのに！

噴水の頂上で飛散した水滴は、水晶天の混沌とした中心に張りつき、その影のなかで無数の新たな星になった。それらはしだいに集まって濃い霧をつくる。遠い片隅ではイルカ座が不思議な銀色の光を放っている。

その光芒がふいに海に落ちた。満月色の大波のなかから、電光のように鋭利な銀色の刃が飛び出した。月光を切り裂き、一直線に大樹へむかう。

ジャイアナ！

もしも……もしもわたしが……水晶天を抜けて、星々のある場所へ行けたら……。

冒険好きのあの子は、この魔法の豆の木をよじ登って巨人の城を訪れるつもりなのだ。でも……この水晶天が本当に天界の秘密を隠す氷のおおいだとしたら、はたしてジャイアナは星々へ到達できるだろうか。親指海の中心から噴き上がる水流のなかにジャイアナの銀色の姿が見え隠れする。十万マイルの高空に届くだろうか。ジャイアナは雲の上の景色を見られるだろうか。水晶天を抜けて、その上の星々を見られるだろうか。

考えはじめると止まらないの。頭のなかでいつも声が聞こえるのよ。おーい、ジャイアナ、星々を見にこないかって。


銀色のナイフのような姿が月光色のねじれた水流を音もなく切り裂き、ついに噴水の頂上に達した。

浅水湾にはたくさんのイルカが集まっていた。雨城周辺の海にこれほどたくさんのイルカがいるとは知らなかった。イルカたちは海面から頭を上げて噴水のほうを見ている。その話し声が、鍾乳石からぽたりぽたりと落ちる水滴のように聞こえる。

「ジャイアナ、ジャイアナ！　きみはすごいイルカだ！」

噴水の上の銀色の姿は、やがて無数の水滴をその身にまといはじめた。そして浮かびあがる。紫の薄霧にのって上昇していく。まもなくジャイアナははるか高みの雲間に消えていった。

しばらくなにも起きなかった。

ふいに天空がこれまでになく明るくなった。噴水の頂上から耳を聾する大音が響く。青黒い水晶天の中心が無数の亀裂とともに割れ、そこから風と星が侵入してきた。それらは海へと落ちていく。天空の亀裂は広がる。まるで豆の木が枝を伸ばし、押し破っているようだ。こちらは爆音に鼓膜が破れそうだ。目にはさまざまな幻影が浮かぶ。それらはやがてまばゆい光にのまれた。

水晶天が落ちた。

そのあとには、本物の月と星が姿をあらわした。

月の表面にこれほど陰影があるとは思わなかった。星々が……これほど明るいとは思わなかった。

そして謎めいた影、中天にある黒い混沌もついに真の姿をあらわした。

それは惑星だった。

二つの世界はもともとそばにあった。一本の木についた二個のリンゴだった。でも近すぎるせいでおたがいの存在に気づかなかった。天の川の中心に大きな影をつくり、真の姿は水晶天のせいでぼやけていた。

その水晶天の秘密をジャイアナが破った。二つの惑星の重力が均衡するのが噴水の頂点だった。軽い水滴は十万マイルの高空でついに重さを失い、凝結して霧となり、全方位へ拡散する。その静止した世界にジャイアナが到達したことで、ふたたび重力が働きはじめた――むこうの惑星へ引き寄せられた。外へ這い出そうとする一匹の虫によって水晶天は中心を破られ、崩壊した。

そしてジャイアナはむこうの海へ落下した……。

でも……ジャイアナ……。ふいに彼女から聞いた船の墓場の話を思い出した。渦は帆を破って帆柱を折り、甲板やオールを壊すほど強力だという。水晶天を割るほどの勢いで落ちたジャイアナは、いったいどうなって……？

赤みがかった暗い月光の下でイルカたちが黙って見上げる。

見て！　イルカ座よ！

ジャイアナはいつもそう話しかけてきた。

いま、すべての星は海へ落ちる。海面でかすかに光って消える。一方で反対の空からは新たな星が昇ってくる。一個ずつ……いくつもいくつも。黙って見上げていたイルカたちもやがて銀色の形に気づきはじめた。たぐいまれなイルカのジャイアナは、世界の真実を隠していた障壁を破り、はるかな天に飛びこんだ。ジャックが豆の木を登って巨人の城へ行ったように。虫がリンゴから出て昼の日差しを見たように。

ジャイアナは永遠に落ちない銀色の星になった。

これがイルカ座の物語だ。

著者付記
イルカ座にまつわるギリシア神話はいくつかある。アリオンの物語はその一つだ。
ここではサイエンスフィクションの言語でイルカ座の話を語ってみた。この作品は雑誌《科幻世界》の〝グレーエリア〟と呼ばれるセクションに掲載された。SFの定義に合致するかどうか判断が難しい作品のためのエリアだ。
デイヴィッド・ブリンの短篇「水晶球」が発想のもとになったことを記して感謝したい。

宝樹

バオシュー

Baoshu

宝樹《バオシュー》（このペンネームは苗字・名のように分割せずひとまとまりとして扱う）は北京大学を卒業後、ベルギーのルーヴァン・カトリック大学で哲学の修士号を取得した。米国やヨーロッパでの在住経験を持つ。二〇一〇年以降、中国でフリーのライターとして働きながら、四冊の長篇と三十篇以上の中短篇を発表している。

彼の最もよく知られた作品として『三体X：永劫の瞑想』［原題：三体X：观想之宙］（劉慈欣《リウ・ツーシン》の〈三体〉シリーズの一種の続篇）と『時間の廃墟』［原題：时间之墟］（二〇一四年の科幻星雲賞長篇部門の受賞作）がある。哲学の素養からくるものか、彼の作品の多くは時間を様々な方法で料理する――圧縮する、引き延ばす、細かく刻んでから違う順番で並べ直す、性質を疑ってみる、本質を変化させる、別物でありながらまだそれとわかる何かに変換する。

英訳では、彼の作品は《F&SF》や《クラークスワールド》、その他の媒体で掲載されている。「金色昔日」もまた時間についての物語だ。最初の公式な出版が英訳ということになるが、ある意味で本書の作品中最も中国的な物語である。人民共和国の歴史を知れば知るほど、この物語の意味もはっきり見えてくる。

作中で引用されているプーシキンの詩の翻訳を提供してくれた友人のアナトーリ・ベリロフスキーには改めて感謝の意を表したい。

（鳴庭真人訳）

金色昔日

What Has Passed Shall in Kinder Light Appear

中原尚哉訳

"What Has Passed Shall in Kinder Light Appear" by Baoshu (宝　树), translated by Ken Liu. No Chinese publication; first English publication: *The Magazine of Fantasy and Science Fiction,* March–April, 2015. English text © 2015 Baoshu and Ken Liu.

1

父母は僕が宝物のような思い出に満ちた人生を送ることを願って、名を謝宝生《シェ・バオション》とつけてくれた。生まれたのは世界の終わりのような日だった。

その日は世界中の空が五色に染まり、雷光と雷鳴がやまず、まるで天空が恐怖の戦場に変わったようだったという。科学者は原因を説明できず、ある者は宇宙人の襲来だと言い、ある者は地球が銀河面を通過中なのだと言った。宇宙が膨張から収縮に転じたのだと主張する者もいた。巷間は終末論にあふれ、ある者は教会で懺悔をはじめ、そうでない者はベッドで震えた。

しかし結局なにも起きなかった。時計が十二時を打ったとたんに世界は平常にもどった。人々は涙を流して抱擁し、キスし、神の恩寵に感謝した。多くの希望にしたがってこの日は世界新生の記念日に制定され、人々はこれから心をいれかえて清く正しく美しく、毎日に感謝して生きることを誓った。

とはいえそんな初々しい気分は長続きせず、人々はすぐにもとの生き方にもどった。アラブの春が起きて、世界金融危機が起きた。大小の荒波を乗り越えながら日常は続いた。また世界の終わりじゃないだろうな、などと冗談を言いつつ、人々は忙しく毎日を生きた。

もちろん僕に当時の記憶はない。その日に生まれたのだから。それから数年間のことも憶えていない。

いちばん古い記憶はオリンピックの開会式だ。人々の興奮は四歳の僕にもつたわった。父母は、「中国がオリンピックをやるんだぞ」と誇らしげに僕に言った。〝オリンピック〟というのがなにかわからなくても、すごいものらしいとはわかった。その夜、母に連れられて外に出た。通りは人でいっぱいで、母は僕がよく見えるように抱き上げてくれた。花火がつくる巨大な足跡が頭上に出現した。夜空に次々とあらわれる。まるで巨人が歩いていくようで、僕は驚いた。

近所の公園にパブリックビューイング用の大きなスクリーンがあり、母といっしょに中継を見にいった。人が多くて大きなパーティ会場のようだったのを憶えている。

見まわすと琪琪《チーチー》がいた。ピンクのワンピースに光るスニーカーで、髪をツインテールにしていた。僕を見て笑顔になり、大声で言った。

「宝《バオ》にい！」

琪琪《チーチー》の母と僕の母は独身時代からの親友だ。僕は琪《チー》琪《チー》より一カ月だけ年上にあたる。彼女とはその夜よりまえにも何度も会っているはずだが、具体的には思い出せない。オリンピックの開会式が最初のはっきりした記憶だ。そしてそのとき初めて〝美人〟というものを意識した。

琪琪《チーチー》の一家といっしょに生中継を見はじめた。大人は大人どうしで話し、琪琪《チーチー》と僕は花壇に腰かけて子どもどうしで話した。スクリーンには大きくて明るい楕円形の籠のようなものが映された。

「なに、あれ」僕は訊いた。

「鳥の巣っていうんだって」琪琪《チーチー》が答えた。

巣といいながら鳥はいない。かわりに大きな横断幕があり、その絵が美しく千変万化した。琪琪《チーチー》と僕は見とれた。

「どうやって絵を動かしてるのかしら」

「コンピュータの絵なんだよ。パパはそういうのを描いてるんだ。僕もいつか大きな絵を描いて、おまえにやるよ」

琪琪《チーチー》は尊敬のまなざしでこちらを見た。

そのあとスクリーン上では、僕らくらいの年の幼い少女が歌いはじめた。でも琪琪《チーチー》のほうが美人だと僕は思った。

それは人生で最高に不思議で美しい夜の一つだった。いつかふたたびと願ったが、その後、中国がオリンピックを開催することは二度となかった。父親になってから息子にその夜のことを話しても、中国がそんなに豊かだったなんて信じられないと言われた。

幼稚園時代の記憶も少ない。琪琪《チーチー》と僕はバイリンガル教育に熱心な幼稚園にいっしょに通わされ、一日の半分は英語漬けだったはずだ。しかしほとんどなにも思い出せないし、もちろん英語は上達しなかった。テレビアニメの『喜羊羊《シーヤンヤン》と灰太狼《フイタイラン》』をいっしょに見たのは憶えている。ヒロインの美羊羊《メイヤンヤン》は琪琪《チーチー》に似ていると僕が言うと、僕は灰太狼に似ていると琪琪《チーチー》に言われた。

「僕が灰太狼なら、おまえは紅太狼《ホンタイラン》だ」

紅太狼は灰太狼の妻だ。

琪琪《チーチー》は僕をつねり、けんかになった。琪琪《チーチー》は意見があわないとすぐ相手をぶつ。そのくせすぐ泣く。僕がちょっと押し返しただけで泣きだした。言いつけられるのを恐れた僕は、あわてて冷蔵庫から小豆シャーベットを出してきてあげた。するとそれだけで琪琪《チーチー》は笑顔になった。そのあとは一つのアイスをいっしょに食べながら、『ちびまる子ちゃん』と『青猫の三千問』を見た。

遊んでけんかして、けんかして遊んで、そうやって僕らの幼児期はすぎていった。

当時の僕らはいつもいっしょで、そんな毎日がずっと続くと思っていた。しかし小学校へ上がるまえに、琪琪《チーチー》のお父さんが会社でえらくなって、一家で上海へ引っ越すことになった。母は僕を連れてお別れの挨拶に行った。大人たちが涙ぐんでいるのをよそに、僕らはいつものように走りまわって遊んだ。そのあと琪琪《チーチー》は列車に乗り、両親のまねをして窓ごしに僕に手を振った。僕も手を振りかえし、列車は琪琪《チーチー》を乗せて去った。

翌日僕は母に訊いた。

「琪琪《チーチー》はいつ帰ってくるの？　日曜日にみんなで北海公園に遊びにいきたい」

しかし琪琪《チーチー》は次の日曜日も、その次の日曜日も帰ってこなかった。僕の生活から彼女は消えた。何年も会わないうちに記憶は薄れ、心の奥底に沈んでいった。

小学校では親友ができた。肌が浅黒くてやせっぽちな彼は、黒子《ヘイズー》とみんなから呼ばれていた。おなじ通学区で、黒子《ヘイズー》の家は自営業。父親は不動産売買でひと儲けしたらしい。黒子《ヘイズー》は勉強が苦手で、宿題を写させてくれとよく頼まれた。そのお礼によく家で遊ばせてもらった。高性能コンピュータと壁の半分をしめる超高解像度の液晶モニターがあり、それでレースゲームや格闘ゲームをやるとすごかった。ただし子どもはあまり長時間使わせてもらえなかった。

三年生のときに感染症のＳＡＲＳが流行し、近所から発症者が出たせいで、学校は休校、生徒は自宅待機になった。僕らは毎日朝から晩までゲームで遊んだ。楽しかった。

このＳＡＲＳ禍の数カ月間、大人はいつも暗い顔でため息をついていた。どの家も食料と日用品を買いだめして外出をひかえ、しかたなく外へ出るときはマスクをした。僕はＳＡＲＳへの免疫を強化するという苦い漢方薬を毎日飲まされた。そのころはもう中国や世界で恐ろしいことが起きていると理解できる年になっていて、おびえた。世界の終わりが近いという恐怖やパニックを感じた初めての経験だった。ＳＡＲＳの死者が何万人も出ているという噂を父母が小声で話しているのを耳にして、悪夢にうなされた。まわりの人がみんな死んで、僕は一人になる。このＳＡＲＳ禍に乗じて米軍が侵攻し、各地に爆弾を落とす……。全身に冷や汗をかいて目覚めた。

もちろんそんな悪いことは起きなかった。ＳＡＲＳ

禍はそれほどひどいことにならずに終息した。

しかしそれは始まりにすぎなかった。SARSよりはるかに恐ろしい事件の数々を僕らの世代は経験することになる。そんな未来をまだ知らなかった。

2

SARS禍のときにアメリカが中国に侵攻する悪夢をみたのは、実際に米軍がイラクとアフガニスタンを征服し、サダムを逮捕したからだ。米軍はビン・ラーディンという男を探していて、そのニュースが連日流れた。僕は夕食のときにそれを見ながら、どうしてアメリカ人はいつも他国を侵略するのだろうと腹を立てた。とくにサダムには同情した。あわれな老人はアメリカ軍につかまって裁判にかけられ、死刑が予想されていた。かわいそうに！　僕はアメリカが戦争に負けますようにと祈りつづけた。

意外にも、その願いは実現した。SARS禍からまもなく、イラク共和国防衛隊というのが動いてサダムを救出した。サダムは対米レジスタンスをひきいて、やがて侵攻軍をイラクから追い出した。アフガニスタンではタリなんとかという組織が決起し、山岳地帯で米軍にゲリラ戦をいどんだ。ビン・ラーディンは旅客機を乗っ取ってアメリカの高層ビル二棟を倒壊させるという、衝撃的な攻撃を成功させた。アメリカは恐れをなして軍を撤退させた。

二年後に僕らは中学に上がった。黒子《ヘイズー》と僕はおなじ中学のべつのクラスになった。

中学一年のこの年は、古代の暦で世界終末にあたっていた。世界終末の伝説はなぜかたくさんある。きっと人々がこの世界での生活にいつも不安を感じていたからだろう。またこの年は世界経済が落ちこみ、多くの地域で紛争が起きた。ロシア、ユーゴスラビアという新しい国、ソマリア……。あせった米軍はベオグラードの中国大使館を空爆した。中国人民は怒り、大学生たちがデモ行進してアメリカ大使館に投石して窓を割った。

しかし中学生の生活にそういう出来事は関係なかった。時代劇の『還珠格格《かんしゅかくかく》』が人気で、テレビでいつも放映されていた。クラスでは男子も女子もみんな見ていて、少女小燕子《シャオイエンズー》の運命について話していた。政治のことはわからず、国際情勢には関心がなかった。

しかし世界不況の影響がすこしずつ日常生活に影を落としはじめた。不動産価格は暴落した。黒子《ヘイズー》の父親は土地売買で損をし、株のデイトレードに手を出して損失を重ねた。あらゆる物価が下がり、賃金はさらに急降下した。ハイテクガジェットはだれも買わなくなって製造が中止された。黒子《ヘイズー》の家の大型液晶スクリーンが壊れ、市場には代替品がないので、粗末なCRTモニターが代わりになった。小さくてふくらんだ画面でかっこ悪い。父のノートPCも故障し、後継ははるかに低スペックのタワー型になった。これらはアメリカ経済が低迷しているせいだといわれた。ウェブサイトはどんどん閉鎖され、コンピュータゲームの新作は粗製濫造になり、自宅のコンピュータでやる意味がなくなった。かわりに町なかにゲームセンターができて、子どもたちはそこで遊ぶようになった。大人たちのあいだでは気功の鍛錬が流行した。

一方でいい〝進歩〟もあった。北京の空に澄んだ青空が広がるようになったのだ。僕が幼いころは毎日スモッグが出て、息をするのも苦しかった。でもいまは砂塵の季節以外は青空と白い雲が見える。

中学二年の夏、琪琪《チーチー》が北京にもどってきて、わが家に数週間滞在した。すっかり背が伸びて一メートル六十センチになり、眼鏡をかけていた。上品で目が大きく、少女らしい雰囲気を漂わせるようになった琪琪《チーチー》は、あいかわらず美人だった。僕を見ると恥ずかしそうに微笑み、〝宝《バオ》にい〟という子どものころの呼び方ではなく、〝宝生《バオション》〟と本名を呼んだ。北京語発音はすっかり消え、柔らかい南方発音になっていて、それはそれでいい響きだった。オリンピックや『喜羊羊と灰太狼』をいっしょに見た話をしようとしたら、残念ながらよく憶えていないと言われた。

父母の話が耳にはいり、それによると琪琪《チーチー》の両親は離婚係争中で、財産と子どもの親権をめぐって争っているらしかった。決着がつくまで子どもの存在がなにかと不都合なので、北京にあずけたという事情らしい。そのため琪琪《チーチー》は心配事が多く、悲しそうだった。部屋から泣き声が聞こえたこともある。僕はなにもできず、ただ外へ連れ出して食べたり遊んだり、気晴らしになる話をするようにつとめた。琪琪《チーチー》は北京生まれといっても、幼いころに去ったきりなので、地方からのおのぼりさんと変わりなかった。その夏じゅう自転車のうしろに彼女を乗せて、北京の大通りや狭い胡同《フートン》を走りまわった。

僕らはあらためて親しくなった。とはいえ幼い子どもの友人関係ではなく、思春期の感情がしばしば顔を出す。友だち以上、恋人未満だ。琪琪《チーチー》は僕のほかの友人とも会った。とりわけ黒子《ヘイズー》は、わが家に女子が同居していると知ってしょっちゅう遊びにきた。あるとき三人で八大処公園に行った。黒子《ヘイズー》は琪琪《チーチー》ばかり見て、石段の上り下りで手を貸したり、しきりに冗談を言って笑わせたりした。琪琪《チーチー》と黒子《ヘイズー》が楽しそうに話していると、僕はもやもやした気分になった。琪琪《チーチー》とのあいだに割りこまれるのがいやなのだと、そのとき初めて意識した。たとえ黒子《ヘイズー》でもだ。

夏の終わりに琪琪《チーチー》は上海に帰った。父母はどちらも用事があったので、僕が駅まで送った。電車はどれも満員で、三十分ほどは僕ら少年少女は乗るのも降りるのも大変そうだった。その機会に僕は意を決して、事前にきれいにラッピングした包みをバックパックから出した。そして口ごもりながら言った。

「あの……これ……あげるよ……プレゼント」

琪琪《チーチー》は不思議そうに訊いた。

「へえ、なかはなに？」

「いや、その……帰ったらあけて。あ、まだ――！」

遅かった。琪琪《チーチー》は包みをすばやくあけてしまった。

そして『高校受験用数学難問解説集』という分厚い参考書を目を丸くして見た。

僕はたどたどしく説明した。

「数学が苦手だっていうから……これはとてもいい本だから……きみにも役立つかなって」

琪琪《チーチー》は涙を流して大笑いした。僕は世界一の愚か者になった気分だった。

「女の子へのプレゼントに受験参考書なんて聞いたことない……」

まだ笑っていたが、扉のページを開いて手が止まった。そこには僕が書き写したプーシキンの詩があった。

運命に欺《あざむ》かれても悲しまず
憂鬱な日も静かに信じよう
楽しい日は将来巡ってくる
心はいつまでも未来を待つ
今が憂鬱でもすべては一瞬
すべていずれは過去になる
そして過ぎた日を顧《かえり》みれば
温和な郷愁の光に包まれる

そのあとに僕はこう書きこんでいた。

同級生の趙琪《ジャオ・チー》に贈る。生活のいやなことは忘れて、毎日楽しく、明るく、理想をもって！


思い出すと恥ずかしくて死にそうになる。

琪琪《チーチー》はその参考書を胸に抱いて、にっこりと微笑んでくれた。ただし目の隅には笑った涙がついたままだった。

3

琪琪《チーチー》が去って、僕の生活はもとにもどった。しかし心は乱れたままだった。

滞在中の琪琪《チーチー》は『花季雨季』という本を持っていた。当時の女子中学生のあいだで流行した小説だ。琪琪《チーチー》はカレンダーの紙で表紙にていねいにカバーをかけ、きれいな字で題名を書いていた。僕はぱらぱらとめくってみたが、あまりおもしろそうではなかった。琪琪《チーチー》は上海に帰るときにその本を忘れていった。僕は母に取り上げられるのを恐れて、机の奥深くに隠した。琪琪《チーチー》のにおいが残ったその本をときどき取り出して読んだ。そして読みおえると、登場人物の高校生たちに、自分と琪琪《チーチー》を重ねあわせて想像した。琪琪《チーチー》は謝欣然《シエ・シンラン》だろうか、それとも林暁旭《リン・シアオシュー》か。僕は蕭遥《シアオ・ヤオ》か、陳明《チェン・ミン》か、もしかすると王笑天《ワン・シアオティエン》か。一度その話を黒子《ヘイズー》にしたら、死ぬほど笑われた。

男子は少女小説などあまり読まないが、そういう繊細な感情に無関心なわけではない。当時の中学生のあいだで恋愛を題材にしたものは人気があった。席慕蓉《シー・ムーロン》や汪国真《ワン・グオジェン》の詩を書き写し、張信哲《ジャン・シンジョー》や張惠妹《ジャン・フイメイ》のラブソングを歌った。古天楽《グー・ティエンロー》と李若彤《リー・ルオトン》が主演したテレビドラマ『神雕俠侶《しんちょうきょうろ》』を見た。星座占いや相性占いは男子も女子もよくやった。

ある日、クラスの沈倩《シェン・チエン》という女子と僕が掃除当番になった。するとなぜかみんな僕と彼女をカップルとしてはやしたてるようになった。僕は強く否定したが、かえってみんなをおもしろがらせるだけだった。そこで沈倩《シェン・チエン》をわざと無視したら、今度は〝痴話喧嘩〟だと言われた。どうしようもない。

最後は沈《シェン・チェン》倩のほうから問題を解決してくれた。みずから噂ある頭のいい高校生が好きだと公言して、僕との噂は自然消滅した。の的になったのだ。おかげで僕との噂は自然消滅した。沈《シェン・チェン》倩の早熟な恋は学校じゅうの噂になり、そのためすぐに終わった。学業にさしさわりがあると教師と父母が介入したのだ。以来、彼女はクラスから孤立し、本ばかり読んでいるようになった。読むのは『文化苦旅』とか『周国平文集』のような哲学的で難しそうな本ばかりだった。沈《シェン・チェン》倩はいまに女流作家になるぞとみんな話した。しかし作文の授業ではいつも反動的な内容を書いて、教師から批判された。

僕はいくら噂されても沈《シェン・チェン》倩とは親しくならず、逆に琪琪《チーチー》への思いが強固になった。心のなかにいるのは一人だけ、好きな相手は一人だけ。たとえ美人でなくても、遠い上海にいても、それは琪琪《チーチー》だ。とはいえ南北に遠くへだてられて会うことはかなわず、母親同士がたまに電話したときに、ついでに近況を知らされるだけだった。両親の離婚後、琪琪《チーチー》は母親と住み、生活は貧しいながらも学業は優秀で、高校入試では市内のトップ校に合格したそうだ。もちろんこの話を聞いたときには、僕も中学を卒業して高校に通っていた。

中学時代に起きたことをもうすこし。鄧小平という小柄な人物が政治の世界で頭角をあらわし、中央委員会の委員になった。江総書記は在任のまま、実権は鄧に移ったといわれた。彼は産業の国有化をめざして次々と改革を打ち出した。そしてその政策を正当化する理論を発表していった。中国式社会主義とか、「白猫にせよ黒猫にせよ、鼠をとるのがよい猫だ」という白猫黒猫論などだ。この改革を好機として財をなした者もいたが、残りの大多数は貧乏になった。経済低迷で父が勤めていた小さな会社は倒産した。しかし改革のおかげで生まれた鉄飯碗《ティエファンワン》——つまり食うに困らない国有工場での職を得て、わが家は最低限の生活を維持できた。世界を見渡せば、中国はましなほうだった。東南アジア発の金融危機が全世界に波及し、多くの国家をゆるがせた。ロシアでは経済崩壊で女子大生が売春婦として街頭に立っていた。ユーゴスラビアでは内戦、アフリカでは民族大虐殺が起きた。アメリカはイラクから撤退したものの、貿易封鎖と経済制裁はまだ続けていた。

もちろん僕にとってこれらはあまり関係なく、生活は勉強漬けだった。大学受験にそなえながら、ときどき琪琪《チーチー》のことを考える日々をすごしていた。

高校一年のときに文通がはやった。知らない相手との手紙のやりとりだ。幼いころによくやったウェブサイトでのチャットと変わらないが、文章はもっとまともに書かねばならない。僕は琪琪《チーチー》のことが頭から離れないので、英語の練習の名目で手紙を書くことにした。もちろん文法的誤りだらけの英語だ。電子メールならすぐ送れるが、そのころにはコンピュータは僕らの生活から消えていて、紙の郵便以外に手段がなかった。ポストに投函したとたん、早まったと後悔した。しかしもう遅い。気を揉みながら二週間待った。

琪琪《チーチー》からの返事が来た！　バイリンガル教育の幼稚園の経験が僕より生きたらしく、はるかに上手な英文だった。内容はもちろん、字もきれいで、まるで楽譜の音符だ。最初は辞書が必要だったが、十回読んで暗記した。おかげで英語がずいぶん上達した。

琪琪《チーチー》の手紙は短くて便箋一枚と少しだった。一年以上前に僕が贈った数学の参考書は役に立ち、おかげでいい高校に合格できたと感謝してくれた。かわりに『新概念英語』という学習教材を推薦してくれた。通っている高校についても簡単な紹介があった。一番うれしかったのは最後の行だ。僕の高校や黒子《ヘイズー》のようすなどを教えてほしいと書かれていた。その意味は明白で、僕からの次の手紙を期待しているのだ。

それからは定期的に英語の手紙をやりとりした。内容は学校のこととか人生の理想とか、たあいない。ただそうして連絡をとりあえるのがなによりうれしかった。遠くの、それこそ地球の裏側にいるようなだれかが、自分のことを考えて大切に思ってくれている。それはすばらしい気分だった。

琪琪《チーチー》の母親は再婚したそうだ。義父には連れ子がいて、琪琪《チーチー》には冷淡らしい。自分の家をわが家と思えず、早く大学へ行って一人暮らしをしたいと書いていた。

僕は順調に高校生活を終え、大学入試でもいい成績をおさめて、進学先を選べる立場にあった。そこで勇気をふるって琪琪《チーチー》はどこに進学するつもりか訊いてみた。すると、上海にはいたくないから南京大学の英文学部を第一志望にしたという。

そこで僕も南京大に行きたいと思いはじめた。理由の第一は琪琪《チーチー》といっしょにいられるから。第二は父母から離れて独立して生活したかったからだ。しかし父母は強く反対し、北京にいろという。大喧嘩をして、最後は僕が折れ、北京大学の中国文学部を第一志望として願書を出した。黒子《ヘイズー》はあまりいい高校に行けず、大学はとうてい無理で、デパートの店員になった。それでも僕らには明るい前途があると、そのときはまだ信じていた。

4

監視と管理がきびしかった高校生活にくらべると、大学は自由で解放されていた。男女間の約束事は高校よりはるかにゆるやかだ。大学として恋愛を推奨するわけではないが、基本的に黙認されていた。大学生カップルが次々と誕生し、なかでも中文科はロマンス花盛りになった。寮のルームメイトたちにもかわいいガールフレンドができてうらやましかった。

沈倩《シェン・チェン》も北京大の政治学部に来ていた。高校の旧友たちは彼女と僕がなんだかんだでつきあうだろうと予想していた。しかし彼女は大学新聞に過激な詩を発表し、校内の詩人や芸術家のような連中と交流して、まわりから変人と見られていた。僕とは高校の同窓会でたまに顔をあわせるだけで、ふだんはまったく接点がなかった。

琪琪《チーチー》とは文通を続けた。もう英語を言い訳にする必要はない。毎週書く手紙はどんどん長くなり、ときには便箋二十枚くらいになった。おもしろい出来事や、ばかばかしいことや、ごく些細なことまで書いて、ときには追加の切手が必要になったほどだ。いっそ正式な交際を申しこみたかったが、勇気がなかった。

大学二年のとき、琪琪《チーチー》の手紙にある男子学生の名前が登場するようになった。さりげなく言及されて説明はない。その存在がすでに日常の一部になっているようだ。彼について質問すると、琪琪《チーチー》が在籍するゼミのゼミ長だという。ハンサムで英語が上手で、英会話クラブでもいっしょだそうだ。

僕はその説明が気にいらなかった。返信を書こうとしたが、言葉が出てこない。携帯電話があればすぐにかけただろう。しかしそのころには携帯電話というものはなくなっていた。中国移動《チャイナモバイル》はとうに事業停止し、十歳の誕生日に父からもらった携帯電話は、机のなかで使い道のない骨董品になっていた。

そこで一階の公衆電話を使った。どこの寮も電話機は一台しかない。むこうで出たのは琪琪《チーチー》の寮の寮母で、こちらの身許や用件をしつこく訊いたあと、ようやく取り次ぎを了承してくれた。それからえんえん待たされて、ようやく出た琪琪《チーチー》のルームメイトから、本人は〝ボーイフレンド〟と出かけていると告げられた。

電話を叩き切り、駅へ行って南京行きの汽車の切符を買った。翌日の昼には琪琪《チーチー》の寮の門前に立っていた。

あらわれた琪琪《チーチー》は、白いプリーツスカートに髪を三つ編みにして、小鳥のように軽やかに階段を下りてきた。日差しを浴びて燦然《さんぜん》と立つ。これまで手紙といっしょに写真を何枚かもらっただけで、実際に会うのは中学の夏以来だった。もう少女ではなく、すらりと背が伸びた年頃の娘になっていた。僕を見てもあまり驚かず、うつむいて苦笑した。まるで来るのを知っていたかのようだ。

午後は莫愁湖《ばくしゅうこ》公園に案内され、貸しボートで青く澄んだ湖のまんなかへ漕ぎ出た。そこで琪琪《チーチー》から日本のテレビドラマの『東京ラブストーリー』を見たかと訊かれた。

最近はやっているのは知っていたが、僕もルームメイトもテレビは持っていない。週末に実家に帰ったときに断片的に見て、テレビガイドであらすじを読んだくらいだ。それでも無知を認めたくなくて、「ざっと見た」と答えた。

琪琪《チーチー》は強い興味をしめした。

「じゃあ……だれが好き？」

「僕は……もちろん、さとみだよ」

思いきって答えた。そもそも登場人物の名前をよく憶えていなかった。

琪琪《チーチー》は驚き、顔をしかめた。

「さとみ？　わたしはいちばん嫌い。どうして彼女が好きなの？」

僕は内心であわてた。

「だって……さとみがヒロインだろう？　笑顔のかわいい……」

「なに言ってるの。ヒロインは赤名リカよ」

「でも……さとみは主人公の幼なじみで、最後は結ばれると紹介文に書いてあったよ。それはヒロイン以外ありえないんじゃ……」

「なにそれ！」琪琪《チーチー》は大笑いした。笑うときの鼻の皺がかわいい。「どうしてそう思ったの？」

「だって……幼なじみは結ばれるのが当然だろう。たとえば……その……」

僕は口ごもった。

「たとえば？」琪琪《チーチー》はいたずらっぽく訊く。

「たとえば……きみと僕みたいに」思いきって言った。

琪琪《チーチー》は首をかしげてしばらく僕を見た。

「もう、でたらめ言って！」

平手で僕の頬をはたいた。

もちろん本気ではない。本当に軽く、平手打ちのまねをしただけだ。その細く柔らかな指が頬をかすめたとき、不思議な電気が流れたように感じた。僕はどきりとして、思わずその手をつかんだ。琪琪《チーチー》はその手を二度引きもどそうとしたが、僕が放さないので、抵抗をやめた。

僕は立ち上がって抱きしめようとした。そこがボートの上であることをすっかり忘れて。その結果――転覆した。琪琪《チーチー》の悲鳴とともに僕らは水に落ちた。ばかみたいに笑いながらいっしょにボートに這い上がった。とにかく、これで晴れて琪琪《チーチー》は僕のガールフレンドになった。

あとでゼミ長についても説明してくれた。彼は実際に琪琪《チーチー》に興味をしめしたらしい。しかし彼女はまったく相手にしなかった。そして僕を刺激するためにわざとゼミ長のことを手紙に書いた。僕の意思をはっきりさせるきっかけになればと考えたのだ。僕が大あわてで南京まで追いかけてくるとまでは思わなかったらしい。そう話したときの琪琪《チーチー》はとても幸福そうで、またすこしばかり虚栄心を満たされたようだった。

それから数日は二人で手をつないで南京の有名な観光地をまわった。玄武《げんぶ》湖、秦淮河《しんわいが》、夫子廟《ふうしびょう》、中山陵《ちゅうざんりょう》……。まるで蜂蜜瓶のなかに落ちたか、夢でもみているのかという気分だった。

残りの大学生活のあいだに彼女と会えたのは長期休暇中のごく短期間で、かぞえるほどの回数だ。しかし手紙はひっきりなしに、愛情たっぷりにやりとりした。父母は僕らのことを知り、両家の交流もあったことから、あたりまえのように賛成してくれた。母は早くも琪琪《チーチー》を未来の嫁と呼びはじめ、琪琪《チーチー》の母親とのあいだで出産前から縁組みの約束をしていたと冗談を言った。僕らは卒業したらおなじ都市で就職し、結婚しようと決めていた。

5

幸福に手招きされ、手が届きかけたとたん、それは粉々に砕け散った。

ロシア、ウクライナなどの国々では経済が崩壊し、その結果だれも想像しないことが起きた。ゴルバチョフという指導者が周辺の十数カ国をまとめて国家連合をつくり、社会主義制度の実現を旗印に、〝ソビエト社会主義共和国連邦〟と名乗った。略してソ連と呼ばれはじめたこの新国家は、急速に国力をつけてアメリカと対立し、国際情勢をたちまち緊張させた。ソ連の策動によって東欧ではあいついで革命が起きた。ドイツは経済開発の格差から東西に分裂し、東ドイツはソビエトブロックに加わった。

中国では鄧小平の計画経済改革が失敗し、経済は悪化の一途をたどった。人々は政府への不満をつのらせた。国家機構は腐敗し、官僚制度にも中央集権構造にも弊害が山積していた。大学生は国が豊かだった時代を幼少期に経験しており、現在と比較して怒りをつのらせた。政府の腐敗、国家資産の私物化、一族郎党による官職独占といった醜聞が絶えなかった。問題の根源ははっきりと指摘できないものの、解決策については学生たちの議論で一致していた。悪いのは国家だ。無能な指導者を引きずり下ろせ！　そして二十年前に起草された〝零八憲章〟と呼ばれる政治宣言が学生たちのあいだでひそかに回覧された。政治体制を改革し、真の民主主義を実行しよう。

僕が大学卒業をひかえたころから、共産党内部で権力抗争が激化し、改革派の指導者だった趙子陽は解任、自宅軟禁となった。この情報が火薬庫に火をつけた。抑えつづけた群衆の怒りが火山のように爆発した。北京のおもな大学の学生たちは市街で抗議のデモ行進をし、北京市民も加わって天安門広場を占拠した。これが世界の注目を集めた。広場は無数のテントに埋めつくされ、天安門の正面にはだれかがつくった自由の女神像が設置された。

零八憲章の起草者である劉《リウ・》小波《シアオボー》が、海外から帰国して広場で演説し、真の改革が達成されるまでハンガーストライキを決行すると宣言した。これに全国が湧き立ち、各地の若者が続々と北京に集まって運動は勢いを増した。市民も運動に参加し、学生を支援した。デパートの店員になっていた黒子《ヘイズー》も、三輪自転車を漕いで学生たちに水と食料を配りながら、こう叫んでまわった。

「みんな食って飲め！　中南海《ちゅうなんかい》（政府と共産党本部の所在地）に居すわる無能な指導層を叩きのめすには体力が必要だぞ！」

元同級生の沈《シェン・》倩《チェン》は、運動前から過激な文学作品を何度も発表し、また劉《リウ・》小波《シアオボー》の熱烈な支持者だったことから、影響力をかわれて運動の幹部メンバーに加わっていた。彼女は北京大の中文学部で運動への支持をつのりたいと、僕に相談に来た。その熱意に刺激され、僕も祖国のために立ち上がろうと決意して、キャンパスの中心にある三角地という広場で演説をした。腐敗した官僚的な学生会を糾弾し、政府支配を脱して、民主的で独立した学生自治組織をつくろうと全学生に訴えた。すると思いがけず多数の拍手が教授や学生たちから上がった。そして数日後には〝大学生自治連合会〟が設立された。その常任委員の一人に選任された沈《シェン・》倩《チェン》は、僕の才能を認めて連合会の宣伝部に誘った。こうして僕も運動の中心に参加することになった。

気がついたら激流にのまれていたような気分だ。

天安門広場に設置された運動指揮所はまるで小さな政府だった。来る日も来る日も全国各地から集まる学生の代表と会い、各種の宣言、綱領、公開書簡を発表し、国家の未来をあずかっているように真剣な議論をかわした。香港や台湾の同胞も僕らを支持して寄付金を集めていると聞き、熱気はさらに盛り上がった。毎日泣き、笑い、叫び、歌い、若さと情熱で築く中国の新未来を夢みた。

六月初めのある日、指揮所の隅の粗末なテントで僕は新しい行動綱領を書いていた。蒸し暑い天気で滝のような汗をかいていた。そこに突然、沈《シェン・チェン》倩の呼ぶ声が響いた。

「宝生《バオション》、めずらしいお客さんよ！」

テントから出ると、そこに琪琪《チーチー》がいた。青いワンピース姿で小さなバッグを背負い、長旅で少々疲れたようすだった。僕は驚きとよろこびでしばし言葉を失った。

それを沈《シェン・チェン》倩はにやにやしながら見ていた。琪琪《チーチー》と会うのは初めてのはずで、上から下までじっくり眺めて興味深そうに言った。

「なるほど、これが宝生《バオション》の謎のガールフレンドね」

琪琪《チーチー》は顔を赤らめた。

沈《シェン・チェン》倩を追い返してから、僕は矢つぎばやに質問した。

「どうして突然？　南京大のほかの学生たちといっしょに？　それはすごい！　南京でも運動が起きていると聞いてるよ。そっちの責任者はだれ？　ちょうど新しい綱領の草案を書いてるところで、意見を聞かせてもらえると——」

琪琪《チーチー》がさえぎった。

「やっと会えたのに、それしか言うことはないの？」

「そんなことはないさ！　会えてうれしいよ」笑って抱きあったが、すぐ真顔にもどった。「でもいま運動は勢いを失って、学生たちは分裂しはじめてるんだ。ハンストはいつまでも続けられない。運動をこれからどうやって展開していくか、劉《リウ》先生と議論しているところだ……。ちょっと僕が書いた綱領を見て――」

「宝生《バオション》」琪琪《チーチー》はまたさえぎった。「あなたの実家に寄ってきたわ。かわりに話をしてきてほしいとお義母さんから頼まれたの」

燃える心に冷や水を浴びせられた気持ちになった。

「へえ」

声を漏らして黙りこむ。

「お義母さんは心配してらっしゃるわ」琪琪《チーチー》は小声になった。「卒業後の就職にむけて書類を出す時期でしょう。あなたにとっては大事なことよ。こんな人たちとかかわるのはやめて、いっしょに家に帰って」

「琪琪《チーチー》、なんだよそれ」失望と怒りを感じた。「こんな人たちなんて、そんな言い草はないだろう。数十万人の学生がこの広場に集まってるんだ。そのむこうには数百万人の市民がいる。北京全体、いや中国全体が沸いてる。この国の未来のためにだれもが戦ってる。こんなときに教室でのんびり授業なんか受けてられないよ！」

「なにもできっこないわよ。政府と戦っても無駄。むこうには軍隊があるんだから。そもそもあなたたちの要求は過激すぎる。根本的に不可能――」

「不可能ってどういうことだよ！」僕は腹をたてはじめた。「人民のための軍隊なんだぞ。その人民に銃をむけるはずがない。学生の一部はその軍との対話もはじめてる。心配ない。中央の官僚はすでに恐慌状態だという内部情報もある。すぐに譲歩してくるさ」

琪琪《チーチー》はあきれたようすでため息をつき、すわって暗い顔で僕をにらんだ。

それからしばらく議論したが、結論は出なかった。とにかく僕は広場から出ることを拒否し、琪琪《チーチー》は僕のそばから去ることを拒否した。その夜は一つのテントで眠った。国の内外の情勢や運動の今後について話したが、意見は一つとして一致せず、論争になってしまう。そこで話はやめて、ただ抱きあった。

ようやく恋人らしい睦み言や子ども時代の思い出話をするようになった。僕は渇望を抑えきれなくなり、キスした。はじめは顔に、そして唇に。恋愛関係になって何年かたっていたが、初めてのキスだった。琪琪《チーチー》の唇は柔らかく、心痛のせいか荒れていた。たまらず深くキスした。いつまでも、いつまでも……。

あとは暗闇のなかで自然ななりゆきだった。血気盛んな男女が多数集まった広場で、この種の行為は公然の秘密だった。普段の僕はここでそんなことをする連中を軽蔑し、運動の神聖さを汚しているとさえ思っていた。しかし自分がその状況になると誘惑に逆らえなかった。むしろ自然な行為であり、運動の一部だとさえ感じた。あるいは未来への漠然とした不安を嗅ぎつけて、残り少ない放縦な時間をあわてて享受しようとしたのかもしれない。あらゆる動作に羞恥とためらいがあった。稚拙だが情熱があった。なにものにもかえがたい青春の情熱だ。そんな滑稽なプロセスをへて僕らは蜜のように甘美に融けあった。

6

翌日、広場の掃討を目的とした戒厳部隊が北京郊外に到着したという情報がはいった。その先駆隊はすでに市街にはいっているという。

運動は撤退すべきか。指揮所で会議を開いたが、議論は割れた。劉小波《リウ・シアオボー》は人命優先で撤退を主張した。僕は琪琪《チーチー》の影響もあって、劉《リウ》先生に賛成した。しかし総指揮官の柴令《チャイ・リン》はかたくなに撤退を拒否した。僕らを弱腰と非難し、流血をともなう徹底抗戦こそが民衆の悲憤を呼ぶと主張した。そこまで言われると撤退派の声は小さくなり、最後は大部分が抗戦に賛成した。

その夜はとくに暑かった。琪琪《チーチー》と僕はとてもテントで眠れず、外で横になって小声で話した。

「きみの言うとおりだ。柴《チャイ・》令《リン》は強硬すぎる。これはいい結果にならない。明日は劉《リウ》先生と話して、家に帰るよ」

琪琪《チーチー》は、うんとつぶやいて、僕の肩に頭を寄せ、まもなく眠った。僕もすぐに眠りに落ちた。

まわりの騒ぎ声ではっとして目覚めた。頭上には奇妙なほど明るく輝く夏の星空。しばらくして、広場の照明がすべて消えてあたりが暗闇につつまれ、そのせいで星がきれいに見えるのだと気づいた。遠くや近くで人声が響き、拡声器でもなにかわめいている。なにが起きているのか。

「宝生《バオション》、どこ?」

だれかが僕を呼びながら懐中電灯を手に走ってくる。まばゆい光に目がくらんだ。ぼやけた姿が近づき、ようやく沈《シェン・》倩《チェン》だとわかった。泣いている。

「急いで逃げて。軍が突入してくる!」

「どういうことだ? 柴《チャイ・》令《リン》は? 総指揮官だろう」

「あの卑怯者は真っ先に脱出したわよ! 早く逃げて! わたしは劉《リウ》先生を探す」

あとで知ったことだが、そのときすでに武装警察の大部隊が広場に突入して、金属製の警棒でテントを倒し、人を殴打していた。しかし現場は真っ暗でなにも見えなかった。だれもが右往左往し、僕はどうしていいかわからず、ただ琪琪《チーチー》の手を握って群衆の流れにあわせて移動していた。

そこへ地方出身の数人の学生が叫びながら必死に走ってきた。

「戦車だ! だれかが踏みつぶされたぞ!」

彼らがぶつかって、琪琪《チーチー》とつないでいた手が離れた。琪琪《チーチー》の声が聞こえ、僕も彼女を呼んでそちらへ走ろうとした。しかしテントにつまずいて倒れ、たくさんの足に踏まれたり蹴られたりして、しばらく立てなかった。もがいてようやく立ち上がったときには、もう琪《チー》琪《チー》の姿はなく、声も聞こえなかった。最後に声がした方向へ進んだものの、人ごみばかりで琪琪《チーチー》はいない。僕は大声で呼びつづけた。

やがてだれかが『インターナショナル』を歌いはじめた。学生たちは悲憤に満ちた声で合唱し、僕の声はかき消された。そのまま群衆の渦に巻かれ、僕は広場から押し出された。

こうして広場から学生たちは強制排除された。暴力的な排除だったとはいえ、発砲はなかった。しかし周囲の市街地では各所で軍とデモ隊のはげしい衝突が起きて、銃声もしばしば聞こえた。

僕はもしやと思って家に帰ってみた。そこに琪琪《チーチー》の姿はなく、父母の引きとめる声をふりきって市中心部へもどった。そのころには空が白み、市街のあちこちに戦車と兵士が見えはじめた。道路脇には死体が血肉をまき散らして横たわるショッキングな光景が広がっていた。その多くが若い学生だ。僕は戦場にいるような恐怖を覚えながらも、琪琪《チーチー》への心配が上まわり、焦燥にかられて探しまわった。

昼ごろ、指揮所でいっしょだった北京大の学生と出くわし、秘密の合流場所に案内された。そこに沈《シェン》倩《チェン》と劉《リウ》小《シアオ》波《ボー》がいた。怪我人だらけで、沈《シェン・》倩《チェン》も顔に血を流し、劉《リウ》先生の腕のなかで震えていた。

僕はなによりまず、琪琪《チーチー》を見なかったかと訊いた。すると沈倩《シェン・チェン》は声を詰まらせ、泣き出した。僕は心臓に冷や水を浴びたような気がした。

沈倩《シェン・チェン》は涙ながらに説明した。広場の掃討作戦がおこなわれるなかで、二人は琪琪《チーチー》をみつけ、いっしょに避難をはじめた。その途中、交差点で兵士の部隊に遭遇した。状況がわからない学生たちが大声で非難すると、兵士は発砲をはじめ、数人が倒れた。沈倩《シェン・チェン》たちは反対方向に逃げはじめたが、すこし走ったところで琪琪《チーチー》の姿がないことに気づいた。ふりかえると、血だまりに倒れて動かない琪琪《チーチー》の姿が見えた。助けたかったが、兵士たちに迫られ、そのまま逃げるしかなかった。

あとは泣くばかりで言葉にならなかった。

僕は詳しい場所を沈倩《シェン・チェン》から聞き出して、止める声をふりきって探しに出た。教えられた交差点には炎上する軍用車の残骸があった。黒煙のすきまからのぞくと、車内には黒焦げの兵士の死体があるのみ。路傍の血だまりには数人分の無残な死体があったが、琪琪《チーチー》ではない。吐き気をこらえ、内心ではみつからないことを願いながら探しつづけた。

ところが、軍用車のタイヤの下敷きになった琪琪《チーチー》の青いワンピースをみつけてしまった。血に染まって紫色に変わり、スカートの裾からはふくらはぎの一部と血まみれの骨がのぞいている……。

僕はふらふらと近づいた。血のにおいが鼻腔に充満する。ふいに空と地面がぐるりと反転し、倒れた。すべてが遠ざかり、無限の闇にのまれて意識が飛んだ。

気がついたときはふたたび夜になっていた。遠くで散発的な銃声が聞こえた。兵士の列が二メートル以内を通ったが、僕は死体と思われたらしく無視された。しばらくぼんやりして記憶喪失の状態だった。やがて恐ろしい記憶が蘇り、絶望に押しつぶされた。

悪いのは柴令《チャイ・リン》ではない。僕らにぶつかってつないだ手を引き離した学生たちでもない。それどころか兵士たちでもない。琪琪《チーチー》を死なせた犯人はよくわかっている。説得に耳を貸さなかった僕だ。

その夜は茫然自失してなにも考えられなかった。琪《チー》琪《チー》の遺体をふたたび見る気になれず、ゾンビのように市内をさまよい歩いた。殺気立った兵士や混乱に乗じて略奪する暴徒に遭遇しても、あえて迂回しなかった。まわりで撃たれて死ぬ者もいたが、僕は奇跡的に無傷だった。まるで目覚めない巨大な悪夢のなかにいるようだ。

翌日、長安街を行く戦車の列を見て、思わずその正面に飛び出した。人々は驚いて見ていた。履帯に踏みつぶされることを期待したのだが……死ねなかった。平服の警官につかまって道路脇へ引きもどされた。あとは暗い小部屋に放りこまれ、数日間尋問された。そのころには多少なりと正気がもどり、事情を説明できた。こうなったら死刑か、最低でも数年は投獄されるだろうと覚悟した。心はすでに燃えつきた灰になり、どうでもよかった。

しかし意外なことに、数カ月拘置されたのち、裁判もなく釈放された。処罰はあっけないほど軽く、大学の除籍処分のみだった。

7

釈放されたときには、事件はすっかり終息していた。政府は運動を暴力的に弾圧したが、そのあとは意外なほど寛容な政策をとった。江総書記は解任され、実権は鄧小平が掌握したまま、改革派の趙子陽が新たな総書記になった。さらに改革派の指導者として評判のいい胡曜邦が政府の要職についた。

運動関係者への責任追及はほとんどなかった。劉小波《リウ・シァオボー》でさえ、出国禁止になっただけで、ひきつづき大学で教鞭をとることを許された。政府は運動について、学生たちの要求は理にかなっていたが、国際的反中勢力に利用されたと総括した。

その国際的反中勢力は、中国のみならず社会主義陣営そのものの解体をめざしているとされ、ソ連包囲網を築く目的で東欧で動乱を引き起こした。しかしこの西側勢力の狙いはまったく裏目に出た。ソ連は健在だったばかりか、チェコスロバキア、ポーランドなどの東欧諸国に社会主義政権が樹立される結果になった。

これらの衛星国はソ連を中心にワルシャワ条約機構を結成し、西側のNATOに対抗した。こうしてアメリカとソ連は冷戦に突入した。

僕が釈放されたあと、琪琪《チーチー》の母親が娘を探してわが家を訪れた。彼女は僕の肩をつかんで娘の行方を問うた。この数ヵ月、琪琪《チーチー》の消息は途絶えたままで、半狂乱になって北京に探しにきたものの、そのとき僕はまだ拘置中だったのだ。

僕は土下座して、自分のせいで琪琪《チーチー》を死なせてしまったと涙ながらに懺悔した。彼女は最初信じなかったが、真相を知ると、僕を蹴って叩いた。最後は僕の父母に引き離され、床に伏せて慟哭した。

彼女は僕を許さず、わが家との連絡も絶った。のちに僕は上海を何度か訪れたが、会ってはもらえなかった。困窮していると聞いて金や品物を送ったこともあったが、いずれも未開封で返送されてきた。

琪琪《チーチー》の死に直面した当日は精神状態が崩壊していて、遺体を回収することを思いつかなかった。いまから探して埋葬したいと思ってももう遅い。身元不明遺体としてまとめて火葬されてしまっただろう。若い盛りの一人の女性が、痕跡もなくこの世から消えてしまった。

いや、わずかな痕跡はあった。ポケットから出てきた紫のヘアクリップだ。あの夜テントで琪琪《チーチー》がはずしたのを、なにげなく拾ってポケットにいれていた。それが形見になった。

家じゅうから琪琪《チーチー》に関係するものを集めて自分の机に並べた。ヘアクリップ、手紙の束、贈りあったプレゼントの小物、二人で撮った数枚の写真、中学時代の『花季雨季』……。この祭壇のまえに毎日長い時間すわって、琪琪《チーチー》のことをあれこれ思い出し、まだそばにいるのだと思いこもうとした。そんな失魂落魄《しっこんらくはく》の状態が半年以上続いた。あとから思うといくらか精神に異常をきたしていた。

次の春節、大晦日の夕食の席で、母が突然泣きだした。こんな状態の僕を見ていられないという。過去を生きるのをやめて、自分の人生を歩んでほしいと請われた。その夜は黙然として長いこと席にすわっていた。

　意を決して机の品々を片づけ、ていねいに包んで箱の底にしまった。いつまでも大切に持ちつづけたが、開いて見ることは以後ほとんどなかった。人生は続く。はらわたを裂かれるような苦悩と罪悪感をふたたび経験したくはなかった。

　大学は除籍になったが、趙総書記が過去をとがめない開明政策をとったおかげで、学部の教授たちが僕に同情し、頃あいを見てひそかに卒業証書を届けてくれた。それでも就職は絶望的だった。昔は企業が大学に来て社員募集をしたものだが、改革後は国家がすべての職を配分するようになった。経歴に運動参加の瑕《きず》がある僕は制度の対象外で、就職先が割りあてられることはなかった。

　黒子《ヘイズー》も運動を支援したせいで職を逐《お》われていた。そんな僕らはいっしょに商売をはじめることを考えた。当時、趙子陽は市場経済から計画経済への転換をめざして価格改革を進めており、そのせいで物価が急上昇していた。全国で買い占めがはびこり、一般人の生活は苦しくなった。日用品が欠乏し、政府は食品や衣服の配給券を発行して一人分の購入量を制限しはじめた。そこで僕らは、需給動向を見ながらうまく物資を売り買いすれば儲けられると考えたのだ。

　決心して、当時もっとも経済発展していた広東省へ黒子《ヘイズー》といっしょに行くことにした。父母は僕が遠方へ去ることにいい顔をしなかったが、息子がふたたび人生を歩みはじめることをよろこび、老後のための貯金を資本金として出してくれた。商売の種は当時いくらでもころがっていた。まずTシャツを買いこんで北京で売り、たっぷりと利ざやを稼いだ。元手を回収しただけでなく、数万元の利益を得た。僕らはブローカーとして全国を渡り歩いた。虎視眈々と機会を狙って、ささやかな財をなしたこともあれば、食うや食わずの時期も多かった。

そうやって数年間、社会のさまざまな階層とまじわるうちに、天安門広場での自分たちの未熟さを実感するようになった。中国は現在の負担と長い歴史の重荷を積んで走る長い貨物列車のようなものだ。一部の熱血学生がスローガンを叫んだくらいで複雑な国情は変わらない。ではどうすれば国を変えられるか。その答えはわからない。時代は表面的に平静をとりもどし、大衆は衣食住に汲々としているようだったが、その裏には暗い潮流があった。さまざまな社会的力が相克し、それらがあわさって国家の内部に巨大な渦巻きをつくっていた。その渦がだれも望まない深淵へすべてを引きずりこもうとしている。その過程はいかなる個人も勢力も制御できない。歴史にはあらがえない。渦中の僕らに自由はきかないのだ。

黒子《ヘイズー》と商売をはじめて二年後のある日、買い付けにもどった広州の町なかで、沈倩《シェン・チェン》とばったり出会った。運動以後、僕は文化人や知識人には距離をおいており、沈倩《シェン・チェン》と会う機会はほとんどなかった。それでも彼女が劉小波《リウ・シアオボー》と同棲しているという噂は耳にしていた。劉《リウ》先生は既婚者だったが、沈倩《シェン・チェン》は彼を心から慕って愛人になった。その後いろいろあって、先生は離婚したと聞いた。だからてっきり沈倩《シェン・チェン》は後添えにはいったと思っていた。それがどうしてこんなところにいるのか。

故郷から遠く離れた場所で旧友に会うと、感情を揺さぶられる。僕は琪琪《チーチー》を思い出して目がうるんだ。

話を聞くと、沈倩《シェン・チェン》はかつての同級生を頼るつもりで広州に来たものの、その同級生の居どころが知れず、途方にくれているのだという。僕は力になると約束し、とりあえず歓迎会としてレストランに連れていった。昔話に花を咲かせたが、天安門の話題はおたがいに避けた。何杯か飲んで口が軽くなった沈倩《シェン・チェン》は、劉小波《リウ・シァオボー》から裏切られたことを涙ながらに語りはじめた。離婚して彼女と再婚すると約束していたのに、その舌の根も乾かぬうちに、べつの女学生と寝ているところを発見した。もちろん大喧嘩になり、別れた……。話しながら沈《シェン・》倩《チェン》は酒をラッパ飲みしはじめ、僕が止めても聞かない。やがて高歌放吟しはじめ、店内の客から白い目で見られた僕は、あわてて代金を払って店外へ連れ出した。

酩酊した沈《シェン・》倩《チェン》はまともに歩けず、僕はかかえて歩いた。宿なしなのでやむをえず僕の部屋へ連れていき、ベッドに寝かせて僕は床で寝た。

翌朝、僕は早くから市場を見てまわる用があったので、沈《シェン・》倩《チェン》は寝かせたまま部屋を出た。帰宅したときにはもういないだろうと思っていた。ところがドアを開けると、ゴミための ようだった僕の部屋はすっかり掃除され、整理整頓されていた。台所の小さなテーブルには真新しいクロスがかけられ、エプロン姿の沈《シェン・》倩《チェン》がトマトと卵の炒め物をつくっていた。僕をふりかえり、恥ずかしそうに笑う。

僕の人生の新しいページがそのときめくられた。

8

行くあてのない沈《シェン・》倩《チェン》はそのまま僕の賃貸部屋に住みついた。寒々としていた部屋が、ひさしぶりに家庭的な雰囲気になった。忘れたい過去をかかえた二人が温もりを求めて寄り添ったわけだ。黒子《ヘイズー》はちょうど結婚したばかりで、沈《シェン・》倩《チェン》と僕がいっしょに住みはじめたことを知って、とてもよろこんでくれた。それどころか早くも彼女を兄嫁と呼びはじめた。

沈《シェン・》倩《チェン》は仕事をみつけられず、僕らの商売を手伝った。過激な学生闘士の影はもうどこにもない。さまざまな経験をへて、革命や文学的名声への夢はきっぱり捨てて、家庭第一の女になった。あるいはそれが彼女の真実の姿だったのかもしれない。

半年後、母が広州へ僕のようすを見にきて、沈《シェン》・倩《チェン》とばったり顔をあわせてしまった。こうなるとどうしようもない。母ははじめ沈《シェン》・倩《チェン》について意見を控えていたが、しばらくいっしょに住むうちに未来の嫁として受けいれ、結婚をうながしてくれた。社会はしだいに保守化を強め、僕らももう若くなかったので、二人で北京へもどって婚姻の届けを出した。結婚式に集まった昔の同級生たちは、二人がくっつくとは最初からお見通しだったと冗談を言った。

一年後、沈《シェン》・倩《チェン》は健康な男児を出産し、小宝《シアオバオ》と名づけた。日々の経過とともに過去の傷はすこしずつふさがり、生活は続く。一点の曇りもない幸福とは言いづらいが、ほのかな暖かさはあった。

この二年間に中央は経済改革を進め、計画経済への移行を深めていた。その結果が二重価格だった。一つの物品に、経済計画で設定された価格と、市場でついた価格の二つがある。コネのある役人はいわゆる〝官製ブローカー〟となり、安い計画経済価格で品物を仕入れて市場で高く売りさばき、莫大な利益を得た。対して黒子《ヘイズー》や僕のようなコネのない自営業者は不利で、商売はきびしくなっていった。あるときカラーテレビを大量に仕入れたが、官製ブローカーが先んじて市場価格を抑えこんだため、僕らは赤字で売却せざるをえなくなった。残ったのは負債ばかり。商売をたたんで失意のうちに北京に帰った。

黒子《ヘイズー》は叔父の一人が工場で作業主任を務めていて、その斡旋で運転手の仕事にありつくことができた。そして業務で走りながら個人的な荷物をいっしょに運ぶことで、いい儲けを得た。僕はそんな機会をみつけられなかった。数年間社会にもまれて疲れてしまい、しばらく大学へもどって学問をやりたくなった。そこで大学院にはいるための試験勉強をはじめた。

北京大学を出たのだから院試くらい楽勝だと思っていた。しかし何年も勉強から離れていた頭はなかなか調子がもどらず、二年連続で院試に落ちた。小宝《シアオバオ》も大きくなり、それなりにあった蓄えも底をついた。家計は火の車で、父母の援助に頼らざるをえなくなった。沈倩《シェン・チェン》は新聞社で職を得た。いわゆる鉄飯碗《ティエファンワン》で、最低限の収入と、住居、健康保険などの福利厚生が保障された。そんな沈倩《シェン・チェン》は、ひるがえって僕を見て辛辣なことを言うようになった。

「どういうこと？　いっしょになったときは、商売の才覚があって成功できると思ったのに、いつのまにかただの劣等生で、大学院にはいることもできない。中国の女子バレーボール代表は三回金メダルを獲ったのに、あなたは院試三連敗じゃないの！」

そんな家庭的な不平不満をぶちまける主婦の姿を見ながら、僕は奇異な思いにとらわれた。かつて高邁で進歩的な理想を若者たちに説いた女性指導者の彼女はどこへいったのか。

もちろんわかっている。悪いのは沈倩《シェン・チェン》ではない。僕らが日々の暮らしにすりつぶされた結果だ。世界はおとぎ話や冒険譚の舞台ではない。たとえそうだとしても主人公は僕らではない。希望や理想をいだくのはいいが、それを達成するにはまず毎日を生き延びねばならない。

このころの僕は気分がふさぎがちで、娯楽小説ばかり借りて読んでいた。最初にはまったのは武侠小説だ。ちょうどテレビでは香港制作の『射雕《しゃちょう》英雄伝』のリメイク版が放送されて人気だった。子どものころに張紀中《ジャン・ジージョン》プロデュースの古いテレビ版を見たが、リメイク版のほうが低予算なのにいい出来だと思った。貸本屋に行って金庸《ジン・ヨン》、古龍《グー・ロン》、梁羽生《リアン・ユーション》の本を借りた。黄易《ホアン・イー》(注1)の本も読みたかったが、なぜか見あたらなかった。小宝もいくらか大きくなり、テレビのヒーローたちといっしょに秘技降龍十八掌《こうりゅうじゅうはっしょう》を毎日練習した。

しかし沈《シェン・チェン》倩から子どもの教育に悪いと叱られ、べつのものを読むことにした。

そのころはSF小説も流行していた。葉永烈《イエ・ヨンリエ》の『小霊通の未来漫遊』は八百万部も売れ、鄭文光《ジョン・ウェングアン》の『人馬座へ飛ぶ』もまさに飛ぶように売れていた。僕は読むうちにしだいにのめりこんでいった。つらい日常から離れてささやかな楽しみを得られるのはSFだけだ。残念ながら中国人作家によるSF小説は少なく、海外作品はあまり翻訳されていなかった。見あたるものはすぐに読みきってしまった。

僕も書いてみたくなって、『小霊通の宇宙漫遊』という長篇小説を書き上げた。これは葉永烈《イエ・ヨンリエ》の名作の続篇のつもりだった。最初は友人たちに読んでもらっていたが、そのうち姚海軍《ヤオ・ハイジュン》という若者と知りあい、彼が葉《イエ》先生の許可をとって、出版社をみつけてくれた。これですこし名前が売れ、僕はSF界の新星と呼ばれるようになった。いい気になって次は『小霊通の人体漫遊』を書いた。人間の体の不思議を読者に教えるものだ。残念ながらこの本は議論の的になった。葉永烈《イエ・ヨンリエ》の著作権を侵害しすぎているとか、猥褻な思想を描いて中国SFを汚しているとか言われた。資産階級の自由化を支持する反党的な小説という非難もあった……。(注2)

ちょうど僕が作家活動をしていた時期に、社会は思想論争で騒然となった。散発的な学生運動さえ起きた。中央は粛清の機会をふたたび求めたらしく、社会から〝精神汚染〟を一掃する運動をはじめた。僕はその標的に挙げられて痛烈に批判された。さいわいにも政府は運動が過激化することを望まず、僕は大きな処罰を受けずにすんだ。しかし作家活動の継続は困難になり、心をいれかえて院試の勉強に専念することにした。

あとからそれが幸運だったとわかった。精神汚染の一掃運動と同時期に、国内では〝厳打〟と呼ばれる厳罰主義の治安強化運動がおこなわれ、その影響は社会生活の各方面におよんだ。なにしろスリは死刑、人前で踊ると流氓罪《りゅうぼう》（不道徳行為の罪）だ。劉小波《リウ・シァオボー》は数人の女学生と男女関係になり、さらに過去の問題もあったことから、流氓罪で銃殺刑になった。これを聞いた沈　倩《シェン・チェン》はしばらく落ちこんだ。

　この厳打によって社会はさらに保守化した。それまで社会通念として許容されていた婚前同棲、人前でのキス、露出が多めの服装などが、犯罪とみなされるようになった。おもての風潮がこれでは、ぎりぎりの領域を描く小説など書けない。僕の作家としての経歴は終わらざるをえなかった。

9

　禍福はあざなえる縄のごとし。あるいは沈む瀬あれば浮かぶ瀬あり。僕の小説を文学部の高名な教授が読んで高く評価してくれていた。おかげで院試で特別枠にいれてもらえ、翌年、彼の研究生として大学にもどることができた。

　その教授と指導教官の提案にしたがって、当時流行していたサルトルの実存主義を研究することにした。これを研究課題にする者は多かったが、みんな一知半解で実存主義をよくわかっていなかった。僕は社会勉強で数年を無駄にした意識があり、寸暇を惜しんで一心不乱に勉強した。研究であたるのは原書ばかりなので、フランス語も独学した。発表した数本の論文は好意的に受けとめられ、国内の学会では期待の新星と呼ばれるようになった。そして指導教官の推薦で、アメリカの有名大学に国費留学する機会を得た。

　僕にとって最初で最後の海外渡航。行き先は中国人にとって愛憎なかばする太平洋のむこうの国。しかも大学の所在地は世界でもっとも繁栄する大都市ニューヨークだ。ここを舞台にしたテレビ番組や映画を子どものころからたくさん見てきた。『ニューヨークの北京人』『Godzilla』……。いつか行ってみたいと思っていた。到着すると、摩天楼、高架橋、高速道路、地下鉄網など見るもの聞くものすべてに圧倒された。

子どものころの北京もこれに匹敵するほど繁栄していた。あれから数十年、ニューヨークはきらびやかな大都市でありつづけているのに、北京はなぜか見るも無惨に衰退した。中国ではとうに消え失せた商品がアメリカにはあふれるほどあった。コカコーラ、ケンタッキー、ネスカフェ……。子ども時代に親しんだブランドばかりで懐かしい。多くの中国人が渡米したきり帰ってこない理由がわかる。

しかしアメリカにも退潮の気配はあった。ちょうど公開されていた大作映画『スター・ウォーズ エピソード4／新たなる希望』だ。子どものころにエピソード1〜3を観て、続きが気になっていた。子ども時代の興奮を再体験しようと、高額なチケットを買った。ところがエピソード4には前三作ほどの精彩がなかった。特殊効果がお粗末すぎて宇宙船を吊る糸が見えそうなほどだ。がっかりした。やはり冷戦による軍拡競争がアメリカの国力を奪い、経済にほころびが出ているようだ。

中国とアメリカの交流も昔にくらべて激減した。自費出国はほぼ不可能。公費での機会もめったにない。大学に本土出身の中国人はかぞえるほどしかいなかった。それでも僕の到着を祝って歓迎会を開いてくれた。フライドポテトをつまみながら、中国の情勢について質問ぜめにされた。このころには在外中国人と国内の隔絶が大きくなっていた。郵便は届くのに一カ月近くかかり、国際電話はきわめて不便。中国事情を知るにはテレビや新聞の英語報道に頼らざるをえないが、視野が狭くて隔靴《かっか》掻痒《そうよう》なのだという。子どものころはウェブのチャット画面を開けば地球の裏側の友だちとも自由に話せたのに、まるで隔世の感だと話しあった。

鄧小平から華国鋒という無名に近い指導者に政治の

実権が移った話をしていたとき、ふいにドアベルが鳴った。参加者の女性が、ああ、だれそれが来たようだと言ったが、名前は聞きとれなかった。彼女がドアをあけ、杖をついた女性がはいってきた。僕は新しい客を見ようと顔を上げた。そして電撃に打たれたようになった。彼女もこちらを見て絶句している。

これは夢か。夢なのか。

琪琪《チーチー》がいる。僕の琪琪《チーチー》が。

瞬時に周囲のすべてが消えた。宇宙全体が消し飛んだ。天地のあいだに琪琪《チーチー》と僕だけになった。おたがいの顔をただ見つめあう。運命の女神はなんと過酷でいたずらなのか。十年以上におよぶ艱難辛苦と変転の末に、太平洋の反対側で再会させるとは。

震えながら近づき、しっかりと抱きあった。涙は滂《ぼう》沱《だ》と流れ、嗚咽が全身を揺さぶる。ほかの人々は僕らが特別な関係らしいと理解して早々に去り、二人だけにしてくれた。

琪琪《チーチー》によると、あの夜、彼女は撃たれて意識を失った。気がついたとき、小型車が通りかかったのを見て大声で助けを求めたところ、数人の外国人が降りて駆け寄ってきた。それを見たところでまた意識を失った。車はアメリカの報道クルーのものだった。現場から中継する予定だったが、危険な状況になったために避難をはじめたところで、琪琪《チーチー》を救助した。それからアメリカ大使館へ運ばれ、館内の医師に応急処置をされた。

大使館には柴《チャイ》令《リン》や運動の幹部メンバーも逃げこんでいた。僕は死んだと彼らから聞かされたという。

柴《チャイ》令《リン》たちは中国当局から追われる身で、琪琪《チーチー》はまだ治療が必要だったため、いっしょに政治的亡命を申請して承認された。こうして大使館の保護のもとに傷心の北京を離れ、運動のメンバーたちといっしょにニューヨークに来た。

その後しばらくは中国の詳しい情勢がわからず、連絡をとった相手に迷惑がかかるのを恐れて、家族にもいっさい消息を知らせなかった。数年後にひそかに上海にもどって母親に会い、そこで僕が広州で結婚したことを知らされた。波風を立てたくなかったので、自分が生きていることは知らせないように母親に頼んだという。

銃弾を浴びた琪琪《チーチー》の体には後遺症が残った。片脚が不自由になり、母親になれなくなった。この国で身寄りのない彼女は、白人の老人と結婚した。しかし結婚生活は悲惨で、虐待を受けて離婚。その後、奨学金を申しこんで合格し、この大学で学んでいるという。

その夜はおたがいの苦労を語りあい、抱きあって泣いた。人生でもっとも大切な十年——いっしょにすごすはずだった十年を、時代の奔流によって失ってしまった。僕は「ごめん」とかぞえきれないほど言ったが、謝ってどうなるものでもない。残りの人生を彼女への償いにあて、本来の幸福をとりもどさせるために生きると誓った。

当然のように僕らはいっしょに住みはじめた。周囲の噂など気にしない。失った青春時代をとりもどすようにつねに寄り添い、いっしょに行動した。琪琪《チーチー》はグリーンカードを取得していた。つまり彼女と住んでいるかぎり僕は在留資格がある。中国の国内情勢は悪化の一途をたどり、ついにベトナムと戦争をはじめた。琪琪《チーチー》は僕を帰国させない考えだった。

とはいえ沈《シェン》・倩《チェン》と息子のことを忘れたわけではなかった。家族としてすごした数年間は簡単に切り捨てられない。僕が大学院に行きはじめてから沈《シェン》・倩《チェン》は女手一つで家族をささえ、僕の成功に期待をかけていた。その僕がアメリカにとどまるのは、あまりにひどい裏切りだろう。

琪琪《チーチー》との再会で昔日の幸福を多少なりととりもどした一方で、ジレンマに悶々とした。しかし臆病な僕は現在の幸福におぼれ、未来の選択から逃げていた。

10

ニューヨークには一年以上滞在した。生活が落ち着いてからは研究に没頭した。文学、政治、哲学の専門書を読みふけり、理解を深めた。たまに琪琪《チーチー》の車椅子を押してバッテリーパークへ散歩に出かけ、青い海のむこうに立つ自由の女神像を眺めながら、中国の運命と世界の未来について語りあった。

アメリカでの指導教官は僕の論文を高く評価してくれた。そして学部の比較文学論の講師のポストに空きがあり、僕が申しこめば有望だろうと教えてくれた。教職につけば博士課程まで残れる。僕はよろこびいさんで申請した。

しかしそれと前後して、沈倩《シェン・チェン》から手紙が届いた。

この世にすきまのない壁はない。太平洋をへだてても、琪琪《チーチー》と僕の噂は中国まで届いたらしい。沈倩《シェン・チェン》の文面は冷静ながら、強く説明を求めていた。僕は腹をくくった。一時帰国して事情を説明することにした。

当初、琪琪《チーチー》は同行するつもりでいた。しかし思いとどまらせた。僕といっしょに琪琪《チーチー》まであらわれるのは、沈倩《シェン・チェン》の心情を察するに賢明なやり方ではない。一対一で話すべきだ。

空港で琪琪《チーチー》と別れた。青緑のジャケットをはおり、杖を片手に手すりにもたれ、出国手続きへむかう僕を見送る彼女。ふりかえってそれを見た。あたかも夫の帰りを待ちつづけて海辺で石に変わった伝説の妻のように、その姿は何十年たってもまぶたに残り、心臓に焼きついている。

帰国すると、沈倩《シェン・チェン》は上機嫌だった。手紙に書いたことはいっさい口に出さず、エプロンをしてキッチンで忙しく僕の好物料理をつくった。京醤肉絲《ジンジアンロウスー》(細切り肉の味噌炒め)、竹筍焼肉《ジュースンシャオロー》(筍と豚肉の角煮)、香菇燉鶏《シアングードゥンジー》(椎茸と鶏の蒸し物)……。アメリカでは食べたくても食べられないものばかりだ。食卓でもアメリカの生活については訊かず、国内事情を話しつづけた。物資はほとんどが配給制になったこと。農村改革によって農民は自前の農地を持たず、人民公社で共同作業するようになったこと。鄧麗君《ドン・リージュン》（テレサ・テン）の歌が批判を受けて禁止されたこと。沈倩《シェン・チェン》の新聞社ではマルクス主義の正統性をめぐって論争になっているこ と……。小宝《シアオバオ》はお土産のロボットを手に走りまわって遊んでいた。無邪気な息子とやさしい妻のまえで、〝離婚〟という言葉は口に出せなかった。

夜になってベッドにはいると、沈倩《シェン・チェン》は僕に抱きつき熱烈に口づけしてきた。体が震えているのがわかる。僕は意を決し、そっと押しのけた。

「倩《チェン》、話がある」

「そんなのあとでいいでしょう」また僕の首に腕を巻きつけ、ささやく。「夜はまだ長いのよ。先に――」

「離婚してほしい」

気持ちが折れるまえに急いで言った。沈倩《シェン・チェン》は体をこわばらせた。

「やめて、悪い冗談は」

「冗談じゃない。琪琪《チーチー》はアメリカで生きていた。僕たちは……」

そこで言葉が詰まった。しかし沈倩《シェン・チェン》は聞くまでもなく理解し、体を起こした。

「もう決めたの？」

「そうだ」

「なるほどね」顔は紙のように白くなり、目は憤怒で吊り上がった。「あなたが趙琪《ジャオ・チー》と暮らしてることは知ってる。十年前に恋人関係だったことも。でもわたしは？　この結婚につぎこんだ十年近くはなんだったの？　あなたと息子を食べさせていくためにわたしが身を粉にして働かなかったら、あなたに渡米のチャンスはなかったし、昔の恋人にも会えなかった。なのにそれを果たしたら、履き古した靴みたいにわたしを捨てるの？」

「ちがう、聞いてくれ！　償いは……する。慰謝料を……」

さまざまな言い訳やもっともらしい言葉を用意していたのに、頭からすっかり消えていた。口をついて出た言葉は露骨きわまりなく、偽善的で稚拙だ。

沈倩《シェン・チェン》は冷笑して、ベッドから出ると、靴さえ履かずに出ていった。

「どこへ行くんだ。夜中だぞ」

家を出るつもりかと心配して僕も起きた。

沈倩《シェン・チェン》が出たのは玄関ではなくバルコニーだった。外から鍵をかけている。両手に背にまわしてむきなおり、白いパジャマを呼吸でわずかに揺らすさまは、暗夜にあらわれた冷然たる幽霊のようだ。飛び下りるつもりかと恐れた。

「やめろ！　落ち着いて話しあおう」僕は懇願した。

「なにを心配してるの」沈倩《シェン・チェン》はあざけった。「わたしが死ねば、あなたと趙琪《ジャオ・チー》にとっては好都合でしょう。大丈夫よ。思いどおりにはさせないから」

そして両手を上げて、なにかをバルコニーのむこうへ捨てた。紙束が雪の粉のように舞い落ちる。

僕のパスポートと関連証書だ。

背後で目覚めた息子が大声で泣き出した。

沈倩《シェン・チェン》は小宝《シアオバオ》をつれて実家にもどった。翌日、義父母と義理の叔父が来て玄関先で長いこと怒鳴り声をあげた。僕は室内に隠れているしかなかった。悪事千里を走るで、噂はたちまち隣近所と大学内に広まった。話には尾ひれがつき、僕が国外の有力で裕福な女をみつけて、大衆歌劇の悪辣な夫、陳世美《チェン・シーメイ》さながらに妻子を捨てたことになっていた。世間の目が集まり、一歩でも家から出ると後ろ指をさされた。敬愛する恩師からも叱責され、弁解できなかった。父は心痛から寝こんでしまった。

生きづらくなった。流れに逆らえば一歩ごとに抵抗にあう。帰国したことを後悔した。心を鬼にして海外にとどまるべきだった。こうなってしまうと再出国は不可能だ。パスポートの再発行には大量の書類が必要で、個人的評判が地に落ちたいま、学部の推薦状は望めない。進退きわまった。戦うには力がなく、屈するにはあきらめがつかない。

半年後にようやく状況が動いた。沈倩《シェン・チェン》は僕を憎みながらも、一生くびきにかけておくつもりはなかった。息子の養育権とひきかえに離婚に同意した。僕は条件をのみ、慰謝料と養育費の支払いを約束した。すべてが決着したあと、琪琪《チーチー》に国際電話をかけて報告した。とてもよろこんでくれた。僕は出国できないが、彼女が来月帰国し、国内で結婚すれば、いっしょに出国できる。

僕は琪琪《チーチー》の到着便を心待ちにした。しかしその便は来なかった。

翌月から毛沢東時代がはじまったのだ。

11

政府は、〝買うより造れ〟という政策を何年も続けていた。これは見せかけの経済発展とひきかえに、国内の産業インフラを空洞化させた。貧富の差が拡大し、政府への怨嗟の声が高まった。すると、ある正体不明の名前が人々の口の端にのぼりはじめ、全国に広まった。彼こそ中国の新しい希望と人々は言った。

その名は毛沢東。

数年前までは四川省の党委員会書記として重慶を拠点にしていた。〝唱紅打黒〟をかかげ、人々に革命歌を歌わせて犯罪組織の検挙キャンペーンをおこなった。これが重慶を繁栄に導いた。一般市民、とりわけ農村部の貧しい農民から支持された。中央政府の華国鋒はこの毛沢東に大きな影響を受けた。そしてみずからが権力の座についたあとは、毛の建議をいれて、いわゆる無産階級文化大革命を開始した。共産党内の隠れ資本主義者をあぶりだすことが目的だった。この大衆運動は全国に広がり、国内の政治権力は一夜にして再構成された。鄧小平、葉剣英、胡耀邦などはたちまち失脚した。毛沢東は全国の支持を受けて党主席に選出された。

毛は最高指導者になったあとも文革を継続した。とくにきびしく批判したのが鄧小平とその右傾化だ。鄧の思想を〝洋奴哲学〟として集中攻撃し、対外開放政策を撤廃、外国との交通を遮断した。まもなくアメリカも正式に中国との国交を断絶。僕がアメリカを再訪するすべも、琪琪《チーチー》が帰国するすべも失われた。僕らはふたたび歴史によって分断されたのだ。

文革初期は、毛沢東の個人崇拝がはびこったくらいで、まだ暴力的な運動にはなっていなかった。僕は恩師に推挙してもらえたおかげで、大学院を出たあとも講師として大学に残れた。大学はすでに学生募集を停止し、知識人の社会的地位は低下の一途だったが、論文を書いて生活することはまだできた。といってもその内容はマルクス・レーニン主義の研究や、儒教批判や、共産主義の視点からの中国史の再解釈など、中央の意向にしたがったものばかりだった。文革のために離婚手続きも中断し、沈倩《シェン・チェン》と僕は不本意ながら同居生活を再開した。

家と職場を往復し、政治の本を読むだけの日々が何年も続いた。革命は順調に進行中といいながら、生活はよどんだ水のように停滞した。この時代は明るい色の服さえ禁止された。文化も娯楽も、封建主義やアメリカの資本主義やソビエトの修正主義に毒されているとされた。許されたのは八つの模範的革命劇だけだ。

あるとき僕は公衆便所で、汚れてほころびた『ハリー・ポッターと賢者の石』を拾った。うれしさに目頭が熱くなった。こっそり持ち帰って何度か読んだが、禁書所持が発覚するのを恐れて最後は焼き捨てた。

最高指導者の新しい文書を読みながら、過ぎ去った時代を思い出し、あれらはどこへいったのだろうと考えた。ベルボトムのジーンズと鄧麗君《ドン・リージュン》の歌が大通りにあふれていた青年時代。香港四天王や台湾のテレビドラマが全国的に人気だった少年時代。ネットゲームやオリンピックや3D映画があった幼年時代。あれらは本当に存在したのだろうか。どこから来てどこへ消えたのか。すべては一場の夢だったのか。

あるいは時間のゲームか。時間とはなにか。残るのは虚無か。僕らのまえには虚無があり、僕らのうしろにも虚無がある。

太平洋のむこう側で愛した女性のことを思って苦悩に身を焦がされる夜更けもあった。愛におぼれながら異国で思索を重ねた日々。たしかな現実感がある一方で、南柯《なんか》の夢のようにも感じた。あのとき琪琪《チーチー》の言うとおりにアメリカにとどまっていたら、いまどうだっただろう。幸福だっただろうか。それともさらに深い幻滅を味わっていただろうか。

それでも愛する人といっしょにいられたはずだ。

実際にはアメリカも王道楽土ではなかった。人民日報によれば、アメリカは国外で軍事力をかさにきてベトナム戦争の泥沼におちいり、国内では人種問題が日々激化していた。中東戦争で石油危機が起きて資本家は周章狼狽《しゅうしょうろうばい》。左派運動も勢いを増していた。

一方でソ連とその陣営は日ましに強大になっていた。冷戦は拡大し、超大国間の代理戦争がほぼすべての大陸で起きていた。弾道ミサイルを搭載した原潜があらゆる大洋の深海を遊弋《ゆうよく》し、その核弾頭は一発で大都市を消滅させる威力を持つ。地下サイロにはさらに多くの大陸間弾道弾がひそみ、命令一下で僕らの頭上に死の雨を降らせる。まさに死神が地球上空を徘徊し、全人類を一撃で地獄へ送ろうと待ちかまえている。そのときは中国人もアメリカ人も行き先はおなじだ。

子どものころにはやった世界終末の噂を思い出した。あの予言は本当だったのかもしれない。ただし一瞬で世界が終わるのではなく、何十年あるいは何百年もかけて徐々に終わりが訪れるのではないか。あるいは僕が生まれるまえにすでに世界は破滅していて、以後の僕の経験は死に際の世界が見る走馬燈の幻影なのかもしれない。真実はだれにもわからない。

　文革がはじまって四年目、一通の手紙がアメリカから届いた。アメリカの切手を見て心臓が停まるかと思った。外国人との文通はきびしい取り調べの対象になる。しかし文面はしごく無害で、簡略な挨拶と革命的な文言を組みあわせた、とくに内容のない文章ではじまっていた。

謝宝生《シェ・バオション》同志へ

　まずはわれらが心に燦然と輝く赤き太陽、毛主席のご健康とご長寿をともに慶祝したいと思います！　主席の御製に、〝四海翻騰《ほんとう》して雲水怒り、五洲震盪《しんとう》して風雷激し〟とあるとおり、アメリカでは毛沢東思想にしたがって公民権運動と左派革命運動が火と燃えています！　ウォール街の資本家は人民の覚醒に震撼しています！　まさに偉大なる領袖、毛主席が説かれたとおり、革命の形勢は順調ならず大順調です！

　さて、同志はご健勝でしょうか……。

　いうまでもなく琪琪《チーチー》からの手紙だ。大学に届けられたので、まず学部駐在の工宣隊(注3)の隊長の手に渡った。彼はいぶかしげに何度も読むと、顔を上げて僕をにらみ、机を叩いて大喝した。

「謝宝生《シェ・バオション》、人民の目はごまかせないぞ！　海外の連絡相手が何人いるのか白状しろ！　この手紙の差出人の女人とはどんな関係だ？」

　僕は一笑した。

「うるさいな！　おまえが一番よく知ってるはずだろう。さっさと読ませてくれ」

偶然も偶然、この工宣隊隊長は旧友の黒子《ヘイズー》だった。ごく普通の工場労働者だったのに、どういうわけか文革の波にのって工宣隊にはいり、いまは僕のいる北京大に進駐して、最高指導者の指示を現場に伝える役目をはたしている。高卒止まりの男が中国最高学府の最重要人物になっているわけだ。

彼がいなかったら、僕はこの手紙のためにとても厄介な立場におちいっただろう。

黒子《ヘイズー》は手紙を渡しながら、読んだら焼き捨てろと忠告した。僕は琪琪《チーチー》の手紙を何度も何度も、行間まで読んだ。まず、彼女は学位を取得して、いまはアメリカの大学で中国文学を教えているそうだ。そしていまも未婚で、帰国して僕と再会する機会を待っているという。僕は声を漏らし、涙をぬぐった。琪琪《チーチー》と別れてから五年がたっていたが、彼女はまだ僕を思ってくれている。しかし手だてがない。政治状況が以前とは変わってしまったのだ。たとえ彼女が帰国できても、僕らは決して結ばれないことを知りつつ、おたがいの手をとって見つめあうことしかできない。この時期ひそかに手書きコピー誌として回し読みされたアングラ小説『二度目の握手』の主人公、蘇冠蘭《スー・グワンラン》と丁浩瓊《ディン・ジエチオン》とおなじだ。

もちろん僕の思いなど関係ない。こちらからアメリカへ手紙を送る手段はないのだから。

琪琪《チーチー》の手紙は自宅の書類の山にでも隠そうと思い、持ち帰った。沈倩《シェン・チェン》に見られるわけにはいかないが、焼くのも忍びない。考えた末に、琪琪《チーチー》の古い忘れ物の本、『花季雨季』のページのあいだに隠した。この本もまた封建主義、資本主義、修正主義思想の産物だが、さすがに捨てられなかった。古着にくるんで、みつからないように箱の奥底にしまった。

12

琪琪《チーチー》が帰国する望みはないと頭でわかっていても、心の隅ではまだ利己的な希望を残していた。そのころアメリカのニクソン大統領が訪中した。中国と同盟関係を築いて対ソ包囲網を敷こうという狙いだ。中米関係が改善方向になったことで僕の希望も再燃した。ところがどういうわけかニクソンと毛沢東は会談で決裂した。それどころか怒ったアメリカは国連安保理をあやつって、国連から中華人民共和国を追い出し、台湾を"正統な"中国代表にさだめた。中米間をつなぐ最後の糸もこうして切れてしまった。

琪琪《チーチー》は帰らず、新たな手紙も届かなかった。

文革六年目、父が他界した。その数日前、中国は人工衛星、東方紅を打ち上げた。中国が衛星を軌道に送るのはひさしぶりで、人々は熱狂し、新聞の一面大見出しで報道された。父は死の床から僕の手をとって言った。

「わたしが若いころ、中国はかぞえきれないほどの衛星を飛ばしていた。有人宇宙船や宇宙ステーションもあった。しかしいまはあんなちっぽけな衛星一基を打ち上げただけで偉業として騒がれる。この世界はいったいどうなってしまったんだ？」

うまく答えられなかった。僕が子どものころの世界はたしかに存在したはずなのに、いまはSFの世界のように遠くに感じられる。父は目を閉じて息を引きとった。

実際には科学技術は進歩していた。この翌年、アメリカはアポロ計画で月面着陸に成功した。過去にない偉業だ。月面にひるがえる星条旗に世界は驚いた。中国にとっては悔しいニュースだった。毛主席は、東西どちらの陣営にも属しない第三世界の領袖に中国がなるという世界革命論を発表した。これにより中米間と中ソ間の二極が緊張した。中ソには珍宝島をめぐる国

境紛争もあり、中国は完全に孤立した。僕がアメリカの月着陸を知ったのは、禁止されているアメリカのラジオ放送を通じてだった。

二年後、息子が成長して青年になった。血気盛んな彼らの世代は、僕らとは異質だった。鄧小平の改革開放時代を知らず、毛沢東思想のプロパガンダに染まって育った。西洋文化にふれた経験がなく、中国の伝統文化も知らない。ひたすら毛主席を崇拝し、その革命路線を死守することが使命と信じている。打倒クレムリン、打倒ホワイトハウス、解放全人類と叫んで革命に闘志を燃やす。

息子は小宝《シアオバオ》という、あまり革命的でない名前が気にいらず、衛東《ウェイドン》と改名した。高校在学中に紅衛兵に加入し、学校をやめて仲間たちと〝大串連〟という全国運動に出たいと言いだした。全国の紅衛兵が集まって革命の経験交流をするものだ。沈倩《シェン・チェン》も僕も心配した。しかしこれは北京の指導部が推奨していることだ。煮えきらない返事を二言三言聞いたところで、息子は赤い毛主席語録をかかげて父母を階級の敵と非難した。こうなると引きとめようがない。

しかしもっと凶悪な嵐がわが家を待ち受けていた。

紅衛兵運動が盛んになると、彼らは教師を〝反動学術権威〟と呼んで非難しはじめた。どの学校にも紅衛兵が乗りこみ、批闘会という吊し上げ集会を開いて革命の敵を糾弾、暴行した。僕の恩師は留学帰りの高名な教授で、それゆえ真っ先に標的にされた。僕も第二の標的として引き出された。二人とも髪を半分剃り落とされ、長い三角棒をかぶらされた。両腕を左右に引っぱられ、頭を押さえられて平伏する〝噴気式〟というすわり方を強制された。恩師は殴打され、昏倒したところでようやく批闘会が終わった。

僕は恩師を助け起こした。名前を呼んでも意識がもどらない。黒子《ヘイズー》の手を借りて急いで病院に運んだが、手遅れで数日後に亡くなった。

紅衛兵は恩師を殺害しただけであきたらず、僕を監禁して歴史問題について尋問した。ようするに二十年前に発生した反革命的暴乱、天安門事件への関与についてだ。僕は学術的詭弁を弄して論を張った。

「抗議の対象は鄧小平とその黒い路線に対してだった。民主を求めて大鳴大放した。これは毛主席の革命思想と一致する。北京の人民もこぞって運動に参加した。これをしていかに反革命と呼ぶのか？」

これを論破できるほど弁の立つ者は紅衛兵にいなかった。外国との連絡の証拠も出てこなかった。アメリカに関係する文書類は事前にすべて裏庭で焼いたり埋めたりしていた。琪琪《チーチー》と関係するものは無実とみなされた。

しかし最終的に僕を救ったのはおそらく旧友黒子《ヘイズー》の存在だったのだろう。

釈放されて帰宅してみると、今度は沈《シェン・》倩《チェン》が連行されていた。新聞社を襲った造反派に連れ去られたのだ。

沈《シェン・》倩《チェン》がかつて劉《リウ・》小《シ》波《ャオボー》の長年の愛人だったことが、どこかの大字報（壁新聞）で暴露されたらしかった。劉《リウ・》小《シ》波《ャオボー》は隠れなき反革命極右分子だ。なにしろ中国が救われるには外国に三百年ほど植民地化される必要があると公然と主張し、資産階級の法的権利を認めよという零八憲章を起草した人物だ。しかも男女関係は乱れていた。そんな彼は死してなお影響力があった。沈《シェン・》倩《チェン》は数年間、劉《リウ》の愛人だったのだから少なからぬ秘密を知っているだろうし、男女間のことも話すだろう。造反派は舌なめずりした。彼らは新聞社の一角を〝牛舎〟と呼ぶ非公式の牢屋にして、沈《シェン・》倩《チェン》を尋問した。

一週間にわたって沈《シェン・》倩《チェン》は監禁され、面会は許されなかった。ようやく帰ってきたときは痩せ細り、丸坊主にされ、腕も脚も殴打痕だらけだった。目は焦点があわず、僕がだれかもわからない。茫然自失からやっと回復すると、僕の腕のなかではげしく泣いてやまなかった。

監禁中のことは話さなかったし、訊かなかった。しかしまもなく、かつて劉小波《リウ・シアオボー》と親交のあった文化人たちが次々と連行、監禁された。沈倩《シェン・チェン》の自白内容が彼らを告発する鉄の証拠になったと噂された。しかし沈倩《シェン・チェン》は責められない。この時代はだれでも生き延びるのが第一で、良心は贅沢品だったのだ。

こうして沈倩《シェン・チェン》と僕は反革命分子を意味する〝黒七類〟の烙印を捺された。大串連から帰ってきた息子は、父母がもはや救いがたい階級の敵になったことを知った。この事実は家族にも累がおよび、息子は今後、犬畜生の子と侮蔑されることになる。耐えがたく思った息子は、沈倩《シェン・チェン》と僕を糾弾する大字報を高校に張り出し、知るかぎりの父母の〝罪行〟を書きつらねた。そして衆人環視のなかで僕を平手打ちして、父子の縁を切ると宣言し、敢然たる革命闘士の誇りを背に歩き去った。僕は怒りで気絶しそうだった。


息子が去ってしばらく僕らは腹をたてていたが、数日もすると心配になってきた。消息を尋ねてまわったが情報はなかった。二カ月後に、黒子《ヘイズー》の息子の小黒《シアオヘイ》がやってきた。

「あの、謝《シェ》おじさん……お話があるので、すわって聞いてください」

小黒《シアオヘイ》と息子は親友だった。悪い知らせだと直感した僕は深呼吸した。

「それで？」

「衛東《ウェイドン》は……彼は……」

心胆が寒くなり、世界がゆらいだ気がした。それでも気を強く持って聞きつづけた。

息子と小黒《シアオヘイ》は紅衛兵の四一四兵団という一派に所属していた。息子は小隊長に昇進していたが、父母の不名誉が原因で降格どころか追放されそうになった。息子は反動家庭と絶縁したことや、革命路線への完全な忠誠を証明するために、危険な最前線任務をすすんで引き受けるようになった。そして数日前、大学でべつの派閥との武闘があり、息子はいつものように鉄パイプを手に先頭で突撃した。ところが敵の手には軍から入手したライフルがあり、銃声が響いたと思うと、息子の胸に大穴があいて倒れた……。

話を聞き終えるまえに僕は気を失った。

13

息子の死によって沈《シェン・チェン》倩と僕は唯一の生きる希望を失った。二人とも一夜にして髪が白くなった。僕の母はショックと悲嘆のあまり亡くなった。沈《シェン・チェン》倩も僕も五十代なのに、はるかに老けこんだ。家のなかで無言ですごす日々が続いた。

この暗黒時代をどうやって生き延びたのかわからない。思い出したくもない。沈《シェン・チェン》倩と僕は岸に打ち上げられた魚のように、口から吐く泡でおたがいの鰓をなめあってようやく生き延びていた。それでもいずれ窒息死する運命だ。

一年後、文革が終わった。

毛沢東はしばらく表舞台から去り、劉少奇が国家主席になった。劉は周恩来首相とともに三自《さんじ》一包《いっぽう》と呼ぶ経済改革を実行した。限定的な自由市場をもうけ、人民公社による集団営農をやめて各戸に土地を分配した。国家は徐々に回復にむかった。大学は新入生の募集を再開した。知識人の待遇も改善された。数年後に沈《シェン・チェン》倩と僕は名誉回復され、右派のレッテルをはがされた。

しかし文革十年で大学は荒廃をきわめ、学部は人才が欠乏していた。僕は同僚たちから評価も高く、多数の授業を担当していたが、政治的過去が理由で党員になれず、低い地位にとどまっていた。思いきって当局に手紙を書き、生き残った数少ない知識人を国家のために活用してほしいと訴えたが、その後の音沙汰はなかった。

　すっかりあきらめていた一年後、ふいに運命の歯車がまわりはじめた。僕は正教授に昇格し、党員資格もあたえられた。さらにその勢いで学部長にまで選任された。まさに前途が開けた。

　地位を得てからは、文化界のエリートと知遇を得る機会が増えた。あるとき科学院院長の郭沫若《かくまつじゃく》と会った。そのとき非公式の話として教えられたところによると、僕の手紙を周首相が読み、過去の経歴を看過して昇進させるよう指示したのだという。首相の期待に応えるよう刻苦精励せよと郭院長からはげまされた。それからまもなく首相による大学視察の機会があり、そのときとくに僕との面談を求められた。緊張しつつも感謝の念を伝えると、首相は一笑して言われた。

「同志宝生《バオション》、きみは才人だ。いまわが国は科学と技術をよりどころに再興をめざしている。きみは過去にSF小説を書いたことがあるな。若者に科学への興味を持たせるために、ふたたび書いてくれないか」

　周首相のお墨付きと郭院長の手配のおかげで、僕の過去に書いた何冊かの小説が再版された。読者は新しい小説に飢えていたため、大きな好評をもって迎えられた。社会的地位が上がると、あちこちの雑誌から執筆依頼があった。それらをまとめた作品集を何冊か出すと、当代の名作家とさえ呼ばれるようになった。

　しかし自分の才能はもう枯渇しているとわかっていた。新作では政治的機微にふれる題材を避け、体制礼賛ばかりで新味はない。世の中はそういうものだ。僕の人生は終わった。それでもいくばくか影響力が残っているなら、才能ある若者を助けたい。そのための社会活動には積極的に参加した。

　いい時期は長続きせず、ふたたび苦難の時代がやってきた。中国がおこなった核実験を理由にソ連とアメリカは経済制裁をくわえてきた。食糧事情が逼迫し、配給が減らされ、通りは飢えた人々であふれた。毛主席さえ肉料理を食べるのをやめたと伝えられた。

それでも大都市の生活はましだった。農村では餓死者が出ていると黒子《ヘイズー》から聞いたが、報道規制されているので実態はわからない。また声高に議論するのも危険だった。文革が終わったとはいえ政治情勢はまだ緊迫していた。廬山《ろざん》会議で彭徳懐《ほうとくかい》国防部長が政府の政策に批判的な意見を述べてきびしく叱責されたとの噂も流れた。

翌年、沈《シェン・チェン》倩が亡くなった。餓死ではなく、肝臓癌だ。本来なら高級知識人の夫人として高度医療を受けて延命もできたはずだが、本人が拒否した。息子の死から立ち直れないままだった。それでも死の床で、僕の栄達を見届けたので安心して死ねると話した。

「わたしたちは……道教の説話に出てくる二匹の魚だったわね……陸に打ち上げられてもがき苦しみながら生き延びてきた。こんなことなら……あのとき出会わず、それぞれの川と湖で自由に生きたほうがよかった。悲しまないで……わたしは悲しくないから」

その手をとって言葉もなく涙に暮れながら、これまでのさまざまな出来事を思い出した。中学時代、僕らは教室の掃除当番として組まされ、みんなからカップルとして冷やかされた。実際には僕は彼女を好きではなく、彼女も僕を好きではなかった。掃除中は口をきかず、よそよそしかった。ところが僕は椅子に立って窓を拭いていて、足を滑らせてバランスを崩した。そして駆け寄ってささえようとした彼女を下敷きにして落ちてしまった。そろって脚を痛めて保健室で手当を受けながら、おかしな展開に思わず噴き出しながら、おまえが悪いと非難しあった……。薄れかけた遠い思い出。あれがその後のささえあう人生の予告だったのだろう。

沈《シェン・チェン》倩は弱々しい声で言った。

「ねえ……あの歌を聞きたい。もう長いこと聞いていないない昔の歌……歌ってくれる？」

どの歌のことかすぐわかった。彼女のお気にいりの曲、周華健《ジョウ・ホワジエン》の『風雨無阻』だ。中学の同窓会でみんなでよく歌った。歌詞はほとんど忘れてしまって、思い出せたのはほんの断片だ。愛と、切なさと、夢みるよろこびと、後悔。歌いながら声が震え、涙が流れた。かすれた声は音楽的でもなかった。

それで沈倩《シェン・チェン》はいっしょに唇を動かした。もう声は出ないが、昔日の旋律に陶然とひたった。ちょうど夕日が窓からさしこんで彼女にあたり、やつれた顔を金色に輝かせた。遠い昔の歌を、僕らはいつまでもいっしょに歌った。

14

数年におよんだ飢餓はようやく終わった。ソ連と中国はほころびた外交関係を修復し、貿易が再開された。ソ連からの莫大な援助で国民経済はゆっくりと回復に転じた。僕は六十歳に近づき、気持ちはさらに老いていた。残された時間で本を何冊か書こうと思い、学部長の職を辞した。しかし大学の副学長に推され、中国作家協会の常任委員にもなっていた。さらに全国人民代表大会の代表にも選出され、多忙で執筆する暇はなかった。

ある日、文化部部長の茅盾《ぼうじゅん》から電話があった。

「今晩、重要な外交行事があり、出席せよとの首相からのご指名だ。西洋の進歩的作家の訪問団で、その一人はきみが知っているはずだと首相はおっしゃっている」

「だれですか？」

「詳細は知らん。車を手配する」

その夜、乗せられた車は北京飯店に到着した。ここには国内随一の西洋式レストランがある。政府要人がずらりと顔をそろえ、歓迎の辞を述べたのは首相だった。外国人の客を見まわすと、〝僕が知っているはずの作家〟はすぐにわかった。わが目を疑った。

退屈なスピーチがいくつも続き、正式なディナーがふるまわれ、ようやく歓談の時間になった。僕はその人物に近づき、下手なフランス語で声をかけた。

「ボンソワール、ムッシュー・サルトル」

分厚い眼鏡ごしにジャン＝ポール・サルトルの青い瞳がこちらをむき、微笑んだ。

僕は英語に切り替えて簡単に自己紹介し、『存在と無』を読んで論文を書いたことや、その本人と中国で会えるとは思っていなかったことを話した。

サルトルは興味深げに眉を上げた。

「わたしも自著の熱心な読者が中国にいるとは思いませんでしたよ」

僕は小声で言った。

「文革前の中国であなたの本は広く読まれていました。多くの人があなたの思想に心酔しました。とはいえ、僕をふくめて多くはその内容を真に理解してはいません。それでもあなたの著作は思想的資源であり、それをもちいて世界を理解しようとつとめています」

「それを聞いてうれしく思います。しかしわたしの論考はそれほど強力ではありません。世界に対するあなた自身の思考こそが大きな価値を持ちます。考えることが重要なのです。しかし意外ですね。あなたは社会主義の理論家だと思っていました」

僕は苦笑いした。

「社会主義は僕たちの生き方です。しかしこの生き方が僕をふくめて多くの人々を実存主義者にしました。その一点で両者は通じるのでしょう」

「では、実存主義をどう考えていますか？」

「あなたの言葉を借りれば、〝実存は本質に先立つ〟です。本質を持たない深淵から世界の実存はあらわれる。時間以外のなににも依存せず、意味も持たない。あらゆる意味は世界のあとに生じる。そしてそれは根本的にでたらめである。この点に同意します。世界の実存は……でたらめである」

そこでしばし間をおき、長年不可解に思っていることを思いきって話した。

「この世界はなんなのでしょうか。どこから来て、どこへ行くのか。僕が生まれたときはインターネットが全世界をつなぎ、高速鉄道網が全国に通っていました。商店の棚にはものがあふれ、小説も映画もテレビ番組もなんでもあった。だれもが明るい未来を思い描いていた。ひるがえって現在は？　ウェブや携帯電話は消え去り、テレビもなくなりました。まるで後退する世界に住んでいるかのようだ。でたらめです。こうなったのは、この実存が本質を欠いているからでは？」

サルトルは微笑んだ。

「友よ、あなたの考えはわかります。しかしこれがでたらめとまでいえるでしょうか」

「もし世界の実存に意味があるなら、世界は進歩していくはずでしょう。そうでなければ人間の代々の努力は役に立たない。この世界は反転しているように思えます。あるいは真実世界のゆがんだ幻影か」

サルトルは首をふった。

「友よ、中国にはかつて偉大な哲学者、荘子がいましたね。彼はこんな説話を残しています。飼っている猿に栃の実をあたえるとき、朝に三個、夜に四個やると、猿は怒った。そこで朝に四個、夜に三個やると、猿はよろこんだと。この猿は愚かだと思いますか？」

「それは……そう思います。朝三暮四の故事は中国人の愚かさをあらわしています」

サルトルの目にわずかに冷笑的な光が浮かんだ。

「問題のありかがわからないようですね。われわれ人類とその説話の猿はおなじではないかと言っているのです。唯一の〝正しい〟歴史の順序を追求してどうするのですか。幸福と不幸の順序を逆転すれば、それを正常だと思うのでしょう。しかし歴史のなかに悪が存在するとして、順序を変えたらそれが消滅しますか？」

なにかを理解しかけている気がするが、それがなにか言葉にできない。

サルトルは続けた。

「進歩は永続的な概念ではありません。宇宙の一時的な段階にすぎない。わたしは科学者ではありませんが、物理学者によると宇宙は拡大と収縮をくりかえすそうです。老子の説く宇宙観、永遠の一開一合に通じます。時間は別方向に流れうる。あるいは一個以上の別方向を持ちうる。おそらく時間は多重の次元を持ち、無限の方向を選ぶことができる。人も事件も、あらゆる方式の配列組み合わせが可能なのです。ヘラクレイトスの箴言に、〝時間はサイコロ遊びをする子どもである。すなわち王権は子どものものである〟というのがありますが、これはどうでしょうか。時間がどんな方向にも流れるなら、この箴言は無意味です。世界は実存である。実存は本質に先立つ。その先立つ実存そのものが深い無のなかにある。それは事象の順序とはかかわりなく、でたらめです。たしかにあなたが言うとおり、別方向に流れる時間の上にはまったくべつの世界があるのかもしれない。そこでは人類は闇から光へ、悲劇から幸福へと進んでいるのかもしれない。しかしそれがよりよい宇宙とはかぎらない。結局、幸福な時代に生まれた者は幸福になり、不幸な時代に生まれた者は不幸になる。神の目から見ればおなじことです。米ソ大戦が起きたら世界は終わるという人がいます。しかし世界終末はとっくに来ているとわたしは思っています。世界が誕生した日から来ている。存在に慣れて気がつかないだけです。世界終末とはすべての破壊ではなく、すべてが意味を失うことです。世界が原初の混沌にもどり、なにも得られなくなることです」

サルトルは僕の応答をうながすようにいったん黙った。僕は頭が混乱していたが、しばらくして言った。

「では、人類に希望はありますか？」

「希望はつねに存在します」サルトルは重々しく言った。「しかし未来にあるとはかぎらない。なぜなら時間は決まった方向を持たないからです。希望があるのはいまここです。実存そのものにあり、無のなかにある。無が真に意味するのは自由です。人はつねに選択の自由がある。それが人間にあたえられた唯一の尊厳であり慰めです」

「おっしゃる理屈はわかります。しかし矮小な人類に選択の自由があると本当に思いますか?」きつい口調になって問うた。「三十年前、僕は太平洋のむこうで愛する女性と別れてこの国へ帰ってきました。いま彼女がどこにいるのか、生きているのかもわからない。僕は探しにいくという選択をできますか? 数年前この国では数千万人が餓死しました。可能なら彼らは生きる選択をしたかったはずです。それが可能でしたか? もっといえば、かつて偉大で高尚な人々が共産主義を選びました。それが人類を苦難から解放できると信じたからです。しかしその選択の結果は? 中国はどうなりましたか? 人間の自由など幻想です。安っぽい慰めです。この国の境遇は絶望的なままです」

サルトルはしばらく黙り、それから言った。

「あなたの言うとおりかもしれない。しかし自由とは、いつでも選択できるけれども、実現する保証はないということです。安っぽい慰めかもしれないが、人類にはこのような慰め以外ないのです」

サルトルの話を理解できたのか、自分でもよくわからなかった。あるいは本人も明瞭な話をできなかったのかもしれない。サルトルは中国に一カ月以上滞在し、その間に何度も会った。今回の対話に触発されたので、これを新著で書こうと言ってくれた。そして中国を去った彼とは二度と会う機会はなかった。

15

それからの数年間は共和国最後の黄金時代だった。文革は過去のものになり、あの数年間の反右派運動は歴史的過ちとして否定された。文化界では百花斉放百家争鳴が提唱され、活発で開放的な空気が広がった。中央は社会主義経済体制に調整が必要なことを認め、新たな民主主義改革をはじめて、一定の私営経済を許容した。中ソは蜜月期にはいり、ソ連の援助のもとに中国は全面的な発展建設を旨とする新五ヵ年計画を発表した。これに全国が湧きたち、労働意欲が高まった。人々はふたたび未来に希望をいだきはじめた。

しかし希望は続かなかった。ミサイル基地建設をめぐるキューバ危機が起きて東西陣営の緊張は頂点に達した。その後まもなくキューバのカストロ政権は倒れ、アメリカが支援するバティスタ独裁政権が樹立された。アメリカ大陸の共産主義勢力は駆逐され、ヨーロッパ大陸へ退却をしいられた。そして朝鮮半島が新たな対立点になった。三十八度線をはさんで両陣営の大軍が集結し、どちらが最初の一発を撃ったのかわからないまま、朝鮮戦争が勃発した。これには中国も無縁ではいられず、多くの志願兵が北朝鮮の支援にはいった。

中国とアメリカが直接戦火をまじえたのは、僕が生まれてからこれが初めてだった。中国がその歴史上もっとも弱く、平和と安寧を求めている時期をアメリカは狙ってきた。中国はきわめて不利だった。しかし人民志願軍はその勇猛さでもって朝鮮半島を攻め下り、米軍の侵攻を押し返して、三十八度線をはさんだ攻防を数年間続けた。これは大きな代償をともなった。戦死者は数十万人とも、一説では百万人ともいわれた。正確な数字はわからないが、毛主席のご子息も戦死されたことから、いかに激烈な戦闘だったかわかる。

この戦争は国家経済に大打撃をあたえた。物価は天井知らずとなり、人民の暮らしはさらに困窮して、政府への不満が鬱積した。そしていつからか、長らく禁忌扱いだった名前が人々の口にのぼりはじめた。

その名は蔣介石。

彼は筋金入りの反共主義者だ。両岸関係は長年緊張していたとはいえ、台湾に対して大陸は圧倒的な優勢にあったため、台湾のこれまでの指導者は事実上の独立政策をひたすら守り、大陸にむけては消極的な防衛策しかとってこなかった。しかし蔣介石は二十年前に政権の座についたときから、〝反攻大陸〟をかかげて本土奪還の意思を明確にしていた。さらにアメリカは、朝鮮半島の戦局が膠着状態におちいったことから台湾をけしかけはじめ、ここにいたって蔣介石は大陸出兵を宣言した。

アメリカの支援を受けた台湾軍機と軍艦が越境して大陸沿岸を徘徊し、広州、福州、上海などの都市上空で宣伝ビラを撒いた。台湾軍はビルマにはいって中国国境を侵し、雲南省を短期間に制圧したとの噂が流れた。西蔵（チベット）は自治回復を宣言し、北京の統治に反抗しはじめた。〝国軍〟の旗をかかげた盗賊が農村部で殺戮と略奪を働き、都市部では潜入したスパイが反共ポスターを街頭に貼りはじめた。

政府は反革命運動をきびしく取り締まったが、効果は薄かった。流言百出し、人心は動揺した。中央は朝鮮半島でアメリカと対峙する余裕がなくなり、停戦協定を結んで朝鮮戦争を終結させた。こうして帰国した大軍を国内情勢の鎮圧にむけて準備した。

この時点で蔣介石は全面攻撃を宣言した。僕の生後たもたれていた海峡の均衡は破れ、国共内戦がはじまった。

国民党軍はアメリカ第七艦隊の支援を受けて広州に上陸。北進して南京を陥落させた。中央は朝鮮帰りの軍を南部戦線にさしむけたが、疲弊した兵士たちは戦意にとぼしく、次々と国民党軍に投降。寝返って中華民国の青天白日旗をかかげた。長江以南は一年あまりで国民党軍の手に落ち、以北の命運も風前のともしびとなった。
　そんな騒然とした時期に、ソ連の関係者を通じて、思いがけずサルトルの新著が届けられた。本は中国訪問記で、僕についても多くのページが割かれていた。さらに長文の手紙も添えられ、当時の僕との対話について哲学的考察が書かれていた。かなり高度で難解な議論だったが、がまんして読んでいると、末尾近くのなにげない一文に目がとまり、衝撃を受けた。

　……ところで最近、ある中国系アメリカ人の学者がパリを訪れ、わたしに会いにきた。名前はジャオ・チーといい、数十年前に中国を出国したまま帰っていないとのことだった……。

　これは琪琪《チーチー》のことだ！　僕の琪琪《チーチー》だ！　天地がぐるりと反転した気がした。はやる気持ちを抑えて先を読む。

　……彼女は優秀な学者であり、ぜひ帰国して祖国での国家建設に参加したいとの願いを持っている。彼女にきみのことを話すと、北京を訪れたら会いにいきたいと言っていた……。

　手紙の残りは別件の議論で、どうでもよかった。しばらく頭が混乱してなにも考えられなかった。ようやく落ち着いてから、手紙の真意を考えた。一カ月以上にわたってサルトルを接待したときに、琪琪《チーチー》の話をして、アメリカを訪れる機会があったら彼女の消息を探してほしいと頼んでいた。手紙で琪琪《チーチー》と僕が他人であるような書き方になっているのは、検閲で不審を招かないためだろう。
　とにかく重要なのは、琪琪《チーチー》が北京を訪れて僕に会おうとしていることだ。現在の時局がこれを可能にしたといえる。これまで琪琪《チーチー》が帰国できなかったのは東西陣営の隔絶のためだ。その政治情勢が変化すれば障害はなくなる。

　サルトルが本当に言いたいのはこういうことだ。

　琪琪《チーチー》に再会したければ、なんとしても北京にいろ！

16

　期待を胸に北京で待つうちに、衝撃的な知らせが飛びこんできた。中華民国が中国全土の主権を回復したと、南京の蔣介石が宣言したのだ。首都は南京に移り、北京は旧名の北平にもどる。今後は北伐剿共《ほくばつそうきょう》（北進と共産党駆逐）をかかげ、中国統一をめざすという。

　翌日、老友の黒子《ヘイズー》が宣伝ビラを手にやってくると、開口一番に言った。

「なにしてるんだ。さっさと逃げろ」

「なぜ僕が逃げるんだ」むっとして訊いた。

「知らないのか」黒子《ヘイズー》は宣伝ビラをよこした。「今朝、国民党軍の飛行機が撒いていった」

　読んでみると、国民党軍は連戦連勝で共産党軍は敗走に次ぐ敗走、北平は解放間近という内容だった。戦犯以外の市民には危害をくわえないと宣言し、共産党軍の将兵は降伏せよと呼びかけている。

「これのどこが僕に関係あるんだ」

「裏を見ろ」

　裏返すと、そちらは共産党員主要戦犯のリストで、ぎっしりと名前が並んでいる。毛沢東、周恩来、劉少奇など百人以上。ほとんどが党や政府の要人だ。最後から二番目に旧知の郭沫若の名があった。最後の名前はもっと見覚えがあった。謝宝生《シェ・バオション》。

「な……なぜ僕の名がここに？」

「忘れたのか。ここ数年でいろんな官職についてるだろう。北京大学学長、中国文学芸術界連合会書記長、中国人民政治協商会議常任委員。国家行事の晩餐会にはかならず出席する。文化界でおまえと郭沫若は二大巨頭なんだよ」

「ただの名誉職だ。なにもしてない」

「関係ない。敵は本気だとしめすために名前を並べたんだ。そこにおまえもふくまれたってことさ」黒子《ヘイズー》はため息をついた。「蔣介石は南京で白色テロをやってるらしい。共産党員は粛清されて屍山血河、死体はみせしめで電柱から吊されてる。おまえがリストに載ってて、北京が陥落するなら……逃げたほうがいい」

僕は苦笑いした。

「事ここに至れば天命を待つのみさ。おまえはどうするつもりだ」

「女房と俺はもちろん息子についていく。小黒《シアオヘイ》はまだ軍にいる。じつは中央警衛団で党と政府の要人警護にあたっている。俺たちを東北へ逃がす手配をしてくれた。二日後に出発する。老友、おまえも準備しろ」

数日後、国民党軍が北京に迫った。すでに砲弾が市内に飛んできている。南京の新聞が回覧されてきて、そこに共産匪賊の罪行一覧と称する記事が掲載されていた。僕について書かれた欄を見ると、天安門事件で逮捕されて同志を売り、文革期には御用文人として体制の宣伝に協力し、官職を得てからは権力濫用して反対派を弾圧し、SF小説を書いて共産主義のプロパガンダに協力し、性的堕落を広め、専制独裁を称揚した……のだそうだ。ゆえに民衆の怒りを鎮めるには死刑でもたりないくらいだという。

笑った。人生でなにも成しえなかったと本人が嘆いているのに、この記事では絶大な権力で傍若無人にふるまった極悪人のように書かれている。

その夜、ドアをはげしく叩く完全武装の兵士たちに就寝中のところを起こされた。中央警衛団の小隊で、隊長は小黒《シアオヘイ》だった。

「謝《シェ》おじさん、中央からの命令であなたを市外の安全な場所へ護送します」

「避難するのか？」

「市内防衛をあずかる傅作義《ふさくぎ》の野郎が造反し、勝手に開城してしまったんです！」小黒《シアオヘイ》は憎々しげに言った。「すでに国民党の反動派が市内に攻めこんでいます。中央は千年の古都に戦火がおよぶのを避けるために、河北省の西柏坡《せいはくは》へ撤退を決断しました。いますぐここを出てください」

「いや、逃げる気はない。どうせ老い先は短い。悪あがきはせず天命にまかせるよ」

「謝《シエ》おじさんは戦犯リストに載ってるんですよ。ここにいたら確実に殺されます」

小黒《シアオヘイ》は説得を続けたが、僕は動かなかった。兵士の一人がしびれを切らし、銃をむけて言った。

「謝宝生《シエ・バオション》、残るというのは、革命を裏切って敵に降伏するということだ。ならばこの場で射殺する」

小黒《シアオヘイ》は部下の銃口を押し下げながら続けた。

「謝《シエ》おじさん、われわれは厳命を受けています。したがわないというなら、乱暴な手段に訴えます」

僕はため息をついた。

「わかった。荷物をまとめるから数分待ってくれ」

一時間後、僕は箱をかかえて四、五人の兵士たちとジープに乗り、闇夜にまぎれて一路西へむかった。北京市内は砲撃で破壊された建物も多く、道路は穴だらけでジープは揺れた。全市が停電し、街灯は消えて真っ暗だ。兵士ばかりで一般市民の姿はない。ときおり戦車とすれちがい、遠くに砲声が聞こえる。

四十年前の血塗られた夜を思い出させた。

ジープは長安街から天安門広場にはいった。冷々たる月光の下、かつて理想に燃えた数十万の若者たちが集った広場を見た。人民大会堂と人民英雄記念碑は砲撃で瓦礫と化し、広場中央の国旗掲揚台だけがぽつんと残っている。ただし五星紅旗はひるがえらず、地に落ちている。天安門城楼には数人の兵士がとりつき、毛主席の大肖像画をはずして避難させようとしている。なにもかも信じられない光景だ。生きているうちに国家の滅亡を見ることになろうとは。

　運命の荒波に揉まれつづけて多少のことには動じないつもりだったが、まだ未熟らしい。目がうるんで眼前の天安門が古い水彩画のようににじんだ。あるときは国慶節の軍事パレードがおこなわれ、あるときは学生運動で埋めつくされ、あるときは紅衛兵と毛主席の接見がおこなわれた。それらは雲散霧消してどこにもない。まさに南柯の夢。

　琪琪《チーチー》との再会の夢も散った。この都市で長らく彼女を待ったが、ようやくその帰国がかなうときに、僕の居場所は中国になくなった。もはや死ぬまで会えないのか。

　車上ではだれもが無言だった。ジープは戦火で荒廃した北京を離れ、黒々とした西山へむかった。

17

東山の灯に火が入り
西山を明るく照らす
あいだの広い平地に
思い人の姿は見えず

　黄土高原が眼前に横たわっている。荒涼たる黄土の大地が地平線へ広がり、天に届く。数千年の風雨によって無数の渓谷が刻まれ、あたかも僕の顔に年月が彫りこんだ皺のようだ。斜面に刻んだ痩せ土の段々畑は、古代よりこの地で生き延びてきた人々の辛苦の証だ。正面のほど近くに延安市の象徴である宝塔山がそびえ、その足もとを延河の黄色い水面が滔々と流れる。信天游と呼ばれるこの地方独特の民謡の一曲が山あいから聞こえ、澄んだ声がゆるやかに高原の千溝万壑《せんこうばんかく》に響いている。

「こういう場所でもラブソングが歌われるんだな」黒《ヘイ》子《ズー》が言った。「俺たちの若いころにも黄土高原を題材にした流行歌があったのを憶えてるか？　どんな場所か見てみたいと思いつづけて、やっと来られたと思ったら、そこが終の棲家になるとは。運命はおかしなもんだ」

　内戦が続くこの数年間、僕は人民解放軍とともに流浪した。まず河北省、次に中原の解放区、そして去年から延安に来ている。そこでこの老友と思わぬ再会をした。老境でのふたたびの縁にどちらも感慨無量だった。黒子《ヘイズー》は息子にしたがって東北から逃げてきたという。夫人は残念ながら長春包囲戦のさなかに亡くなったそうだ。

　解放軍にとって内戦初期は敗走の連続だったが、林《りん》彪《ぴょう》、彭徳懐、劉伯承《りゅうはくしょう》の指導の下に体制を立てなおし、一部では反攻をはじめた。蒋介石は南京で中華民国の総統に就任したが、戦線は混乱をきわめ、中国統一の夢ははたせなかった。共産党は北部に大きな解放区を保持し、戦局は一進一退で膠着状態。こんな内戦が数年続くうちに、国共いずれも戦いに倦み、停戦を宣言した。そして重慶で合作政府の樹立をめざして交渉をはじめたが、どちらも譲らないため交渉は難航した。

　中国が内戦で混乱しているとき、新たな強敵が登場した。日本で軍国主義者が政権につき、分裂した中国への侵略戦争をはじめたのだ。たちまち圧倒された蒋介石は南京から逐われ、重慶に臨時政府を移した。日本軍はフィリピンへ南下して太平洋戦争を開始。フィリピンに駐留していたアメリカ軍は不意をつかれて逃亡した。遠方のヨーロッパでは、ヒトラーという戦争マニアが軍を掌握してドイツの国家元首に就任。ただちにソ連に宣戦布告すると、東ドイツを奪還し、フランスにも侵攻した。世界史上初めての世界戦争がはじまった。

　冷戦は過去のものになった。長年にわたって仇敵同士だった米ソだが、独日伊の枢軸国に対抗するために同盟を結んだ。中国では、日本の攻勢による民族存亡の危機をまえにして、国共は怨讐の歴史を越えて民族統一戦線を組み、ともに抗日戦争をはじめた。こうして歴史の新たなページが開かれた。

僕は延安に到着して以後、政治とも組織ともかかわりを避けた。民謡の収集と伝統芸術の保存に専念し、楽しんだ。暮らしは楽ではない。伝統的な洞穴式住居の窰洞《ヤオトン》で寝起きし、地元の農民とおなじ雑穀を食べる。それでも幸運なのだろう。いまは戦時なのだ。

黒子《ヘイズー》と昔話をしていると、若い学生が息せききって山道を登ってくるのが見えた。胸をあえがせて言う。

「謝《シェ》先生、院に……先生に会いにきたという人が！」

「どんな人だ」

僕は立ち上がろうともしなかった。この年になるとちょっとやそっとでは興奮しない。

「高齢のご婦人です。アメリカから来たそうです」

僕は飛び上がって立ち、学生の肩をつかんだ。

「高齢の婦人だと？　名前は？　年は？」

「ええと……よくわかりません。六十すぎくらいかな。芸術院の院長と話していました。先生の知りあいのはずだと院長が」

アメリカから……六十すぎ……高齢の婦人……。琪《チー》琪《チー》だ。来たんだ。やっと帰ってきたんだ！

僕は走りだした。しかし自分の年を忘れていた。すぐに息が上がり、めまいに襲われた。足をゆるめると、黒子《ヘイズー》が追いついてきた。

「ほんとに琪琪《チーチー》かな」

「そうに決まってる。黒子《ヘイズー》、僕をひっぱたいてくれ。夢だったら困る」

真の友人である黒子《ヘイズー》は、本気で僕の頬をひっぱたいた。僕は頬をさすり、痛みをよろこんで笑った。

「はしゃぎすぎるな」黒子《ヘイズー》は言った。「趙琪《ジャオ・チー》は同い年なんだから、もう若い美人じゃない。最後に会ったのは何十年もまえだろう。がっかりするかもしれんぞ」

「どうでもいい。おたがいを見ろ。僕らは燃えつきる寸前の蠟燭だ。死ぬまえにもう一度会えれば本望だ」

黒子《ヘイズー》はにやりとした。

「年はとってもおまえはまだ健康だ。おまえの体の大事なところはまだ使えるんじゃないか。よし、おまえたちが結婚するなら、俺が立会人になろう」

僕は穏やかな気分で笑い、軽口を叩きながら山道を下った。芸術院に近づくと、ふたたび胸が高鳴りはじめた。

18

知らない女だった。

白人だ。白髪になりかけているが、もとはきれいな金髪だっただろうとわかる。鋭角的で特徴のある顔から青い瞳がこちらを見ている。若くはないが、いまも美人だ。

僕は失望した。あの学生は中国人か外国人かを言わなかった。

女は上手な中国語で言った。

「こんにちは。謝宝生《シェ・バオション》先生ですか？」

「そうだが、あなたは？」

「作家のアンナ・ルイーズ・ストロングです」

聞いたことがあった。アメリカ人の左派作家で、北京に長く住み、毛沢東時代の中国を西洋に紹介する本を何冊か書いている。毛主席とも周首相とも親しい。名前は知っているが、会ったことはなかった。沈倩《シェン・チェン》が亡くなる前後にアメリカに帰ったと聞いていた。その彼女が延安を再訪しても不思議はないが、僕になんの用か。

アンナは奇妙な表情でこちらを見ている。僕は悪い予感がした。彼女はためらってから言った。

「大事なお話があります。二人だけで話せませんか」

僕の住まいにしている窰洞に案内した。アンナはスーツケースから包みを出し、ていねいに開いた。取り出されたのは粗末な褐色の陶製の壺で、それをテーブルにおいて、こわばった顔で言った。

「趙琪《ジャオ・チー》さんの遺灰です」

僕は不審な思いでその壺を見つめた。この粗末な物体と、記憶のなかの軽やかで美しい琪琪《チーチー》とがつながらない。

「どういうことですか？」

衝撃で受けいれられないのではなく、純粋に理解できなかった。

「残念ですが……趙琪《ジャオ・チー》さんは亡くなりました」

窰洞の空気が凝固したように感じられた。身動きできず、言葉も出ない。

「大丈夫ですか？」

アンナが心配そうに訊いた。僕はしばらくしてうなずいた。

「大丈夫。ああ、水を一杯お持ちしましょう」

こんなときにつまらないことを思いつく自分が不思議だった。

再会の場面をかぞえきれないほど想像してきた一方で、もし琪琪《チーチー》の死去を知らされたら、自分はどんな反応をするだろうとも想像していた。感情を抑えきれず、慟哭するだろう。気を失うかもしれないと思った。しかし実際はどちらでもなかった。意外にも冷静に琪琪《チーチー》の訃報を受けとめている。自分の人生にハッピーエンドはないと、うすうすわかっていたのかもしれない。

「いつですか？」

「三日前、洛川県で」

アンナによれば、琪琪《チーチー》は僕の行方を長年探していた。戦犯リストに載せられた僕は、国内で多少知られた名前になったことから解放軍と行動をともにし、一時は西蔵に身を隠していた。抗日戦争がはじまると、国共合作によって共産党はアメリカと同盟関係になり、海外との往来に支障はなくなった。琪琪《チーチー》は僕が延安にいるという情報をつかみ、再会の期待を胸に帰国の船に乗った。その船上で、おなじく延安へ行くアンナと会って親しくなった。長旅の途上で琪琪《チーチー》は僕とのさまざまな出来事をすこしずつ語ったそうだ。

アンナと琪琪《チーチー》は香港に到着した。中国東部は大半が日本の占領下にあり、香港も陸の孤島のような状態だった。そこでふたたび海路で広西省へ移動し、そこから貴州省、四川省、陝西省へと北上した。そうやって遠まわりしてようやく延安に近づいたわけだ。

「しかし趙《ジャオ・》琪《チー》はもう若くありませんでした。脚の障害のために旅も困難でした。西安まで来たところで体調を崩し、それでも足手まといになるまいと無理を押して旅を続けたのですが、洛川県で病状が悪化して……戦時なので必要な薬も手にはいらず……手をつくしたのですが、救えませんでした」

アンナは嗚咽して続けられなくなった。僕は慰めた。

「自分を責めないでください。あなたは尽力してくださった」

アンナは奇妙な表情で僕を見た。落ち着きぶりが意外なようだ。そこで僕は頼んだ。

「アメリカでの彼女の暮らしぶりについて教えてくれませんか？」

僕が帰国したあと、琪琪《チーチー》はアメリカで勉強を続けながら、僕がもどるのを待った。何度か手紙を書いたが返事はなかった。博士号を取得したあとは大学で教えながら、再婚した。十年前にその夫が亡くなると、今度こそ帰国したいと考えた。国共内戦のために計画はすぐにはかなわなかったが、あきらめずに万里を越え、延安まであと三日というところで命が尽きたわけだ。遺体を運んで山越えはできないので、荼毘にふされた。ゆえに最後に一目会わせることもできなかった……。

「いいえ、会えましたよ」僕はさえぎり、骨壺を手にとった。「僕と琪琪《チーチー》はいまこうしていっしょになれた。もう離れることはない。ありがとう」

アンナの視線を忘れて僕は骨壺を胸に抱き、小さくつぶやいた。頰をつたうのは幸福の涙だ。

終章

宝塔山の頂きに建つ古い宝塔の隣に、血のように赤い夕日がかかっている。残照が北国の茫々たる山河を赤い金色に染めている。遠くにきらめく延河のほとりで、子どものような年の数人の兵士が無邪気に水遊びをしている。

僕は大樹の木陰にすわっていた。隣には琪琪《チーチー》がすわり、僕の肩に頭を寄せている。

人生の振り子が出発点にもどったようだ。荒波も変転も乗り越え、甘露も辛酸もなめつくした末に、僕らはふたたび寄り添っている。歳月の長さは重要ではないし、僕らの生死も重要ではない。ただこうしていっしょにいる。

僕は琪琪《チーチー》に話した。

「知らないと思うけど、きみのお母さんが文革期に亡くなったとき、お葬式を手伝ったんだ。きみの関連で実家は多少苦しいめにあったようだ。でも臨終は穏やかだったよ。そのときそばにいて、きみへの伝言を頼まれた。帰国せず、そっちで生きなさいと。でもきみが帰るつもりなのはわかっていたけどね……。

黒子《ヘイズー》を憶えているかい？　彼も延安にいる。年をとっても少年時代と変わらずやんちゃなやつだよ。先月話したときは、きみが帰ってきたら三人で宝塔山に登ろうと言っていた。子どものころみたいにね。大丈夫。低い山だし、脚がきつければ僕が背負う……。

僕の母は二十年前に亡くなった。わが家には代々受け継がれた翡翠《ひすい》の腕輪が二つある。母はそれをきみと僕に一つずつ譲るつもりだった。のちに一つは沈倩《シェン・チェン》に譲ったんだけど、封建主義の遺物だといって紅衛兵に割られてしまった。もう一個は僕が隠した。

いつかきみにあげようと思ってね。ほら、これだ。気にいってくれるかな」

背負った箱から布の包みを出して開き、小さな翡翠の腕輪を出した。そっとぬぐうと、夕日を浴びてきらめく。

「この箱にほかになにがはいっているかって？」僕は微笑んだ。「いろいろだよ。ずっと大事に持っていた。隠しつづけるのは楽じゃなかったよ。ほら」

思い出の宝物を一つ一つ出してみせた。高校時代に琪琪《チーチー》からもらった英語の手紙。おなじく『新概念英語』のカセットテープ。大学時代に雑誌から切り抜いた『東京ラブストーリー』の写真。つきあいはじめたときにもらった一束の髪。天安門広場ではずした紫のヘアクリップ。ニューヨーク時代にいっしょに撮った写真。文革期に受けとった革命用語だらけの手紙……。

一つ一つ手にとって眺め、思い出す。銀河のような遠い過去をのぞく時間望遠鏡か。あるいは歴史の海に潜って沈船から引き揚げた過去の宝物か。はるかな時代は時間の地層となって堆積し、正体不明の化石になる。しかしそれは種子でもある。いつか眠りから覚めて発芽し、魂の地表を割って出る……。

最後に箱の底から出したのは、あの『花季雨季』だ。中学時代の夏休みに琪琪《チーチー》がわが家を訪れたときの忘れ物。ひさしく読んでいない。五十年以上たってページは黄変し、もろくなっている。本を持ち、琪琪《チーチー》がかけた手製のカバーをなで、手書きの題名を見た。光沢のあるカレンダー用紙の手触りに奇妙なほど覚えがある。失われた世界への時空のトンネルが開くようだ。

すこし読んでみようと、そっと本を開いた。そのとき、さわった手に違和感があった。なにかある。気をつけてなでてみると、カレンダー用紙のカバーともとの表紙のあいだに、なにかはさまっているらしい。

カレンダー用紙のほうをそっとはずそうとしたが、本の装幀は予想以上にもろくなっていて、表紙ごと取れてしまった。そのあいだから色鮮やかな蝶のような四角い紙片がこぼれ落ち、夕日のなかでひらひらと舞って地面に落ちた。

拾い上げた。

高解像度の鮮明なカラー写真。デジタルカメラで撮影したものだろう。夜空には七色の花火。遠景にはパブリックビューイング用の大型スクリーンがあり、そこに壮大なスタジアムが映っている。憶えている。〝鳥の巣〟だ。前景にはカラフルな服装の人々。風船や国旗や綿あめやポップコーンを手にしている。みんな笑顔で、指さし、そぞろ歩きを楽しんでいる……。

その中央に二人の子ども。四歳くらいだ。一人は灰色のジャケットの男の子。もう一人はピンクのワンピースの女の子。並んで手をつないでいる。頭上の花火に照らされた天真爛漫な笑顔。

長いことその写真に見とれてから、裏返してみた。

そこにはきれいな字でこう書かれていた。

美羊羊《メイヤンヤン》は帰るけど
灰太狼《フイタイラン》は元気でね

そして笑顔の顔文字。

五十年以上前に琪琪《チーチー》はこっそりこれを僕にくれたのだ。〝忘れ物〟のこの本に隠して。そのプレゼントを僕はいまごろあけた。

アンナとの最後の会話を思い出した。

「臨終のときに遺言かなにかありましたか？」

「もうろうとした意識のなかでしたが……。過去へ帰り、あなたを待つと。どういう意味かわかりませんが」

「おそらくいつかみんなそこへ帰るのでしょう」

「どこへですか？」

「世界の原点、生命の原点、時間の原点……。天地も万物もまだはじまっていない場所。そこへ行けば、別方向の時間を選んで別の人生を生きられるはずです」

「よくわかりません」

「僕もよくわかりませんよ。僕たちの人生はこの謎を認識するためのものだったのかもしれない。最後にいたってようやく理解できるのです」

「そのときが来たんだな」僕は琪琪《チーチー》に小声で訊いた。「いっしょに帰ろう。いいね？」

琪琪《チーチー》はなにも言わない。

僕は目を閉じた。周囲の世界が崩れていく。地層が一枚ずつめくれ、時代が一つずつあらわれては虚無へ帰っていく。歴史の天空からきらめく名前の列が落ちてくる。これまで存在しなかったかのようだ。僕らは三十歳、二十歳、十五歳、五歳と帰っていく。僕と琪《チー》琪《チー》だけではない。沈倩《シェン・チェン》も、黒子《ヘイズー》も、みんなだ。それぞれの生命の原点へもどる。赤ん坊になり、胎児になる。世界の深淵の最深部。生まれたばかりの意識がうごめく場所。そこでは選ぶことができる。新しい世界を、新しい時間線を、新しい可能性を……。

太陽は東の地平線に沈んだ。長い一日が終わろうとしている。しかし明日ふたたび太陽は西から昇り、世界を温和な光で満たすだろう。山の斜面の段々畑では無数の罌粟《けし》の花が揺れ、残照を浴びて燦然と輝いていた。

著者付記

時間の流れについて書かれた多くの興味深い作品に対して、これはすこし変わっているかもしれない。主人公たちは普通に生きていくが、社会と政治の状況は逆もどりしていくのだ。

この奇妙な物語は、ごくありきたりなきっかけから生まれた。あるときだれかがインターネットの掲示板に、現代中国政治史のある有名な人物がもしいま権力の座についたら、ふたたび文革が起きるだろうと書きこんだ。そのとき私は同意できなかったが、一方でこんなことを考えた。私たちの世代が四十代や五十代で文革を経験することになったらどうだろう。社会が歴史をさかのぼりはじめたら、どんな人生になるだろうと。

　この物語は逆行する時間を描いたように見えるが、厳密にいうと、逆行しているのは時間ではなく歴史の流れだ。

　これは娯楽作品として書いたものであり、なんらかの政治的主張としては読まないでほしい。かりに政治的メッセージを付与するとしたら、これだけだ——わが国が経験したさまざまな歴史的悲劇が、将来においてくりかえされないことを願う。

（注1）現実の時間線では、武侠小説の三大巨匠として知られる金庸、古龍、梁羽生の代表作は、おもに一九八〇年以前に書かれている。黄易の作品が脚光を浴びはじめたのは一九九〇年代だ。

（注2）ここは中国SFファンの内輪うけジョークだ。現実の時間線では、姚海軍は中国（そして世界）最大の発行部数を誇るSF雑誌《科幻世界》の編集長だ。そしてこの作品の著者である宝樹は、劉慈欣の『三体』シリーズの二次創作作家としてデビューした。

（注3）工人毛沢東思想宣伝隊（工宣隊）は、文革期のユニークな存在だ。一般の労働者（工人）で組織され、大学や高校に進駐して監督したが、とくに紅衛兵の派閥間武力闘争を鎮圧することを目的とした。文革初期に導入され、多くの場合は混乱を鎮める役割をはたした。

（実在の政治家や事件関係者をモデルにした登場人物の一部は、中文版にしたがって変名で表記した——訳者）

郝景芳

ハオ・ジンファン

Hao Jingfang

郝景芳《ハオ・ジンファン》は数冊の長篇（このうち『放浪者』［原題：流浪苍穹］は二〇二〇年に英訳が刊行予定）と旅行エッセイの著者で、また《科幻世界》や《萌芽》、《新科幻》、《文芸風賞》などの各誌で多くの短篇を発表している。郝《ハオ》は自身を「ジャンル」小説の枠に縛り付けていない。例えば彼女の長篇『一九八四年に生まれて』［原題：生于一九八四］は純文学と受け取られている。彼女の作品は銀河賞や科幻星雲賞を受賞している。

学部時代は清華大学で物理学を専攻し、清華大学の天体物理センターで院生として研究を行った。その後、清華大学で経済学と経営学の博士号を取得し、現在は人民共和国国務院を補佐するシンクタンクでマクロ経済のアナリストとして勤務している。

郝《ハオ》は以前から中国のいびつな発展がもたらす負の影響、とりわけ最底辺にいて自分の境遇を変えられない人々について深く憂慮している。二〇一六年にヒューゴー賞ノヴェレット部門を受賞した「折りたたみ北京」（『折りたたみ北京 現代中国SFアンソロジー』に収録）は、社会の階層化がテクノロジーのもたらす生産性の向上によって強化される可能性に焦点を当てた物語だった。この受賞で世間の関心を引いた郝は、「童行計劃」という社会事業プロジェクトを創設し、中国農村部の極貧地域の子供たちの教育を促している。

「正月列車」はファッション誌《エル・チャイナ》から委嘱された作品で、一般読者の間にさえSFの文化的影響の高まりがある程度及んでいる状況を反映している。この現象について詳しくは巻末の飛氘《フェイダオ》のエッセイ「サイエンス・フィクション：もう恥じることはない」を参照してほしい。

（鳴庭真人訳）

正月列車

The New Year Train

大谷真弓訳

"The New Year Train" (« 过年回家 ») by Hao Jingfang (郝景芳), translated by Ken Liu. First Chinese publication: *ELLE China,* January 2017; first English publication in this volume. English text © 2017 Hao Jingfang and Ken Liu.

（オフィスにて：リポーターがカメラに向かって話している）

リポーター：この特別生中継は、旧中華通信社、中国近隣ＴＶ、人民ネットワークが合同でお届けいたします。いまは春節の帰省シーズンまっただなか――地上最大の人々の移動シーズンです。毎年、数百万人が飛行機、鉄道、バスを利用して、愛する人々のもとを訪れます。試験運用中の〈帰省列車〉とすべての乗客が消えるという、前代未聞の大量行方不明事件に、国じゅうの関心が集まっています。この騒動の中心人物として挙がっている唯一の名前が――〈帰省列車〉の考案者にして、運営会社のＣＥＯ――李大胖《リー・ダーパン》です。そこで、わたしたちは李《リー》氏の独占インタヴューをセッティングしました。

　ようこそお越しくださいました、李《リー》さん。さっそく本題に入りたいと思います。あなたの考案した列車が消え、千五百人以上の乗客の行方がわからなくなっています。この件について、視聴者のみなさんにどう説明しますか？

李《リー》：乗客の方々は行方不明になっているわけではありません。列車の不具合を修理しているだけです。

リポーター：列車から連絡があったんですか？

李《リー》：いいえ。だが、うちの監視装置を見るかぎり、列車は何の問題もありません。現在の通信不能の状況は、一時的なものでしょう。

リポーター：〈帰省列車〉の運用における基本理念を聞かせていただけますか？

李《リー》：では、最初からお話ししましょう。わたしには夢がありました。単純だが美しい夢です。旧正月に、誰もが愛する家族のもとへ帰省できるようにすること。それも長い行列を作ったり、寒いなかで待たされたり、乗り物にぎゅうぎゅう詰めにされたりすることなく――

――

リポーター：すみませんが、李《リー》さん、要点をお話しいただけますか？

李《リー》（紙きれを取り出し、カメラに向けて図を書く）：これが、われわれのいる時空連続体。時空のある地点からべつの地点へ移動するには、たいていの場合、ブラキストクローン曲線――またの名を最速降下曲線――をたどります。こんなふうに、いいですか？　だが、複数の小さいブラックホールを使って局所重力場を変更できれば、ある地点からもうひとつの地点まで完全に異なる時空曲線をたどることが可能になります。なにより、A地点を出発してB地点に到着するのに――

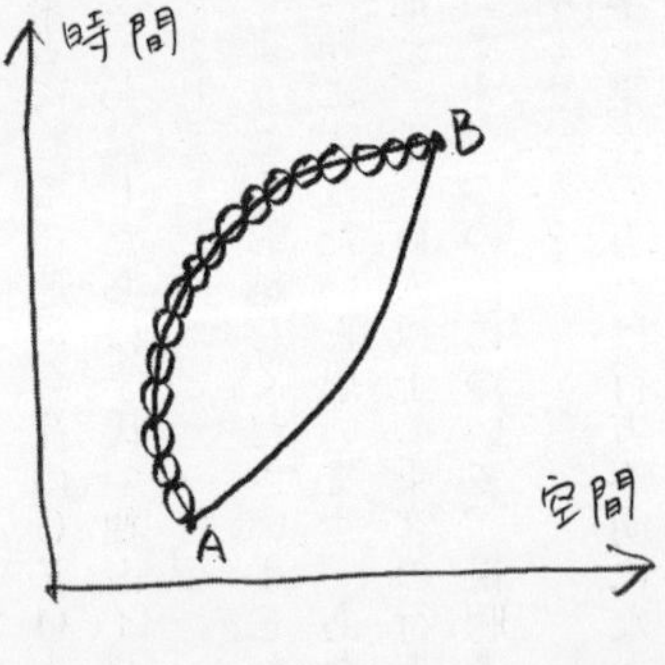

つまり、同じ時刻に同じ場所へ到達するのに――複数のまったく異なる曲線をたどることができるわけです。したがって、時空連続体への可能な道すじを増やすことにより、あらゆる輸送手段の積載能力を二倍、三倍、四倍、百倍にさえすることが可能なんです。わかりますか？

リポーター：……わたしには餃子《ぎょうざ》のようなものが見えます。

李《リー》：つまり、技術的な話をすれば、われわれは最速で下降するローカル曲線を作り、そうしたローカル曲線をつなぎ合わせ——

リポーター：いまは、数学のお話は置いておきましょう。それより、行方がわからなくなっている乗客のことについて、もっとお話をうかがえますか？　消えた列車はどこにいるんですか？

李《リー》：われわれのいる時空連続体のべつの地点です。

リポーター：それは……その、パラレルワールドのことですか？

李《リー》：違う！　同じ時空連続体のべつの地点です。われわれと同じ時間のべつの場所。あるいは、それまで彼らのいた同じ場所の違う時間に存在しているのです。

リポーター：……理論的なお話はこのへんで切り上げましょう。違う質問をさせてください。今回の事故以前に、〈帰省列車〉は関係当局から許可を受けていません。つまり、違法に切符を販売していたんですよね？

李《リー》：輸送市場は、非効率的な独占企業に支配されています。人々によりよいサービスを提供するには、既成の枠組みを押しのけ、時空をウーバライズするよりほかに選択肢がなかったんです。

リポーター：この事故のあと、〈帰省列車〉はどうなると思いますか？　営業停止になるのでしょうか？

李《リー》：まずは、列車の運命の行方を見守りましょう。

リポーター：乗客は無事に戻ってくると思いますか？

李《リー》：乗客は無事だと確信しています。彼らに必要なのは（べつの紙きれを出し、また図を書いている）……新しい時空曲線を見つけることだけです。最終的に、この時空連続体のわれわれのいる座標で再会することになるでしょう。

リポーター：……わたしには、きちんと閉じられていない餃子の失敗作に見えます。

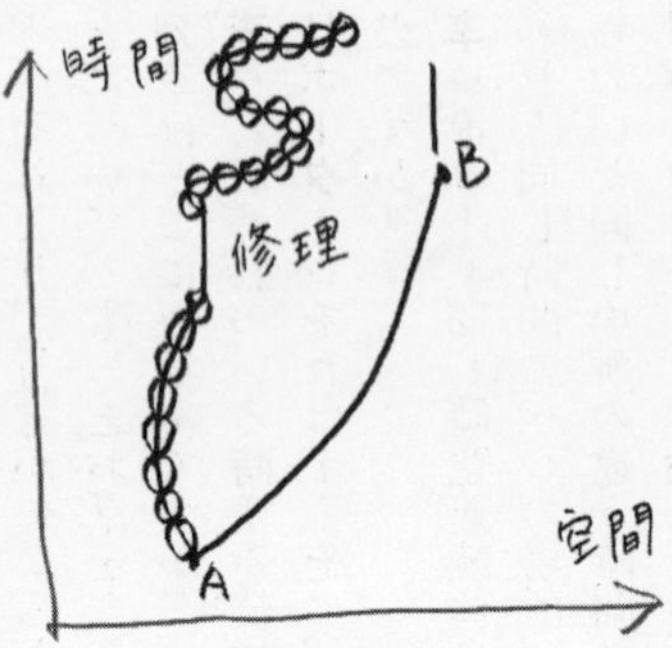

（ディレクターがカメラの後ろからインタヴューを中断させ、消えた列車が見つかって乗客も全員無事であることを知らせる。

リポーター——少し呆然としている——も、李大胖《リー・ダーパン》も、壁かけテレビのニュース速報を見つめる。テレビには、〈帰省列車〉から降りてくる乗客が映っている。

彼らの表情は穏やかで——うれしそうですらある。

ホームにいるリポーターがひとりの乗客を呼びとめ、何があったか訊ねる。

「すばらしかったわ！　何日間も旅をしたのに、列車から降りてみたら、まだ新年にもなっていないんだもの！」

リポーターはほかの乗客の足を止め、怖くなかったか訊ねた。「いいえ、まったく！　あの列車で思いがけない休暇をすごしてきたんですよ」

驚いたリポーターは車掌をつかまえ、くわしい説明を求める。

「いくつか機械の故障がありましたが、修理に時間はかかりませんでした。ですが乗客から、最終目的地に着く前にもう少し列車の旅を楽しみたいので、景色のいいルートを通ってほしいとご要望があったんです」

リポーターはどうしていいかわからなかった。

オフィスの映像に戻る）

李《リー》**：**これは簡単に説明できます。列車が時空連続体を横断したのは一日だけだが、連続体のなかで列車が通行するルートの全長はもっと長く、乗客の体内時計は通常の速度で時を刻んでいたんです。したがって、われわれから見れば、列車が行方不明になったのは六時間だけであるという事実に反して、乗客は何日も列車ですごしたと感じたわけです。

（番組の残りは、政府の運輸政策、法的問題、鉄道技術についての討論が放映された。どの話題でも、明確な意見の一致は見られなかった。

　カメラは止められ、リポーターは出ていく。だが、リポーターは李大胖《リーダーパン》のオフィスを出る前に、ふり向いてこの起業家にさらに二、三の質問をした）

リポーター：さっきの乗客たちは、なぜ列車に長居したがったのですか？　わたしには理解できません。旧正月に家族のいる故郷へ帰省する人々は、できるだけ早く到着したいものではないんですか？

李《リー》**：**それは、わたしには答えかねます。乗客に直接訊くべきでしょう。しかし、こう考えてみてはどうだろう——もしも出発地点と目的地がすでに確定しているとしたら、もしも何日かけてそこへ行こうが予定通りの時間に着くとしたら、旅をできるだけ引き延ばして、たっぷり楽しみたいと思いませんか？

リポーター：そうかもしれません。自由時間みたいなものですね。

李《リー》**：**そう考えれば、単純な話でしょう？　わたしに理解できないのは、これです。出発点と目的地が確定している場合——例えば、誕生と死のように——なぜ、ほとんどの人はしばしば最後へ向かって急ぐのか？

飛氘

フェイダオ

Fei Dao

飛氘《フェイダオ》（この名前は苗字・名のように分割せずひとまとまりとして扱う）は賈立元《ジア・リーユエン》のペンネームである。一九八三年に内モンゴル自治区の赤峰市で生まれ、清華大学で文学の博士号を取得した。その後、北京師範大学で研究を続けていたが、やがて清華大学に戻って教鞭を執っている。二〇一七年には清華大学でSF小説を執筆する新しい講座を開講した。現在は清華大学文学創作・研究センターの事務局長を兼任している。

彼の著作には短篇集『無垢とその捏造』〔原題：纯真及其所编造的〕、『物語るロボット』〔原題：讲故事的机器人〕、『中国SF超大作』〔原題：中国科幻大片〕、そして『死への長い旅』〔原題：去死的漫漫旅途〕がある。翻訳はこれまでに短篇「世界の終わりの物語」と「魔神の頭」が英語とイタリア語に訳されている。また学術方面でも《サイエンス・フィクション・スタディーズ》、《文学評論》、《当代作家評論》、《読書》、《中国比較文学》などの学術誌に寄稿している。

飛氘《フェイダオ》の短篇の多くはSFとファンタジイの境界線を行き来し、歴史も未来予想も等しくおもちゃにしてしまう。「ほら吹きロボット」はカルヴィーノ風の寓話で、どの創作者の胸の内にも脈打っているセンス・オブ・ワンダーを探求する。

（鳴庭真人訳）

ほら吹きロボット

The Robot Who Liked to Tell Tall Tales

中原尚哉訳

"The Robot Who Liked to Tell Tall Tales" (« 爱吹牛的机器人 ») by Fei Dao (飞氘), translated by Ken Liu. First Chinese publication: *Zui Found* (« 文艺风赏 »), November 2014; first English publication: *Clarkesworld,* April 2017.

昔々、あるところに王さまがいました。知勇と幸運をかねそなえ、もちろん天下を統一し、いずれ太陽さえ征服しようともくろんでいました。なにより公明正大で嘘をつきませんでした。人々はそんな王を愛し、手本にしました。これほど公正で善良な王国はかつてありませんでした。

ところが、その息子は嘘つきでした。王子は幼いときから口を開けば壮大な空言をのべて恥じず、父母も赤面するほどでした。侍従や侍女は与太話を聞かされて、笑いたいのに王宮儀礼から笑えず、がまんを重ねて腹痛になりました。王子の虚言妄言は王国じゅうに知れわたり、礼儀を重んじる人々はしばらく黙って聞いていましたが、やがて腹の皮がよじれてがまんできず、大笑いしました。こんな荒唐無稽はいままで聞いたことがないとだれもが言いました。

王子はいつも言いました。

「嘘じゃないぞ！　死んだらわかる」

王は、腕のいい医者や聡明な哲学者や高名な僧侶や優雅な音楽家を招いて、この小悪魔を矯正、啓蒙、救済、感動させようとしました。しかしいずれも無駄でした。

王の世継ぎはこの王子のみです。国民全員がほら吹きになり、ほら吹きの王を求めているのかもしれないと悩んで王は夜も眠れず、とうとう大病で起きられなくなりました。

臨終のとき、お別れにきた王子は口を慎みつつ、弱った老王を穏やかに見て言いました。

「父上、ご心配なく。太陽よりもっと恐ろしいものをこの息子が征服してみせます」

こうしてほら吹き王が王位に就き、堕落した生活をはじめました。

大乱は起きませんでしたが、王国の規律や信頼は失われ、不正が蔓延しました。長い冬眠から目覚めた蛇のように、詐欺師やならず者や無頼漢や犯罪者があらわれ、長らく王国から消えていた諸悪が跋扈《ばっこ》しました。正直者は夜もおちおち眠れません。さいわいにも先王が築いた国家基盤は盤石で、忠臣たちから補佐されてほら吹き王は王座にとどまりました。不穏ながらも国は倒れませんでした。

そのあいだも王は十年一日のごとくほらを吹きつづけました。批判的な人々もその継続性だけは認めざるをえませんでした。国民も認識をあらため、王は世界最高のほら吹きだと思いました。

そんな王にも歳月とともに変化があり、一センチほど知恵をつけました。一センチとは誇張ではありません。国民の声を気にしはじめたのです。

「いかんな。こんな評判を立てられたままでは墓にはいれない」

そこでこう考えました。自分よりもっとひどい大ぼら吹きがいればいい。そうすれば二番目のほら吹きなどみんな忘れるだろう。

国には先王が創設したロボット兵団がありました。機械の兵士は勇敢で恐れを知らず、高い学習能力を持ちます。過去に功労をなし、代々の王に忠誠を誓っています。そのなかから科学者が選抜した一機のロボット兵が王宮に連れてこられました。

「よく聞け」

王は命じました。ロボットは空気のあらゆる振動を分析しましたが、まだ有用な情報は得られません。

「朕は沈黙が怖い」王は首を振りました。「いまこの瞬間にも世界じゅうの人々が耳をすませ、王のほら話で笑おうと待っている。消化不良が治るらしく、おかげで毎年米の消費が一万俵も増える。やれやれ……。無益な人生だ。だれもまじめに話を聞いてくれん。鉄くずのそなたと話して、その胴体にできた錆の拡大史を議論したほうがましだ」

ロボットは敬礼しました。

「なんなりとお聞かせください、陛下」

「朕はもとからこうだったわけではない。少年時代に王宮の庭園で遊んでいて、古木の根もとに蟻の巣穴をみつけて掘りはじめた。どんどん深く掘るうちに、底なし穴に落ちてしまった。じつはブラックホールだったのだ！　そこは秘密の宝庫だった。百万の銀河に住む九兆の種族が収集した、聞くにたえないほど不快で恐ろしい五モル以上の個数の秘密だ。驚いた。目から鱗が落ちた。あわてて穴から這い上がり、このことをみんなにまじめに話そうとした。ところがだれもがほら話だと断じた。人が一度こうと決めこむと、考えを変えさせるのは不可能に近い……。そんなわけでそなたが必要になった。先王より授けられた正直さを捨てよ。はばかりなく嘘をつけ。臆面もなく誇張しろ。平然と空中楼閣を築け。畢生の大ぼら吹きになれ。当代に並ぶ者なき大嘘つきになってみせよ。そのとき初めて朕は救われ、そなたは完全なる自由を手にいれるであろう」

これがロボットの任務でした。

ほらを吹くのは勉強で身につかない独特の技能です。そこでロボットは世間を知ることにしました。王宮を出て広く旅をし、世知を集め、経験を積み、ばかげた行為に参加し、譫妄的な魂にまじわって薫陶を受け、病膏肓《やまいこうこう》に入った異常者に耳を傾け、人気の高い虚構を話し、混乱の種をまき、おかげでいささかの悪名も得ました。

あるときロボットが荒野を渡る道を一人で歩いてい

ると、にわかに暗雲が立ちこめて一陣の驟雨《しゅうう》に襲われ、宿駅《しゅくえき》の廃墟で雨宿りしました。狭くて暗い石づくりの小屋では三人の男が火炉をかこんで酒を飲んでいました。隅には酔漢がもう一人ころがり、青白い顔を穴だらけの黒い外套で隠して寝ています。

飲んでいる男たちは新入りを歓迎しました。席を詰めて火炉の脇にロボットをすわらせ、濁酒をすすめると、それまでの話題を再開しました。

鷹のような鋭い目つきの長身痩軀の男が言いました。

「あんたたちの冒険譚はおもしろいが、怖くはない。そこで怖いといえば、一番に怖いのはやはり死神だ」

一同はうなずき、男は続けました。

「俺は死神に何度も追われ、そのたびに逃げおおせてる。仕事は画家で、空想の都市を克明に描くのが得意だ。やってきた死神はかならず俺の絵に見とれて、そのなかにはいっちまう。大通りを闊歩し、広場を横切り、路地を歩く。そして顔のない住民とすれちがってようやく、丹念に設計された迷路に閉じこめられてると気づくわけだ。あわてて上り下りする階段はてっぺんと下がつながって無限に続く。死神も意外にユーモアがあって、そんな仕掛けをおもしろがる。しかし執拗な性格にくわえて超人的な能力もそなえたあいつは、やがて迷路の出口をみつけちまう。しかしそのときには俺はさっさと逃げ出してる」画家は絵筆をしめしました。「こいつのおかげで何度も死神の招きをのがれた。おかげであんたらと一杯やれるってわけだ」

みんな酒杯をかかげ、絵筆に乾杯しました。黒い外套をかぶって寝ている酔漢さえ、大きないびきで唱和しました。

次はパイプをくわえた男が話しました。

「貴君の絵は機会あって何度か拝見した。巧妙精緻にして崇高な趣味と謹厳な認識があり、すばらしいものだ。それにひきかえ、わしは凡俗だ。人からは作家と呼ばれ、肩書きのおかげでそれなりの名誉や利得を得たが、自分の書いたものに価値があるとはすこしも思わん。気を悪くしないでほしいが、この宇宙は無価値というのが持論だ。人間は矮小で、その行為は愚か。芸術も右におなじ。貴君は質を追究しておられるが、わしは自分の書くものを無価値とみなしているので、追究するのはもっぱらスピードだ。河川が決壊して生きとし生けるものを押し流す怒濤のごとき勢いで書きまくる。こんなわしが思想の巨人とよばれるのだから片腹痛い。話をもどせば、死神との競争ならスピードにまさるものはない。作家と読者の魂の交流などナンセンス。わしの執筆活動の目的はひたすら速さだ」

パイプをくわえた作家は、美しい装幀の分厚い本を懐からとりだしました。

「本というのは大理石なみに重くて硬い。これらの巻を重ねて天国への階段をつくる。一冊書き上げるごとに積み、階段は高くなる。わしは積むごとに上り、死神は追ってくる。年から年じゅう走っている死神は疲れて脚が重くなり、螺旋階段を上るのに苦労する。わしの手が死神の脚より速く書きつづけるかぎり、追いつかれない。頭も使わん」

「造物主の門前まで階段を積むつもりかい？」画家が訊きました。

「門が本当にあったら、蹴りあけてむこうを見てやるわい！」

作家は笑い、みんな酒杯を打ちあてて飲みほしました。ちょうど一陣の風が大きな雨粒とともに窓から吹きこみ、部屋の隅の酔漢は黒い外套を引き寄せて寝返りを打ちました。

三番目に話した男は、でっぷり太って顎が見えないほどでした。長年の飲酒で腹は樽のようにふくれています。

「そういうのも悪くありませんが、あたしの方法がやっぱり万全ですね。この世は無価値。だからあたしゃなんにもせず、日がな一日酒を飲む。世界の銘酒を求めて身代をつぶしました。天国に造物主の門があるかどうか知らないが、地上には楽園への門がたしかにある。それがこれ！」

男は酒杯をかかげました。

「死神のお迎えが来てもあわてず騒がず、まずは一献さしあげます。酒に友あり。飲み友だちこそ真の友と、飲んべえは信じてるものです。いくら死神が超人的でも、飲みくらべであたしにゃ勝てない。数杯で酔いつぶれ、伏せていびきをかきはじめる。目を覚ましたときにはこっちは消えてるって寸法です。どうです？みなさんにくらべてうまいやり方でしょう」

「死神は学習しないのかい？」画家は酒を口中にふくんで味わいました。

「すすめられた酒杯を断るという法はありませんよ。じつはあたしの死期などどうでもよく、銘酒飲みたさに通ってくるのかもしれない」

「酒の強さによほど自信がおありなのだろう。でないと貴君の方法は危険すぎる」作家は手にした酒杯を飲みほしました。

「心配いりませんよ。飲んでいるときならあの世へ連れていかれてもかまやしない」

酒飲みは瓢簞にいれた酒を各人につぎました。

それまで黙って耳を傾けていたロボットは、今度は自分が語る番だと思いました。

「先輩方のお話に瞠目しました。いずれも奇怪千万。独特の技能を駆使して超人的能力者をしりぞけておられる。しかし一方で、心には恐怖をお持ちのようだ。次の対戦ではどうやって死神を出し抜こうかと苦心していらっしゃる。それでは心の安まる暇がなく、真の自由とはいえません」

自尊心の強い三人は、冷笑しつつも礼儀正しく聞き、口をはさみませんでした。窓の外の雨は弱まり、酔漢のいびきも小さくなりました。

ロボットは続けます。

「死神に招かれたら、わたしはいつもよろこんでついていきます。もちろん死を恐れる必要はありません。べつの国へ招かれるだけです。そこは風光明媚で、一度来た生者は帰る気をなくすといいます。それは嘘ではありませんが、さりとて本当でもありません。わたしは何度も行って知っています。現世への帰還は禁じられていますが、機転を利かせれば帰れるのです」

三人はしばらく啞然としていましたが、奇想天外な話が終わると大爆笑をはじめました。画家は腹をかかえてテーブルに伏せてしまいました。作家はかん高い声をあげてそのテーブルを叩きます。酒飲みの笑った目は肉ひだのあいだに隠れてしまいました。隅の酔漢はうるさそうに寝返りを打ちました。ロボットもつられて笑いましたが、やがて一同は笑いやみました。

作家が四分の一だけ真顔になって反論しました。

「貴君の話は論理的におかしい。死んだ者が生き返ったら、死んだことにならない。生き返らないのが真実の死なのだから」

ロボットは穏やかに答えました。

「異論をお許しください。死神の国から何者も出られないというのは、主張自体に矛盾があります。なぜなら死神は出られるのですから」反論したいらしい作家の顔を見て、ロボットは急いで説明しました。「死神は死の国の統治者ですから、そこに属しているはずです。なのにしばしば現世へ来て、生者を連れ去ります。ならば他人がおなじことをできても不思議はない。たとえば、あるときわたしが訪れてみると……」

そうやって荒唐無稽な話が続き、三人は聞くにたえないという顔になりました。それでも反駁の余地をみつけられず、笑い顔は渋い顔に変わります。

そのとき隅で寝ていた酔漢が黒い外套の下で身動きし、かっと目を開きました。火炉をかこんだ三人は驚いて恐怖の表情で席を立ちました。

「貴様たち、なにをしている！」

酔漢が行動能力を回復するまえに、三人は大あわてで荷物をつかんで宿駅から出ました。脱兎のごとく泥の地面を蹴って逃げ去ります。

黒い外套の男は起きて埃を払い、身なりを整えて、謹厳な顔でロボットを見すえました。氷のように冷やかな目つきです。

戸外の風雨はやみました。雲間から日が差し、虹のむこうへ駆けていく三人の小さな影を照らします。

「貴様が何者かようやくわかった。しかしいまはかまっていられない」黒衣の男は宿駅の出口でふりかえりました。「血肉の体でないから余と縁はないと思っているなら、早計だぞ。ぐずぐずするな。持てるものを持って去れ」

ロボットは酒の残りを飲みほしました。といっても味覚はありません。テーブルに散らばった魚の骨を拾って道ばたの野良猫に投げてやりました。


その遭遇からしばらくロボットは平穏な日々を送りました。王にまさるとも劣らないほら吹きの噂は人口に膾炙《かいしゃ》するようになりました。その名声を高めるべく、ロボットは新たな冒険に旅立つことにしました。頭のネジが少々はずれた悪名高い探検家の遠征に参加したのです。

探検家は、銀河の中心に巨大ブラックホールがあり、失われた巨大な宝物がそこにあると考えていました。周辺に散らばる宝物の一部でも回収できれば成功です。

ところが旅の途中で船が小惑星と衝突して破壊され、ロボットは無限の宇宙空間に放り出されました。遭難しても絶望せず、四方八方の重力場に引っぱられながら漂流しました。

宇宙は広大で、眺める時間はいくらでもあります。といっても暗すぎて、無限の星しか見えません。十万年ほど漂流するうちに、宇宙塵に取り巻かれた星団が近づいてきました。太陽が三つある星系や、老いた白色矮星の星系などがあります。ときには自分のような人工物とも遭遇し、宇宙艦隊の残骸らしいものも漂流していました。あるとき美しい薔薇形の星雲が正面にあらわれました。ロボットは美の構造を探検できると期待して二百万年ほど眺めていました。ところが途中でバッテリーのようなものをみつけ、欲に負けて手を伸ばしたら、その動きでコースがずれて、薔薇形の星雲はしだいに視野からはずれていきました。七千万年後にふたたび姿をあらわしたときには、ロボットの後方でした。

バッテリーに見えたのは、ただの異星人の灰皿でした。

漂流ははてしなく続きました。ロボットは眠くなり、うとうとしながら考えました。灰皿は証拠になります。帰ったときに話をでっちあげなくていい。経験した真実を話すだけで、だれもがほら話の達人と認めてくれるはず……。でもほら話をするのにそもそも証拠が必要でしょうか。混濁した意識のなか、あの黒衣の酔漢から最後に言われたことを思い出して、長旅の唯一の記念品として近くに浮いていた灰皿をしっかり握りました。

ロボットは電気羊の夢をみました。角が赤いレーザーでできた電気羊が突進してきます。ロボットは逃げようとしますが、脚が命令どおりに動きません。頭脳回路は恐怖で発熱します。ドカンと音をたてて電気羊がぶつかりました。

目をあけると、ロボットの体は汚れた水に浮いていていました。岸は井戸の壁のように滑りやすくなっていいます。もがいても、つかまるところがありません。このまま溺れるのかと思っていると、手がなにかをつかみました。とたんに水から引き揚げられ、体が空中を飛んで、黒い水が流れる川のほとりに落ちました。

空は七色に輝き、周囲は高い山にかこまれています。上着をはおった一匹の猫が隣にしゃがみ、無表情に釣り糸を川面に垂れています。

ロボットは猫氏におじぎをして質問しました。

「失礼ですが、ここはどこですか？」

猫氏の太った顔は無愛想なままです。震えるヒゲの下に煙草をくわえています。煙草はとても長く、すべてのヒゲの長さをたしてもおよばないほどです。しかも長いこと吸っているらしく、七割がた灰になっています。なのにねじれた灰はくっついたまま。火のついた部分はヒゲに近づきつつあります。

「ちょうどいい！　灰皿を持っています。しゃちこばらずに使ってください」

ロボットは唯一の宇宙土産を愛煙家の猫にさしだしました。

猫氏は灰皿に顔をむけました。縦長の瞳孔で緑の光がきらめきます。無表情だった顔がようやくうれしそうにゆるみました。

「ニャアアオ——」

こうして二人は友人になりました。

猫氏は自前の灰皿をなくしてしまい、でも川岸を汚したくなくて、灰を落とすまいとじっとしていたのです。苦境から助けられて感謝し、お礼に頼みごとを聞いてやろうと猫氏は言いました。そこでロボットは言いました。

「もとの場所へ帰りたいのです」

猫氏は眉をひそめて、ブラックホールへ落ちた者は脱出不可能だと説明しました。いずれにしても、ここへ来た者は城に出頭する決まりなので、そうしたらどうかと助言しました。

ロボットは任務をまだ完了していません。ここにいたらいつまでも完了できません。藁にもすがりたい思いだと訴えました。

猫氏はロボットの忠誠心に感銘を受け、ため息をつきました。

「よろしいにゃ。助けてしんぜるにゃ。いつもパイプをくわえた画中の逃亡者を探すといいにゃ。彼は死神から何度も逃げおおせているはずだにゃ」

猫氏の助言に感謝して、ロボットは旅を続けました。道中には筆舌につくしがたい奇妙な風景も見ました。川すじをたどっていくと荒野に出ました。そこでは二つの大軍が戦闘中でした。死体と切断された手足が累々とちらばっています。

三次元バーコードの偵察兵がロボットをつかまえて詰問しました。

「おまえの所属はどっちだ?」

「わたしの主君はただ一人。ほら吹き王陛下です」

偵察兵はその返事が気にいらず、スパイとみなしてロボットを牢屋にいれました。

隣の監房で一人の男がパイプをくゆらせていました。ロボットは自分の尋ね人ではないかと話しかけました。するとと男はうなずきました。

「いかにも、俺だ! 猫氏の友人なら協力しよう。ただし、こっちにも協力してもらうぞ。ここの連中は召喚されるとたいてい素直に城へ行く。城へ行くと旅は終わり、俗世の苦労から永遠に解放される。しかし一部のはねっ返りは死神から逃げまわるんだ。死神はつかまえようと、奇妙な絵を次から次に描いてそのなかに閉じこめる。精密に描かれているのに建設不能な建物で出られない。それでも俺は毎回脱出するが、むこうもあきらめない。そこで、やつが何枚絵を描くつもりか、どこまで俺を苦しめれば気がすむのか、それを知りたい」

ロボットは立って胸に拳をあて、どれほど苦労しても答えを持ち帰ると、画中の逃亡者に約束しました。

「いいだろう」逃亡者はロボットに近づき、床に巧妙に隠した跳ね上げ戸を開きました。「さあ、行け!」

跳ね上げ戸の下は長い滑り台になっていて、最後に積み藁の上に落ちました。

起き上がって見まわすと、雪山にかこまれた谷にいました。鏡のように静穏な湖があり、高く伸びた古木の下では、髭面の男が腕と肩をむきだしにして薪を割っていました。一心に斧をふるい、そのたびに文章の断片が書かれた木っ端が飛びます。ロボットの足もとにも落ちてきました。

ロボットは薪を割る男に自分の任務を説明しました。男は尋ねました。

「貴君はなぜ帰りたいのだ?」

「帰ってほらを吹くためです」ロボットは正直に答えました。

「なるほど、よい理由だ」男は大きな笑みを浮かべました。「よかろう。協力しよう。ただし、こちらにも協力してもらうぞ。じつはわしは呪われた詩人だ。呪われた理由は言葉の木の種を盗んだからだ。それを使って壮大な詩を書いている。この木が生長を続ければ、よじ登って死神から逃げてしまおうと思っている」

二人は古木を見上げました。茂った樹冠は雲間に隠れています。幹にはあちこちに節目や足がかりがあります。一陣の風が吹き抜けると枯葉が盛大に落ちてきました。

「この木はかつて生命と活気に満ちていた。いまは病気で生長が止まっている。なにがこいつの魂を害しているのか、それを知りたい」

ロボットは立って拳を胸にあて、どれほど苦労しても答えを持ち帰ると詩人に約束しました。

詩人はロボットを信用しきれないようすでしたが、立ち上がって詠みました。

……嵐でも飛び、射手をも笑う
雲の王に似るものよ……

すると召喚の呪文に応じたように、大きなアホウドリが天から降りてきました。ロボットの両肩を鉤爪でつかむと、たちまち空高く舞い上がります。雪山を越え、稲妻ひらめく雷雲のなかへ。ロボットは長旅で少々疲れていましたが、胸に落雷してバッテリーに充電され、元気潑剌になりました。しかしアホウドリは驚いて鉤爪を放しました。

落下したロボットは船上に落ちました。波打つ黒い海が暁光に染まるなか、太った男が舳先で酒を飲んでいます。

ロボットは相手の健康を祈る挨拶をして、自分の任務を説明しました。

「ずいぶん仕事熱心だね。協力するよ。ただし、こちらにも協力してもらうよ。死神がやってきても、酒さえ飲めばあたしゃ無敵なんだ。酔っ払っていれば死神も手出しできない。でも酔いが醒めたとたんに弱気の虫にとりつかれる。永遠に酔いから醒めない方法があるのか、それを知りたいんだ」

ロボットは立って拳を胸にあて、どれほど苦労しても答えを持ち帰ると約束しました。

酒飲みはおおいによろこび、ロボットにも酒杯をすすめました。たしかに極上の酒で、金属の舌にも比類ない味がわかりました。しかしあらわす言葉がみつかりません。酒杯を重ねるうちに、明晰な電子頭脳の働きが鈍ってきました。自己の魂を滅する興味深い経験です。まもなく、いっしょに飲んでいる男がふくらんでいる気がしました。どんどん大きくなって……ついに巨人になりました。ロボットはその肩にすわっています。広大無辺に思えた海が、いまでは巨人の足もとの水たまりです。巨人はロボットをつかむと、大きくふりかぶって投げました。ロボットはくるくる回転しながら猛烈な勢いで飛んでいき、やがて火山の火口のそばに落ちました。

煮えたぎる溶岩の隣には男がしゃがんで沈思黙考しています。その暗澹たる姿が何者か、ロボットはすぐわかりました。お辞儀をして話しました。

「またお会いしましたね。でもいっしょには行けません。というより、帰らせてほしいのです。まだ任務の途中ですから。あなたは理屈が通じる立派な方のはずです。聞き届けてくださいますか?」

「貴様の願いは実現不能だ」

「ではその話はあとにしましょう。逆にこちらから助けられることがあれば――」

「余に解決できぬ問題はない。だれの助けもいらぬ」

「失礼しました。でも、さすがのあなたも答えられない問いがあると思います」

「どんな問いだ?」

「画中の逃亡者のことです。彼は迷路の絵から毎回逃げ出します。なぜ逃げられるのかご存じですか?」

「その答えはまだない。いずれ解明してみせる」

「では……どうせ毎回逃げられるなら、つかまえるのをあきらめてはいかがですか?」

「絵がなくては画中の逃亡者たりえないだろう」

すでに一定の世知を得ているロボットは深く考えました。相手の返事を頭脳回路で何度も分析して、理屈は通っていると判断しました。続けて言います。

「言葉の木を植えた友人がいます。すでに空に届くほど生長していますが、いまその木は病気にかかっています。原因はなんでしょうか?」

「その木は高さを怖がっているのかもしれぬな」

明察に驚きました。ロボットの頭はさらに開明になりました。

「もう一つ問います。酒に酔うと人は大胆で正直になるそうです。では酔いから醒めない酒があるでしょうか。あるいは酔いが醒めても大胆さが消えなければいいのに、造物主がそうしなかったのはなぜですか?」

「人を酔わすものは人の手でつくられたと聞く」

ロボットの推測どおりの答えで、自信を持ちました。

「答えをお持ちなら、友人たちに説明してやってください」

死神はため息をつきました。

「余の姿を見ると逃げていくのだから説明しようがない。それに……」

「推測をたくましくすると、終わらない追いかけっこを楽しんでいるのではありませんか？」

ロボットはおそるおそる言いました。きっと死神は友だちがいないのです。

「いいだろう」死神は不機嫌そうに言いました。「答えを伝えてこい。そうしたら貴様の願いをかなえてやる。遊びは終わりだ」

ロボットは拳を胸にあてて言いました。

「おまかせください」

死神はロボットに歩みよると、その背中に手をあて、煮えたぎる溶岩原に突き落としました。しかし灼熱に溶かされたりせずにロボットは沈み、雲を抜けて、あの船の上に落ちました。巨人は縮んで、太った男にもどり、今度は船尾にすわってまた酒を飲んでいます。

「あたしへの答えはみつかったかい？」

「酒が人を酔わすにあらず、人はみずからを酔わす、とのことです。酔いが醒めたときに世界をありのままに見ていますか？　自分を直視し、死神を直視すべきです」

男は黙りました。生前も死後も避けてきたことです。

「そのとおりだね……」

男は酒杯をおいて、航跡をしばらく見つめました。しだいに精神が覚醒し、目が澄んできました。黒い波濤は男の魂を映すようです。太った体はしばし震えてあとずさりしかけましたが、踏みとどまりました。そうです、明瞭になったのです。おのれの義務と名誉が見えました。船室にもどると、鎧姿になって出てきました。

「これをやろう」

老戦士は腰の瓢箪をはずしてロボットに渡しました。風が轟然とうなり、波が高く上がります。

「あいつが来る。今度は逃げずに立ちむかうぞ」

大波が甲板を洗い、ロボットは海に投げ出されました。瓢箪は大きくなって救命ボートのようにロボットを乗せました。ふりかえると、老戦士は錆びた鎧姿で剣を抜き、嵐の甲板で仁王立ちしています。

ロボットは瓢箪に乗って海を流されるうちに、雪山にかこまれた湖にたどり着きました。詩人は髭が長く伸び、メビウス草を機械仕掛けの馬にやっています。

「わしへの答えはみつかったか？」

ロボットは瓢箪の蓋をはずして一杯つぎ、詩人に差し出しました。

「飲んでください！ 霊感を得られるはずです。ただしそれが求めるものかどうかはわかりません」

詩人はしばしためらいました。ままよ、望んだことだと、蓋から飲みました。神饌《しんせん》の精を集めた神酒の効きめはあらたかで、渇いた心はたちまちうるおいました。希望と生命と若さがみなぎり、愛の種が発芽して幹がぐんぐん伸びて天に届き、瑞々しい葉を誇らしく茂らせました。詩人はよろこびいさんでテナガザルのように登っていき、見えなくなりました。

ロボットは待ちました。無論、ロボットは気長です。

さらに待ちました。

まだまだ待ちました。

ようやく詩人が下りてきました。あちこち傷だらけで、髭や髪には葉や小枝がからんでいます。ぶるぶると震えながら、一本の枝をロボットにしめしました。

木のこずえまで登ったのか、そこでなにを見たのかとロボットは問いたくなりました。世界の顔をおおうベールの奥をのぞいたのでしょうか。永遠をみつけたのでしょうか。しかしロボットは機械の口をつぐみました。詩人の悲愴を見たくありません。

「この枝を進呈しよう」

詩人は言いました。そして機械仕掛けの馬にロボットを乗せ、馬のネジを巻きはじめました。キリキリとゼンマイが巻き上がり、カポカポと蹄が地面を蹴りはじめます。

「さらばだ、友人よ！　貴君は行け。世界がくりかえすときにまた会おう。わしはこれから自分の墓をつくる。なにがあってもふりかえるな」

詩人が手綱を放すと、機械仕掛けの馬は蹄を陽気に鳴らして駆け出しました。ロボットは詩人の望みどおりに背後を見ませんでした。木に斧をふるう音が響いていましたが、やがて蕭々たる風の音にかき消されました。

機械の馬と乗り手は荒野を渡り、廃墟の都市に着きました。信者たちが背教者を十字架にかけようとしています。ロボットは馬から降りて見物の群衆にまじりました。

背教者はすでに十字架に縛られています。その口には見覚えのある煙草のパイプ。目つきは穏やかで、誇りも怒りもありません。見物人を見まわす目がロボットにとまりました。

「ああ、帰ったのか。俺への答えはみつかったか？」

「あなたは逃げてばかりで、どの世界にもとどまりません。本心では絵に閉じこめられたくないのでしょう。終の棲家にふさわしい傑作との出会いを待っているのか、あるいは逃げつづけることで注目を集めたいのか。画中の空白に人目は集まるものです。しかしそれでは形のない影になってしまいますよ」

画家は称賛しました。

「賢明なやつだ。俺の不幸のもとをずばりと指摘した。こりゃ褒美が必要だな……。よし、潮時だ。俺はツケを払う。このパイプを感謝の印としてあいつに渡してくれ。最期の頼みだ」

黒衣の司祭はしばしためらってから、近づいて画家の口からパイプを抜きとりました。そして青ざめた顔をあらわにしてロボットに歩みよりました。ロボットは無言でそのパイプを受けとりました。

群衆が血を求めて騒ぎだしました。顔のない死刑執行人が金槌をふるって長い釘を画家の骨に打ちこみ、十字架に固定していきます。高い音とともに薔薇色の血肉が飛び散ります。群衆からあがる祝祭の歓声。黒衣の司祭は画帳をとりだして絵を描きはじめました。細くしなやかな指が犠牲者の悲愴と平穏の表情を正確に写しとっていきます。長い苦悩の終わりです。

群衆は流血する体に近づいて口づけし、三々五々去っていきました。

黒衣の男が悲しげな目つきで言いました。

「また余と貴様だけになったな」

「約束はどれもはたしました」ロボットは答えました。

「よかろう。貴様を終焉へ送ってやる。そこには開闢《かいびゃく》もある。あとは貴様しだいだ」

黒衣の男は画帳を裏返して、黒い面に絵を描きはじめました。

ロボットは死神を信じて待ちました。まもなく視界がかすんできました。火が弱まるように世界が薄れていきます。形も色も実在性を失い、沈黙だけになりました。

また宇宙を漂流しているようですが、気分はもっと澄みきって平穏です。見まわしても無の空間なのに、柔らかく曲がったところを落ちる感覚があります。ロボットの存在や動きはまわりに影響せず、ただ奥へ奥へと落ちていきます。あるいは湖面に浮かび、わずかな動きから無数のさざなみができるかのようです。

「じっとしろ」

闇のなかから声がしました。同情か、叱責か。

まじめなロボットは動きを止めて、さてどうしようと考えました。声に聞き覚えがあります。

「陛下ですか？」

ロボットは尋ねました。はっきりしませんが、正直者の先王か、ほら吹きの現王でしょう。

返事はありません。

闇に目が慣れると、はるか遠くに一ピクセル分ほど周囲より明るい点が見えました。ロボットの執拗な注意力がなければ気づかなかったでしょう。目標ができると勇気が湧き、そちらへ泳いでいきました。空間はその動きを許容も拒絶もしません。

明るい点はゆっくりと近づきました。努力を重ねてようやく近づくと、それは消えかけたかがり火でした。

「放っておいてくれ」闇から声がしました。

「申しわけありません。でもここから出たいのです」

正体不明の相手との対話もいといません。誠心誠意説明すれば理解してくれるはずです。

闇の声は答えました。

「そなたの任務はわかっておる。忠誠心は称賛に値する。勲章を胸につけてやりたいほどだ。しかし最後の火が消えそうないま、もうなにをしても……」

ロボットはすこし考え、詩人からもらった枝を燠火にそっと近づけました。すると最後の小さな火が踊る毒蛇のように力強く燃え上がり、まわりを球状に照らしました。

王冠をいただいた老人の姿があらわれました。若いころの先王のようにも、年齢を重ねた現王のようにも見えます。

「ああ……」明るい火に目を細めます。「決意が堅いようだな。なぜそれほど帰りたがる。永久《とわ》の平穏に満ちた場所をなぜ出たがる」

「一縷の希望があるかぎりあきらめません」

「感心だな。称賛にあたいする利他的行動だ。よかろう。いくつか質問をする。答えに満足できたら協力しよう」

「誠実に答えます!」ロボットは拳を胸にあてました。

「若き統治者だった朕は、公明正大こそ至上の美徳と考えた。論功行賞をし、正道からはずれた者は矯正した。微罪は看過し、おかげで臣民は心の平穏を得た。しかし王国を地上の楽園と宣言したのは尚早だった。朕は長じるにつれて、不真面目や無責任への理解を深め、笑いや不敬に寛容になった。臣民の暮らしは開放的、歓楽的になった。しかしそのあとは道徳的腐敗があらわれた。先入観なき観察者としてそなたの意見を聞きたい。謹厳と放漫、どちらを奨励すべきだろうか。英雄と道化、どちらが愛されるだろうか」

「陛下、わたしの考えはこうです。運命はつねに双子を好みます。だれにも双子の片割れがいます」

「ふむ。おもしろい答えだ。頭につまっているのは単純な回路ばかりではないようだ」

王は笑みを浮かべました。

ロボットはここでも真実を言いました。

「そのとおりです。じつは電子頭脳に水がはいってしまいました。負の電荷を持つ電子がわたしの混乱した思考に影響しました」

「二つ目の質問をする。人間は矛盾の塊だ。天使のような自己犠牲をしながら、一方で悪魔のように他者を迫害する。愛と憎しみはどちらが強いのだろうか」

「有限の存在は無限にこだわります。それによって恐怖を忘れられる。ただしそれが忠誠を誓ったものとはかぎりません」

老人は白髯をなでながら答えました。

「なるほど。ますます気にいった。最後の質問だ。よく考えて答えよ。重要な問いだ」

「全身のあらゆる計算モジュールを使います」ロボットは粛然として言いました。

「よろしい。では問おう。帰ったら任務を達成できる自信はあるか？ 前代未聞、唯一無二、空前絶後、前人未踏、盲亀浮木《もうきふぼく》、破天荒解《はてんこうかい》、僅有絶無《きんゆうぜつむ》のほまれ高き大ぼら吹きになれるか？」

ロボットは前言にしたがって二百五十六種類の検証ルーチンを使い、九京七千四百六十六兆回の計算を実行しました。電力を消尽してへとへとになりながら答えました。

「なれます、陛下」

老人はゆっくりとうなずきました。

「ここの重大かつ厳粛な状況で、ためしにほらを吹いてみよとは申さぬ。かわりに、ほら話の奥義について述べよ。そなたの自信のほどを知りたい」

ほら吹きの求道者であるロボットは、ためらいなく答えました。

「ほら話とは、語り手と聞き手をともに喜悦させるものです。鋭い真実は生身の感覚を傷つけ、常識人の心に恐怖を起こします。ゆえに真実を笑いでくるみ、傷つきやすい神経や疑り深い心にもはいりやすくするのです。たとえ鈍感な精神が隠された有益な真実に気づかなくとも、刃をなまらせておけば深く傷つくことはありませんから……」

老人の渋面はゆるんだり深くなったりして、充分に満足していないようです。ロボットは続けました。

「しかし俗世をめぐって経験を積むうちに、想像力の無限の飛躍こそほら話の神髄と考えるにいたりました。空を飛びたいという人間の欲求とおなじです。おもしろければ充分で、ほかの説明は不要です」

満足げな笑みが老人の顔に浮かんだ。

「よい答えだ」袖から剣の形の鉛筆を出しました。

「朕は現世でこれをふるい、世界を征服して王国を築いた。冥界では光を消してすべてを暗黒に沈めた。これをそなたに譲る。よい使い方を期待する。ああ、ちょうど火が絶える。すべてが眠りにつく」

ロボットがくべた枝も灰になりました。

遠くから鈍い足音が聞こえてきました。

「時間がないぞ」

火明かりが弱まると老人の笑みもかげりました。ロボットは鉛筆をしっかり握りました。

「いっしょに行きませんか？」

「朕はこの場所に永遠に隷属する。そなただけ行け。よいか、陰謀や策略のために助けたのではないぞ。一度でもあいつの鼻をあかせればよい」

灰のなかで消えゆく燠火が、笑みの形になった白髯をわずかに照らして、すべて闇に包まれました。時を無駄にせず、ロボットは煙草のパイプを取り出しました。詩人からもらった枝を探ったときに、パイプが消しゴムでできていることに気づいていました。それを闇のなかで動かすと、光が原初の混沌を払いました。姿のない追手の足音はいったん止まり、すぐに倍の速さで駆け寄ってきました。

ロボットは急いで円の内側の暗闇を消しゴムで消しました。円は、九京七千四百六十六兆一回目の計算結果から導き、かろうじて通れる大きさになっています。穴をくぐると泥の地面に落ちました。ロボットはすぐに立って、円のなかを鉛筆で塗りはじめました。

穴からさす光のなかで、両世界間の通り道に伸びる死神の青ざめた手が見えました。しかし最初にバツを描いて穴をふさいだおかげで、手はそこを抜けられません。ロボットは区切られた四つの扇形を順番に塗っていきました。はじめはあわてているせいで色鉛筆の線はすきまだらけで、死神の吐息がこちらに漏れてきました。しかし抜けられないとわかると、落ち着いて丹念に、一ピクセルも残さず塗りつぶしました。

塗り終わるころには鉛筆は持てないほど短くなっていました。蟻の這い出るすきまもなく完璧に封印できたと確認すると、ロボットはほっとしてその場で眠りこみました。

少年は目覚めました。体のあちこちが痛く、まわりは泥土だらけで、太い木の根によりかかっていました。古木の根もとに穴があいて落ちたことを思いだしました。見上げると不定形に切りとられた空があり、そこから数人の顔がのぞきこんでいます。さらにたくさんの心配げな声が救出方法を話しあっています。

少年は首すじを這う虫をつまんで手のひらにころがし、もぞもぞと動く小さな脚を見ました。空腹でおなかが鳴りました。すべてが新鮮で興味深く、長い午後を終えたあとの山盛りの食事をしたい気分です。

　おなかがくちくなったら、次はこの大冒険について人々に語るつもりです。詩の才能がなくても充分に奇想天外な話をできるでしょう。

　大人はいつも利口ぶって、なんでも知っているふりをする。子どもの話をばかにする。つくり話に決まってると言う……。でもかまうもんか！　本当の話だといつかわかるはずだ。嘘つき呼ばわりされてもかまわない。みんながこの話を楽しんで心から笑ってくれれば、それでいい。


（ボードレール『悪の華』からの引用は、ちくま文庫版阿部良雄訳を参照して新たに訳出した――訳者）

劉慈欣

リウ・ツーシン

Liu Cixin

劉慈欣《リウ・ツーシン》は中国SFを代表する声として広く知られている。銀河賞を一九九九年から二〇〇六年まで連続八年、二〇一〇年にさらに一度受賞、科幻星雲賞を二〇一〇年と二〇一一年に受賞している。

本業のエンジニアのかたわら——二〇一四年まで彼は国家電力投資集団に勤め、山西省娘子関の発電所で働いていた——劉《リウ》は趣味でSF短篇を書き始めた。しかし〈三体〉シリーズの刊行によりその人気は飛躍的に高まった（第一巻『三体』は二〇〇六年に《科幻世界》で連載されたのち、二〇〇八年に単行本として刊行された）。異星人の侵略と人類の星々への旅立ちを描く叙事詩的な物語であるこのシリーズは、毛沢東時代に地球外知性とのコミュニケーションを秘密裏に確立しようとする軍の試みから始まり、（文字通り）宇宙の終焉で幕を閉じる。トー・ブックスはこのシリーズの英訳を二〇一四年から二〇一六年にかけて刊行した（拙訳の第一巻『三体』、ジョエル・マーティンセン訳の第二巻『黒暗森林』〔原題：黒暗森林〕*The Dark Forest*、拙訳の第三巻『死神永生』〔原題：死神永生〕*Death's End*）。『三体』はヒューゴー賞長篇部門を受賞した最初の翻訳書となり、バラク・オバマ大統領に「とてつもない想像力で、きわめて興味深い」と絶賛された。

劉《リウ》はアーサー・C・クラークのような「ハードSF」作家の伝統に連なる作品を書いている。そうした理由から彼を「古典的」な作家と呼ぶ者もいるが、一方で彼の物語はロマンスや科学の壮大さ、自然の秘密を解き明かす人類の奮闘を強調している。

「月の光」は劉慈欣《リウ・ツーシン》の真骨頂といえる作品だ——アイデアに次ぐアイデアがいっせいに繰り出され、めまいを催させる。本書が英語での初出となる。

（鳴庭真人訳）

月の光

Moonlight

大森　望訳

"Moonlight" (« 月夜 ») by Liu Cixin (刘慈欣), translated by Ken Liu. First Chinese publication: *Life* (« 生活 »), February 2009; first English publication in this volume. English text © 2017 Liu Cixin and Ken Liu.

この街で月の光を見るのは、記憶にあるかぎり、いまがはじめてだった。

　これまでは、数百万の電灯のまばゆい輝きに呑み込まれて、月の光など見た覚えがない。しかし、今夜は中秋節。市民が満月を楽しめるよう、屋外イルミネーションの大部分と街灯の一部を消してほしいと求める運動がウェブ上で多くの署名を集め、こうして実を結んだのである。

　単身者用居住ユニットのベランダから外を眺めながら、彼は思った。ライトダウンの効果に関する彼らの見通しはまちがっていた。月の光に照らされた街は、彼らが思い浮かべていたような、うっとりする牧歌的な眺めではない。むしろ、見捨てられた廃墟に似ている。それでも彼は、その夜景を楽しんだ。黙示録的なムードが独自の美を醸し出し、万物の移ろいと、あらゆる重荷からの解放を体現しているように見える。運命の抱擁に身をゆだねて横たわるだけで、終末の平穏を楽しむことができる。それこそが、彼に必要なものだった。

　携帯が振動した。電話の主は知らない男だった。だれが電話に出たのか確認してから、声は言った。「人生最悪の日に邪魔して悪いな。これだけ年月が経っても、まだ覚えているよ」

　声には妙な響きがあった。言葉はクリアに聞こえるが、遠く、うつろに響く。ひとつのイメージが心に浮かんだ。凍てつく風が、荒野にうち捨てられたハープの弦のあいだを吹き過ぎる……。

声はつづけた。「きょうは雯《ウェン》の結婚式の日だろ？　彼女に招待されたが、きみは行かなかった」

「だれだ？」

「あれから何年も、何度も何度も考えたよ。行くべきだった。そうすれば、いまのきみはもっと気分がよかったはずだ。でもきみは……まあ、たしかに式場には行った。ただし、ロビーに隠れて、ウェディング・ドレス姿の雯《ウェン》が彼と手をつないで披露宴会場に向かっていくのを見守った。自分で自分を痛めつけていた」

「いったいだれなんだ？」驚きにもかかわらず、相手の奇妙な言葉遣いがひっかかっていた。「あれから何年も」と相手は言ったが、結婚式があったのはきょうの午前中のことだ。それに、雯《ウェン》の結婚式の日取りが決まったのはほんの一週間前。だれだろうと、そのずっと前から彼女の結婚式の日取りを知ることは不可能だ。

遠い声がつづけた。「きみは、逆上すると、左足の親指を曲げる癖がある。そのせいで、いつも爪の先が靴の中敷きにめり込んでしまう。しばらく前に帰宅してから、きみは親指の爪が割れていることに気づいたが、その痛みさえ感じなかった。とはいえ、足の爪が伸びているせいで、靴下にいくつも穴が空いている。きみは自分の体に気を遣っていない」

「いったいぜんたい何者だ？」いまは、恐怖にかられていた。

「わたしはきみだ。二一二三年から電話している。この時代からきみたちの携帯電話ネットワークに接続するのは楽じゃない。時空インターフェイスを経由するさいの信号減衰が激しいからね。もし声が聞こえないなら、そう言ってくれ。かけなおすから」

ジョークではないと、直感的にわかった。声がこの世界のものでないことは、心のどこかで、電話に出た最初の瞬間からわかっていた。彼はぎゅっと携帯を握り、冷たく純粋な月の光に洗われるビル群を見つめた。この街全体が凍りついて、彼らの会話に耳をそばだてているような気がした。

それでも彼は、しんぼう強く待っている相手に対して言うべき言葉をなにひとつ思いつかなかった。かすかな背景雑音が耳の中を満たす。

「いったい……いったいどうしてそんな年齢《とし》になるまで長生きできる?」沈黙を破るためだけにそうたずねた。

「きみの時代から二十年後、新たに開発された遺伝子療法のおかげで、人間の寿命は二百歳に伸びる。言葉の定義から言えば、いまのわたしは中年だよ。気分は年寄りだが」

「どんなプロセスなのか、もっと詳しく説明してくれる?」

「いや、概要をかいつまんで説明することもできない。未来に関する情報がなるべく伝わらないように気をつける義務がある。きみが歴史の流れを変えてしまうような不適切な行動をとる可能性を防ぐために」

「だったら、そもそもどうしてぼくに連絡を?」

「きみとふたりで成し遂げねばならないミッションがあるからだ。これだけ長く生きてきた人間として、人生の秘密をひとつ、きみに教えよう。広大なこの時空にあって、個々の人間なんていかにちっぽけなものか、ひとたびそれを理解したら、人間、どんなことにだって立ち向かえる。きみに電話したのは、個人の人生について話をするためじゃない。だから、その心配は忘れて、ミッションに向き合ってほしい。聞いて! なにが聞こえる?」

彼は、携帯から聞こえる背景雑音に神経を集中した。かすかな音にじっと耳をすますうち、それがピシャンポチャンというような音になり、彼はその音から映像を組み立てようとした。闇の中で咲く奇妙な花々。荒涼たる海の中で割れる巨大な流氷――水晶のようなかたまりの奥底に、稲妻に似たジグザグの亀裂が走る……。

「いま聞こえているのは、ビルに打ち寄せる波の音だ。わたしはいま、ジンマオタワー（上海の八十八階建て超高層ビル）の八階にいる。海面は窓のすぐ下だ」

「上海は海に沈んでいる？」

「そのとおり。沿岸部の都市で最後に陥落したのが上海だった。防潮壁は高く、強靭だったが、最終的に海が勝利を収め、壁を乗り越えて内部に浸水し、どっと街全体に押し寄せた。いま見えている景色が想像できるかい？　いや、ベニスとはぜんぜん違う。ビルのあいだに氾濫する水の表面はゴミや漂流物に覆われている。二世紀にわたってこの街が蓄積してきた塵芥すべてが水面に浮かび上がってきたみたいにね。きみのところと同じく、こちらでも今夜は満月だ。街には灯りがひとつも点灯していないが、こちらの月の明るさはそちらの月にはとうてい及ばない——なにしろ、こっちでは大気汚染がひどすぎるからね。海面に反射した月の光が、摩天楼の骸骨を照らしている。東方明珠電《オリエンタル・パー》視塔《ルタワー》（上海テレビ塔）の巨大な球は、波が映す銀色の光でちかちかしている。すべてがいまにも倒壊しかけているかのようだ」

「海面はどのくらい上昇した？」

「極冠の氷が消え、半世紀のあいだに、海面はおよそ二十メートル上昇した。沿岸部に住む三億人が内陸部への移住を余儀なくされた。ここには廃墟しか残っていない。その一方、内陸部は政治的社会的混沌に支配されている。経済は全面的に崩壊したも同然……われわれのミッションは、これらすべてを防ぐことにある」

「ぼくらが神の役割を果たせると？」

「百年前になされる必要があったことを百年前に実行できれば、たとえ平凡な人間の行為であっても、いま神が介入するのにひとしい効果をもたらすことになる。もしきみの時代に、全世界が一切の化石燃料——石炭、石油、天然ガスすべて——の使用を中止していれば、地球温暖化の進展は止まり、この災厄は防げる」

「そんなこと、とても不可能に思えるけど」彼がそう言うと、百年未来の彼自身は、そのあと長いあいだ黙りこくっていた。そこで彼は、こうつけ加えた。「化石燃料の使用を中止するには、さらに早い段階から過去に接触する必要があるんじゃないかな」

電話越しに相手が苦笑するのがわかった。「わたしに産業革命の流れが堰き止められるとでも？」

「でも、いまぼくに求めていることはもっと不可能だよ。石炭、石油、天然ガスの使用をぜんぶストップしたら、たった一週間で世界は崩壊してしまう」

「実際は、シミュレーション・モデルを使ったこちらの実験では一週間もかからなかった。しかし、べつの方法がある。未来から電話していることを忘れないでくれ。考えろ。われわれは頭のいい人間だ」

ひとつ可能性を思いついた。「高度なエネルギー技術を与えてくれればいい。環境にやさしく、気候変動を促進しないような技術を。そのテクノロジーは、現在のエネルギー需要を満たすと同時に、化石燃料よりずっと低コストでなければならない。もしそういうものを与えてくれたら、十年後には、市場原理によって、すべての化石燃料が駆逐されるだろう」

「それこそまさに、われわれがやろうとしていることだ」

勇気づけられて、彼はつづけた。「じゃあ、制御核融合炉をどうやって達成するのか教えてくれ」

「きみは、それがいかに困難なことなのか、はなはだしく過小評価している。われわれはまだ、その分野でブレイクスルーを実現していない。核融合発電所は稼働しているが、そのコストは、きみの時代の核分裂発電にさえ太刀打ちできない。それに、核融合炉の場合、海水から燃料を抽出することが必要だが、そのプロセスは環境に対するさらなるダメージを引き起こす可能性がある。したがって、制御核融合の技術を提供することはできない。そのかわり、太陽光発電《ソーラーパワー》を提供できる」

「ソーラーパワー？　具体的にはどういうもの？」

「地球の表面から太陽のエネルギーを集める」

「なにを使って？」

「単結晶シリコンだ。きみの時代で使われているものと同じ」

「おいおい、勘弁してくれ！　へそが茶を沸かすぞ。てっきり、なにかほんとにすごい切り札があるんだと思ったら……それはそうと、へそが茶を沸かすって、まだ通じる？」

「もちろん。わたしのような古い人間たちが、そういう昔の言い回しをいまも保存しているからね。ともかく、われわれの単結晶シリコン太陽電池は、変換効率がはるかに高い」

「たとえ一〇〇パーセントの効率を達成していたとしても、関係ない。地球の表面の一平方メートルあたり、どれだけの太陽エネルギーが降り注ぐ？　少々のソーラーパネルで、現代社会のエネルギー需要を満たせるわけがない。産業革命以前の牧歌的な農園で青春時代を送った幻覚でも見てるのか？」

未来の彼の笑い声が聞こえた。「きみが言及したから言うが、このテクノロジーはたしかに、農業ノスタルジー的なものを喚起するね」

「農業ノスタルジー的なものを喚起する？　ぼくはいつからカフェで原稿を書くノマドライターみたいなしゃべりかたをするようになったんだ？」

「ははは。このテクノロジーは実際、ケイ素耕運機《シリコン・プラウ》と呼ばれている」

「なんだって？」

「シリコン耕運機。ケイ素《シリコン》は地球上でもっとも豊富な元素だ。砂や土壌のどこにでもある。シリコン耕運機は、ふつうの耕運機とまったく同じように地面を耕して溝を掘るが、同時に土壌からケイ素を抽出し、単結晶シリコンに精練する。シリコン耕運機が処理した土地は、太陽電池に変わる」

「その……そのシリコン耕運機はどんなかたちなんだ？」

「コンバインに似ている。最初に動かすには外部のエネルギー源が必要だが、そのあとは、背後につくられてゆく太陽電池が供給する電力で稼働する。このテクノロジーがあれば、タクラマカン砂漠をまるごと太陽光発電所に変えることができる」

「つまり、耕された土地はすべて、黒いぴかぴかの太陽電池になると？」

「いや。耕された土地は、色がちょっと黒っぽくなるだけだ。しかし、エネルギー効率は飛躍的に高まる。シリコン耕運機で耕された土地は、溝の両端にケーブルをつけるだけで光電流をとりだせる」

エネルギー計画で博士号を取得した人間として、彼はこのテクノロジーが持つ可能性に魅惑された。息遣いがはやくなる。

「技術的なディテールを事細かに記したメールをいま送った。きみたちのいまの技術レベルなら、なんの問題もなくシリコン耕運機を大量生産できる――もっと前の時代ではなく、この時代のきみに接触することを選んだ理由のひとつがそれだ。あしたから、きみにはこのテクノロジーの普及に専念してもらう。そのために必要なリソースとスキルがあることはわかっている。このテクノロジーをどうやって普及させるかは、きみにかかっている。たぶん、きみがいま書きかけている報告書を利用できるだろう。しかし、忘れてはならないことがひとつある。どんな場合でも、このテクノロジーが未来からもたらされたものだということを明かすことはできない」

「どうしてぼくを選んだんだ？　もっと年齢が上の人を選ぶべきだった」

「わたしの介入によってネガティヴな副作用が生じる

潜在的な可能性をなるべく小さくするように考慮しなければならない。きみとわたしは同一人物だ。もっといい候補を思いつけるかい？」

「教えてくれ。あんたは出世の階段をどこまで昇った？」

「それは明かせない。そもそも、具現インターナショナルがわずかでも歴史に介入することを決断させるために、たいへんな説得工作が必要だった」

「具現インターナショナル？」

「いまのこの世界は、具現インターナショナルと仮想インターナショナルのふたつに分かれていて――いや、忘れてくれ。すでにしゃべりすぎた。その件についてはもう二度と質問しないでくれ」

「でも……もしぼくが頼まれたとおりに行動したとして、あんたは世界の変化をどうやってたしかめる？あしたの朝、目を覚ましたら、なにもかも一変していることに気づく？」

「変化はそれよりもさらに迅速だ。きみがわたしのメールを開いて、どう行動するか決めたとたん、わたしの世界は瞬時に変化する可能性が高い。しかし、その変化に気づくのはわれわれふたり――というか、同じひとりの人間だけだ。わたしの時代にいる他のすべての人間にとって、歴史は歴史であって、新たな時間線では――彼らにとってはそれが唯一の時間線だが――きみの時代以降に化石燃料が使用された事実は、なかったことになる」

「また電話してくる？」

「どうかな。過去との接触は、どれひとつをとっても大きな事業だ。国際カンファレンスを開いて承認を得る必要がある。では」

彼は寝室に戻って、コンピュータを起動した。受信ボックスに、未来からのメールが入っていた。本文は空白だが、十数個のファイルが添付されていて、合計サイズは1ギガバイトを超えている。手早く中身を確認してみると、詳細な図面や文書が含まれていた。まだすべてを理解することはできないが、ざっと目を通したかぎり、技術的な用語はこの時代の専門家なら解読できそうだ。

とりわけ、一枚の写真が注意を惹いた。開けた場所で撮影された広角の写真。一台のシリコン耕運機——たしかにコンバインによく似ている——が、平原の真ん中に鎮座している。機械の背後の土壌はいくらか黒っぽい。写真の遠近法で、耕運機は、土の上に黒い線を長く引いた細い筆のように見えた。フレームに切りとられている土地の三分の一ほどはすでに耕されているが、彼がいちばん興味を抱いたのは、未来の空だった。くすんだ灰色だが、曇っているわけではない。たぶん、明け方もしくは夕暮れ時に撮影されたのだろう。耕運機から長い影がのびている。これは、青い空が存在しない時代なのだ。

彼は次のステップを考えはじめた。国家エネルギー局エネルギー計画課のスタッフとして、彼には、とりわけ全国の新たなエネルギー開発プロジェクトの進行具合に関する情報を集める責務がある。いま草稿を書いている報告書は、局に提出されて、それが人民代表大会（省議会）の次の審議会にまわるだろう。中国の四兆元の緊急経済対策予算の一部は、新たなエネルギー技術の開発のために留保され、どの分野にそれを投資するか、審議会で決めることになる。未来の彼は、どうやら、彼がこのチャンスを利用することを望んでいるらしい。しかし、このテクノロジーを報告書に入れるためには、まずそれを開発プロジェクトとして採用してくれる研究所なり企業なりを見つけなければならない。その選択に関しては、きわめて戦略的に考える必要がある。とはいえ、送られてきた技術文書が本物なら、この仕事を遂行してくれる優秀な企業はきっと見つかる。最悪の場合でも、この研究開発を進めようと決断することで、その企業が失うものは多くない……。

彼は、夢から醒めたようにぶるっと身震いした。ぼくはもう、この道を進むと決心してしまったのか？ ああ、たしかにそうだ。この決断の結果はふたつにひとつ。成功か、失敗か。もしこの努力が最終的に成功を収めれば、未来はすでに変わっているはずだ。

百年前になされる必要があったことが百年前に実行できれば、たとえ平凡な人間の行為であっても、いま神が介入するのにひとしい効果をもたらすことになる。

画面のメールを凝視するうち、だしぬけに、返信したい衝動にかられた。キーボードを叩き、たった二文字の返事を書いて送信した。『了解』

たちまち、「ドメインが見つからなかったため、メールは送信されませんでした」と知らせるメッセージが届いた。携帯をとって、履歴に残る発信者の番号をたしかめた。中国移動通信《チャイナ・モバイル》のふつうの番号だ。発信ボタンを押してみると、「この番号は使われていません」という録音メッセージが流れた。

バルコニーに戻り、薄くかすんだ月の光を楽しんだ。夜更けのこの時間、あたり一帯はしんと静まり返って、月の光がビルや地面をミルク色の非現実的なやさしい輝きで染めている。夢から歩み去っているような、あるいはまだ夢を見ているような、そんな感覚に襲われた。

電話がまた鳴った。画面にはまたべつの見慣れない番号が表示されている。しかし、通話ボタンを押すなり、聞き覚えのある未来の自分の声がした。あいかわらず遠くうつろだが、背景雑音は変わっていた。

「きみは成功した」と未来の彼が言った。

「そっちはいつだ？」

「二一一九年だ」

「ということは、前回かけてきたときの四年前か」

「わたしにとっては、きみに電話するのはこれがはじめてだ——あるいは、わたしに電話するのは、と言うべきか。しかし、百年以上前、きみがいま言った通話を受けたことはたしかに覚えている」

「それはたった二十分前だよ、ぼくにとっては。そっちはどんな状況？　海水は引いた？」

「海水はない。気温が劇的に上昇することはなく、海面も上昇しなかった。きみが二十分前に聞かされた歴史は、現実にはならなかった。われわれの時間線では、二一世紀はじめに太陽エネルギーに関するブレイクスルーがあって、それがシリコン耕運機に結実し、大規模な太陽エネルギー利用を可能にした。二〇二〇年代、太陽エネルギーは世界のエネルギー市場を席巻し、化石燃料は急速に消え去った。きみの——われわれの——人生の半分は、シリコン耕運機と結びついた輝かしい上昇カーブを描き、きみの時代から三年後、シリコン耕運機テクノロジーは地球全体に広がりはじめる。しかしながら、石炭・石油産業の歴史と同じく、太陽エネルギーの歴史も、長くつづく名声を生み出すことはなかった。きみの場合さえも」

「べつに有名になりたいとか思ってないよ。世界を救うことに一役買えたのならすばらしいことだ」

「もちろん、われわれは名声など望んでいない。それどころか、世間に知られなくてもっけのさいわいだ。でないと、史上最大の犯罪者として扱われるからね。世界は変化したが、いい方向にではなかった。幸運なのは、それを知っている人間がたったひとり、きみとわたしだけだということだ。前回、歴史に干渉する計画を立案して実行した人間たちでさえ、化石燃料が二〇八〇年まで使用されていた事実をいっさい記憶していない。なぜなら、その時間線はついぞ現実にならなかったからだ。わたしにはきみに電話をかけた記憶がないが、未来からの電話を受けたことは覚えている。じつのところ、その電話が、存在しない歴史の唯一の手がかりだ。聞いて！　なにが聞こえる？」

　電話越しに、かすかな鳴き声が聞こえた。夕暮れ時に森の上空で群れをなして飛ぶ小鳥たちを連想した。ときおり、木々のあいだを風が吹き抜け、葉ずれのささやきが鳥のさえずりを呑み込んでしまう。

「この音がなんなのかわからない。波の音とは違うみたいだけど」

「もちろん、波の音ではない。黄浦江さえ、もうほとんど干上がっている。干魃《かんばつ》の季節だからね。いまのこの世界には、季節はふたつしかない。干魃の季節と、洪水の季節だ。いまはズボンの裾をめくるだけで黄浦江を渡れる。実際、数十万の飢えた難民が浦東で黄浦江を渡って、蟻の大群のように川床を埋めつくしたばかりだよ。上海は混乱状態にある。いたるところで火の手が上がりはじめているのが見える」

「なにがあった？　太陽エネルギーは環境に与える被害がいちばん低いはずだったのに」

「それは、悲しむべきまちがいだった。上海くらいの規模の都市ひとつのエネルギー需要を満たすために、何平方キロの単結晶シリコン畑が必要か知っているかね？　上海自体の面積の、すくなくとも二十倍だ！　きみの現在から一世紀のうちに全世界で都市化が加速し、いまは中規模の都市でさえ、きみの時代の上海に匹敵する大きさになっている。二〇二〇年代に普及しはじめたシリコン耕運機はすべての大陸の地表を変貌させた。すべての砂漠がシリコン畑に変わったあと、シリコン耕運機は農地化できる土地や緑地まで貪りはじめた。いま、すべての大陸が行きすぎたシリコン化に悩まされている。このプロセスは、砂漠化よりもはるかに急速に進展した。いま、地球の地表は、ほとんどすべてシリコン太陽光発電畑に覆われている」

「でも、経済の原理から言って、そんなことになるはずがない！　土地が希少になれば、シリコン化されていない土地の価格は上昇し、コストが跳ね上がって、ビジネスが成り立たなくなり――」

「化石燃料産業の歴史と同じだよ。きみが述べたような状況が現実化したときには、あとの祭りだった。他のエネルギー源に切り替えるのはたやすい事業ではなかったし、石炭と石油のインフラを再建することさえ時間がかかりすぎた。そのあいだにも、エネルギー需要は増大しつづけ、土地のシリコン耕運機はさらに多くの土地を貪った。土地のシリコン化は、土地の砂漠化よりもさらに大きな被害を環境にもたらした。状況が悪化するにつれ、地球全体を干魃が覆い、ときおり降る雨も、大規模な洪水の被害をもたらすだけだった……」

一世紀未来から聞こえてくるその声に耳を傾けているうち、彼は自分が溺れかけているような気がしてきた。すべての希望を捨てようとしたそのとき、気がつくと水面にぽっかりと顔が出ていた。大きく息を吸ってから、未来の自分に向かって言った。「でも、解決策はある！　脱出路が！　簡単なことだ。ぼくはまだなにもしていない。シリコン耕運機の技術をどうやって導入するか、その計画を立案しただけだ。いますぐあんたのメールと添付ファイルすべてを削除して、いままでどおりの生活をつづける」

「そうすれば、上海は、もういちど海に飲まれることになる」

彼はフラストレーションのうめき声をあげた。

「われわれはもういちど歴史に介入する必要がある」と未来の声が言った。

「まさか、またべつの新しいエネルギー技術を教えるとか？」

「それだ。新しい技術の核心は、超深度掘削だ」

「掘削？　しかし、石油掘削技術はもうすでに高いレベルにある」

「いや、石油の掘削じゃない。わたしが考えている井戸は、深度百キロメートルに達し、モホロヴィチッチ不連続面を貫通して、液体マントル層まで達する。地球の強力な磁場は、この惑星の奥深くを流れる強力な電流によって生み出されている。その電流を利用するのだ。超深度坑が掘削されたら、巨大な電極を坑の底に落とし、地球電気エネルギーをとりだす。超深度の高温高圧環境でも機能する電極をつくるための技術も提供しよう」

「それはずいぶん……壮大な話だな。むしろ、怖いくらいだ」

「いいか、地球電気抽出は、もっとも環境にやさしいテクノロジーだ。土地を占有しないし、二酸化炭素も他の汚染物質も排出しない。よし、もうそろそろ別れを告げる時間だ。もしまたきみと話をする機会があるとしたら、それが世界を救うための相談じゃないことを祈ろう……メールをチェックしてくれ」

「待って！　もうちょっとおしゃべりしよう。教えてくれ……ぼくらの人生について」

「情報漏洩を抑えるために、われわれは過去との接触を最小限にしなければならない。われわれがいまやっていることが信じられないほど危険だというのは、もちろんきみもわかっているだろう。それに、実際、話し合うことなどなにもない。わたしが経験してきたことはすべて、遅かれ早かれきみも経験することになるのだから」未来の彼がしゃべるのをやめたとたん、接続が切れた。

彼はコンピュータの前に戻り、第二のメールを開いた。最初のメールと同じく、添付ファイルには大量の技術情報が詰め込まれていた。それに目を走らせて、超深度掘削技術が物理的な刃《ビット》ではなくレーザーを使用することを知った。溶融した岩石がドリルの孔を通じて地表に流れ出す仕組みになっている。最後の添付ファイルは、高電圧送電塔が林立する平原の写真だった。鉄塔群は細く軽そうに見える。おそらく、なにか強度の高い複合材料が使われているのだろう。ケーブルの一端は地中に埋め込まれている。明らかに、地電流の電極につながっている。地面そのものも彼の注意を惹いた。耕されたシリコン畑と同じ、生命のない黒い色をしていたからだ。張りめぐらされたフェンスが地面を格子状に分割している。単結晶シリコンからエネルギーを抽出する送電線に違いない。前回添付されていた写真と違って、空は晴れ渡った紺碧で、雲ひとつ見当たらない。これは、雨がめったに降らない時代だ。写真からでも、からからに乾いた空気が感じられた。

もう一度、バルコニーに戻った。月はいま、西の空にかかり、街が夢を見るのをやめて、さらに深く眠りの中に落ちたかのように、長く影が伸びている。

この新しい未来のテクノロジーを普及させる方法を考えた。そのために必要な戦略は、前回とは違ってくる。まず最初に、レーザー掘削技術は、それ自体、軍用ならびに民生用に使える魅力的なテクノロジーだ。先にそちらを普及させてから、産業が成熟するのを待って、地球電気の活用というはるかに驚異的なアイデアを明らかにすればいい。それと同時に、極端な高温に耐えられる電極をはじめとする他の補助的な技術の開発を唱導する。初期投資は、それでもやはり、例の四兆元の緊急経済対策予算から拠出する必要がある。そのためには、影響力のある企業を見つけて、研究プロジェクトを引き受けてもらわなければならない。技術的なノウハウを掌中にしているのがわかっていたから、彼にはきっとうまくいくという自信があった。

新しい行動方針は決まった。歴史はまた変わったんだろうか。

心の中のその問いに答えるかのように、電話が鳴った。これが三度目。西に傾いた月は、いま、手前の高いビルに半分隠れている。旅立つ前に、この世界に最後の怯えた一瞥《いちべつ》を投げているかのようだ。

「未来のきみだ。二一二五年からかけている」

電話の主はそう言ってから、質問を待つように口をつぐんだが、彼はあえて口を開かなかった。電話を握りしめる手はじっとり汗ばみ、すでにぐったり消耗している。ようやく彼は口を開いた。「そっちの世界の背景雑音を聞かせたいんだろ?」

「今回、聞くものはたいしてないだろう」

それでも、彼は耳に神経を集中させた。回線ノイズのようなジーッという音がかすかに聞こえるだけ。時空を超える信号は、たしかにノイズに見舞われるだろう。いまと二一二五年のあいだの、どの時代のノイズであってもおかしくない。あるいは、時間と空間の外側に存在する虚無のノイズかもしれない。

「まだ上海に?」と未来の自分にたずねた。

「ああ」

「なにも聞こえない。たぶん、車がすべて電気に変わって、ほとんど無音になったんだな」

「車はすべて、トンネルの中を走っている。だから聞こえないのだよ」

「トンネル? どういう意味だ?」

「上海はいま、地下にある」

月がビルの背後に完全に隠れ、あたりは暗くなった。自分が地中に沈み込んでいくような気がした。「なにがあった?」

「地表は放射線だらけだ。防護服を着ないで地表にいたら、二、三時間で死亡する。それも、ひどい死にざまだ。全身の皮膚から血が浸み出して——」

「放射線! いったいなんの話だ?」

「太陽だよ。ああ、きみは成功した。地球電気エネルギーは、シリコン耕運機よりさらに急速に普及した。二〇二〇年には、地球電気産業は石炭産業と石油産業を合わせた以上の規模に成長していた。それが成長するにつれて、このテクノロジーの効率性とコストは、化石燃料はもちろん、シリコン耕運機でさえ太刀打ちできなくなった。世界のエネルギー需要は、ほどなく、地球電気に全面的に依存するようになった。地球電気は、クリーンで、低コストで、なんの欠点もなかった。方位磁石の発明から何千年も経つというのに、われわれの足の下に巨大な発電機があると、いままでどうしてだれも気づかなかったんだろうと悔しがる人間がおおぜいいたくらいだ。この、持続可能なエネルギー源という翼を手に入れたことで、経済は天高く舞い上がり、環境も改善された。人類は、努力なしに成長するという夢をついに手に入れて、文明の前途はますます明るくなるばかりだと信じこんだ」

「それから？」

「今世紀はじめ、地球電気がとつぜん尽きた。方位磁石の針はもう北を指さなくなった。地球の電場がこの惑星のシールドになっていることは、もちろんきみも知っているだろう。それが太陽風をそらし、地球の大気を守っていた。しかしいま、ヴァン・アレン帯は消失し、地球は、紫外線にさらされたペトリ皿のように、太陽風に蹂躙されている」

彼はなにか言おうとしたが、のどから出てきたのは、しわがれたうめき声だけだった。体じゅうがさむけに覆われている。

「これはただの始まりにすぎない。今後三世紀から五世紀で、太陽風は地球の大気を破壊し、海はもとより、地球上のあらゆる表流水を蒸発させてしまうだろう」

また、不明瞭なうめき声。

「制御核融合の分野でついにブレイクスルーが果たされ、再建された石炭・石油産業と合わせれば、人類はいま、無尽蔵のエネルギー源を手にしている。しかしながら、われわれが生み出すエネルギーのほとんどは、地球の磁場を復活させるべく、地中に送り込まれている。いままでのところ、かんばしい成果は上がっていない」

「なんとかしないと！」

「そう、そのとおりだ。未来から届いたメールを両方とも削除しなければならない」

彼はうしろの室内のほうをふりかえった。「いますぐそうする」

「ちょっと待て。いったん削除したら、歴史はまた変わり、われわれの接続は絶たれる」

「そう。世界は化石燃料に支配されたもともとの時間線に復帰する」

「そしてきみは、いままでどおりの生活をつづける」

「頼む、この瞬間からあとのぼくらの人生について教えてくれ」

「できない。きみに教えることは、未来を変えることを意味する」

「未来を知ることが未来を変えるというのはわかる。それでもやはり、いくつか知りたいことがある」

「すまないが、それはできない」

「ぼくらが望んだような人生を送るかどうかだけでもいい。ぼくらはしあわせなのか？」

「言えない」

「結婚するのか？　子供は？　男の子が何人で、女の子が何人？」

「言えない」

「雯《ウェン》のあと、だれかと恋に落ちる？」

今度もまた、未来の自分が返答を拒むだろうと思っていたが、声は黙ったままだった。聞こえるのは、ふたりのあいだを隔てる一世紀以上の虚無の谷間を吹き渡る時の風のうなりだけ。とうとう、返事が聞こえた。

「二度とない」

「なんだって？　百年以上ものあいだ、もう二度と恋をしない？」

「そうだ。人生は、全人類の歴史と似ていなくもない。最初に呈示された選択肢がやはりベストだったかもしれない。しかし、それを知るには、他の時間線を旅してみるしかない」

「じゃあぼくは、死ぬまで独身？」

「すまないが、それは言えない……しかし、孤独であることが人間の条件だとしても、われわれは立派な人生を送り、喜びを求めて努力しなければならない。時間だ」

未来の自分はそれ以上なにも言わず、通話は終了した。携帯が振動し、メッセージの着信を伝えた。添付されていたのは短い動画だった。大きな画面で見るために、彼はそのファイルをパソコンのフォルダにコピーした。

炎の海が画面を覆っていた。いま見ているのが空だと気づくのにしばし時間がかかった。まばゆい輝きは燃え盛る火ではなく、地平線の端から端まで見渡すかぎり天空を覆うオーロラだった。太陽風の粒子が大気圏にぶつかることで生じる、うごめく蛇の群れでできた山を思わせる赤いカーテンが、蒼穹で脈動している。まるで空が液体でできているようで、おそろしい眺めだった。

地面にはいくつかの球を積み重ねたかたちの建物がひとつだけ建っていた。東方明珠電視塔《オリエンタル・パールタワー》。鏡面加工した外壁に上空の燃え盛る海が反射し、球体そのものが炎でできているように見えた。カメラのもっと近くには、ぶあつい防護スーツを来た人間が立っている。スーツの表面はなめらかで光をまばゆく反射し、まるで人型の鏡のように見える。天上の炎はこの人間鏡にも反射して、炎の蛇は、カーブした鏡面に歪められて、さらに不気味に見える。世界が溶けた溶岩に変わってしまったかのように、光景全体が流動し、ゆらめいていた。男はカメラに向かって片手を上げ、最後に一度だけ、過去に向かって、挨拶した。

動画が終わった。

あれはぼくだったのか？

そのとき、もっと重要な仕事があることを思い出した。メールと添付ファイルすべてを削除してから、ハードディスクを再フォーマットし、0でくりかえし何度も上書きしてデータを完全消去する作業を開始した。

ディスクの再フォーマットが終わるころには、いつもと変わらないあたりまえの夜になっていた。たったひと晩のうちに人類の歴史の道すじを三度にわたって変えた挙げ句、最終的になにひとつ変えなかった男は、自分のパソコンの前で眠りに落ちた。

曙光が東の世界を明るくしはじめ、あたりまえの一日がまたはじまった。なにも起きなかった。まったくなにも。

呉霜

アンナ・ウー

Anna Wu

呉霜《アンナ・ウー》は作家で脚本家、翻訳者でもある。中国文学の修士号を持ち、脚本を担当した映画「雲霧」は科幻星雲賞を受賞した。著書には短篇集『双子』〔原題：双生〕があり、《科幻世界》や《ギャラクシーズ・エッジ・マガジン》、その他の媒体で作品を発表している。

呉《ウー》は上海在住で、SFに特化した映画会社の脚本家として働いている。好きなものは映画や美術展、水泳、ヨガ。料理は作るのも食べるのも熱心で、ときどき食に関するコラムを寄稿している。好きな作家はアーサー・C・クラーク、ニール・ゲイマン、ロバート・J・ソウヤー、J・K・ローリングだという。

卒業研究を通じて、呉《ウー》は中国の古典文学に精通した。現在は古代中国を舞台にしたSF長篇に取りかかっている。その世界構築にあたっては中国の伝説に登場する驚異の技術を現代科学と結びつけ、そこにかすかにファンタジイやもっと神秘的な要素を加えている。

「宇宙の果てのレストラン――臘八粥」はこのSF的レストランを舞台にした連作短篇の第一作。名前の元になった料理のように、多くの風味が混ざり合っている。

（鳴庭真人訳）

宇宙の果てのレストラン——臘八粥《ろうはちがゆ》

The Restaurant at the End of the Universe: Laba Porridge

大谷真弓訳

"The Restaurant at the End of the Universe: Laba Porridge" (« 宇宙尽头的餐馆腊八粥 »), by Anna Wu (吴霜), translated by Carmen Yiling Yan and Ken Liu. First Chinese publication in *Zui Novel* (« 最小说 »), May 2014; first English publication: *Galaxy's Edge,* May 2015.

　はるか遠い宇宙の果てに、一軒のレストランがあった。その名は〈宇宙の果てのレストラン〉。遠くから見ると、宇宙空間で静かに回転している法螺貝《ほらがい》のように見える。

　そのレストランは、あるときは大きく、またあるときは小さい。内装はしばしば変化し、窓の外の景色もころころ変わる。レストランには次のようなものがある。つねに新鮮な食材でいっぱいの冷蔵庫。揚げる、焼く、蒸す、オーヴン焼き、その他あらゆる調理ができるクッキングボックス。小さい区域の時間の流れを調節できる時計。マーヴィンという名の鬱《うつ》傾向のアンドロイド給仕。レストランの真ん中では、赤いランタンが永遠に輝いている。

　ふたりの人間――父と娘――がレストランを経営している。父娘は地球という星の中国という土地から来た。『銀河旅行ガイド』によると、父親は中年の地球人男性の典型的なタイプ――おそらく、平均より数デシルほどハンサム――で、髪は黒く、痩せ形、左手首に傷痕がある。口数は多いほうではないが、地球料理に造詣《ぞうけい》が深く、客が注文すればどんな料理も出すことができる。娘の小魔《シャオモー》は十一、二歳だろう。こちらも黒い髪に、大きな丸い目をしている。

　最寄りの時空ハブは小さな貨物駅で、おもに地球との輸送に使われている特異点だ。もちろん特異点なので、文明レベルが3Aより上の生物――身体をネットワークにアップロードできる者――しか使用できない。

　客は少なかった。ほとんどは地球からの客だが、ケンタウルス座α星のマッチ箱ほどの大きさの三体人や、土星の大気に適応した巨大な風船のような体のタイタン人、地球から五万光年離れた銀河の真ん中からやってきた、まばゆい銀色のスオヤ人もいる。このレストランの曖昧な時空では、ありとあらゆる姿と大きさの知的生命体が見られる——触覚を震わせている者、粘液をたらしている者、パチパチと火花を散らすエネルギー場に包まれている者。

仮想現実は無限かもしれないが、あまり長くうろついていると、魂が迷子になったような気分になる。人はまだ、ときどき本体にもどって、実際に食事をしたり思い出にふけったりしたくなるものだ。

ここで食事をする人には、あるルールが適用される。レストランのオーナーに物語を話して聞かせ、おもしろかったら食事代がただになり、オーナーみずからが特別料理を作ってくれる。そして客は食べながら、生まれては滅び、滅びては生まれる無数の文明に思いを馳せることができる。文明の興亡は、レストランの外に広がる宇宙のあらゆる場所、あらゆる瞬間に、10の21乗個の星々の誕生と消滅のようにくり返されているのだ。

臘八粥《ろうはちがゆ》

常連客じゃない——小魔《シャオモー》は思った——たぶん初めて来るお客さんだ。

今日のレストランは〝チャイニーズ・ウィンター・ナイト〟の内装になっていた。粗削りの木材でできた小さいテーブル四、五台に、三名の客がすわっている。キッチンステーションは隅に寄せられ、赤いランタンの下のテーブル席には男と女がいる。女は地球出身のようだ。おそらくクローンの二世だろう——脚が異様に細長い。男は金星出身らしく、頭が大きく、深紫色の虹彩をしている。

隅の席には、地球人の男がひとりですわり、手のなかで無意識にワイングラスを回していた。青白い顔には表情がなく、こめかみのあたりに白髪が交じり、体はアルコール臭を発している。今日は中国の臘八節《ろうはちせつ》（旧暦十二月八日に五穀豊穣を祝い、いろんな材料の入った粥を食べる伝統行事）で、レストランはそれに合わせて用意した甘い臘八粥の香りに満ちていた。ところが、男は臘八粥を注文していない。

小魔《シャオモー》は彼のような目を見たことがなかった。虚ろで暗い、涸《か》れ井戸のような目は、死んだ昆虫の目を思わせる。

店はまだ忙しくないので、小魔《シャオモー》はマーヴィンの手にメニューを押しつけて待機した。

マーヴィンはメニューを受け取り、窓の外に降る雪を見つめながらため息をついた。その目は憂鬱をしめす青色に輝いている。「何世紀も前に死んでる連中ですよ。今さらなぜ、わざわざ食事をするんでしょう？」アンドロイドはぼやきつつも、短い脚でのんびりと金星人のテーブルへ歩いていった。

「父さん、あの地球人、きっとおもしろいお話を聞かせてくれるよ」小魔《シャオモー》はにやにやしながら、そっとキッチンステーションに入った。それはある種の才能と言っていいだろう――小魔《シャオモー》は数人の客のなかから、いつもひと目で、いちばんいい話を持っている人物を選ぶことができる。

小魔《シャオモー》の父親は仕事の手を止めた。皿の山を見つめ、黙っている。

その表情は奇妙だった――興味を引かれている、心配している、うんざりしている、ひょっとすると少し恐れてもいる？

時間がすぎていく。レストランのざわめきが、窓の外の雪のようにふたりのまわりを軽やかに漂っている。「小魔《シャオモー》、〈ミステリー・エージェンシー〉のことは聞いたことがあるな」

「すべての法はひとつ、万物は永遠なり」小魔《シャオモー》は考えることもなく言った。それはその組織のモットー――

少なくとも、地球語のひとつに訳したもの――で、多くの時代、多くの惑星でよく知られている。組織はすべての星間法規を無視して、想像しうるあらゆるサービスを提供することができる――ただし、客の依頼が組織の関心を引くほどおもしろい場合に限る。しかも、組織のサービスを金で買うことはできない。客は……取引しなくてはならないのだ。取引に必要なものは秘密で、これまでどの客も明かしたことがなかった。組織のボスが誰なのかを知る者もいない――彼はかなり利口で、時空警察も捕まえられないのだ。

「彼の名前は、阿塵《アー・チェン》。〈ミステリー・エージェンシー〉の客だった」

ゆっくりと、父親は阿塵《アー・チェン》の物語を語りはじめた。

阿塵《アー・チェン》は小説家だった。二十歳のとき、デビュー作のロマンス小説で一夜にして有名になった。祝賀パーティーで、創作仲間は取り入るように彼をおだて、嫉妬混じりの称賛の言葉を浴びせた。彼はそのことにも同じくらい圧倒され、酔いしれた。

しかし、若くして名声を得ることは、必ずしもいいこととは限らない。その夜、彼はひとりのファンと出会った――のちに妻となる小瓷《シャオツー》だ。

小瓷《シャオツー》は有名な学者一族の出身だった。美しく病弱だが、かなり強情だった。彼女は家族の反対も無視して、貧乏な阿塵《アー・チェン》と結婚した。昼間は家政婦として働き、水仕事で手が真っ赤になるまで洗い物や掃除に精を出し、夜は阿塵《アー・チェン》の原稿の校正作業をしたり、調べものを手伝ったりした。

三年後、賞の輝きはすっかり薄れたが、そのあいだ文芸のミューズが阿塵《アー・チェン》のもとを訪れることはなかった。小説を書くのは、長くつらい仕事だ。喩えれば、十センチしか先の見えない真っ暗な夜に、手探りで、つまずきながら、ひとりでマラソンをしているようなものだ。突然、暗い気分に襲われたり、喜びが悲しみに変わったりするところは、雨と雪に苦しめられるのに似ている。

　編集者に原稿を何度も突き返されるうちに、阿塵《アー・チェン》は自分に多くの欠点があることに気づいた。構想を完全に書き上げるだけの忍耐力がない。もっと巧みな表現力がほしい。他人のさまざまな作品から長所を学びとり、自分の作品に生かすことができない。そういった欠点のいくつかは現実のもので、それ以外は彼の不安が生み出した妄想にすぎなかった。

　阿塵《アー・チェン》は若く、理想に燃えていた。出版社の軽蔑の態度に耐えられず、それ以上に自分の実力のなさを直視できなかった。彼は酒を飲むようになり、安酒のボトルはどれも、小瓷《シャオツー》が昼夜なく働いた金で買ったものだった。

　ある年の冬、雪降る臘八節の晩に、阿塵《アー・チェン》は帰宅した。そんな彼を、小瓷《シャオツー》は温かい笑顔で迎えた。テーブルの上では、数種類の穀物を使った粥《かゆ》の鍋が湯気を上げていた。

「臘八粥の起源は、ネズミがいろんな種類の穀物を盗んで巣穴に隠していた時代と言われているのよ。貧しい人々はネズミのたくわえた穀物を見つけ、それでお粥を作った……」

　急に、耳鳴りがしだした。まるで、阿塵《アー・チェン》の頭のなかで雷がとどろいたかのようだった。小瓷《シャオツー》はおしゃべりをつづけているが、阿塵《アー・チェン》はもう聞いていない。妻のやさしい気遣いも、貧しい暮らしをいとわず後悔など微塵《みじん》もしていないことも、彼の耳にはまったく届いていなかった。

　彼は夜だというのに外へ飛び出し、〈ミステリー・エージェンシー〉へ向かった。

　小瓷《シャオツー》は長いあいだ、ランプの明かりのなかでぽつんとすわっていた。彼女の涙が臘八粥の鍋に落ち、粥はだんだん冷めていった。

　阿塵《アー・チェン》は五人の地球人作家の五つの能力を望んだ。組織は彼にこう言った。宇宙はエネルギーを一定に保っているため、能力を〝コピー〟することはできず、〝移す〟ことしかできない。たぶん彼に残された良心の最後の切れ端からだろう、あるいは自分の存在する世界の時系列を乱す恐怖からだろうか、阿塵《アー・チェン》は五つのパラレルワールドからその能力を自分に移してほしいと依頼した。

その五人は全員、それぞれの時代の文学界が誇るスター作家だった。

A．脚本家。彼の作品は質、量ともに傑出しており、彼に匹敵する人物はその後百年間現れなかった。阿塵《アー・チェン》は彼の卓越した構成力を望んだ。

B．詩人。韻文の美しさと並外れた技術で、もっとも偉大な詩人と讃えられた。阿塵《アー・チェン》は、彼の言葉の響きに鋭い耳を望んだ。

C．サスペンス作家にして心理学者。絶頂期の彼の作品は、読者に心臓発作を引き起こすほどだった。阿塵《アー・チェン》は、彼の人間心理を理解する力を望んだ。

D．SF作家。彼の物語は奇妙で優れた作品として、複数の銀河で有名だった。阿塵《アー・チェン》は彼の想像力を望んだ。

E．古典と仏教を研究する学者。説得力と示唆に富んだ筆致で、歴史の働きと世界のパターンを、墨を含んだ筆で白い雲景画を描くように明確に説く。阿塵《アー・チェン》は彼の鋭い洞察力を望んだ。

「阿塵《アー・チェン》と友だちだったの？」小魔《シャオモー》は訊ねた。

父親は曖昧にほほえんだ。「阿塵《アー・チェン》が能力を欲しがった人物のひとりが、パラレルワールドにいるべつの父さんだったんだ。けど、そっちの世界の父さんは、それに気づいて彼を止めたがな」

小魔《シャオモー》はほかにも訊きたいことがあったが、結局、何も言わなかった。

ほとんどの人々と違い、小魔《シャオモー》の記憶はほんの五年前から始まっている。目を開けたら、宇宙船のなかで中年男性と頭の大きなアンドロイドと一緒に横たわり、宇宙の果てへ逃げていくところだったのだ。それ以前のことは……小魔《シャオモー》の記憶は光の爆発で断ち切られていた。

その後、小魔《シャオモー》はその中年男性を自分の父親とみなした。だが彼は、小魔《シャオモー》の記憶が始まる前に何があったのかは、決して教えてくれなかった。言いたくないことは、一切口にしないのだ。

「でも、四つの能力だって多いよ！」

「宇宙はエネルギー保存の法則に従っている。何かを手に入れるには、何かを手放さなくてはならない」

〈ミステリー・エージェンシー〉はまず、A氏の能力を届けた。

その夜阿塵《アー・チェン》は、自分の脳がむしり取られ、真っ赤に熱した金網で濾《こ》されたかのように感じた。頭がまっぷたつに割れたかと思った。彼はひたすら苦痛にわめいた。

何も聞かされていなかった小瓷《シャオツー》は、彼の叫び声に震え上がってベッドから落ちそうになった。その夜は薄い寝間着姿でずっと、阿塵《アー・チェン》の額と手を熱いタオルでおおいつづけた。両手をシーツにつっこんで病院へ行くのを拒む彼を見ながら、彼女はどうすることもできず、そばに立っているしかなかった。阿塵《アー・チェン》が叫ぶたびに、小瓷《シャオツー》も震えた。小瓷《シャオツー》は彼の両手を力いっぱいつかんで、彼がもがいてのたうち回るうちに怪我をするのではないかと怯えていた。

空が白みはじめる頃には、阿塵《アー・チェン》の顔は蒼白になっていた。小瓷《シャオツー》は泣きすぎて涙も涸れ、考えられることはひとつしかなかった――もし彼が命を落としたら、自分も生きてはいられない。

朝、目覚めた阿塵《アー・チェン》は、目の前の世界が突然、一点の曇りもなく明確に見えることに気づいた。

寝室にあるどの家具も、どの引き出しも、どの服も、どの靴下も――いきなり、何がどこにあるのか、どのくらいの大きさか、どんな色か、何のためのものか、はっきりとわかった。彼は窓の外を見た。近所の人が数人で広場を散歩している。どの顔の裏にも、その人の身元、年齢、関係する人々のリストが見える。昨日の阿塵《アー・チェン》なら、彼らの名前を思い出すことすらできなかっただろう。

夫は目を覚ましたものの、小瓷《シャオツー》には彼の表情が不気味に見えた。小瓷《シャオツー》は喜び半分、不安半分で、急いで彼の額に手を当てて体温を確かめた。阿塵《アー・チェン》は苛々とその手を払いのけ、無言で妻を部屋から追い出した。

彼は適当に一冊の本をつかむと、目次を読みはじめた。読む速度は五、六倍に上がっていた。読み終わると、もう一度目次に目をやるだけで、本の内容がひとりでに整理され、いくつかの主要な幹から伸びる大小の枝の形にまとめられる。あらゆる節《ふし》やこぶが、はっきりと理解できる。目を閉じると、調和していない枝がくっきりと浮き彫りになり、そういう枝をどう整えればいいのか——この本をどう修正すればいいのか——一瞬にしてわかる。こうして修正した本は高く評価され、素晴らしい売り上げを記録したのだった。

修正すべき箇所に気づくたびに、阿塵《アー・チェン》は少し息苦しくなり、かすかに目まいがした。疑念、驚嘆、強烈な喜びが、嵐の荒波のように彼のなかに流れこんでくる。パソコンを起動する時間さえ、待っていられない。彼は紙をつかんで、書きはじめた。

玄関にしっかりと鍵をかけ、その週のうちに百本以上の美しい脚本の概要を書いた。冒頭で度肝を抜き、中盤は流れるように進め、ふさわしい華麗なクライマックスを用意し、物語の横糸を優雅に張りめぐらす。どの作品も傑作と呼ぶにふさわしい。彼は首をふっては、原稿に線を引いて消した。そしてときどき、気が触れたように突然笑いだしたりした。

ところが、その週のうちに、阿塵《アー・チェン》はある種の強迫性障害におちいってしまったようだった。室内のすべての家具の配置換えをしたり、あらゆる物の置き場をミリ単位で測ったり、服を色と生地の厚さで分類したり、すべての引き出しにラベルを貼りつけたりした。何もかもが完璧に整理されていなくてはならない。たったひとつのシミや、置き場の違う紙きれがあるだけで、彼の神経はささくれだった。

その週、小瓷《シャオツー》はリビングで寝るしかなかった。一日に三度の食事を作り、寝室へ運んだ。ある日、足音を忍ばせて寝室に入ると、小瓷《シャオツー》は部屋を掃除することにした。そして衣装簞笥《たんす》を開けた瞬間、激怒した阿塵《アー・チェン》にひっぱたかれた。

一カ月後、〈ミステリー・エージェンシー〉からB氏の能力が届いた。阿塵《アー・チェン》の耳は音に対して特別敏感になり、音は脳裏に消えない痕跡を残した。風の音、音楽、雷鳴、犬の咆哮さえ、耳に入るとあらゆる音が新たな意義を持って染みこんでくる。詩、エッセイ、俳句、生き生きしたスラングが、命を得たようにページから立ちのぼり、手を取りあって踊りだす。踊りは永久につづき、彼の目の前を小さな妖精のように次々と通りすぎていく。

阿塵《アー・チェン》は美しい詩を次から次へと書いていったが、韻文の荘厳な調べに心が休まることはなかった。A氏の構成力が暗闇から「整理せよ！　順序だてよ！」とわめくいっぽうで、B氏の力が言葉の美しさは説明しようのない自発性とひらめきから生まれるものだと主張する。ふたりの巨匠の精神が激しい嵐のようにぶつかりあい、どちらも相手に屈しようとしない。阿塵《アー・チェン》は自分の体が精神の闘技場になったように感じた。眠ることもできず、体が勝手に震えてしまう。

つづいて、C氏の能力が届いた。それはとてつもない深淵だった——百万もの顔、百万もの人格、百万もの物語、百万もの絶望。阿塵《アー・チェン》はついにさとった。C氏があんなひねくれた人物像と想像を絶する物語を書けるようになった代償は、自分自身の精神で作った地獄だったのだ。阿塵《アー・チェン》は震えながら、血と涙と白い骨と黒い墓のなかを、薄氷を踏むように進んでいった。もう少しで倒れるところだった。C氏の精神的な粘り強さがなかったら、阿塵《アー・チェン》は何度も自殺する瀬戸際まで行っていただろう。ほんのわずかでも癒しを求められるものといったら、一時的に脳を麻痺させてくれる強い酒しかなかった。

来る日も来る日も涙を流していた小瓷《シャオツー》は、そのうち体を壊してしまった。自分の愛したハンサムで学究的なやさしい夫が、なぜ一夜にして別人になってしまったのかわからなかった。実を言うと、小瓷《シャオツー》は歴史から知っていた——作家の配偶者の大多数は不幸な人生を送り、物質的な貧しさだけでなく、作家の繊細さや怒りっぽさ、浮気にまで耐えてきた。そういうことは、彼と結婚する前からわかっていた。

だが不幸にも、彼女のような人にとっては多くの場合、知識や道理は愛の前には無力だった。

そんなことはどうでもいい。小瓷《シャオツー》はベッドに横たわり、弱々しくあえいでいた。夫にひっぱたかれたことを思い出して目を閉じると、涙がひと粒、髪へ流れた。

ある日の夕暮れどき、阿塵《アー・チェン》は聞きなれない声に目を覚ました。

「この泥棒め」

阿塵《アー・チェン》の目がぱっと開いた。頭のなかに男の顔が現れた。細長い顔に浮かぶ表情は、ほほえんでいるとまでは言えない。

その顔は、阿塵《アー・チェン》の目の前に実体があるわけではなく、何かに投影されているわけでもなかった。ただ彼の意識の表層に浮かび、鮮明でありながらぼやけている。説明するのは難しい。まるで負傷した目と健康な目の両方で、世界を見ようとしているかのようだった。

「俺の想像力を盗むだと？　あの連中はいったい何様のつもりだ？」男は声を上げて笑った。

阿塵《アー・チェン》は目の前の顔にやみくもにつかみかかったが、空をつかんだだけだった。

「すべての法はひとつ、万物は永遠なり」男は憐れむように阿塵《アー・チェン》を見つめ、ゆっくりとぼやけて消えていった。

ついに泥酔状態から覚めた阿塵《アー・チェン》は、自分の吐いたものがすでに小瓷《シャオツー》に片づけられ、毛布は日に干されていい香りになっていることに気づいた。室内に夕日が差しこみ、心が澄みわたるようだ。それがE氏の能力だった。

人類はつねに同じ成長物語《ビルドゥングスロマン》を再演している。現代の人々が苦労を通して学ぶすべての原理は、何千年も前に古代の人々が書き残している。

太陽の下では、新しいものなど何もない。

「おまえはそこまでして、こういった能力を盗んだ。いったい何のためだ？」

俺は何をしたんだ？　阿塵《アー・チェン》は夕暮れの光に舞う無数の小さな埃を見つめた。

バタフライ効果が時空に波及していくように、四つのパラレルワールドで文学の歴史がゆっくりとゆがんでいくのが見える気がした。無数の因果の鎖がばらばらになって、ふたたびつながり、それとともに数えきれない人々の運命が変わった。

彼はそれぞれの世界をのぞき見ている気がした。A氏の才能が枯渇したときの出版社の軽蔑、B氏のたどたどしい言葉を馬鹿にする読者、E氏の無能ぶりをなじる妻。夜の闇のなかで自分を責め、苦悩にすすり泣くC氏。阿塵《アー・チェン》は彼らのもっとも大切な財産を盗んでおきながら、酒びたりになり、せっかくの財産を踏みにじったのだ。

この時点で、彼は妙なことに気づいた。E氏の賢明で理性的な声が問いかけてきたのだ。「おまえはなぜ、罪悪感を覚えない？　なぜ、おまえの心には後悔があるだけで、責任感からくる苦しみがないのだ？　なぜ、人を愛する能力を失った？」

愛する？　阿塵《アー・チェン》はぼんやりした頭で考えた。愛とは何だ？

なんと、彼は〈ミステリー・エージェンシー〉との取引で、愛を差し出していたのだ。

「愛はもっとも大切なものだ」E氏は静かに言った。「技術と知性があれば、人は世の中を見通し、仕組みを理解して、見下すようになる。だが、技術と知性では、真の文学の巨匠になることはできない。自分を手放し、抵抗も憎悪も持たず、世の中に自分を放りこまねばならない。愛と称賛と敬意を持って、人類を含む生きとし生けるものすべてを観察するのだ。これが文学の真の極意だ」

阿塵《アー・チェン》は立ち上がり、ダイニングへつづくドアを開けた。小瓷《シャオツー》がテーブルに着いて、湯気を上げる臘八粥の鍋を見つめていた。

彼は妻の向かいの席に、人形のようにぎこちなくすわった。

「少しは食べなきゃ」夫の姿を見て、小瓷《シャオツー》の目に久しぶりに光と平和がもどった。

阿塵《アー・チェン》はひと口食べた。粥はしょっぱく、甘くない。

彼は顔を上げ、小瓷《シャオツー》の青白い顔を見た。

「阿塵《アー・チェン》、臘八節の夜、あなたがどこへ行っていたのかは知らない。あなたがなぜこんなに変わってしまったのかも、わからない。でもきっと、そうするだけの理由があったのでしょう。

わたしはひと晩じゅう、あなたを待っていた。あの日のお粥も、今日のお粥のようにしょっぱかった」小《シャ》瓷《オツー》は無理にほほえんだ。

何か言わなくては、と阿塵《アー・チェン》は思ったが、結局何も言わなかった。

「阿塵《アー・チェン》、昨日、あなたの原稿を読んだの。あなたが見ていないときに。素晴らしかった。すごくうれしい」小瓷《シャオツー》はとうとう今にも泣きそうな顔になり、両手でゆっくりと阿塵《アー・チェン》の手を取った。

「約束して、これからも書きつづけるって」

阿塵《アー・チェン》は長いこと黙っていた。「君のために、書きつづけるよ」

小瓷《シャオツー》はゆっくりと笑顔になった。目には結婚式直後と同じ喜びの涙が光っているが、目尻の苦悩は隠せていない。夕日が彼女の青白い顔を照らし、最後に赤く染めた。

なんて冷たい手だ、と阿《アー・》塵《チェン》は思った。

「小瓷《シャオツー》は……その女の人は……」小魔《シャオモー》は悲しくなった。小魔《シャオモー》の父親は、のんびりとクッキングボックスの操作をつづけた。

「ああ、小瓷《シャオツー》は翌日、亡くなった。おそらく彼女にはわかったんだろう。自分の人生の最後のきらめき——阿《アー・》塵《チェン》の愛情——がなくなったことが。

その後、阿《アー・》塵《チェン》はひとりで暮らした。頭のなかでは、四つの能力が絶え間なく衝突して苦悩をもたらした。どんなに後悔しようが、取引を撤回することはできない。彼は立て続けにとはいかなかったが、多くのベストセラーを出し、たくさんの賞を獲得した。しかし、二度と結婚することはなく、ほかの家へ引っ越すこともなく、自分の作品を読むこともなかった。書斎の隅には本が山積みになり、埃をかぶっていた」

つまり、小魔《シャオモー》の父親はSF作家だったのだ。小魔《シャオモー》は父親を見て、額にしわを寄せた。父さんはどうしてこんなことを知ってるの？　パラレルワールドにいる自分のことなんて、どうしてわかるんだろう？　いったいどれだけのことを、あたしに隠してるの？

クッキングボックスがチンと鳴った。出てきたのは、ひと椀の臘八粥。

たぶん雪降る夜の冷えこみのせいだろうが、父親が粥を運んで小魔《シャオモー》の前を通りすぎるとき、かすかにしょっぱい冷めた粥の匂いが漂った気がした。

レストランの反対側の奥で、阿《アー・》塵《チェン》が頭を上げた。オーナーの細長い顔を見て、目を見開く。

ふたりは話をしている。

小魔《シャオモー》は急いで聞き耳を立てたが、聞き取れたのは最後の言葉だけだった。「すべての法はひとつ、万物は永遠なり」小魔《シャオモー》はがっかりせずにはいられなかった。

呆然とする阿塵《アー・チェン》をテーブルに残し、父親はキッチンステーションへ引き返してくる。阿塵《アー・チェン》はしばらく小魔《シャオモー》の父親を目で追っていたが、やがてゆっくりと視線をもどした。

次第に、阿塵《アー・チェン》の顔に小さな笑みが浮かんできた。かすかな孤独のにじむ笑みは、何かの記憶を追体験しているようだ。

彼の前には、濃い赤紫色の臘八粥がある。黒もち米、隠元豆、小豆、落花生、龍眼、棗《なつめ》、蓮の実、クルミを、やわらかくどろどろになるまで煮ると、家族のようにひとつに溶けあう。お椀から、かすかにしょっぱい冷めた粥の匂いが漂った。

阿塵《アー・チェン》がそうしてすわっているうちに、ほかの客はひとり、またひとりと帰っていった。粥はついに、すっかり冷たくなった。

彼がゆっくりと立ち上がった。小魔《シャオモー》は慌てて、彼のためにドアを開ける。

阿塵《アー・チェン》の笑顔は、夜空にひらめく一瞬の花火のようだった。その目はまた、虚ろになった。

小魔《シャオモー》には目もくれず、彼は吹雪のなかへ消えた。

時計が午前零時を打ったとき、冷たい風が粉雪と一緒にどっと吹きこんできた。

「父さんたちが何を話していたか、知りたくないか?」小魔《シャオモー》の父親が皿をふきながら、ゆっくりと訊ねた。

「知りたい!」小魔《シャオモー》は阿塵《アー・チェン》の目の表情を思い出して、思わず身震いした。

「父さんは彼にこう言ったんだ。二、三日したら、ある本が地球で賞を獲るだろう、と。それは、ひとりの女性のある男性に対する消えることのない愛の物語で、作者の名前は張瓷《ヂァン・ツー》。阿塵《アー・チェン》は小瓷《シャオツー》の日記をもとに本を書いたんだ。彼が今生で書くことのできる、自分を満足させられる作品は、残念だがこれだけだろう」

馬伯庸

マー・ボーヨン

Ma Boyong

馬伯庸《マー・ボーヨン》は多作で人気の小説家、エッセイスト、講師、ウェブ評論家、ブロガーである。彼の作品は歴史改変小説から歴史小説、武俠小説（武闘ファンタジイ）、寓話、そしてもっと「本格的」なSF・ファンタジイまでジャンルの境界を横断している。

切れ味鋭く、笑いに満ち、蘊蓄豊かな馬《マー》の作品では引喩が多用され、中国の文化と歴史に由来する伝統的要素と現代の事物がびっくりするような、それでいて興味深い形で並置される。中国の歴史と伝統に関する百科事典ばりの知識をことなげに繰り出すので、彼の一番面白い作品を訳そうとするのは一苦労だ。例えば、彼は唐代の長安を舞台としながら「24」のような現代米国のTVドラマのスピード感と道具立てを使ったスリラーを書いてしまう。同様にジャンヌ・ダルクを主人公にした武俠ものの中篇を二作書き、武俠の用語やお約束を中世ヨーロッパに移し替える。こうした物語は適切な文化的文脈を押さえた読者にはとてつもなく面白く、馬《マー》がいじくったジャンルや原典に新たな光を当てるのだが、翻訳の読者には注を山ほど付けなければほぼ意味不明だろう。

「始皇帝の休日」は中国最初の皇帝である秦の始皇帝がTVゲームの熱狂的なファンだったというとんでもない前提からはじまる。いったんこの前提を飲み込んでしまえば、古代中国の哲学と現代のTVゲームの対応関係に驚愕することだろう。とはいえ、この短篇のユーモアの大部分は中国のインターネット文化と古代中国史の知識に依拠しているので、読者によってはウィキペディアを何度も検索する必要があるかもしれない。

馬伯庸《マー・ボーヨン》の作品は『折りたたみ北京　現代中国SFアンソロジー』にも収録されている。

（鳴庭真人訳）

始皇帝の休日

The First Emperor's Games

中原尚哉訳

"The First Emperor's Games" (« 秦始皇的假期 »), by Ma Boyong (马伯庸), translated by Ken Liu. First Chinese publication: *Play* (« 家用电脑与游戏 »), June 2010; first English publication in this volume.

秦の始皇帝は首都咸陽《かんよう》の豪華絢爛たる玉座から勅を発した。

「統一国家の成就を機に、朕はこれより休暇をとってゲーム三昧となる」

無理からぬ望みである。六国《りっこく》を征服して始皇帝と名のってのちも、休むことなく各種の改革を遂行してきた。全国で使う書体や道幅や度量衡を統一し、コンピュータがあつかう文字の包括的なエンコード規格を発布して、敵国地域で使われていた互換性のないエンコード法を吸収した。この統一《ユニ》コードのおかげで、秦の平民は文字化けや変換プラグインをいれる手間から解放され、あらゆるプログラムを安心して立ち上げられるようになった。さらに北部に防火長城《グレート・ファイアウォール》を建設して、蛮族の襲来とポップアップ広告を防止した。

これらの雑事に始皇帝は青春の数十年を費やした。ようやく天下太平が訪れたいま、長い休暇をとって一般人もすなるゲームとやらをたしなまんとするのはしごく当然なお心である。

皇帝陛下が高品質のゲームをご所望との噂は全土に聞こえ、茶館や酒家でも話題になった。名ゲーマー名君なりといわれ、世は君主の心がけをたたえた。たとえば高名な縦横家の張儀《ちょうぎ》。戦国時代に六国が反秦同盟を組んだ合従《がっしょう》策に対し、個別に切り崩して秦に覇権をもたらした彼の連衡《れんこう》策は、『キャンディークラッシュ』のスワイプ、整列、消滅のテクニックから発想したといわれる。張儀は学生時代に勉強せずにゲームばかりしていたが、その後の出世ぶりはどうか。ゲームは政道を学ぶのに最適である。

　もちろん懸念を持つ貴族も一部にいた。ゲームは中毒性があり、そもそも平民の下賤な娯楽である。偉大な君主がこのような低俗にまみれるべきではない。陛下の〝電子的アヘン中毒〟を治療するには電気ショック療法をもってするほかないとさえ考えた。始皇帝はすみやかにこれらの貴族を大逆罪で処刑した。

　噂に大きく反応したのは諸子百家である。政治にみずからの思想を反映させせんとしのぎをけずる思想家や学者たちは、この噂が持つ重大な意味に気づいていた。四海に号令する皇帝が選ぶゲームは、すなわちその政治理念に影響する。学者にとっては娯楽を介して為政者を動かす絶好の機会である。皇帝がある思想家のゲームを選べば、政治においてもその思想にそった社会政策が推進されると期待できる。

　たちまち咸陽は思想スタートアップや開発シンクタンクの代表が集まって百家争鳴となった。それぞれが製造した最高のゲームのデモをたずさえ、宮廷御用達の金看板を獲得せんとて宮門前に列をなした。

　いの一番にプレゼンテーションをおこなったのは法家である。そもそも法家は領袖の李斯《りし》が秦の宰相を務めているという不当に有利な立場にあった。始皇帝が勅を発した翌日には、李斯はDVDを手に玉座に近づいた（古代のことであり、SSDや高速ブロードバンド回線はまだない。古代人がゲームをするのにいかに苦労したかを知って、読者はおのが幸運を感じていただきたい）。

　謁見した始皇帝は派手な色のトレーナーの上下を着て、すでに休暇中のリラックスモードである。

「わが宰相！　朕へのおすすめを申してみよ」

「『シヴィライゼーション』でございます」

　李斯はうやうやしくDVDをさしだした。あわてて焼いたデモ盤のためタイトルは盤面にマーカーで手書きされている（ただし宰相の流麗な手筆である）。ディスクを受けとった宦官は、腰をかがめて膝歩きでPCににじり寄った。金龍の装飾がある専用ケースから純金のトレイを出してDVDをのせ、閉じるボタンをそっと押す。PCがうなりだすと、べつの宦官が進み出てファンの排気口前に香炉をおき、殿中を薫香で満たした。

三人目の宦官がマウスをクリックしてインストールを開始。PCのファンが回転を上げてうなりだし、人々は無言でひたすら待った。

五分後にインストールが完了した。四人目の宦官がマウスとキーボード（もちろん宮中最高級のワイヤレス式である）を白檀の盆にのせて御前に運んだ。五人目の宦官は玉座のまえで両手両膝を床についた。その服の背中はマウスパッドとおなじ素材でできている。

李斯は重々しく述べた。

「このゲームには法家思想の精髄が詰まっています。プレイヤーは天下の君主となり、冷酷かつ厳密に帝国を統治しなくてはなりません。マイクロマネジメントにおちいらず、つねに大局観を持った政策決定が求められます。君主の意思に全NPCの運命がかかっております」

「おもしろそうだ！」

始皇帝はマウスを握った。オープニング画面では当然のように始皇帝を選んでゲームを開始した。

最初は順調だった。一つの市から徐々に領土を広げた。ピラミッド建設競争など、いくつかのイベントにも勝利した。長城建設もその一つで、壮観なだけで有用性は薄いが、始皇帝たる者つくらぬわけにはいかぬ。

次は戦争をはじめた。始皇帝ひきいる〝中華文明〟はきわめて好戦的だった。〝普天の下、王土に非《あら》ざるは莫《な》し〟の王土思想で、マップ上にまつろわぬ都市が一つでもあると許せなかった。石器時代からはじめて資源の大半を軍事ユニットにつぎこみ、休みなく戦争をした。始皇帝は戦国時代の連戦連勝を思い出しておおいに楽しんだ。

ところが愉快はやがて不愉快に変わった。ゲーム序盤で好戦的すぎたために、ほかのあらゆる文明から敵認定された。こうなると資源をすべて軍事分野に投入せざるをえない。すると支配下の全都市で暴動が起きた。高額な税金や住居の狭さや頻繁な戦争に抗議する人民が帝国全土で蜂起しはじめた。

「陛下、ご聖断を」李斯がとうとう口を出した。咳払いをしてなるべく穏やかな声で進言する。「各都市の市民の幸福度ゲージにもご留意ください。市内に娯楽施設をすこし建設してやるだけでよいでしょう。そこはマイクロマネジメントです」

しかし始皇帝は一蹴した。朕は天下にならびなき皇帝なるぞ！　なにゆえゲーム内の民草《たみくさ》の幸福度など気にせねばならんのか。

「朕を楽しませるのが民の務めである。朕が民を楽しませる必要はない」

始皇帝は娯楽費のスライダーをゼロに落とし、さらに市民一人を犠牲にして投石器を製造した。

「ゲーム内の民といえども秦の臣民である。帝国の利益のために犠牲は甘受すべきである」

当然ながらこのような政策では為政者の立場は弱くなる。内憂外患に冒された帝国はたちまち滅亡した。

始皇帝は怒ってゲームを終了した。マウス操作に力をこめすぎてマウスパッドになっている宦官が揺れるほどだった。

本来はプレイヤーの成績を世界史上のさまざまな為政者と比較する機能があったが、プレゼン前に削除していたのは李斯の慧眼だった。もし皇帝がそれを見たらゲーム終了ではすまなかったであろう。

宰相李斯は冷や汗をかいて御前から退出した。デモをはじめるまえは、始皇帝はゲームの難易度設定で帝王級を選ぶだろうと予想していた。至高無上の君主がためらいなく神級を選ぶとは考えがおよばなかった。

この始皇帝の心理を参考に今後の施策を助言せねばならない。

次のプレゼンターは孔鮒《こうふ》だった。孔子から九代目の孫にあたる儒家の代表である。彼がデモを披露したのは『ザ・シムズ』だ。

「このゲームは周代のもので、現在、復刻版を出せるのは儒家のみです」

孔鮒は得意げに説明した。偉大な孔子の知恵がそそがれたソースコードを毀損なく周代から継承してきたことを、儒家は大きな誇りにしていた。

しかし始皇帝は周代の歴史など興味がない。ゲームをやりたいだけである。

「どのようにプレイするのだ?」

「陛下、まず最初はキャラメイクです。そしてつくったキャラクターをシミュレーション世界にいれます。そこで礼法と行事にのっとった生活をすることで、その人生は有意義になります。たとえば隣家を何度も訪問しますと、隣人の好感度が上がります。儒教にいう、〝吾《わ》が老を老として以て人の老に及ぼし、吾が幼を幼として以て人の幼に及ぼす（自分の親を敬う気持ちで他人の親を敬い、自分の子を愛する気持ちで他人の子を愛せ）〟という思想です。このような社交のルールこそこのゲームの核心で……」

孔鮒は諄々《じゅんじゅん》と説くが、始皇帝は説法に退屈した。もし執務中なら衛兵にこの衒学者をつまみ出させただろう。しかしいまは休暇中なので辛抱した。孔鮒による長いチュートリアルが終わり、ようやく正式にゲームを開始した。

まず穴を掘ってプールをつくろうと思った。しかし資金不足と表示されてできない。

「笑止だ」始皇帝はつぶやいた。「朕は四海の富の覇者なるぞ。それがプール一つつくる金もないだと」

「君主は臣民の手本でございます。倹約樸実《ぼくじつ》の生活で天下に範をしめすのです。奢侈《しゃし》強欲ではいずれ破産します」

「なぜ隣人は朕を表敬訪問してこぬのだ？」

「陛下のほうから交流を深め、手土産を何度も贈るのです。そうすれば好感度が上がり、隣人は訪問してきます。仁徳の大切さをこのゲームから学べるのです。儒家では——」

「ばかばかしい！」

始皇帝はついに怒った。四海が服従し、万国が来朝するのが皇帝の日常である。なのに先にこちらから朝貢して、それでようやく相互訪問とはなんたる屈辱。

このゲームは大逆罪に相当すると始皇帝は断じた。

秦ではそれから一ヵ月にわたって儒家ゲームの製造販売に対するきびしい取り締まりキャンペーンが展開された。全国で数千枚の違法DVDが摘発され、四百人以上のゲーム商が逮捕された。皇帝は（プールよりはるかに）巨大な穴を掘らせ、違法DVDとゲーム商を投げこんで火を放った。世にいう焚盤坑ゲである。

第三のプレゼンターは墨家だった。その指導者は単刀直入にこう述べた。

「墨家は博愛主義です。戦争や攻撃は提唱しません。よって陛下にお持ちしたのは、タワーディフェンスです。防衛、防衛でひたすら陣地を守り抜くゲームです」

画面の一方にはゾンビの群れ、反対側には一群の植物が表示された。

「このゾンビはなんだ？」

「帝国の敵でございます」

「ではこの雑草と花は？」

「帝国の忠勇なる防衛隊でございます」

意外にもこのゲームは始皇帝の嗜好にあった。自陣のまえで敵をばたばたと倒して死体の山を築くのが楽しい。唯一気にいらないのはゾンビの次の群れが襲ってくるのをただ待つ消極性である。その巣窟へ遠征軍を出して討伐すればいいではないか。

「よいのです、陛下。進攻の必要はありません。どうやっても征服できないとわかれば敵は襲撃をやめ、戦争は終わります」

墨家の指導者は得意満面になった。宮廷御用達ゲームの座は近い。

始皇帝は説明を聞いてうなずいた。画面を見つめてひたすらクリック。秦帝国の玉蜀黍《トウモロコシ》大砲と豆鉄砲の圧倒的火力でゾンビを粉みじんにしていく。

五時間後、皇帝の目は血走り、顔はひきつっていた。マウスパッド役の宦官も何度か交替するほどの長時間プレイになっている。

それでもゾンビの襲来はやまない。皇帝の集中力がとぎれたわずかなすきに、小柄なゾンビが陣地に侵入して冬瓜《とうがん》をいくつか食べた。帝国の防衛失敗である。

「嘘つきめ！」始皇帝はマウスを投げ出し、痛む手首をさすった。「完璧に防衛していれば敵の進攻は止まると申したではないか。もう六百波も食い止めておるのだぞ。なのにまだ来る！」

「そ……それは陛下がエンドレスモードを選ばれたからで……」

「墨家は世のきびしい現実を知らぬ青臭い素人集団だ」

皇帝が呼んだ衛兵に墨家の指導者は追い出された。ただし庭園で足を止めて草木に水をやることは忘れなかった。

それから毎日のように各学派がそれぞれの粋《すい》をこらしたゲームを皇帝にプレゼンした。兵家は『コール・オブ・デューティ』、農家は『牧場物語』、論理学で知られる名家は『逆転裁判』、陰陽家は『仙剣奇俠伝』。しかしいずれも一回のテストプレイで皇帝からきびしいダメ出しを受けた。偉大なる皇帝陛下のお気に召すゲームとはどんなものか、だれもわからなくなってきた。

そんなときに新たな展開があった。良作にめぐりあえぬ始皇帝は気晴らしに巡幸に出た。車列が博浪沙《はくろうさ》という場所を通過中に、巨大な鉄槌が飛んできて従者の車をつぶした。皇帝は激怒し、暗殺未遂犯をとらえて厳罰に処せと命じた。

捜査はしばらく難航した。無策の捜査官を三人処刑したあと、四人目がようやく手がかりをみつけた。鉄槌の描いた放物線、落下点のクレーター、車の破片の散乱パターンを分析して、犯人は『アングリーバード』の熟練プレイヤーと推理したのだ。

このゲームをプレイできるスマホの所有者はごく少数だったので（なにしろ古代のことだ）、容疑者のリストはしぼられ、やがて張《ちょう》良《りょう》という若者が捜査対象に浮上した。しかし張はみずからの無実を証明して起訴を逃れた。まず、統一前の韓《かん》の生まれであることから、言葉巧みに朝鮮半島の韓国人であると主張した。ゲーム界の常識として、韓国人ゲーマーは『スタークラフト』しかしない。そしてこのゲームは寝食を忘れた猛練習が必須である。ゆえに『アングリーバード』などにうつつをぬかす時間はない。この論陣は鉄壁でだれも突き崩せなかった。

この法廷逆転劇に帝国全体が震撼しているとき、徐《じょ》福《ふく》が救世主さながらにあらわれた。

金髪碧眼の西洋顔にビジネススーツと革靴という、いまをときめくグローバルエリートの姿である。謁見にさいして徐福が小さなUSBメモリを手にしているのを見て、始皇帝は尋ねた。

「そなたはいかなるゲームを持ってきたのだ？」

「陛下がかつて見たことがなーい、すごーくアメージングな傑作ゲームでーす」

徐福はそのUSBメモリを勝手に皇帝専用PCに挿し、パワーポイントのファイルを開いて、洗練されたプレゼンをおこなった。

「しかしこれはただのスライドではないか。ゲームはどこにある？」

「陛下ー、短期的な成果のみを求める国家は長続きしませんねー。水平線のむこうを見通し、未来に投資することで、長期的な繁栄が約束されるのでーす」

「なにを言いたいのだ」

「ご紹介するゲームは疑問の余地なく、前代未聞の傑作でーす。ただしまだ霧のかなたの蓬萊島《ほうらい》で開発中なのですねー。そこで、このキックスターターのプロジェクトに陛下のベンチャーキャピタルから少しだけ投資してくださーい。そうすれば一年以内にベータ版を出して、三年以内に市場に出荷できることをお約束しまーす。パワポの説明にあったとおり、これはローリスク、ハイリターンのビッグチャンスですよー」

「しかしな……」

始皇帝はためらった。徐福の口上には惹かれるが、未完成で開発中というゲームに金を出してしまってよいものだろうか。ほかのプレゼンターはみな完成品をたずさえてきたのに。

すると徐福は含み声で言った。

「優柔不断では優秀なリーダーらしくありませーん。ビッグチャンスは即断即決でーす」

始皇帝は決断した。蓬萊島へ渡る船団を用意し、ゲームへの先行投資として三千人の童男童女と金銀財宝を山積みにした。徐福は一年から三年でたぐいまれなる蓬萊島産ゲームを持ち帰ると約束した。

「吉報を待っておるぞ!」

始皇帝は埠頭から声をかけた。徐福は白い歯をきらりと光らせ、船上から大きく手を振った。

「ご心配なーく。信用してくださーい」

船団が水平線のむこうに消えてから、始皇帝は肝心のゲームのタイトルを聞いていなかったことを思い出した。脇にひかえる寵臣趙高《ちょうこう》に尋ねた。

「徐は蓬萊島のゲームの名を申しておったか?」

「いいえ」趙高は答えた。「しかし小職がそのラップトップの画面を盗み見てございます」

「どんなタイトルだった？　教えよ！」

「ええと……たしかこうでした。『デューク・ニューケム・フォーエバー』と」

「佳き名だ！」始皇帝は期待に胸をふくらませ、ため息とともに言った。「早くプレイしてみたいものだ」

顧適

グー・シー

Gu Shi

顧適《グー・シー》はスペキュレイティヴ・フィクション作家、そして都市計画の専門家である。上海の同済大学を卒業後、中国都市計画設計アカデミーで都市計画の修士号を取得した。二〇一二年以降は、同アカデミーの都市デザイン研究所で研究員として働いている。

顧《グー》は二〇一一年から《超好看》、《科幻世界》、《懸疑世界》、《科幻大王》などの雑誌で作品を発表している。彼女の代表作には「キメラ」、「時間の記憶」、本作「鏡」がある。二〇一四年には科幻星雲賞の最優秀新人部門で銀賞を受賞した。英訳では《クラークスワールド》に作品が掲載されている。現在執筆中の初長篇『永遠の歓喜の御代』*The Reign of Eternal Delight* は中国最初の女帝・武則天が創始した王朝の、ある女帝の宮廷を舞台にした改変歴史小説だという。「鏡」は形式面でも叙述面でも実験的手法をとっているが、そのテーマはわれわれ人類という種の最古の物語にも登場するものである。

（鳴庭真人訳）

鏡

Reflection

大谷真弓訳

1　透視能力者

マークはとても特別な人物だ――彼に透視能力者に会わせてやると言われたとき、ぼくはそれほど驚かなかった。

「けど、教官は科学者じゃないですか！」ぼくは指摘せずにはいられなかった。

「だからといって、科学を崇拝しているわけじゃない」ぼくの表情に噴きだした彼は、説明のつもりでつけたした。「肉屋が豚肉を崇拝したりしないのと同じだ」

ぼくはくすくす笑った。これが、マークの特別なところだ。マークは興味深い人物で、いつも興味深い人たちに会わせてくれる。

「彼女に会ったら、くれぐれも礼儀正しくしてくれよ」ぼくたちはありふれたアパートメントの前に立っていた。マークはいつになく恭《うやうや》しい態度だ。「そういうことを気にするタイプだから」

ぼくは少し不安を覚えつつ、彼のあとから階段をのぼりながら、透視能力者はどんな人だろうと想像した。明るくなったり薄暗くなったりする吹き抜け階段をのぼっていくと、空気が埃っぽくなってきて……。まさか、こんな場所で透視能力者に会えるとは思いもしなかった。

マークは階段をのぼりきったところで足を止めた――すぐ、ドアが開いた。姿を見せたのは、やさしい柔和な顔立ちのほっそりした少女。

そう、少女だ。年齢は十四歳くらい。大人にくらべ、手足が細長い。黒いレオタードと黒いタイツ姿で、青白い首が茎のようにすっとのび、その上に丸い子どもっぽい顔がついている。だけど全体的な外見に反して、目には鋭さと寛容があり、まるで老女の目のようだ。

「エド！　来てくれたんだね！」少女は何年も会っていなかった旧友のように、ぼくをぎゅっと抱きしめた。そして急に放すと、二歩あとずさって優雅にうなずいた。「ごめんなさい——まだ知り合ってなかったこと、忘れてた」

　ぼくは何が何だかわからなかった。どうして、ぼくの名前を知っているんだ？　マークが感心して言った。

「すでにエド・リンを知っていてくれて、うれしいよ。見ず知らずの人間を連れてきて、迷惑をかけてしまうのではないかと心配していた」

「彼を連れてきてくれてうれしい。ありがとう」少女は何かを思い出そうとしているかのように、口ごもった。「……マーク？」

「正解！」マークは大げさな笑みを作る。「覚えていてくれたんだね！」

　少女はほほえみ、ぼくたちに入るよう手招きした。

「エド、あなたの好きなチャイを用意してあるわ」

　少女の家は本人と同じく変わっていた。ベッドは本に埋もれ、机はおやつのトレイとティーセットにおおわれている。円形のダイニングテーブルは、脚をのこぎりで切り落とされ、テーブルの上はさまざまなクッションに埋めつくされている。そんな異様な家具が最初は奇妙に見えたが、少しすると心地よい親しみを感じるようになってきた。

「すごくちらかってるでしょ」少女は申し訳なさそうに言ってから、独り言をもらした。「あれ、あたし、何してたんだっけ？」そしてぼくのほうを向くと、ダイニングテーブルのクッションつきの椅子を笑顔で示した。「どうぞ、すわって」

ぼくはおそるおそる腰かけたが、マークは立ったままでいる。彼のためらいが、ぼくにはおもしろかった。マークは四十三歳、分子生物学と心理学で二つの博士号を持ち、終身在職権をあたえられたばかりだ。つねに自信たっぷりの態度で闊歩《かっぽ》し、まるで元気なカニ――おっと、ぼくの論文アドバイザーでもある。ところが、この少女の前では、小学生のように不器用でおどおどしている。少女はぼくのためにチャイを淹れ、カップを運んできてくれた。

そして足を止め、いぶかしげにマークを見つめた。「あなた、誰？　いつ入ってきたの？」

「ついさっき――」

「ウソ！」少女は金切り声で叫んだ。そしてぼくのほうを向くと、ずっとやさしい声で訊ねた。「エド、この人は誰？　どうして、ここにいるの？」

ぼくはすっかり困惑してしまった。「ええと……マークがぼくをここに連れてきてくれて……」

「あっ、じゃあ、マークなんだ」少女はまたほっとしたようすだった。「ありがとう」とマークに礼を言う。

マークはばつが悪そうに頭をかいた。「いや、たいしたことじゃない。じつは訊きたいことがあって――」

「あなたの質問には答えられない」少女はぼくにチャイを差し出した。「あなたの娘のテストの点数なんて、知らない」

「そう、まさにそのことで来たんだ」マークはさらに不安そうになる。「娘の成績が落ちていて……わたしにできることはないだろうか？」

「どうして、あたしにその答えがわかるわけ？」

「透視能力者だから。君には未来が見える」

少女は顔をしかめた。若者の傲慢さと老人の威厳が入り混じった表情だ。「わかった。あなたの仕事は？」

「科学者だ」

「じゃあ、科学者さん、教えて。ワープドライヴの原理は?」

「それは……あの……」

マークの顔が赤くなる。

「あたしが科学について知りたいことをあなたが教えられないように、あたしもあなたには教えられない——」

その反論にぼくが笑いだすと、少女が叫んだ。「カップに気をつけて!」

笑って体が揺れた拍子に、やけどしそうなほど熱い液体がカップから手にこぼれた。ぼくは痛みに顔をゆがめた。

少女は慌ててぼくの手からカップを取りながら、つぶやいた。「本当にごめんなさい。前もって注意しておくべきだったのに」

ぼくの手に息を吹きかける少女の表情は、心配そうで集中している。

「前に会ったことあったっけ?」ぼくはますます困惑する。

少女は少し間を置いてから、答えた。「これから会うことになるの」

2 インタヴュー

卒業後、ぼくは科学の道を歩みたいとは思わなかった。そこで、記者になった。人生をつねに、新たなわくわくすることで満たしておきたかったのだ。あの透視能力者のことは、マークを猫の前のネズミのようにふるまわせたこと以外は、特に興味深いと思えなかった。あのエピソードは、ぼくの記憶のなかでたちまち色あせていった。

三年後のある日、編集長の部屋に呼ばれた。

「リン、君にやってもらいたい仕事がある」編集長は一枚の細長い紙きれを差し出した。「彼女は今世紀最高の霊能者と呼ばれている」

　その住所には見覚えがあった。「最高の霊能者ですか？」

「彼女の記録を見てみろ。ワールドカップ、アメリカ大統領選、南米の地震などなど。毎回、結果を完璧に予知してきた。そうだ、これを見てくれ、一昨日彼女が微博《ウェイボー》に投稿したものだ。『明日午後四時、流血と火災』」

　ぼくはぞっとした。二日前なら、その言葉は少し漠然としすぎていただろう。だけど今なら、昨日の飛行機事故のことだとはっきりわかる。

　時間までぴたりと当たっている。

「彼女はメディアにはけっして話をしない。しかし……」編集長はそこでわざと間を置いた。「メールで質問状を送ったところ、話をしてもいいとすぐ返事が来た。ただし、君の取材なら、という条件で」

　ぼくはぞくっとした。「彼女はその理由を言っていましたか？」

　編集長は首をふる。「たぶん、君に興味があるんだろう」

　ぼくは笑った。「ここでの待遇改善を要求しようかな。たぶん、ぼくはいつか社長になりますよ」

　編集長は横目でちらりと見た。「たとえ君が社長になっても、締め切りを守らせることに変わりはない」


　またもや、ぼくはあのアパートメントの前に立っていた。今より少し若かった自分を思い出して軽いノスタルジーに浸っていると、上のほうの窓が開いた。

「エド！」彼女に大きな声で呼ばれた。

　その声の親密さに、ぼくはうれしくなった。気持ちが落ち着く。

　彼女はまだ独りで暮らしていて、コンロにはおいしそうな匂いのするスープの鍋がかかっていた。記憶より背が高くなり、ふっくらしている。彼女のことをこんなによく覚えている自分に驚いた。部屋は模様替えされていたが、家具には妙になじみがある。ぼくはすわって、また立ち上がった。「仕事で来たんです」

にっこり笑う彼女。「じゃあ、用意してきた質問リストを出して」

ぼくはメモ帳を取り出した。あらかじめ、ざっと質問事項を書き出しておくのが、ぼくの習慣だ。明らかに、彼女はそれを予知していた。

彼女はリストにちらりと目をやると、ベッドの上の本の山をひっかきまわしに行き、もどってきて一枚の紙を差し出した。「そのことはよく覚えてる。それで間に合うでしょ」

ぼくは紙に書かれたものを読んだ。一文ごとに驚きが大きくなっていく。訊こうと思っていたすべての質問に、すでに回答が書かれていたのだ。

「どうして、ぼくの質問する内容がわかったんですか?」

「あたしの仕事を忘れたの?」

かなり印象的な実演だ。

「その紙に書いてあることだけ、記事に使うのを許可してあげる」

ぼくはさらに注意して回答を読んだ。彼女は用心深く、かなり慎重に、何もかもあいまいに表現していた。回答はすべてを答えているようでありながら、同時に何も答えていないようにも取れる。

「こんな乏しい情報では、人物紹介の記事など書けま――」

「あなたの記事にはじゅうぶんすぎるくらいの回答よ」異論を許さない口調だ。

ぼくは困惑して彼女を見た。「帰れと言っているんですか?」

「うーん……」彼女はほほえんだ。「これから先の会話はすべてオフレコにすると約束するなら、いてもいいわよ」

「約束します」

「自分の父親の名にかけて誓って」彼女は厳かにいっぽうの手を上げる。

ぼくは噴きだしそうになった。それでも片手を上げ、彼女の言葉をまねた。「父の名にかけて誓います」

彼女は声を上げて笑った。「あなたが約束を守ることはわかってる、エド。でも、ちゃんと口に出して誓ってもらう必要があったの」

「なぜ？」

「未来が変わることはないけど、やっぱり怖くて……」彼女は湯気を上げるカップを差し出した。

不合理な返事で、ぼくにはわけがわからない。腰を下ろし、なんとかくつろごうとカップからひと口すする。チャイは甘く、ちょうどいい熱さだった。「おいしいです」

彼女は満足そうにほほえんだ。「知ってる」

「君には未来が見えるんだから、ぼくが何を訊きたがっているのか、もう知っていますよね」

「もちろん。それでも、あなたは訊きたいことをちゃんと口に出すべきよ。そうしないと、会話にならないもの」彼女はすわって、ぼくの目をのぞきこむ。「習慣に従うほうがいいわ」

「わかりました。どうやって未来を知るのか、教えてくれますか？」

彼女は自分のカップからひと口すすると、直接答えるのではなく、質問で返した。「あたしたちが会うのは、これが初めて？」

「もちろん、違います」

「でもあたしは、今まであなたと会ったことを覚えていない」

「覚えていない？」ぼくは奇妙な落胆を覚えた。「マークがここに連れてきてくれたんですよ」

「その人のことはまったく記憶にない。たぶん、彼に会うことは二度とないってことだと思う」

ぼくにはさっぱりわからなかった。「どういうことですか？」

「どう説明したらいいのかな――」彼女はぼくのメモ帳を取り上げた。「そうだ、このメモ帳が一生を表しているとするでしょ」

彼女が考えをまとめるのを、ぼくは辛抱強く待つ。

彼女はインタヴューのために用意した質問のページを開いた。「ここが今日、ちょうど今、この瞬間」それからメモ帳の最初のページを開く。「ここが誕生の瞬間、過去ね」

ぼくには、彼女の話がどこへ向かおうとしているのかわかった。彼女は最後のページを開いた。「ここが死、未来。ほとんどの人はメモ帳を一ページ目から最後へ向かって埋めていく。明日以降のページは白い状態。過去を思い出すことはできるけど、未来を知ることはできない」彼女はメモ帳をひっくり返し、裏の厚紙を上にした。「あたしは違う。あたしのメモ帳は裏から表紙へ向かって埋まっていくの。記憶は未来のことでいっぱい。あたしにとって、明日起こることを思い浮かべるのは、あなたが昨日のことを思い出すのに似てる」

少し休んで、彼女はチャイをひと口すすった。

ぼくは呆然とメモ帳を見つめた。そんな説明、受け入れられない。

「君の予言は……君の記憶だと言うんですか？」

「そういうこと。予言は全部、あたしの頭のなかにあるの。現在に近づくにつれて、予言の内容がよりはっきりしてくる。同じように、あなたが思い出す過去は、あたしにとっては知りようのない未来」

「つまり」ぼくは唇をなめた。「君は過去を忘れてしまうということ？」

「ええ」

「それじゃ……」ぼくは彼女の話の論理的な欠陥を見つけだそうと必死になる。「君がこれまでの出来事を忘れてきたのだとしたら、どうしてぼくとの会話が成り立つんですか？　そもそも、どうしてぼくが質問したことを覚えていられるんです？」

「直近の過去と未来は、両方とも現在から推測できるの。例えば、あなたは、もうすぐあたしのスープができあがるって予知できるでしょ。今夜、自分がどこで眠るかも予言できる。あたしが質問に答えてあげることもわかるわよね。実際、ときにはあたしの答えを予想することさえできる。同じようにあたしも、あなたがついさっき訊ねたことを想像できるわけ」

「いや……しかし、君の答えはぼくの想像を超えている」ぼくは両手を上げ、困惑と驚きを大仰に表現した。

彼女は辛抱強くつづける。「わかってもらいたいんだけど、世間で時間の流れにさからって生きている唯一の人間として、あたしはあなたたちと会話する技術を磨くことに全力をつくさなきゃならない。すべての会話のすべての瞬間に、相手が言ったことを推測したり想像したりしなきゃいけない。あなたたちは、こんな技術を学ぶ必要はないでしょ」

「じゃあ、本当に、前回ぼくと会ったことを覚えていないんですか？」

「あなたと会ったことは覚えてないけど、いずれまた会うことは知ってる」


奇妙なことだが、その答えにぼくは穏やかな気分になった。夕食を食べていったらとは言ってもらえなかったので、おいしそうな匂いのカボチャのスープを食べそこなった。ぼくは自宅で人物紹介の記事を書いた。彼女が前もって用意してくれていた回答のおかげで、簡単だった。

ぼくはノートパソコンを閉じ、マークに電話した。

彼の声はうれしそうだった。「また彼女に会ったのか？」

ぼくは彼女と会ったときのことを話し、彼女の予言の源も伝えた。マークは興奮した。「自分の記憶から未来を予言しているのか？　じつに興味深い！」

ぼくは彼のようには盛り上がれなかった。「わからないんですか？　もし彼女の話が本当なら、未来は変えられないことになります。ぼくたちのしていることは、何もかも無駄な努力ということじゃないですか。そんな世界に、どうして絶望せずにいられるんです？」

「で、君はどうする？」それがいつものマークのやり方だ――自力で答えを見つけるよう促すことで、相手に学ばせる。

「そんな世界は信じないことを選びます」

3　最初の出会い

その後、ぼくはたびたび彼女のもとを訪れ、彼女の住まいにさらになじんでいった。彼女はいつも古い友人のように挨拶してくれて、ぼくはうれしくなる。それはつまり、この先も彼女に会えるということだから。彼女に未来について訊ねることは、自分の未来でさえ、めったになかった――彼女に会えるかぎり、そんなことはどうでもいい。

彼女は独り暮らしをしていたが、身の回りのことはほとんどできなかった。ある週末、ぼくはもっと快適に暮らせるように片づけを手伝い、彼女は喜んでそれを受け入れ、お礼にぼくの好物を作ってくれた――チキンカレー、ブロッコリーと豆の炒め物、たくさんの白米。ぼくはがつがつと全部たいらげると、ソファにすわって、彼女がぼくの好みに合わせて特別に淹れてくれたチャイのカップを手に取った。彼女は隣にすわり、猫のようにぼくの肩に頭をあずけた。

ぼくの過ちは、この仕草をＯＫサインと受け取ってしまったことだ。

ぼくの手が動きもしないうちに、彼女はさっと身を引いた。その目はかすかにおびえていた。「どうして？」

彼女は「何をするつもりなの？」といった質問は、けっしてしない。そんなことは知っているのだ。

「君に求められていると思ったんだ」

「そんなわけないでしょ！」その確かな口調に、ぼくは胸を締めつけられた。「ていうか……求めてるけど、あなたの思ってるような形じゃない」

「なぜなんだ？」ぼくたちはいつも、たがいにこの質問を投げかけている気がする。

「あたしたちはどうしたって一緒になれないから。不可能だもの。だって――」彼女は口ごもり、目を見開く。それから一語一語強調して先をつづけた。「あたしには。無理だから。あたしたちには。不可能だから」

どうしようもない怒りがこみ上げてきた。「理由くらい、言うべきだ」

「エド……」彼女はぼくを見るだけで、その先を言わない。

「なぜ不可能なんだ？」ぼくはどうしてもあきらめられなかった。

彼女はため息をついてソファにもたれた。「だって……だって、あたしは過去を覚えていられないのよ。わからないの？　あたしは今、初めてあなたに会っている」

永遠に初めての出会い。

ぼくはうなじの産毛が逆立つのを感じた。彼女の目に、今まで見たことのない光がある――知らない人を見る目だ。

彼女は顔をしかめた。「どうして、ここにいるの？」数年前、マークに同じ質問をしたときと同じ表情だ。

「君に会いに来たんだ」ぼくの声はだんだん小さくな

り、動揺でみぞおちのあたりがそわそわしてくる。

「なぜ、会いに来たの？」彼女の声には警戒がにじんでいる。

「話をしに……お茶を飲みに来たんだよ」

「あなたが来ることは、二度とない」彼女は断言した。

　ぼくはその後何度か連絡を取ろうとしたが、メールでも電話でも彼女からの返事はなかった。彼女の微博《ウェイボー》の更新も止まってしまった。アパートメントに行ってみたら、空室の看板が出ていた。訊きたいことは山ほどあったが、彼女の言っていたように、どの質問の答えも予想がつくことに気づいた。ときどき彼女と会話をする幻覚を見て、ただ独り言をつぶやいていただけだと気づくこともある。

　それからの日々は滅茶苦茶で、覚えておく価値のない混沌としたものだった。編集長に彼女の居場所を知らないか訊ねたが、編集長はけっして教えてくれず、憐れみの表情でぼくを見るだけだった。ついにぼくは、大学へもどってマークを探すしかなくなった。

　ぼくの説明を聞いたあと、マークは訊ねた。「リン、君は自分自身にどんな質問を投げかけたんだ？　その答えはどんなものだった？」

「彼女の居場所を知りたいだけだ！」ぼくはいらいらした。

「こっちの質問に答えられないのなら、君の助けにはなれない」マークは悲しそうだった。

　これが、ぼくの記憶が正しければ、ぼくたちの初めての喧嘩だ。マークはいつでもぼくのことを気遣ってくれた。ぼくは優秀な生徒ではなく、論文もぱっとしなかったのに。いっぽう、マークのほうは学部で人気の指導教官のひとりだった。

「リン、誰であろうと人の未来というものは、その人の心のなかにあるものだ。彼女を失ったことは、気の毒に思うよ」

失った？　ぼくには意味がわからなかった。

彼女が必要だ。頭のなかには、それしかない。その思いにつきまとわれて、頭がどうにかなりそうだった。ぼくには彼女が必要だ、彼女に会う必要がある、彼女に会わなくては……。

めまいがして、マークに支えられた。「君には助けが必要だと思う」

「彼女に会わなきゃ……」ぼくは小声で言った。

マークはぼくに手を貸し、ラウンジチェアにすわらせた。「君には休息が必要だ」

その言葉に魔法をかけられたようだった。ぼくはひどい疲れを感じた。「君には睡眠が必要だ」

ぼくは目を閉じた。夢のなかで、鏡の迷宮で彼女を探していた。どこを見ても、鏡に映る自分が見えるだけで、ぼくに必要な人は見つからない。

——彼女に訊きたい……。

「何を？」


ぱっと目が開いた。ぼくはマークの研究室にすわっていた。向かいには、彼女がすわっている。以前より年齢が上がっている。美しい。

「何を訊きたいの？」彼女はもう一度訊いた。

マークは見当たらない。彼女はどこから現れたんだ？

「マークはどこ？　彼が君を連れてきてくれたのか？」

「誰のことを言っているのかわからない」彼女の眼差しは以前のようにやさしい。「調子はどう、エド？　元気にしていると思ってたんだけど」

「元気さ」声がかすれる。「君がぼくの人生に現れる前は——君に捨てられる前は、ずっと元気だった」

「あなたにはもう、あたしは必要ないと思ったの」彼女は目をそむける。

「必要に決まってるだろ。君のことを考えない時間は、一瞬たりともない」

「あたしも」彼女の目はぬれていた。

「なら、一緒にいてくれよ」ぼくは懇願する。

「それはだめ」

「どうして?」

彼女は首をふる。「だめなの。あたしは過去を忘れてしまうけれど、ひとつ覚えていることがある」

「それは何?」

「いずれわかるわ」

「いいかげんにしてくれ! ぼくたちが一緒にいられないと、そこまで確信できる理由は何なんだ? 教えてくれ!」

「すぐにわかるわ」彼女はマークの机を指さした。

「答えはそこにある」

4 全知の存在

ぼくは飛び起きて、駆け寄った。机の上に一冊の実験ノートがあった。〝全知の存在〟。

これは、マークが研究していることなのだろうか? かすかな罪悪感を覚えながらも、ぼくはそのノートを開いた。

わたしは現在の科学理論では説明できない心理現象に興味を持っている。ここで使用する狭い意味での〝全知の存在〟という言葉は、〝過去から未来へ時間を移動している感覚は、錯覚である〟という考えに根差したものである。記憶は嘘をつく。未来はヴェールにおおわれているというのに、過去と未来はわたしたちの頭のなかで共存しているからだ。全知の存在とは、過去と未来、両方の記憶を持つ者のことである。

わたしは真の意味で全知の人間、または、対象者のなかの全知を始動させる方法を探求している。研究は困難だった。ほとんどの透視能力者は、結局、偽物だと判明した。

リンに出会うまでは。

ぼくは顔を上げた。彼女は消えていた。けど、彼女の声が頭のなかに残っている気がする――「答えはそこにある」。

ぼくは次のページをめくった。

リンは自分にもうひとりの人格があることを、まったく知らなかった。だがわたしは、運よく彼女に会うことができた。しかし、彼女はわたしに対して、けっして好意的ではなかった。

明確にしておくと、わたしは彼女を〝見た〟わけではない。わたしに見えるのはリンだけで、もうひとつの人格は彼のなかで生きている。わたしはリンを子ども時代に過ごした家へ連れていくまでは（おそらく、それが間違いだった）、透視能力者は男だと思っていた。そこでリンは透視能力者に会い、わたしに透視能力者は少女だと教えてくれた。

わたしは彼らの会話に耳を傾けた。厳密に言えば、リンの独り言だ。その会話を記録することは、どんな形であろうとできなかった。透視能力者の人格が、わたしに非常な不信感を抱いていたからだ。

彼らの関係に介入すべきでないとはわかっていたが、リンが恋愛感情という罠にはまってしまった。たとえ彼女が完全な別人格であっても、自分自身と恋に落ちることは不可能だ。

ぼくは動くことも、口をきくこともできなかった。マークはこう言っているのだ……彼女はぼくだと。

彼女とぼくは同じ人間。

ぼくが透視能力者。

どうしたら、そんなことがありえるんだ？　彼女は今までずっと、ただの幻だったというのか？

過去の場面が、目の前でモンタージュ写真のように次々と現れる――彼女の家の慣れ親しんだ匂い、彼女がぼくにインタヴューしてほしいと要求したこと、ぼくの好みをよく知っていたこと……。そうだ、マークの娘の成績が彼女の知の領域に存在しないのなら、なぜぼくに関するあらゆる情報が彼女の知識に入っていなきゃならないんだ？　それに、ぼくが彼女の作った料理を食べたあと、彼女は満腹しているように見えた……。

背すじがぞっとした。ぼくは溺れかけていて、実験ノートは手の届くところにある唯一の流木だった。ぼくは慌ててノートをめくったが、多くのページが破りとられていた。そして、最後のページに来た。

わたしの知る唯一の全知の存在として、リンはそういう状態がありうることを証明してくれた――ただし、それは思いがけない形で表れた。真の多重人格者はじつにめずらしく、しばしば非常に強いトラウマをともなう。したがって、わたしはこう推測した。全知の存在であることは、大きな恐怖と苦しみの状態にあることであり、リンはそのため、自分自身を二つの人格に引き裂くという反応を示したのではないか。ひとりは一見普通の男性。もうひとりは、未来を予知する女性。

可能なら、リンの家族にインタヴューして、彼の子ども時代に――透視能力者の人格を生み出して妙なふるまいを見せるようになる前に――いったい何があったのか知りたいところだ。残念ながら、リンは孤児で、八歳のときに交通事故で両親を亡くしている。その後はいくつかの里親家庭で育ったが、里親たちは口をそろえ、覚えているかぎり彼に変わったところは何もなかったと言う。

5　鏡に映った自分

ぼくは最後のページを見つめたまま、凍りついた。そのページはぼくの足に縛りつけられた巨大な石に変わり、ぼくを息のできない淀みの底に引きずりこもうとする。

あの見慣れた建物のことは覚えている。アパートメントの最上階は、いつも香辛料のきいたチャイとカボチャのスープの匂いがたちこめていた。

ぼくは八歳だった。

父さんと母さんに訴えていた――行かないで！

ぼくは事故のことを知っていた。両親は死んでしまうとわかっていた。

ぼくは泣き、せがみ、叫び、物を床に投げつけた。自傷行為をしようとした。

両親は、ぼくがかんしゃくを起こしていると考えた。

ぼくは自分の部屋に閉じこめられた。両親の足音は遠ざかって消え、二度ともどってこなかった。

何が起きたのかはわかっていた。両親は死んだ。

ぼくは鏡に映った自分を見つめた――おまえのせいだ。

すると、鏡のなかの姿がだんだん変化していき、手足をじたばたさせる小さな赤ん坊になった。

彼女は透視能力者だ。未来が見えるが、それを変える能力はない。かつてはぼくだったが、もうそうじゃない。

ぼくは彼女に言った――父さんと母さんはおまえのせいで死んだんだ、おまえなんか大嫌いだ。

彼女は赤ん坊のように見えるけど、話すことができた。彼女は手をのばし、ぼくの手をつかもうとした。

――エド！

ぼくは鏡を粉々にした。ベッドに寝そべって、目を閉じる。

彼女を見たくない。彼女の話も聞きたくない。

ぼくにはわかっていた。明日は何もかも、今よりよくなっているだろう。

何もかも、よくなっているだろう。

王侃瑜

レジーナ・カンユー・ワン

Regina Kanyu Wang

王侃瑜《レジーナ・カンユー・ワン》は上海出身のSF作家で、創作活動とファンダムへの貢献によって科幻星雲賞を何度も受賞している。王はSFファングループ・科幻華果核の共同創設者であり、また世界華人科幻協会（WCSFA）の理事会の一員でもある。王《ワン》はヨーロッパと米国を広く巡り、中国SFを世界各国のファンに紹介するとともに中国のファングループと諸外国のファングループの結びつきを開拓してきた。彼女は世界各地のコンベンションで重要メンバーとなっている（実際、フィンランドSFファンダムでは正式に採用された）。

王《ワン》の短篇「ミャンへの帰還」は二〇一五年の彗星科幻コンテストで優勝した。中篇「雲と霧」は二〇一六年の科幻星雲賞中篇部門で銀賞を受賞している。

短篇を《科幻世界》、《萌芽》、《外灘画報》、《ヌメロ》、《エル・マン》などの雑誌で発表するほか、伝統的な上海料理に関する本も書いている。時には《アメイジング・ストーリーズ・マガジン》で中国のSFファンダムやその他の話題について英語で発信することもある。

現在、王《ワン》は微像文化（Storycom）の国際PR部門のマネージャーを務めている。同社はスペキュレイティヴ・フィクションの映画・ゲーム・コミック・その他のメディアミックスに力を入れている中国の企業である。

「ブレインボックス」はわれわれが自分の人生を物語として構築することで、かえって人生を縛ってしまっているということを簡潔に鋭く掘り下げている。

（鳴庭真人訳）

ブレインボックス

The Brain Box

大谷真弓訳

"The Brain Box" (« 脑匣 »), by Regina Kanyu Wang (王侃瑜), translated by Ken Liu. No Chinese publication; first English publication in this volume.

1

「方《ファン》さん、最後にもう一度、合意書を確認しておきましょう、いいですか？　この合意書は、次の事項を理解しているという事実に基づく。関連する技術はまだ実験段階であること、そして――」

「はい」

「すみませんが、方《ファン》さん、わたしが全文を読み終わるのを待って、『はい、同意します』か『いいえ、同意しません』でお応えください。そのように手続きを行うよう義務づけられているのです。ええと、どこまで読みましたっけ……あ、ここですね――瀕死の人間の脳のパターンをべつの人間の脳に刻みつけることによる潜在的影響については、完全な解明はできないこと。考えられる影響のなかには、対象者の脳へのダメージ、精神パターンの葛藤や刻みつけられた思考に対する脳の拒否反応などから来る見当識障害……。

前述の危険性を理解したうえで、なお自らの意思で趙《ジャオ》・霖《リン》さんのブレインボックスから引き出したデータを自分の脳に刻みつけ、この実験によるあらゆる結果を引き受け、研究チームの報告書作成に協力することに同意しますか？」

「はい、同意します」

「結構です。あなたの音声署名を認証しました。こちらに横になってください。そして、ベッドの頭部にあるくぼみに首をのせてください……そうです、完璧です。これで始める準備ができました」

方《ファン》・鋭《ルイ》は目を閉じた。趙《ジャオ》・霖《リン》の顔が頭に浮かび、葬儀を思い出して痛みに胸がうずく――いや、今はだめだ。彼は決然と目を開け、白い壁と白衣とまぶしい白い照明を見つめた。彼らは方《ファン》の体にいくつもの電極をはりつけ、異常な生理的反応が起これば、各画面に波形グラフとなってあらわれるようにしていく。方《ファン》は落ち着きをたもって、この実験を進めてもらわなくてはならない。

これは方《ファン》にとって、愛する趙霖《ジャオ・リン》に近づく最後のチャンスだ。彼にとって、趙霖《ジャオ・リン》はすべてであり、人生を照らす光だった。彼女の最後の五分間を見逃したりしたら、自分を許せない。

技術者たちは方《ファン》の左の薬指をパルスオキシメーターに差し、顔に酸素マスクをかぶせ、血圧計モニターを左腕に固定し、最後に金属製のヘルメットを頭にかぶせた。

記憶の移植処置が始まった。

2

急降下。

燃えるにおい。

煙と火が飛行機の尾部から前へ押し寄せてくる。悲鳴のなか、ときおり祈りの声が混じる。

天井からぶらさがる酸素マスクをつかんで鼻と口をおおうようにかぶせながら、冷静沈着な自分に驚く。わたしはもうすぐ死ぬ。この否定できない現実を受け入れてしまえば、恐怖と不安は薄れていく。自分の運命を変えるためにできることは、何もない。

あきらめるよりほかない。

残された時間は、あと何分だろう？　脳のパターンを記録する装置の容量は、わずか五分。装置はリングバッファとして機能し、古いデータを新しいデータで上書きしていく。飛行機のブラックボックスが飛行パラメータ、測定器の値、墜落前のコックピットの会話を保存するのと同じ仕組みで、ブレインボックスは死ぬ前のわたしの脳の活動を保存する。

　記録装置に保存されたパターンは、べつの人間の脳だけが解読できる。理論上、わたしの最後の思考を再現することが可能になる。現在のところ、解読に成功したブレインボックスはひとつもない――けれどそれは、ブレインボックスを埋めこんだ人がまだ全員生きているからだ。わたしが最初の死者になるだろう。

　ブレインボックスを埋めこむことに同意した人のほとんどは、若く健康で、まだ未来は無限という感覚を楽しんでいる。これは少し非合理的ではないだろうか？　理想の被験者は、すでに死の戦慄を感じている人であるべきだ。それなら、早いうちに役立つデータが回収できる。とはいえ、死が近い人々にとって、月々のわずかな報酬のために実験に参加するのは、あまり魅力的とは言えない。それにいずれにしろ、ほとんどの人は自分の考えていることを隠したい、本来の自分よりよく見せたいという欲求につきまとわれているものだ。自分の思考をむきだしのまま世間にさらすという予定を受け入れられるほど無謀になれるのは、若者しかいない。彼らは、報いを受ける瞬間は数十年後まで訪れないと信じて、安心している。

　正直に言えば、わたしが被験者になることに同意したのは、単にお金のためだ。方鋭《ファン・ルイ》とわたしの少ない稼ぎでは、ローンやその他の大きな出費を満足にまかなえなかったから、わずかな収入でも助けになると思ったのだ。けれど、ブレインボックスのせいで自分が疑いを抱くようになるとは、思いもしなかった。

　ほかの被験者たちも同じことを経験しているのだろうか？　ブレインボックスの存在は、彼らにも自分に嘘をつくことを強いているのだろうか？　死の間際、自分の思考が世間にさらされる恐怖は、死そのものに対する恐怖を上回るのだろうか？　なんてこんがらがった思考！　もし、これが本当にわたしの人生の最後の五分間だとしたら、わたしのブレインボックスを解読する人は、確実に頭痛に襲われる。

「最後まで合理主義者だった」人はそう言うかもしれない。

方《ファン》・鋭《ルイ》も同じことを言った。当初の情熱が冷めたあと、わたしは人生に対して分析的アプローチをする自分に速やかにもどったけれど、彼は理性より感情に衝《つ》き動かされることをつづけているようだった。三年つきあったあと、わたしたちは同棲し、投資のため郊外の新築アパートメントを購入し、街中のもっと小さいアパートメントを借りて住んだ。そういうことはほとんど彼が決め、わたしはそれに従った。わたしが彼といっしょにいたのは、ほぼ習慣にすぎなかった。怖い夢から目覚めたときにしがみつく温かい体があることに慣れていたし、二人分の食事を用意して残り物を出さないだけのちょうどいい量の食料品を買うことにも慣れていたし、いつも自宅にいる彼が玄関を開けてくれるので、鍵を持たずに外出することにも慣れていた。けれど、こういう習慣はどれも変えられないわけではないし、わたしには人生においてひとりで対処できないことは何もなかった。わたしたちがいっしょにいなければならない理由は何もなかった——とはいえ、別れるべき理由もなかった。

わたしたちはそんなふうに、落ち着いたありきたりの生活を送っていた。わたしがブレインボックスを埋めこむまでは。

わたしは本当に彼を愛しているのだろうか、と自問するようになった。自分の望んだ人生を送っていると信じこむのは、不可能になった。それまでは変化のない生活に慣れていたのに、ブレインボックスを埋めこんでからは、死後の場面を考えずにはいられなくなった。ブレインボックスのデータが解読され、わたしが方《ファン》・鋭《ルイ》を彼が思っているほど愛していなかった——あるいは、ひょっとしたらまったく愛していなかった—

―ことを彼が知ったら、どうなるだろう？　そんな未来を想像すればするほど、怖くなった。

　彼にプロポーズされた日、わたしは逃げた。プロポーズを大がかりな見世物にするのは、いかにも彼の好きそうな感傷的な行動だ。彼の腕からこぼれんばかりのバラと友人たちの楽しそうな声援に圧倒されてしまい、わたしは逃げた。彼がキャンドルで作ったハート形の囲いから逃げ出し、飛行機で街を出た。驚きすぎて考える時間が必要だったのだと説明すると、ただロマンティックなサプライズをしかけたかっただけなんだとあやまられた。

「君は本当に決まりきった生活をしているよね」方《ファン》は言った。「飽きないのか？　ぼくは君が自分を解放するところが見たかったんだ」

　海のそばで一週間ひとりですごしていると、考える時間はたっぷりあった。けれど、とくにどんなことを考えていたかは覚えていない――ただ、ブレインボックスの存在を、頭上に浮かんだ剣のように漠然と感じていた。食事も睡眠もろくにとれなかった。自分のことを、方鋭《ファン・ルイ》にどう説明していいのかわからなかったのだ。

　海辺ですごす最後の日、泊まっていた朝食付きの宿のオーナーが、アザレアの花を見ようと丘へハイキングに連れていってくれた。赤、黄、ピンク、紫の花々は、とてもロマンティックで、とても野生的だった。不意に、恐怖が消えた。もどって方鋭《ファン・ルイ》に会い、本当のことを話す覚悟ができた。

　わたしは死ぬ。たぶん、今ごろ、方鋭《ファン・ルイ》は空港で指輪を持って待っているだろう。わたしは彼に本当の気持ちを伝えることはできない。どんな人でも本能的に、自分の体裁を整え、他人の前で一貫した幻を維持しようとする。彼のロマンティシズムとわたしの合理主義は、わたしたちがはずすのを恐れているふたつの仮面だ。彼は気づいていてもいないだろうけれど、あの公衆の面前での芝居がかったプロポーズは、ロマンティックな人という自分の評判を強固にするために考えた行動だ。わたしが逃げるくだりは彼の筋書きにはなかったものの、ある程度は予想していたはずだ。自分のイメージを守るため、彼はわたしを待たなくてはならず、わたしの心変わりを願って、わざわざ空港に来て新たなショーを演じなくてはならないのだ。それでも彼は根本的に、わたしを愛するよりもはるかに強く、自分自身を愛している——わたしが何を望んでいるかを、本気で気にかけているわけじゃない。

言葉や行動で他人をあざむくのは人間の性《さが》だけれど、ブレインボックスは埋めこまれた者に常に自分を省《かえり》みることを強いる。わたしの考えは、本当にわたしの考えなのだろうか？　死後、わたしの心のなかで行われた率直な独白が発見されるのだろうか？　他人がわたしに抱くイメージは、本当のわたし自身と一致しているのだろうか？　たとえ、ブレインボックスが保存できるのは最後の五分間だけといっても、見られている感覚は常につきまとい、逃れようがない。

実験に参加することに同意したときのわたしは、世間知らずだった。ほかの愚かな若者と同じく、遠い将来、死後に頭のなかをのぞかれる可能性など、気にもしていなかった。絶えず自分を省みなければならない人生と向き合わされることも、自己不信という重い鎖につながれることも、わかっていなかった。

飛行機の急降下が加速していく。耳が痛い。激しくなっていくブーンという音で、頭がいっぱいになる。残された時間は、あと何分？　今考えていることが記録されるの？　わたしのブレインボックスは回収されるだろうか？　解読するのは誰？　その人は方《ファン・》鋭《ルイ》のことを知り、彼に何もかも話すだろうか？

もはや、愛の話じゃない。ブレインボックスの存在そのものが、すべてを変えてしまう。

3

「方《ファン》さん！　大丈夫ですか？　脈拍と血圧に異常が見られたので、実験を中止しなくてはなりませんでした」

方《ファン》・鋭《ルイ》は目を開けた。意識が遠い旅から自分の体にもどってきた。そこらじゅうが白い――白い壁、白衣、まぶしい白い照明。ここは飛行機のなかじゃない。彼は悪夢から目覚めたのだ。

「どうぞ、お水を飲んでください。休んで回復する必要があります。あなたが要求しないかぎり、実験は続行いたしません」

「いいや」方《ファン》・鋭《ルイ》は唇を震わせて言った。「もう、いい……何もかも……わかった。趙《ジャオ》・霖《リン》……彼女はもどりしだい、ぼくのプロポーズを受け入れるつもりだったんです。彼女の最後の思考は、ぼくの幸せを祈り、ぼくの悲しみをどうしたら最小限にできるかということばかりでした。ああ、彼女はいつだって愚かしいほど合理的だった。彼女が恋しくて、恋しくてたまらない……」

声は小さくなってとぎれ、目から熱い涙があふれる。だが、彼にはわかっていた。彼の心が痛むことは二度とない。

陳楸帆

チェン・チウファン（スタンリー・チェン）

Chen Qiufan

作家、脚本家、コラムニスト——最近ではSF・ファンタジイのメディアミックスに関する起業支援を行う会社・伝茂文化を創設した陳楸帆《チェン・チウファン》（スタンリー・チェン）は《科幻世界》、《時尚先生》（中国版エスクァイア）、《天南》、《文芸風賞》などの各誌で作品を発表している。未来予想を描いた作品が《スレイト》や《Xプライズ》などに掲載されることもある。

中国SFの最重要作家・劉慈欣《リウ・ツーシン》は、陳のデビュー長篇『荒潮』［原題：荒潮］*The Waste Tide*（中国版は二〇一三年、英訳は二〇一九年に刊行）を「近未来SF小説の頂点」と絶賛した。

陳《チェン》は数々の賞を受賞しており、その中には台湾奇幻芸術賞青龍賞、銀河賞、科幻星雲賞が含まれる。英訳では《クラークスワールド》、《パスライト》、《ライトスピード》、《インターゾーン》、《F&SF》などの各誌で取り上げられており、「麗江《リージャン》の魚」は二〇一二年のSF・ファンタジイ翻訳賞を受賞、「鼠年」はレアード・バロン編『ウィアード・フィクション年間傑作選：第一巻』*The Year's Best Weird Fiction: Volume One* に収録された。彼の作品は『折りたたみ北京　現代中国SFアンソロジー』にも収録されている。

「開光」は陳《チェン》の短篇の中でもわたしのお気に入りの一つで、現代の北京でSNS産業のエリートの一人として生きることの不安と波瀾、そして愚かしさをよくとらえている。一方、「未来病史」ははるかに陰惨で苛烈だ。ヒエロニムス・ボッシュ風の幻想の未来は、全能だが無知で粗暴な政府によってではなく、むしろ無関心で道徳観念にも歴史的視座にも欠けた一般大衆に支配されている。そんな大衆にとって歴史の終焉は祝福でも呪いでもあるだろう。いつものように陳《チェン》は物語の一番重苦しい一節にさえユーモアのひらめきを添えているが、それを希望と読むべきか絶望と読むべきか、わたしには確信が持てない。

（鳴庭真人訳）

開光

Coming of the Light

中原尚哉訳

"Coming of the Light" (« 开光 ») by Chen Qiufan (陈楸帆), translated by Ken Liu. First Chinese publication: *Offline•Hacker* (« 离线・黑客 »), January 2015; first English publication: *Clarkesworld,* March 2015.

0

　母から聞いた話である。一歳の誕生日を迎えた俺を抱いて買い物をしていたら、たまたま会った仏僧が俺の頭をなでたという。当時はつるつる頭仲間である。僧はさらに詩のような短い言葉をつぶやいた。

　母は帰宅して、記憶に残った断片を父のまえで唱えてみせた。中学卒で母よりすこしだけ学があった父は、それは詩ではなく、仏教の公案《こうあん》だろうと話した。村の校長先生に問いあわせて、もとの言葉がわかった。それが俺の人生を決めた。

雲間を出入りして太虚《たいきょ》を満たす
元来、真相は一塵も無し
重ね重ね西来《せいらい》の意を請《こ》うて問えば
唯《た》だ庭前の一柏樹《はくじゅ》を指す(注1)

　この公案に深い意味があるにちがいないと考えた父母は、重ねて柏《かしわ》と答えるという意味で、俺を周重柏《ジョウ・チョンボー》と名付けた。

1

　まるで蒸籠《せいろう》でむされる餃子だった。

　ほかの餃子たちも蒸気を吸って吐き、それぞれの口から出る白いものを見ている。マンガの登場人物さながらに頭上の雲形ふきだしに浮かぶ論理的思考や、女の裸体や、伏せ字の悪態を読みとっているのか。蒸気が消えると、そこには疲れて腫れぼったい顔が並んでいる。空気清浄機は壊れたようにうなり、壁ぎわの椅子にすわった若い女は無言でマスクをつけ、スマホの画面に指を滑らせて眉をひそめている。

確認するまでもなく深夜をまわっている。女房はもう微信《ウェイシン》のメッセージにも返信しない。

俺は無理やり呼び出されたところだった。

女房といっしょに散歩した帰り道、歩道橋の上で軍用コートの男に出くわした。俺たち夫婦を驚かせる大声で男はこう言った。

「竜座流星群が一月四日にやってくる。見逃してはいけない――」

俺は続きを待った。普通はそのあとマーケティング業界でいう〝行動をうながすフレーズ〟が続くはずだからだ。たとえば、「だから海淀《ハイディエン》天文クラブに入会しよう！」とか「いますぐこの番号にお電話を！」とかだ。ポケットから小型望遠鏡を取り出して、「いまならたったの八十八元！」でもいい。路上販売の口上としていちおう合格点をやれる。

ところが壊れた留守番電話のように、口上ははじめにもどった。

「竜座流星群が一月四日にやってくる――」

だめだこりゃ。

がっかりして女房ともどもその場を離れた。そのとき電話が鳴った。徐《シュー》社長からだった。

俺はすまないという顔を女房にむけた。仕事の話が家庭に割りこむとあからさまに不愉快な顔をされるし、こういうことは初めてではないのだ。俺は電話に出た。それが運のつきだった。

女房の口癖はこうだ。

「お義母さんに言っておいて。孫をせっついても無駄。息子さんはなんでも他人の言いなりで、本人が赤ん坊同然だからって」

「重柏《チョンボー》！」徐《シュー》社長の声で、発癌性の蒸気が充満したこの部屋に意識がもどった。「おまえは戦略担当なんだから、黙ってないでなにか言え！」

　蒸気のかすみごしにホワイトボードの汚い字を読む。ユーザー洞察、キーとなる訴求点、市場リサーチ……。これらのワードを、乾いてかすれた各色のマーカーの線が結ぶ。スマホの絵合わせゲームをやった指の軌跡のような三角形、五角形、六角形。七つ集まればドラゴンボールだ。

　無意味だ。無意味な嘘っぱちだ。

　蒸籠の圧力が高まる。額に浮かんだ玉の汗がだらだらと顔まで流れてくる。

「暑いのか。拭けよ」

　しわくちゃのペーパーナプキンが徐《シュー》社長から投げられた。得体のしれない色になっているが、もらってしまうと拭かないわけにいかない。

「万《ワン》氏は前回のマーケティング計画が不満で、代理店を変更すると言いだした。頼みこんでなんとか継続してもらっているが、今度だめだったらどうなるか、みんなわかってるだろう」

　安物のペーパーナプキンは使うと分解し、汗だくの顔にゴミが張りついた。

　万《ワン》氏は神である。ネット企業のCEOである。中国のシリコンバレーと呼ばれる中関村《ちゅうかんそん》で通行人をランダムに十人選んで声をかけたら、一人はネットワーク・マーケティング業者で、二人がマルチ商法の勧誘で、三人が宗教の勧誘で、残りは全員どこかのスタートアップ企業の創業者ないしCなんとかOだ。

　これらの人々と一対一で三分間話せる権利を売ったら、最後のグループが圧勝だろう。なにしろ彼らが売るのは商品ではない。世界を変えるアイデアなのだ。彼らは神の代弁者ではなく、自分が神なのだ。

　万《ワン》氏はそんな神の一人だ。

　徐《シュー》社長の営業努力と幸運のおかげで、万《ワン》氏はわが弱小代理店のクライアントになってくれた。これでエンジェル投資家やPEファンドからABCDの各ステージで流れこむユーロやドルや円や元をわが社が使って、万《ワン》氏の会社が開発したモバイルアプリの市場を拡大し、製品認知度を高め、一日あたりのエンゲージメントを改善し、それらの数字を使って万《ワン》氏はさらなる投資を集め……という循環が生まれるはずだった。

そのどこに障害が発生したのか。

「どこが障害なんだ？」

徐《シュー》社長の乾いたかん高い声が、トンネルを通過する地下鉄の耳ざわりな車輪のきしみのように響いた。俺は見えない力に圧迫されて視界が暗くなりかけた。震える体で周囲の視線を避けつつ立ち上がる。数学的平面に住む二次元人になった気分だ。体は点で、まわりが見えない。

「それは……製品にあるんだと思います」

徐《シュー》社長の叱責を予期して頭を深く下げた。

「おまえの洞察があるなら話してみろ」

黙るしかなかった。

万《ワン》氏の会社の共同創業者を、かりにYと呼ぼう。Yは中国科学技術大学時代の同級生で、しばらくアメリカで仕事をしていたが、万《ワン》氏の誘いに応じて帰国した。そのさいにビジネスの中核となるべき重要な特許権をいくつか持ち帰った。それらはデジタルウォーターマーク技術に関するものだった。この技術を情報理論と複雑な数学から説明するのは俺の手にある。

具体的にいうとこういうことだ。写真を撮影するときに、見えないウォーターマークを特許技術をもちいてデータに埋めこむ。するとこの写真をどう加工し、編集しても――画面の八十パーセントをトリミングしても――特殊なアルゴリズムを使うともとの画像に復元できる。見えないウォーターマーク自体にオリジナルの写真の情報が保存されているからだ。

もちろんこれはごく初歩的な応用例だ。認証や改竄《かいざん》防止システムなどにも有用だし、ほかにも多方面で使える。メディア、金融、科学捜査、軍事、安全保障、医療……。可能性は無限大だ。

しかしYの帰国後、当初もくろんだ中核産業分野へは参入障壁があることがわかった。越えられないほどではないが、当面はらちがあかないと思わせる程度には高い。何度か壁にぶつかった二人は、これを回避するために、まずエンターテインメント分野でビジネスを立ち上げることにした。一般消費者にこの技術を浸透させ、それから産業分野での業務用途に徐々に拡げようというわけだ。

万《ワン》氏がよく使うキーワードに〝セクシー〟というのがある。すべてを測るものさしにしているらしい。しかしそのわりには、万《ワン》氏の製品はむしろ破れて縮んで物陰に捨てられたラブドールのようだった。

「クライアントの製品をなぜ使わないんだ」

徐《シュー》社長は壁ぎわの席にすわった若い女子社員たちに詰問口調で訊いた。彼女たちは青い顔でメモをとるふりをした。

万《ワン》氏のモバイルアプリは真相写真《トゥルースグラム》という。ユーザーが撮った写真にはすべて特殊なデジタルウォーターマークがしこまれる。するとその写真をどこへ転送し、フォトショップで加工し、原型をとどめないほど改変しても、ボタン一つでオリジナルにもどせる。当初は安全性を売り文句にした。「トゥルースグラムを使っていれば、あなたの顔を加工したポルノ画像がつくられる心配はありません。ママも安心！」というわけだ。

徐《シュー》社長は販売チャンネルを整備するだけでなく、ウェブ上でマーケティングイベントも開催した。題して〝トゥルースグラムでもとどおり！〟だ。まず女性参加者を百人集めてトゥルースグラムでセルフィーを撮ってもらう。それをすべてスーパーモデルのようにレタッチして、ウェブサイトに掲載する。そこに万《ワン》氏のアプリを使ってもとにもどす方法を解説したGIFアニメをつける。「一瞬で美女が野獣に！」だ。

このギミックに熱烈に反応したのは男性ユーザーだった。正確には負け組の男性だろう。口コミでユーザーが増え、大量の応用作品が投稿され、まさにユーザー生成コンテンツ花盛りというようすになった。

一方で女性からの評判は悪かった。フォーラムには会社への否定的コメントがあふれた。女性が美を追求する権利を、倒錯したナルシシズム的欺瞞として中傷する、手垢のついた女性差別とけなされた。製品PRとしては大失敗だ。

俺としては勝利宣言したいところだ。市場開拓とはまず急所にふれなくてはいけない。脳の感情中枢である視床下部に鋭い針を刺す。すこし血が出るくらいでちょうどいい。血が出なければ針先が鈍いか、急所をはずしたかどちらかだ。

しかし万《ワン》氏はこのイベントについて、一部の耳目を一時的に集めただけで、長期的にはブランド価値をそこねたと考えた。データからもあきらかだ。ダウンロード数は短いピークを記録したあと急降下し、以後は低空飛行。集まった負け組男性たちも、新規コンテンツが供給されないせいで飽きてアプリから遠ざかった。

ユーザー調査のインタビューに答えたごく普通の少女は次のように話した。

「写真の安全なんかより、自分がいちばんかわいく見える角度にしか興味ないんだけど」

彼女のスマホの写真アルバムは過剰にレタッチされたセルフィーだらけだった。どれもほとんどおなじで、本人とは似ても似つかない。いまも三十分おきにスマホを頭上四十五度にかかげてアヒル口でパチリとやっているのだろう。

砂上の楼閣が満ち潮で崩れるのは自明なのに。

徐《シュー》社長は俺をにらむ。俺はホワイトボードをにらむ。ホワイトボードは全員をにらむ。全員は手もとのスマホをにらむ。霧中で迷った鳥の群れとおなじだ。画面に注意を奪われて飛ぶべき方角を見失っている。周囲には冷たい夜の帳《とばり》が下り、闇の奥から飢えた捕食者が近づいている。

　手もとのスマホが小さく鳴った。バッテリー切れ警告だ。無意識のうちに省電力モードをキャンセルし、急いで微信のモーメンツを見た。バッテリーは最後の一滴まで有効活用する。見えないバックグラウンドのプロセスに浪費すべきではない。俺の価値観、俺の哲学だ。

　万《ワン》氏の最新の投稿があった。それを見たとたん、蒸し餃子の皮が破れて餡が飛び出た。

「これだ！」

　俺はテーブルを大きく平手で叩き、眠たげな顔の全員を飛び上がらせた。

　徐《シュー》社長の鼻先にスマホを突きつける。

　万《ワン》氏のプロフィールのすぐ下に新たな投稿写真があり、次のように説明されていた。

　陰暦十五日の今週土曜日、仏教徒として功徳を積むべく、囚われの動物たちを温楡河《おんゆが》に放流します。抱卵中の田螺《たにし》や鳥類、爬虫類、魚類その他を買ってきて川に放します。この慈善行為によって御仏の威光がみなさんに届き、老年者の長寿、中年者の家内安全、幼年者の学業と健康が成就しますように！よい土曜日を！（より多くの動物を解放するための寄付を受けつけます。多くの動物＝多くの善行です。こちらのアカウントまで：XXXXXXX　このメッセージをシェアやリポストするだけでも功徳になります）

　徐《シュー》社長は目を皿のようにして読んでいる。

「ほう。資金繰りに困っているのか。そういえば先日の請求書も振り込みがまだだな！」

「その先も見てください」

　画面を上へスライドさせた。万《ワン》氏の活発なタイムラインには、ハイテク業界のニュース、最近の仏教イベント、カフェイン濃縮サプリ、チキンスープの話題などが並んでいる。

「万氏《ワン》のもう一つの興味がこれでわかりました」

「なんだ？」

「考えてみてください。なぜこれほど多くの人が功徳を積んで仏の加護を得られるメッセージを毎日熱心にシェアするのか。敬虔《けいけん》な仏教徒でもないのに。ようするに、人々の中心的欲求は自分の写真の改竄防止ではない。不安をかかえた現代中国人が求めるのは個人の安全、とくに心理的な安心感です。この心理的欲求に、万氏《ワン》の製品をコネクトさせるんです」

「具体的には」

「みんな答えてくれないか。安心感を得られるのはどんな投稿をシェアしたときだ？」

口々に答えが飛んできた。

「菩薩の真言！」「仏の絵！」「仏誕やその他の祝日のお知らせ！」「高僧の格言！」

「じゃあ、どんな投稿なら信用してお金を払う気になる？」

この質問に部屋の全員がしばし考えこんだ。やがて若い女子社員の一人がおそるおそる発言した。

「なんかこう……有難いような……光がさしてるみたいな……」

「そのとおり！」

しんと静まりかえった。徐社長《シュー》が立ち上がり、無表情のまま俺の背後に歩いてきた。バーンという大きな音と同時に、シャツの背中にさわやかな風が吹きつける。冷水を浴びせられたようだ。室内に立ちこめた靄がいっぺんに晴れた。

「目が覚めたか？」徐社長《シュー》はふたたび窓を閉めながら言った。「詳しく説明しろ。ただし謎めかすな」

社長の視線を受けとめてゆっくりと話した。

「どこかの名僧高僧に頼んで、このアプリの開光法要

（いわゆる開眼法要）をしてもらうんです。有難い光がさすように。するとこのアプリで撮影した写真はすべて魔除けのお守りになる。功徳をシェアする経済圏をつくるんです」

　全員がスマホの画面から顔を上げて俺を見た。俺は徐《シュー》社長を見た。徐《シュー》社長は無言でスマホを見た。しばらくして社長は詰めていた息を吐いた。

「朝陽《ちょうよう》区の高僧たちはおまえをただでは帰さないだろうな」

　それがなにを意味するか、その時点ではよくわかっていなかった。

10

女房は反ハイテク主義者である。

昔はヘビーゲーマーだったらしい。いつもコンピュータにかじりついていたので、両親が夏休みにネット中毒の矯正合宿に送りこんだ。そのときの経験でハイテクへの考え方が百八十度変わったという。

　鳳凰山でもよおされた〝涅槃計画〟と称するその合宿でなにがあったのか、何度も尋ねたのだが、いつも答えをはぐらかされた。

　これが夫婦間最大の思想的ちがいだった。一見すると派手で新奇なハイテク産業も、実態は昔ながらの商売と変わりないと女房は言う。どちらも一般人の弱みにつけこみ、進歩や向上や救済を名目に人々の感情を操作する。手に持つのが聖書でもｉＰａｄでも、結局はおなじ神に祈っているのだと。

　俺は反論した。

「需要があるものをつくってるだけだ。だれもが慰安や快楽や安心感を求めている。上昇志向や承認欲求はだれでもある。そういう欲望は消せないものさ」

「小難しい話でごまかさないで。あんたたちがやってるのはゲームよ。支配欲を満足させてるだけ」

「おいおい、人間はそんなにばかじゃない。それぞれ頭があるんだ。簡単に支配できる人間なんていない」

「NPCならできる」

「なんだそりゃ」

「ノンプレイヤーキャラクターのことよ。見えないバックグラウンドのプロセスにすべてが舞台裏で制御されているのだとしたら？　あんたの行動がゲームのロジックに反映され、それによってNPCを動かすシステムが反応して、あらかじめ決まったプログラムを実行してるのかもしれない」

俺はまじまじと女房の顔を見た。新興宗教にでも入信したのかと思った。

「本気でそんなこと考えてるのか？」

「犬を散歩させてくるわ。朝早いと道に犬の糞が落ちてなくていいのよ」

11

毎朝寺の鐘が五回撞《つ》かれると、俺は起きて掃き掃除をはじめる。新築の経蔵《きょうぞう》から板張りの長廊を通り、さらに石段から山門まで。山門脇には槐《えんじゅ》の古木が猛獣の鉤爪のように曲がった枝を伸ばしている。

箒を動かしながら小声で唱えるのは首楞厳経《しゅりょうごんきょう》か法華経か金剛般若経か。その日のPM2・5の大気汚染指数で変わる。汚れた空気を吸うと喉が痛くなるので雑念を払うためだ。

寺の参拝客から見れば、俺が出家した僧でないことは一目瞭然だろう。身分は週末の法話を聞きに来る在家信徒と変わらない。俗世間からの逃亡者だ。

チベット仏教寺院の雍和宮《ようわきゅう》の外に並ぶ仏具店で電子仏箱を買う客とおなじともいえる。この仏箱を家においてボタンを押すと、経文を唱えはじめる。そして毎正時または好みの設定時刻に幽遠かつ瞑想的なボワーンという梵鐘を鳴らすのである。これを聞くと業障《ごうしょう》が消えて功徳を積んだことになる。地下鉄二号線の雍和宮駅を出る列車の車内ですし詰めになった参拝客の手荷物のなかで、買い求めた仏箱がいっせいに正時の梵鐘を鳴らすところをよく想像する。きっと俗世から離脱した禅の境地が出現することだろう。

戒律にしたがって食事は厳格な菜食主義である。ああ、北新橋《ほくしんきょう》の菜館で老湯滷煮《ラオタンルージュー》を食べたい。豚の小腸を長年煮込みつづけているという味と香りが濃縮されたスープを味わいたい。

携帯電話は解約した。SNSのアカウントもすべて削除した。女房は実家に帰した。名前も塵無《チェンウー》という法号をもらって改名した。世俗の塵にまみれないという意味だ。あの狂乱した人間たちとは金輪際かかわりたくない。もううんざりだ。

すべてはあの晩からはじまった。支離滅裂なマーケティングプランのせいだ。

万《ワン》氏はおれのアイデアを買った。一晩で技術者を集めて新製品の開発にかかった。徐《シュー》社長はマーケティング計画と戦略を立てた。この計画で肝心かなめの役割は、当然ながら俺に割り振られた。言い出しっぺの責任である。

われわれのアプリに有難い開光をほどこしてくれる権威ある高僧を探さねばならない。

徐《シュー》社長は全過程を撮影してバイラルビデオとしてネットに流すと言いだした。俺はあらゆる逃げ口上を使った。三代前から続くクリスチャンの家系だとか、女房が妊娠中で、生の食材や動物の毛皮のような霊魂に影響するものに触れられないとか……。

しかし徐《シュー》社長の短い言葉で抵抗は封じられた。

「おまえの発案だ。やらないのなら、うちから出ていけ。どうする?」

北京じゅうの古寺名刹《めいさつ》を訪ね歩いて住職に懇願した。

市内各所に隠棲するチベット仏教のラマ僧を探し歩いた。そうやってようやく価格交渉で合意したと思っても、カメラを取り出したとたんに高僧たちは表情を消して顔をそむけ、「南無阿弥陀仏」と念じながら顔を隠して退散してしまう。

隠しカメラも試したが、線香の煙とぶれる画面のせいで見られたものではなかった。

期限が近づくと俺は眠れなくなり、夜じゅう輾転反側《てんてんはんそく》するようになった。なにをしてるのかと女房から訊かれて答えた。

「烙餅《ラオビン》の生地をこねてるんだ」

蹴飛ばされた。

「床でやんなさいよ。ベッドで麺棒にならないで。こっちは眠いんだから」

しかし蹴られたおかげで神経の詰まりがとれて、妙案が浮かんだ。

万《ワン》氏の新作アプリは予定どおりに発売された。徐社《シュー》長は愛車のランドローバーのごとく猛進し、社員の尻を叩いた。ビデオやコンセプトやキャンペーンが次々と発表された。高名な僧侶がスマホに開光法要をするビデオは大当たりし、微博《ウェイボー》と微信は仏陀写真《ブッダグラム》の話題で埋めつくされた。ダウンロード数も一日あたりのエンゲージメントも脱出速度に達したロケットのごとく天空めがけて急上昇した。

長期的ブランド価値の向上や、その後の展開や、デジタルウォーターマーク技術の応用などは俺には関係ない。万《ワン》氏が考えればいいことだ。こっちは三流マーケティング会社で奇抜な発想をする戦略担当者にすぎない。自分のやり方で解決できる問題にしか興味はない。

しかしユーザーの創造力をあなどっていたのはたしかだ。ブッダグラムで撮った写真はウォーターマークのおかげで、低解像度のコピーや小さくトリミングした状態からでもオリジナルを復元できる。おかげでシェアや送信で帯域と時間を浪費しない。この利点をプッシュしようと、新しい一連の広告をつくってリリースした。

ダウンロードはまた伸びた。しかし予想だにしないことが次に待っていた。

はじまりはブッダグラムで撮影したリンゴだった。投稿者は一週間後におなじリンゴの二枚目の写真をシェアした。普通のリンゴよりあきらかに腐り方が遅いようだった。

次はさまざまなペットの写真。ブッダグラムで撮ったら、奇跡的に健康状態が回復したという。

さらにおばあさん。ブッダグラムで自撮りしたら、普通は死ぬような自動車事故から生還できたと報告した。

噂は噂を呼んだ。一つ一つは荒唐無稽なエイプリルフールの嘘のようだったが、それぞれ真実だとする証人がいた。支持者の数は雪だるま式に増えた。

不思議な投稿はさらに続いた。末期癌患者が自撮りしながら腫瘍が日々小さくなるようすを報告した。不妊に悩む夫婦がヌードのセルフィーを撮ると妊娠できた。貧しい工員の若者たちがグループ写真を撮ったら宝くじに当たった……。地下鉄売りのタブロイド紙に載っているようなニュースがあらゆるソーシャルメディアにあふれた。そのすべての写真にブッダグラムのウォーターマークがあった。会社が金でやらせたステマだろうと俺たちも思っていた。

ところがちがったのだ。

万《ワン》氏のスマホは興味津々の投資家からの電話で鳴りっぱなしになった。しかし追加の投資話の次に多い問いあわせはこれだった。「アプリを開光した高僧はだれ？」

つまりこういうことだ。モバイルアプリを開光しただけでこんな不思議な現象があらわれるなら、その僧に大々的に儀式をやってもらえば驚天動地の奇跡が起投資家も無数のユーザーもおなじことを考えた。

いまの時代に真実は美徳なみに稀少だ。それどころか真実に出会うと、むしろその真実性を疑ってしまう。人は自分の頭がひねりだしたまことしやかな幻想のほうを信じたがるものだ。

やがて俺の連絡先情報も流出した。メール、電話、ショートメッセージ……。あらゆるところからおなじ質問が殺到した。

「高僧はだれなんだ⁉」

回答拒否した。どうせすぐばれる。

ネット民の集合的調査力は、たちまちバイラルビデオに映った高僧と弟子たちの身許を割り出した。映画スタジオの横店影視城《おうてんえいしじょう》に出番を求めて集まった有象無象のエキストラたち。そのなかから知りあいにキャスティングしてもらった。ちょうど清朝の平民役で出演予定があって頭を丸めていたので、仏僧役にはうってつけ。おかげで交渉は容易だった。映画界で成功を夢みるエキストラたちは仕事熱心だ。主演は修行時代の艱難辛苦をしめす火傷痕を頭頂の適切なところにつけてくれとメーキャップに要求したほどだ。

完成した映像を見て俺は居心地悪くなった。彼らは善人だ。一切の責任はこちらにある。

特定班に身許をつきとめられたあわれな役者たちは平穏な生活を奪われた。怒れるネット民は本人とその家族に粘着し、汚い言葉を投げ、もはや自明なことを認めさせた。すなわち無名のエキストラが会社に雇われて高僧と弟子を演じたという事実だ。

しかしネット民はまだ誤解していた。わが社が――というより俺が――真の高僧を隠していると思いこんでいた。私利私欲から高僧の情報を隠匿し、その神通力に人々が浴する機会を奪っていると信じていた。

そんな高僧は存在しない。

徐《シュー》社長は会社を一時閉鎖するはめになった。なにしろろビルのまえに中年女性の集団が毎日集まって抗議の横断幕を広げるのだ。その心理的圧力に社員が耐えても、ビルの管理人は耐えられなかった。徐《シュー》社長は全員を有給休暇にして、嵐が過ぎるのを待つことにした。俺は市内を出てしばらく実家にでも帰れと助言された。偏執的なネット民が自宅の玄関にあらわれて高僧の微信ＩＤを教えろと迫るのは時間の問題だという。

社長の言うとおりだ。家族は危険にさらせない。そんなわけで身辺整理をして、開山千年のこの古刹《こさつ》に身を寄せて掃除係の小僧になったのである。

鐘が九回撞かれると早課は終わり、僧たちはそれぞれの持ち場につく。今日は寺の一般開放日だ。門主の徳塔《ドーター》大師がインターネット業界のＶＩＰ信者を集めて講会《こうえ》を開き、仏教の教義とウェブの関係について話すことになっている。

俺の役目は記帳受付と名札の手渡しだ。参拝予定のＶＩＰ名簿には知った名前もいくつかあった。そこに万《ワン》氏の名も。

気温は三十八度もあるのに、俺は医療用の綿のマスクをした。雨に打たれたように玉の汗が流れてきた。

100

本来は僧侶用である黄土色の衣と靴の信者たちが次々に訪れた。赤と緑のカラフルな名札が胸で揺れている。

俺は数カ月前までの生活にもどった錯覚をおぼえた。北京国家会議センター、ＪＷマリオットホテル、７５１Ｄパーク……。会議場やその途上でさまざまな業界人と会い、名刺を交換し、微信ＩＤを登録し、クライアントにお世辞を言い、大げさな構想を話した。言葉の端々にネットで流行のバズワードをはさむ。まるで毛主席語録を握りしめた紅衛兵の現代版だった。

今日もそんな見知った顔ばかりだが、名札からはいつもの〝CなんとかO〟〝共同創設者〟〝投資会社副社長〟といった偉そうな肩書きが消え、かわりに〝居士《こじ》〟〝信士《しんじ》〟〝施主《せしゅ》〟といった信者の位号に変わっていた。いつもの威風と突き出た腹を引っこめ、念仏を唱えながら席につき、スマホ、iPad、グーグルグラス、スマートウォッチを粛々とはずして少年僧に預け、交換の番号札を受け取っている。

万《ワン》氏はどうか。顔は憔悴し、目には光がなく、歩調は頼りない。悄然と合掌して左右の先客に目礼するようすから、かつての威勢は消えている。すれちがいながら俺は頭を下げた。万《ワン》氏はただ返礼として低頭した。

この数カ月にいろいろな事情があったのだろう。

徳塔《ドーター》大師は清華大学コンピュータ科学科の有望な学生だったらしい。ところが仏の教えに開悟《かいご》して、スタンフォード、イェール、カリフォルニア大学バークレー校、アイビーリーグなどの名門大学からの誘いを断り、受戒《じゅかい》して仏門にはいった。さらに彼を慕う多くのエリート大卒業生が出家してこの寺で修行をはじめた。そしてインターネット時代に即した手法で仏法を説き、普度衆生《ふどしゅじょう》につとめている。

大師の今日の法話は多岐にわたった。わたりすぎて俺の頭にはなにも残らなかった。万《ワン》氏が敬虔な態度で何度もうなずいていたのはたしかだ。ビッグデータ技術のおかげで転生ラマの少年捜索が容易になったというくだりでは、目をうるませていた。

俺は万《ワン》氏からみつかりたくない一方で、嵐が去ったのかどうか尋ねたい欲求も強かった。かつての生活にもどりたくはないが、家族は心配だ。

寺では一定以上の位の僧でないとネットを使えない。山寺は柏の古木の折り重なった枝葉に隠されるのと同様に、ファイアウォールによっても俗世の喧噪から隔離されている。毎日の生活は単調だが退屈ではない。掃除、労働、読経、問答、写経。無一物の生活はスマホの振動におびえる心理を消し去り、数年ぶりに安眠できるようになった。いまも大腿四頭筋が幻の振動を感じることがあるが、千八百個の数珠を繰って百八十日続ければ快癒すると大師から説かれた。

多くを求めすぎたせいだ。多すぎて心身の限度を超えたのだ。

俺の仕事は需要の創造だった。生活に不要なものへの欲求を人々の心にかきたてる。そうやって得た金で、俺もまた他人がつくった幻想を買う。そんなゲームをあきもせずくりかえしていた。

女房の言葉を思い出す。息子さんはなんでも他人の言いなりで赤ん坊同然……。

たしかに赤ん坊かそれ以下だ。これは罪過《ざいか》であり業障だ。清めるべき因果だ。

万《ワン》氏の心情がだんだんわかってきた。

法話のあと、万《ワン》氏と数人が徳塔《ドーター》大師をかこんだ。問答を希望しているらしい。俺は大師に手招かれ、身がまえつつ歩み寄った。

「こちらの施主のみなさんを三番禅房へご案内しなさい。わたしもすぐ参ります」

うなずいて、寺の奥にあるＶＩＰ専用室へ一行を案内した。着座をうながし、全員に茶を給仕する。客たちは笑顔でうなずきつつ、会話は世間話にとどめている。寺を一歩出れば熾烈な競争関係にあるのだろう。

万《ワン》氏は正面から俺を見ようとはしなかった。茶をすすって瞑目沈思し、声なく念仏を唱え、両手で紫檀の数珠を繰りつづける。それが四十九周したとき、ついに俺はがまんできなくなった。そばに寄って身をかがめ、耳もとでささやく。

「憶えていらっしゃいますか？」

万《ワン》氏は目を開き、三十秒ほどしげしげと俺を見た。

「きみは周《ジョウ》……」

「周重柏《ジョウ・チョンボー》です。記憶力がいいですね」

万《ワン》氏は突然、眉を逆立て歯を剝いて飛びかかってきた。数珠を俺の首に巻きつけて押し倒す。

「おまえのせいだぞ、うじ虫野郎！」

ののしりながら殴る。隣の二人の客は立ち上がって驚きあわてるが、仲裁にははいらない。南無阿弥陀仏と念じるばかり。

俺は両手で顔をおおい、混乱して、「いいんです、いいんです」と意味不明のことをわめいた。

「やめなさい！」徳塔《ドーター》大師の声がとどろいた。「清浄な仏門の内側ですぞ。暴力は許されません！」

万《ワン》氏は空中で拳を止めて、俺を凝視した。ふいにその目に涙があふれ、はらはらとこちらの顔に落ちてきた。まるで自分が悪いことをしたようだ。

「失った……すべてを失った……」

万《ワン》氏はつぶやき、へたりこむように自席にもどった。

俺は起き上がった。すべてを失った人は殴る力も失うらしく、体はどこも痛くなかった。南無阿弥陀仏と唱えて合掌、低頭する。むしろ万《ワン》氏のほうが痛々しい。

禅房を出るとき、門主に止められ、警策《けいさく》で左肩を二回、右肩を一回打たれた。

「今日の出来事は口外無用だ。きみはまだ狂狷《きょうけん》の気が抜けていない。ゆえに大事をまかせられない。勉学にはげみ、深く反省するように」

俺は反論しようとして思いとどまった。徐《シュー》社長や万《ワン》氏の叱責には黙って耐えた。徳塔《ドーター》大師はいわばこの寺のCEOだ。忍ばねばならない。

俺は低頭して退出した。

長廊の板壁にもたれて夕日に染まる森と山を遠望した。市街地上空をおおうスモッグが重ねたサリーのように輝く。鐘が時を知らせ、驚いた鳥が飛び立つ。

はたと、ある考えが電光のようにひらめいた。釈迦の十大弟子の一人である須菩提《しゅぼだい》祖師は、悟空の頭を警策で三回叩き、両手を背中にまわして歩き去った。これは三更の頃——すなわち現代の深夜から二時間ほどのうちに寝室の裏口へ来い。そうすれば秘伝を授けようという悟空への暗号だった。

では、左肩を二回、右肩を一回叩かれたのはどういう意味か。

101

その夜九時頃——古代の時刻制度では初更から二更へ夜番が交代する頃あいに、裏山の小道を通って門主の部屋へむかった。暗い森は松の葉がさらさらと鳴るばかりで鳥の声一つ聞こえない。

部屋のドアを二回叩き、間をおいて一回叩いた。室内でだれかが動く気配があった。あらためてノックした。ドアは自動扉で勝手に開いた。

徳塔《ドーター》大師はドアに背をむけてすわっていた。その正面に大型スクリーンがある。画面は暗く、電子機器の低いうなりだけが聞こえる。大師は声をたててため息をついた。

「大師！　弟子が参りました！」

俺は跪拝し、なんなら叩頭する姿勢を取った。

「きみは西遊記の読みすぎだ」大師はゆっくりと体を起こした。顔色は不快げだ。「十時一分に来いと合図しただろう」

絶句した。二進法だったのか。

困惑を隠して急いで言った。

「あの……午後のことは……」

「きみは悪くない。事情はわかっている。きみが山門をくぐったときからすべて察している」

「……それでも受けいれてくださったのですか」

「本心から仏を求めていないとはいえ、きみには慧根《えこん》、すなわち知恵がある。また、受けいれなければ短慮を起こす恐れがあった」

「大師の慈悲心に感謝します」

とはいえまだ釈然としない。

「理解できないようすだな」大師は言った。

徳塔《ドーター》大師は高齢ではない。四十代になったばかりで、眼鏡をかけて笑うと大学教授にしか見えない。

「愚昧をお許しください。お教えください」

徳塔《ドーター》大師は手を振った。モーションコントロールされているらしい大型スクリーンに光がはいった。あらわれた映像は、なんとも形容しがたいものだった。縦につぶれた大きな楕円のなかで、もやもやした青を背景にもやもやした赤みの強いオレンジ色の点が描かれている。あるいはオレンジを背景にした青か。どこかの惑星の地形図の変色バージョンか、あるいはスライド上で繁殖したカビの顕微鏡写真を思わせる。

「これはなんですか？」

「宇宙だ。正確には宇宙背景放射だ。ビッグバンから約三十八万年後の宇宙を描いた過去最高精度の画像だ」

熱烈な称賛の表情が、質素な僧服とは対照的だ。

「それで……」

「ESAのプランク宇宙望遠鏡が集めたデータをもとにコンピュータが描いた。ここを見ろ。ここも。おかしなパターンに気づかないか？」

そういわれてもオレンジと青カビの模様にしか見えず、特別なところがあるとは思えない。

「ええと……つまり……仏は存在しないとおっしゃりたいのですか？」おそるおそる訊いた。

「仏は三千大千世界《さんぜんだいせんせかい》を説かれている」大師ににらまれて俺は言葉を引っこめた。「この画像からは、かつて無数の宇宙が存在したことがわかる。人類は長い年月をかけ、高度な科学技術をもちいて、ようやく仏教の宇宙観の正しさを証明しつつあるのだ」

そういう話だと最初から気づくべきだった。中関村をうろつくマルチ商法の勧誘員とおなじだ。まったく無関係な話を自分の主張を裏付ける証拠だと牽強付会する。キリスト教徒ならこの画像をどう解釈するだろうか。

「南無阿弥陀仏」俺は合掌して敬虔な態度をとった。

大師はゆっくり力強く続けた。

「問題は、なぜいまになって仏は全人類にこの事実をしめしたのかだ。わたしは久しく頭を悩ませてきた。そこで知ったのがきみの手がけた製品だ」

「ブッダグラムですか」

大師はうなずいた。

「手法には賛同できない。しかしながらきみがここへ来たことで、わたしの推測の正しさが証明された」

背中が冷や汗でじっとり湿った。現実感を失ったあの夜とおなじだ。

「この世界はもとの世界とはちがうのだ。こうも言える。創造神、仏、上帝、神などさまざまに呼ばれる存在は、この世の運用規則を変えてしまった。ブッダグラムに開光法要をしたおかげで奇跡が起きるようになったと、本気で考えているのか？」

俺は息を詰めて黙った。

「宇宙を一つのプログラムと仮定しよう。観測されるものはすべて機械がコードを実行した結果にすぎない。ならばこの宇宙背景放射は、初期バージョンのソースコードとみなすことができる。それをコンピュータで解析すれば、そのアルゴリズム処理でもって現在実行中のコードを改変できる」

「万《ワン》氏のアルゴリズムがそれをやったと？」

「断定するのは時期尚早だ。しかしあえて推測するならそういうことだ」

「俺は科学オンチなんです。煙に巻くのはやめてください」

「南無阿弥陀仏。わたしは技術派の仏教徒だ。アーサー・C・クラークの言葉にたしかこんなものがあった。〝充分に発達した科学技術は仏法と見分けがつかない〟と」

すこしちがうような気がするが、反論できるほど詳しく知らない。

「でも……あの計画は失敗しました。おかげで万《ワン》氏はあの零落ぶり。俺にできることはなにもない」

「凡《およ》そ相あるものは皆これ虚妄《こもう》なり。

若《も》し諸相は相にあらずと見るなら、
即《すなわ》ち如来を見る(注2)」

「大師、還俗《げんぞく》して家に帰ることをお許しください。女房が心配なのです」

名状しがたい恐怖に突然とらわれた。壁のスクリーンに巨大な底なしの穴があいて吸いこまれそうな気がした。

大師はため息をついて苦笑した。こうなることは予想ずみだったというようすだ。

「ここでわたしとともに仏の理《ことわり》を学べば、きみはこの災難にあたって心の平安を得られると思ったのだが……。きみもわたしも輪廻にとらわれ、運命から逃れることはできない。よろしい。ここで相まみえた記念にこれを持ちなさい」

大師は金色に光り輝く仏のカードを出した。裏面にはフリーダイヤル番号とＶＩＰアカウント番号とセキュリティコードが書かれている。

「大師、これは?」

「なくすな! 転売価格は八千八百八十八元になる。なにかあったら電話しなさい」

徳塔《ドーター》大師は背をむけて手を振った。すると大型スクリーンから青カビの画像が消え、普通のニュース番組になった。アメリカの量子物理学者が銃撃事件に遭って死亡したという。犯人は人ちがいで殺してしまったと主張しているらしい。

110

半年がたった。ひさしぶりに徐《シュー》社長と会って中関村の人気焼肉店、管記翅吧《グワンジーチーバー》へ行った。

徐《シュー》社長は変わっていなかった。あいかわらず肉は羊の腎臓が大好物で、東北人らしくビールを何杯か飲むと顔が脂ぎって意気軒昂になり、本音が出る。

「重柏《チョンボー》、また俺といっしょにやらないか。面倒みてやるぞ」

徐《シュー》社長は焼肉台の煙ごしに唾を飛ばしつつ、近況を語った。自宅隠遁中にかかってきた一本の電話をきっかけにIT業界に舞いもどったという。今度は前途不透明なマーケティング会社ではなくエンジェル投資家だ。若い企業家たちとの人脈は豊富にある。いまは金を使いまくるのが仕事で、使えば使うほど優秀なのだそうだ。

そして俺の才能を惜しんで仲間に引きいれたいのだという。

「ところで万《ワン》氏は最近どうしてるんですか？」

俺は話題を変えた。女房の妊娠がわかったばかりだった。いまの仕事は退屈だが安定している。徐《シュー》社長のところはその逆だ。

「しばらく聞かないな……」徐《シュー》社長は表情を曇らせ、煙草を大きく吹かした。「運命は気まぐれだ。ブッダグラムが絶好調だった頃はあっちからもこっちからも投資話があった。あるアメリカの大企業は会社ごと買いたいと言ってきた。ところが詰めの段階で、一人のアメリカ人がやってきて、Yが使った中核アルゴリズムは大学院時代に研究室の同僚から盗んだものだと主張してきた。アメリカ人は訴訟を起こし、和解交渉にはがんとして応じなかった。そうやって特許が一時凍結になると、投資家は潮が引くように去っていった。万《ワン》氏は家財をすべて売り払ったが……それでもたりなかったそうだ」

俺はコップの酒を飲みほした。徐《シュー》社長は続けた。

「おまえのせいじゃない。はっきりいって、おまえの案がなければ万《ワン》氏はもっと早くつぶれてたはずだ」

「でもブッダグラムをつくらなければ、アメリカ人はアルゴリズムの剽窃に気づかなかったはずでしょう」

「最近わかってきたよ。ものごとは起こるべくして起こる。それが運命だ。Yがアルゴリズムを盗んだ研究室の同僚は、その後アメリカで銃撃されて死んだらしい。だから特許はいま宙に浮いてる」

時間の流れが止まって徐《シュー》社長の声がわんわんと響くように聞こえた。煙草をはさんだ指のすきまに視線が惹きつけられ、店内の騒音も煙も酔客の喚声も遠ざかる。なにかを思い出しかけている。すっかり忘れていた大事ななにかを。

終わったことだと思っていた。しかしじつははじまったばかりだったのだ。

徐《シュー》社長と別れて帰宅すると、家のなかをひっくりかえすように探しはじめた。腹の大きい女房は、飲みすぎたのかと訊いてきた。俺は訊き返した。

「金色のカードを見なかったか？　表に仏の絵があって、裏にフリーダイヤルの番号が書いてあるやつだ」

女房からあわれむように見られた。シベリアンハスキーの捨て犬を見る目だ。愚かで物覚えの悪い犬はどうしようもないというように、顔をそむけてマタニティヨガを再開した。

トイレのファッション雑誌のあいだからようやく仏のカードを発見した。ワセリンを全身に塗ったヌードモデルが山積みの電子製品のあいだでポーズをとっているページにはさまっていた。大小さまざまな画面にそのてかった肉体の一部が映っていた。

フリーダイヤルの番号にかけて、VIPアカウント番号とセキュリティコードを入力した。聞き覚えのある声がやや疲れたようすで答えた。

「徳塔《ドーター》大師、俺です！　塵無《チェンウー》です！」

「だれだって？」

「塵無《チェンウー》ですよ。俗名は周　重柏《ジョウ・チョンボー》。肩を三回叩いて十時一分に部屋に来るように合図して、宇宙背景放射の画像を見せてくれたでしょう」

「ああ……。声がすこし変わって聞こえるな。憶えているぞ。なにがあった？」

「大師のおっしゃるとおりでした。問題はアルゴリズムだったんです！」

大きく息をついてから一気呵成に自分の仮説を説明した。このアルゴリズムが広く展開されるのを防ごうとだれかが奮闘し、そのために殺人まで冒しているのだ。

電話のむこうは長く沈黙した。それから長いため息が聞こえた。

「まだわかっていないようだな。ゲームをプレイしたことはあるか？」

「しばらくやってませんね。アーケード、携帯機、据え置き機のどれですか？」

「どれでもいい。きみのキャラクターがラスボスを倒しにいったら、ゲームのアルゴリズムはあらゆる勢力を集めて防衛しようとするだろう？」

「NPCのことですか？」

「そうだ」

「でも俺はなにもしてないですよ。おかしなマーケティングプランを提案しただけで」

「そうじゃない」徳塔《ドーター》大師は忍耐力を失いかけているように低く暗い調子になった。「ラスボスを倒しにきたのはきみではない。きみはただのNPCだ」

「待ってください。それはつまり……」

ふいに思考が粥のようにねっとりと粘りけをおびた。

大師は言った。

「納得できない気持ちはわかるが、そういうことだ。だれか、あるいはどこかの集団がプログラム全体を危険にさらすようなことをやった。すなわち宇宙の安定をおびやかした。そのためシステムは、あらかじめ決まった手順どおりに多数のNPCを動かし、脅威を除くための行動をとらせた。そうやって宇宙の安定を維持したわけだ」

「俺は自分の意思で行動しました。ただ仕事をして、生活費を稼いでた。社長のためにやったことです」

「NPCはみんなそう思っているんだ」

「これからどうすればいいんですか？　徐《シュー》社長からいっしょに仕事をしようと誘われてるんです。もしそれも……。聞こえてますか？」

電話から奇妙な雑音が聞こえた。無数の小さな虫が脚でマイクを引っかいているようだ。

「迷ったら……ザザ……大師の助け……ザザ……みずから悟って……ザザ……とにかくやるべきことは……ザザ……そして……ザザ――申しわけありませんが、VIPアカウントの残額が不足しています。アカウントにチャージしてからおかけなおしください。Sorry, your VIP account……」

英語のアナウンスがくりかえされた。

「くそ！」怒りとともに電話を切った。

「どうしたのよ、そんなに怒った声をたてて。あたしが不安になって流産したらあんたのせいよ」

女房の声が寝室のほうから聞こえた。

三秒で頭を整理し、女房に洗いざらい話すことに決めた。もちろん、彼女に理解できる範囲にとどめた。

「徐《シュー》社長には、赤ん坊に業障があらわれるのを妻が心配してるって言い訳しとけば。夫が因果な仕事をするのをいやがってるって」

反論しようとしたとき、また電話が鳴った。徐《シュー》社長からだ。

「腹は決まったか？　中国科学技術大学の量子研の実験はどんどん進んでるぞ。その量子コンピュータがNP完全問題に取り組んでるんだ。もしPイコールNPだと証明されたら、どんなことが起きると思う？」

俺は女房を見た。女房は首に手刀をあてて切る動作をした。ついでに舌まで出した。

「おい、聞いてるか？　どんなことが起きると――」

電話を切った。中断された徐《シュー》社長の声が耳に残った。あらゆるプログラムにはバグがある。この宇宙のバグは俺の女房にちがいない。それも最大級の致命的バグだ。

111

来来《ライライ》が生まれた日のことは忘れられない。薔薇色の肌。乳の香りがする体。世界一かわいい男の子だった。

産後で弱っている女房から、いい名前を考えてやってと頼まれた。引き受けながら、内心ではどんな名前をつけても関係ないと思っていた。

俺は主人公じゃない。ただのNPCだ。責任などないというのが偽らざる気持ちだ。徐《シュー》社長の誘いは断った。計画を失敗させる奇天烈な案は出さなかった。どこかの量子コンピュータがPイコールNPを証明するのを阻止しなかった――それがなにを意味するのか、いまだに俺はわかっていない。

そのせいで宇宙が崩壊しかけているのなら、それはもうプログラマーが無能なのだ。そんな世界は壊れてしまえばいい。

しかし幼い息子を抱き、その小さな手を握ると、時間よ止まれと願わずにいられなかった。

自分のやったこと、あるいはやらなかったことのすべてを悔やんだ。

残りあと数分になって、昔のあの夜の出来事を思い出した。歩道橋の上で出くわした軍用コートの男のことだ。男は俺と女房を見つめて、壊れた留守番電話のようにこうくりかえした。

「竜座流星群が一月四日にやってくる。見逃してはいけない……」

この壮大なオフラインイベントを見逃す者はいないだろう。

俺は息子をあやした。笑わせるか、せめてなにか表情を見たかった。

ふいにその瞳になにかが反射し、急速に拡大するのが見えた。それは俺の背後からさしてくる光だった。

（注1）この詩の背景にある公案は、唐代随一の名僧とたたえられる禅宗の趙州従諗《じょうしゅうじゅうしん》（七七八年～八九七年）と内弟子の問答がもとになっている。公案では、弟子は趙州師の来意をくりかえし問う。そのたびに趙州師は「庭前の柏樹」と答える。

（注2）『金剛般若経』の一節。（書き下し文は、岩波文庫『般若心経・金剛般若経』中村元・紀野一義訳註を参考にした――訳者）

未来病史

A History of Future Illnesses

中原尚哉訳

"A History of Future Illnesses" (« 未来病史 »), by Chen Qiufan (陈楸帆), translated by Ken Liu. First Chinese publication: *Zui Found* (« 文艺风赏 »), April–December 2012; first English publication: *Pathlight,* No.2 2016. English text © 2016 Chen Qiufan and Ken Liu.

わたしの名はスタンリー。未来から来た。

まず諸君が知っている話からはじめよう。それから時の流れをくだり、明日の人類をむしばむ病症を語る。人類はそうやって肉体と精神の両面を病み、歴史の終点に至る。

iPad症候群

すべてはiPad3からはじまった。人間の網膜の認識限界とされる画素密度三百ppiを超える高解像度を達成したRetinaディスプレイの搭載製品である。これによって電子書籍の表示品質は紙の書籍に並び、グーテンベルク以来の革命と称賛された。従来の印刷産業は絶滅し、人間の読む行為は新時代を迎えるとする評論家もいた。

しかし評論家の目は、洞窟の暗闇で逆さ吊りになったコウモリのように近視眼だ。

アップルはまず教育分野で改革を推進した。全生徒にiPadを配布し、教科書の電子化、マルチメディア化、ソーシャルメディア統合に莫大な投資をした。東アジアの小学生は重いランドセルにさよならした。おかげで背すじはまっすぐに伸び、肩と首の筋肉は張りから解放された。ディスプレイの視野角は広く、表示は鮮明かつ細密で、明るさはセンサーで自動調節される。子どもたちの目は水晶体の変形疲労の進行が抑えられた。

明るい未来を信じた父母は、この魔法のタブレットをより年少の子どもたちにもあたえはじめた。

ｉＰａｄユーザーの最年少記録は四ヵ月十三日の乳児だ。直感的な操作方式のおかげで乳児でも指先でたどる冒険世界にたちまちはいりこめる。赤ん坊がｉＰａｄで遊んでいる動画がYouTubeにはいくらでもある。天真爛漫に遊び、よろこぶようすは多くの再生数といいねを集める。このほほえましい場面に危険がひそむとだれが思うだろうか。

最初の確認症例は韓国でみつかった。六歳の朴成《パク・ソン》煥《ファン》は自閉症と診断されたが、ｆＭＲＩやＰＥＴ画像検査では明白な神経パターンの異常は見つからなかった。それでも無表情で、言語能力が低く、身体の協調動作が不得手。父母の感情表現に年齢相応の反応をしめさず、外界への興味を欠く。唯一興味をしめすのがｉＰａｄだ。ただしアプリを開いたり閉じたりするだけで、ゲームやウェブ閲覧のようなアプリの機能は使わない。まるでディスプレイ上で指先を滑らせて感じるフィードバック振動が、世界のすべてのようだった。

この子を診察した明敏な臨床児童心理学者は、同時期にみつかった類似の症例と比較検討して、ｉＰａｄ症候群という衝撃的な分類を提唱した。世界はこれに驚き、すぐに同様の症例が各地で次々とみつかりはじめた。その数はたちまち五桁に達した。

学会の共通認識によれば、これは幼児の感覚神経が充分に発達するまえに、ｉＰａｄの強い視覚刺激と触覚フィードバックを長期間受けつづけたことで起きる特殊な知覚機能障害だ。無目的に手を動かしつづけるせいで、受容する感覚情報（とりわけ視覚と触覚）が過剰になる。本来ならこれらの感覚情報と体の各器官は統合性と協調性を保持して、確固たる身体像を形成する。ｉＰａｄ症候群患者はこの発達過程を欠いていた。

この患者にとって、普通の世界は暗くて不明瞭で低解像度だ。手や指を動かしても触覚フィードバックがない。なにより驚きがない。幼少期からｉＰａｄに長時間接していた彼らの前庭神経系には、特殊な信号フィルターが形成されていた。ｉＰａｄの強い信号のみを大脳皮質へ通し、その他の信号は遮断してしまう。

患者の家族は世界規模の連絡会を組織し、アップルに高額の賠償金支払いを求める訴訟を起こした。年少者にｉＰａｄを使用させるとこのような深刻な副作用が起きることを、目立つラベルなどで警告しなかったというのが理由だ。紆余曲折の裁判をへて両者は和解した。アップルは非公開の和解金を支払い、この症状のリハビリ研究に巨費を投じると約束した。

患者である子どもたちは成長し、治療を通じて独特の生活様式を習得した。ｉＰａｄを体の延長としたのだ。会話も、喜怒哀楽の表現も、議論もタブレットを通じておこなう。テキストと音声ばかりでなく、振動でも情報を伝達する。深海に棲む鮫や地中の虫のように、おたがいのｉＰａｄに指や手のひらをのせ、触覚で理解しあう。一般人は蚊帳の外だ。

これはもう人類社会にひそむ異星人社会のようなものだ。経済的に必要な最小限のかかわりをのぞいて、一般人とは交流しない。

彼らは疑似家族的な生活単位を形成した。部外者には知りえない規則を通じて配偶者をみつけ、性交し、子をなす。一部のメディアのライターは高額の協力金を提示して取材を申しこんだ。断られると、隠し撮りでｉＰａｄ症候群患者の家族生活を記録しようとした。しかしそのライターたちは失踪した。

恐ろしいのはそれだけではない。

彼らの病的なｉＰａｄ愛は、八分の一の確率で次世代に遺伝するのだ。

擬病の美学

美意識は男性目線から離れて多様化し、美容整形技術は二十一世紀半ばに頂点を迎えた。その一方で、身体の外面的特徴をいじるだけでは人々の変転する嗜好を満たせなくなった。そこで新たな――というより、正確には古代の――美学がファッションの潮流として復活した。

　源流は三国時代から晋代（二二〇年〜四二〇年）にさかのぼる。玄学の始祖何晏《かあん》の業績の一つに、五石散《ごせきさん》という新薬がある。これは後漢の名医張仲景《ちょうちゅうけい》が傷寒《しょうかん》（高熱を発する急性疾患）の治療にもちいた薬方を基礎に考案したもので、鍾乳石、硫黄、白石英、紫石英、赤石脂《しゃくせきし》を主成分とする。

　何晏はその効用について、「唯《た》だ病を治すに非《あら》ず、亦《ま》た神明開朗なるを覚ゆ」と述べている。その向精神作用を求めて五石散を使用することが貴族と知識階級で流行した。服用すると焦熱を発し、落ち着きを失う。熱を冷まそうと服をゆるめて歩きまわり、精神は別天地をさまよう。長期服用すると性格は急躁に、精神は恍惚となる。さながら剣を抜いて蠅を追う伝承の奇人めいてくるという。

　五石散の流行はそれから五、六百年後の唐代まで続いた。服用者が歩きまわる特徴から、上流階級では〝行散〟と詩的に称された。近代のマリファナやLSDにおける言い換え表現に通じる。

　中世ヨーロッパの貴族は病人に美をみいだし、その青白く光沢を放つ肌を得るために、自発的に結核に感染したり、少量の砒素を摂取したりした。病を美とする意識は時代や地域に特有のものではない。

　現代ではさらに科学技術の力を借りるようになった。

　たとえば、靭帯収縮剤で関節の可動範囲を一時的に狭くし、フグ毒のテトロドトキシンを表情筋にごく少量注射することで、東洋の古典美に合致するこわばった姿態と表情をつくりだせる。東京の六本木では、長身の白人女性が髪を漆黒に染め、歯を見せない微笑みを浮かべて、小さな歩幅で歩いているのをしばしば見かける。彼女たちの多くは多国籍企業の高級秘書だ。いわゆる〝文化的融合〟のために上流階級の病態ファッションをとりいれ、またアジア人上司のフェティッシュな要求に応える目的から、定期的な美容ケアで表情を部分的に麻痺させ、体の柔軟性を制限している。

ひっきりなしにまばたきする〝ブリンカー〟と呼ばれる人々もいる。いわゆるチック症とおなじで、眼輪《がんりん》筋《きん》と上眼瞼挙筋《じょうがんけんきょきん》が痙攣することで不規則にまばたきをくりかえす。社会不安障害をかかえる人々の一部は、表情筋の働きを電気刺激で制御するために、眼底にチップを埋めこんでいる。そこに複雑精妙な解読フィードバックシステムを組みこみ、眼のまばたきだけで意思疎通できるようになったのが彼らだ。言葉も表情も使わない。ブリンカーの集会では、参加者は無表情におたがいの目だけを見る。まるで高速にモールス信号をやりとりする灯台だ。なかには左右の目をべつべつにまばたきさせて二人と同時並行で会話できる者もいる。

美学と政治は密接不可分だ。多極化した世界では美の定義においても共通認識はない。さまざまな闘争や対立の現場では病気の模倣がしばしば見られる。

サイゴンでおこなわれたベトナム戦争終結百周年を祝う式典では、ホーチミン広場での〝枯葉剤パレード〟が、病気の美学にもとづくパフォーマンスとして世界のメディアの注目を集めた。

アメリカはベトナム戦争において、低空飛行する軍用機から総量七六〇〇万リットルの枯葉剤を、南ベトナムの国土面積の十パーセントに相当する森林や河川や平地に散布した。運搬容器の色からオレンジ剤とも呼ばれるこの毒物は、二、四‐ジクロロフェノキシ酢酸と二、四、五‐トリクロロフェノキシ酢酸にダイオキシン類をふくんだ混合物で、きわめて毒性が高く、しかも化学的に安定している。環境に放出された成分が五十パーセント分解されるのに九年以上かかり、人間の体内には十四年以上残留する。食物連鎖でも分解されずに蓄積する。

パレードの参加者は世界じゅうから集まり、入念に準備していた。列の先頭は異常出産児を模したグループだ。電動車椅子で体をまるめ、骨のない手足を動かしている子や、手足そのものがない子。目のあるべき位置がつるりとした皮膚でおおわれている子。頭部が肥大してハート型に割れている子。両脚が癒着して下半身が人魚のようになっている子などがいた。

もちろん彼らは本物ではない。遺伝子操作されたペットに人工の皮膚をかぶせたものだ。腹のスピーカーからは録音ずみの政治的スローガンを薄気味悪い声で叫ぶ。

そのあとに続くのは皮膚のただれた潰爛《かいらん》者。ホジキンリンパ腫、塩素挫瘡《ざそう》などで全身の皮膚が剝がれた赤い戦士たちだ。歩くと全身の肉腫や水疱がぶよぶよと動き、破れた嚢胞から各色の体液が流れて、地面にある種の平和のシンボルを描く。患者同士で抱きあい、キスする。カメラにむけて体液を飛ばし、不明瞭な声で叫ぶ。この演出にどれだけ時間と資金を費やしたのか想像もつかない。

次は這う者たち。不完全な手足で地面を緩慢に這い進む。多くは本物の身体障害者が多少の仮装をしたものだ。皮膚に粘液をつけ、義手や義足を不自然な角度に曲げてみせる。ホラー映画に登場する節足動物や多関節動物を思わせ、自然とカメラが集まる。

パフォーマンスのクライマックスは、第二次世界大戦終結を祝う一九四五年の有名な写真、『勝利のキス』の再現だ。ただし場所はタイムズスクエアではなくホーチミン広場。看護婦と水兵ではなく、肉腫患者と異常児がキスをする。昔のカメラの電球式フラッシュが焚かれ、衛星中継で数十億人がこのリンパ液まみれの『枯葉剤のキス』を目撃する。
これが美しくないといえるだろうか。

制御された多重人格

もしべつの自分になれるとしたら？　誤解を避けるために言うと、これはよくある自己啓発の話ではなく、『こころのチキンスープ』的な人生案内でもない。文字どおり別人格になるということだ。

フロイトに反旗をひるがえした弟子のユングは、「人間の自我や魂の一部は、時間や空間の法則に支配されないと確信している」と書いた。いかにも分析心理学のアーキタイプにかんする論文の注に書かれていそうだが、実際にはドイツの中国学者リヒャルト・ヴィルヘルムが紹介した『易経』に衝撃を受けて出た言葉だ。

ヴィルヘルムとユングの共著『黄金の華の秘密』は、のちに古代の道教思想をもちいて人格を統合する実用ガイドブックとなった。一九六二年に出版されたこの本は、人類の分裂的なライフスタイルを予言していた。

社会学者によると、人類は長い進化の過程で〝役割セット〟を競争戦略として進化させたという。役割セットとは、特定の社会的地位に結びついた役割と行動の集合であり、さまざまな環境に即した社会交流に適用される。役割はフロイト的なエゴのなかにあり、無意識のイデには影響をおよぼさない。そのため制御された役割変換ともいえる。

そしてその進化が技術によって加速された。

初期のインターネットでは、使用者はいつも軽度の多重人格症を経験していた。ウィンドウからウィンドウへ移るたびに人格が切り替わる。Alt＋Tabを叩くだけで、勤勉な独身のキャリアウーマンから性に飢えた雌猫に一瞬で変身する。ネットですごす時間が長くなるほど人格は断片化し、非線的になり、適切に使われない過剰な人格が増えていく。それらはシステムの断片として無意識中に蓄積し、人格の基礎を静かに侵食する。そして突然噴出し、世間を騒がせる変質的殺人鬼のニュースになったりする。

二十二世紀初頭に脳コンピュータ製品が商用段階にはいった。多くの脳ネットワークアプリが開発され、ユーザーはデータのアップロードやダウンロードを無意識にできるようになった。並列動作するプログラムが増えると、〝スライドウィンドウズ〟というＯＳが開発され、多数のプログラムと意識を簡単に切り替えられるようになった。するとなかば予想されたように、ＳＨＡＪＩと名乗る極東の原理主義テロ組織が、スライドウィンドウズを標的にしたトロイの木馬型ウィルスを作成、拡散させた。ウィンドウズブレイカーと名づけられたこのマルウェアは、ＳＮＳを介して感染し、ＯＳの最深部にひそんで、プロセス切り替え処理を混乱させる。

たとえば感染したユーザーが恋人と甘い言葉をかわしているときに、上司と話すときの人格が前面に出る。上司から叱責されているときに、ペットをかわいがるときの人格がアクティブになる。仔犬を膝にのせて遊んでいるときに、性欲に火がつく。

この多重人格切り替え障害《ＭＰＳＤ》に三十億人以上が感染した。サイバーパンク時代の大疫病だ。

マルウェアの拡散を防ぐためにＳＮＳは分割、隔離され、二十二世紀の魔女狩りがおこなわれた。ＡＩネットワーク警察が機械的プログラムのふりをしてＳＮＳユーザーに接触し、その反応から感染の有無を判定する。陽性なら強制的にネットワークから隔離し、オフグリッドの更生施設で治療を受けさせる。その後、多重人格の制御能力を総合評価して、合格すれば美しきデジタル新世界への帰還を許す。

脳コンピュータ産業の株価は二十年前の水準まで暴

落した。

　意外にも中国本土はこのネットワークの嵐にほとんど巻きこまれなかった。地球規模の拡散マップで中国は健常な濃緑のままであることに、国際社会の関心が集まった。専門家による大規模調査の結果、中国が疫病に抵抗できた理由が三つ挙げられた。第一は高度に統制された中国のネットワーク環境。第二は最新バージョンの防火長城《グレート・ファイアウォール》。そして第三が予想外の発見だった。中国人ユーザーと対照群のｆＭＲＩおよび大脳皮質電位図《ECoG》データを詳細に比較したところ、中国人ユーザーの無意識は根本的に分裂しており、異なるエゴをシームレスに切り替える能力を生まれつき持っていることがわかった。分裂した人格はそれぞれが本当の自分だと心から信じていた。

　この発見は世界を震撼させた。人々は手がかりを求めてヴィルヘルムの忘れられた著作を引っぱり出した。そうやって再発見された古代東洋の神秘的な人格管理技術が、最新の神経言語プログラミング《NLP》技術に組みこまれ、崩壊しかけた世界を救った。

　中国の神秘思想を伝えるいくつかの学派が流行した。手で結んだ印形《いんぎょう》と体の姿勢によって人格をつなぎとめる密教の秘技や、サードパーティ製軍用ソフトウェアで脳の特定部位を刺激して陰陽の神経パターンを整える易経学派などなど。しかしもっとも影響力があったのは、中国政府の幹部職員がいっせいに退職して海外で設立した老子学院だろう。

　老子学院ではＭＰＳＤ患者に系統的な訓練をほどこす。まず心身形意の修練からはじめ、座禅と瞑想によって生命の本質に悟りをひらかせる。それにより精神宇宙は調和がとれて陰陽両極がバランスよく対置された赤ん坊の状態にもどる。この道《タオ》の状態になることでＭＰＳＤ患者はもとの世界へもどれるのだ。

　それが最後にどうなるかは伏せておこう。既存の道は真の道にあらずと老子も述べている。

とにかく十三世紀にマルコ・ポーロが記した『東方見聞録』以来、ひさしぶりに中華民族はその偉大な価値観を世界に輸出したのだ。

双子の挽歌

騒動の発端はアマゾンの奥地で発見されたある多年生木本植物だった。学名デュオリクオティカというこの植物は、地元の伝承によれば、一頭双身の古代神の血と精髄でできているという。これは植物の特徴からきている。デュオリクオティカは雌雄異株で、雄株と雌株は隣りあって生え、からみながら成長する。花期に受粉してできる果実は、あたかも大きな頭に小さな体が二つぶらさがったような形をしている。

科学者はこの植物から未知の化合物を抽出し、おなじくデュオリクオティカと名づけた。作用は不明だったが、実験中に誤ってこれに接触した妊婦の被験者ジュリア・クリテバが、のちに一卵性双生児を出産したことで、化合物の不思議な性質があきらかになった。追試によって二十三組の一卵性双生児が誕生し、学会では〝デュオ24〟と総称した。しかしメディアはB級映画さながらに〝双子神24〟と呼んだ。

最初に生まれた双子のアダムとエバは、話せるようになるまえから世界的に有名になった。泣くのも笑うのも完全にタイミングが一致しているのだ。遠く引き離しても〇・三秒以内におなじ表情になる。

語彙が増えると、双子の特殊能力は耐えがたいほど不気味になった。いつも同時に話す。話しはじめも話し終わりも完全に一致している。当初はそれぞれ自分の考えを話していると思われたが、録画して調べると異様に高効率の対話になっていることがわかった。相手の考えを即座に理解し、遅延なく応じる。重なりあった二つの文は主張とそれへの返事だった。

脳波を診ると、そもそも話さなくても理解しあっていた。同時の発話は能力をいかした遊びのようなものらしい。

科学界はこの史上初のテレパシーの実例に興奮した。ほかの双子たちにも、程度の差こそあれ、精神接続現象があるとわかった。この接続は探知できるいかなる信号にも依存していなかった。電磁波でも、生化学物質でも、空気振動でもない。双子をそれぞれ完全密閉した部屋に隔離しても、感情や思考の共有は続いた。

こうなると古代神の力か、あるいは量子もつれに原理を求めるしかない。量子もつれは、ペアになった二個の粒子をどれだけ遠く離しても、一方の状態変化がもう一方に瞬時に伝わるというものだ。

この時代の人類の基礎理論は、双子の現象を本質的に解明できる段階に至っていなかった。そのため初期のメディア騒動がおさまり、研究の実質的な進展がないとわかると、課題は秘密研究化された。被験体は身分も服務もすべて軍の所属となり、どんな暗号装置もかなわない敏感で安全な長距離通信デバイスとして働きはじめた。

米軍は双子を使って大量の軍事情報を収集した。ロシア、中東、東アジア、EU。どの地域でもまず賄賂を使って重要なドアを開き、そこに双子の片割れを送りこむ。あとは探知を恐れずにいくらでも情報を送れる。順調に進んでいたこの作戦に混乱を生じさせたのは、想定外の恋愛劇だった。

第九組の双子、デビッドとピーターが、日本の女性自衛官、野田美奈子に同時に恋をした。正確には、ピーターはデビッドとの遠距離接続を通じて間接的に恋に落ちた。そのため双子の片割れを介した二次的な恋愛経験しかできない。ピーターは勤務地を交代してくれと何度も頼んだが、デビッドは拒否した。

嫉妬にかられたピーターは、デュオ24に特有のやり方で復讐した。偏執的な妄想を昼も夜も、睡眠中もデビッドに送りつづけた。デビッドは押しよせる奔流を避けるすべがない。しだいに譫妄状態になり、ついにピーターの指令にしたがって恋人を殺した。そして自首し、米軍情報員としての身分を自白した。

しばらくして正気に返ったデビッドは、自殺した。その呼吸が停止したのとおなじとき、三千キロ遠方にいたピーターは笑顔で公園のベンチからころげ落ち、枯葉に埋もれて動かなくなった。運命を予想していたのだろう。

この悲劇を聞いたデュオ24のメンバーは震撼した。これまで鏡像のように生きることに慣れきり、独自の欲望や恐怖を持って独立して死ぬ個人というものを考えていなかった。絶望し、この能力は神の呪いだと考えはじめた。遺伝的な優位に見えて、じつは欠陥だ。苦悩を終生共有するあやつり人形だ。見えない運命の糸は切れず、片方の巻きぞえでいつ死ぬはめになるかわからない。

五組が自殺した。双子の遺体はいっしょの棺におさめられ、深い墓穴に埋葬された。

ほかの双子たちには除隊後に選択肢が用意された。長期の冷凍睡眠にはいって科学的に呪いが解かれるかもしれない遠い未来を待つというものだ。

六組は現世で助けあいながら生きることを選んだ。六組は未来に望みをかけて冷凍睡眠室にはいった。残りの六組は意見が割れた。一方は冷凍睡眠による運命からの脱出を望み、もう一方は現在の生活を続けることを望んだ。しかし双子の一方だけが冷凍睡眠にはいっても、もう一方の寿命がつきると同時に、冷凍睡眠中の片割れも絶命する可能性が高い。

結局、意見が一致しない双子は、十年ごとに立場をいれかえるという折衷案を選んだ。交替で冷凍睡眠にはいり、一つの人生を一卵性双生児が引き継いでいく。もう一人の自分が正しく生きてくれることを信じる。新約聖書のヨハネによる福音書の一節のように。

「あなたがたに新しい掟をあたえる。たがいに愛しあいなさい」

新月

科学者によれば、四十四億年前に火星ほどの大きさの天体が地球に衝突し、そのときにちぎれた破片が冷えて固まったのが現在の月だという。六五〇〇万年前には小惑星が地球に落下し、恐竜絶滅の原因になった。一万二九〇〇年前には彗星から分離した破片が北米の氷原に落下して、マンモスなどの大型哺乳類を絶滅させ、古代先住民によるクロービス文化を消滅させた。このあと寒冷期が約千年続いた。

二〇一二年には古代マヤ文明が予言する大変動で世界が終わると、一部の考古学者が主張した。それをもたらすのは仮説的な惑星X、あるいはシュメール語で〝連絡船〟を意味する伝説の惑星ニビルだ。この天体は非常に長い楕円軌道で太陽をめぐり、三千六百三十年に一度、地球軌道と交差する。そのとき強い重力場が地球の磁極を反転させ、地殻変動を起こし、巨大地震と津波を発生させ、異常気象と火山の噴火をもたらす。これによって人類は新たな時代へ移行させられるのだという。

香港の占星術師、星座小王子はいつもの温和な声で、金星の逆行が終わったことを明かした。ここで大事なのは、金星の逆行は終わるべくして終わったのであり、予言とは無関係ということだ。なんでも関係づける癖は百害あって一利ない。

もちろん、人類は二〇一二年から新時代にはいったりしなかった。すくなくともわたしの時間線ではなかった。そのかわり、二十三世紀に人類は天変地異を経験する。〝放浪者〟と呼ばれる天体（直径は上海くらい）が、広大な宇宙を渡る長い旅路のはてに、地球月系の重力井戸にとらえられ、ラグランジュポイントの一つにおさまった。これ以後、地球は第二の月を持つことになり、新月と呼称された。

夜空や潮汐パターンの変化に慣れると、ロマンチックな人類は自分たちの微妙な変化に気づきはじめた。女性の生理周期は混乱をきたし、気分が極端に変化するようになった。新月による母体のホルモンバランスの変化で数万の胎児が発育不良になった。これらの現象は〝新月の暗黒面効果〟と呼ばれた。見えない力が人類に影響をおよぼしはじめた。

この第二の月の満月——新満月の夜ごとに奇妙なアレルギー症状を起こす人々があらわれた。肌に不気味な模様が浮かび、筋肉が盛り上がり、瞳孔が開き、精神が混濁して攻撃的になる。服を引きちぎって全裸になり、四つ足で市街や野山を駆けまわる。あたかも原始宗教の族霊崇拝に回帰したかのようだ。この人々を検査したところ、Y染色体の一部に初期人類のDNA配列が残っていることがわかった。膨大なデータベースが調べられ、同様の特徴を持つ人々には秘密の識別マークがつけられた。

反差別法によって名簿は非公開だが、該当者は抑制剤の定期服用を求められ、新月による覚醒作用を抑える特殊な光フィルター式コンタクトレンズの着用を義務づけられた。しかし都市部の若者はこれを新しい流行とみなし、新満月の夜に屋外パーティを催して、薬物や機械装具の助けで変身し、全裸で乱交するようになった。

農作物や家畜の成長周期も変わった。天文学者は月齢や節気や各種の暦を大急ぎでつくりなおした。そうやってできた暦は複雑すぎて理解不能で、天文現象の単純な予測さえできなくなった。農民と農業機械はソフトウェアの頻繁なアップデートに頼るしかなかった。

なかでも衝撃的な出来事は、新満月期に受胎した子どもたち、通称〝新月人〟の登場だった。

卵子が受精する瞬間や初期の細胞分裂時に新月の光がどう影響するのか、科学者は説明できなかった。光の波長、重力場、磁場などの要素を調べても合理的な解釈はできない。それでも、このタイミングで受胎した胎児は既存の人類とは異なる新人類として成長した。恐慌をきたした人々はいまさらながら気づいた。正常児の発育が新月の影響で停止したのは、新月と新月人が進化競争のなかであみだした戦略に敗れた結果だったのだ。

このような子を宿した母と父は、生まれてくる子が天使か悪魔かわからないまま、九十七・五二パーセントが妊娠継続を選んだ。

新月人の外見は正常人とほとんど変わらなかった。ただ皮膚の屈折率が特殊で、プラスチックの薄膜のような光沢を呈する。体の代謝率は低く、正常人の三分の一から五分の一にとどまる。このため寿命がとても長い。軽い抑鬱症状をしめす者が多く、父母は自殺を心配した。長期観察の結果、この抑鬱症状は心理障壁によるものだとわかった。外界の過剰な情報をフィルタリングし、精神の消耗を避けているのだ。新月人はもっと重要な問題に注意をむけていた。数千世代をかけて解決すべき問題だ。

それは、神がつくりたもうた新月の運命についてだった。長い時の流れのなかで重力バランスが崩れて、いずれ新月はラグランジュポイントを離れ、重力にしたがって地表に落下する。ゆっくりと、詩的にすべてを破壊する。

そんな新月を救うことを彼らは望んでいた。

幼態

二十一世紀初頭、それは精神疾患だと考えられていた。専門家はピーターパン症候群と呼んだ。彼らは三十代、四十代になっても成長を拒否し、言葉も態度も幼いまま、まるで幻想のネバーランドに住んでいるかのようだった。現実を恐れ、競争を忌避し、責任と義務から逃げる。伴侶を頻繁に変えて真剣に関わろうとせず、薬物やアルコールによるかりそめの快楽に逃避する。

原因は過保護な家庭環境とされた。彼らは父母への憎しみを語った。

しかしこれは永遠の若さや老いない美貌を追い求める女性たちとおなじことで、新たな段階へ至るための小さなステップにすぎなかった。

二十二世紀中盤には、総合的発育遅延症が広がった。患者の生物時計は進みが遅く、健常者の数分の一。第二次性徴は三十代でようやくあらわれる。一方で閉経期や男性更年期は遅くなった。医学の進歩で人類の寿命が百五十歳を超えるほどになったのだから、青春期が長くなっても当然と説明された。多くの文学や映像作品が長い青春を賛美し、患者は人類進化の方向性をしめすモデルケースとされた。社会学者や人類学者は、この患者たちが新たな文化を形成し、〝正常〟の意味は再定義されると論じた。過去の〝正常〟はダーウィン進化によって放棄されたのだ。

しかしそれは問題の一部にすぎなかった。

人間の成長期はほかの動物にくらべてかなり長い。霊長類の成長期はキツネザル、アカゲザル、ゴリラ、ヒトでそれぞれ二・五年、七・五年、十年、二十年だ。人間の性成熟はチンパンジーより五年も遅い。乳歯の生えかわりもそうだ。なぜ人間はこれほど長い成長期を必要とするのか。

成年の人間と子どものチンパンジーのあいだには、小さい下顎、平たい顔、まばらな体毛などの生理学的類似があることが二十世紀中盤には指摘されていた。人間とチンパンジーの遺伝子は九十九・四パーセントが共通だが、相違がある遺伝子のうち約四十パーセントの発現時期はチンパンジーより人間がはるかに遅い。とりわけ高等思考をになう大脳皮質の成長に長期間を要する。

　幼児教育の専門家によれば、成長途中の子どもの脳はシナプスが未形成だ。それゆえ情報刺激を受容する能力が高く、脳は大きな潜在能力を秘めている。

　長い幼年期を持つホモサピエンスは、霊長類の進化競争に勝って頂点をきわめた。体毛の欠如やふつりあいに大きな頭部など、幼年期の特徴を残したまま人間は大人になる。同様に子どもの認知の特徴である好奇心や学習意欲を、生涯にわたって持ちつづける。乳児期に母乳の消化吸収に必要な乳糖分解酵素のラクターゼを、大人になっても産生しつづける突然変異さえある。本来なら離乳とともに失われて当然の能力なのに、この突然変異を持たない人間を〝乳糖不耐症〟と呼んで病気扱いするほどだ。

　つまり幼態は人間にとってあたりまえの特徴だ。現在はその第二波が来ているのではないか。

　科学界はこの機会に人類の進化を推進したいと考えた。しかし法律問題が立ちふさがった。患者は法的には成人しているが、生理と心理においては子どもだ。そんな患者を実験対象にする場合、本人の同意だけですむのか、それとも保護者の署名も必要なのか。判例がないため裁判は長期化した。患者の親族はネット上で個人情報をさらされ、〝利己的な猿〟と嘲笑された。自己の安全のために人類進化という大きな意義を無視するのは知恵《サピエンス》の名にあたいしないとネット民たちは批判した。もちろんこんな議論は歴史上何度もあらわれた川面の泡沫のようなものだ。

　最後は感情より論理が優先した。国家が患者の集合的保護者として実験同意書にサインし、患者の親族を受け取り人とする高額の保険をつけた。ようやくだれもが納得して口を閉ざし、ついに実験がはじまった。『時計じかけのオレンジ』に登場する治療者の現代版のように、被験者の脳に大量の情報を送りこんで刺激した。脳の発育期は長いとはいえ無限ではなく、そのあいだに人類のあらゆる知識と歴史を教え、進化の過程でいまだ到達していない複雑高度なシナプス接続が構築されることを期待した。それによって知のフロンティアが押し広げられ、人間社会の宿痾《しゅくあ》的な難問についに解決策がみいだされるのではないか。科学者たちは無意識のうちに神を気どっていた。六日間で新人類を創出しようとした。

結果は、精神異常、知的障害、抑鬱症、粗暴、性依存症、植物状態の患者が続出した。

傲慢な科学者たちは、誤りの原因がわからないと述べた。遺伝子のスイッチの秘密や落とし穴を理解していなかった。

人類はかつて狼を飼いならして犬にした。交配によって仔犬の特徴を残す成犬をつくろうとした。垂れた耳、短い鼻面、大きな目、遊び好きで人好きな性格などだ。狼の成体が持つ凶暴さや殺戮欲は消し去ろうとした。狼を〝狼人〟に進化させようとしたのではない。人間の趣味嗜好にあわせただけだ。

誤りの原因。それは微妙で病的なかわいらしさの感覚だった。

儀式依存と脱却

ニューススタンドまで長い距離を歩いて、この雑誌を買い求める。代金を払い、バッグにいれ、各種の交通手段で長距離を移動して、閉鎖空間にもどる。ともす照明はオレンジ色か、青っぽい白か。非生分解性の包装を破ってあけ、飲み物を用意する。お茶か、ダイエット炭酸飲料か。紙の感触をたしかめ、雑誌を開き、意図的またはランダムにめくってこのページにたどり着く。

そして読みはじめる。読んでなるほどと思うかもしれないし、うんざりするかもしれない。知りあいに推薦するかもしれないし、読むなと警告するかもしれない。

これが儀式だ。生活中に無数にあるささやかな儀式の一つ。

人間は儀式的な動物だ。古代から未来まで、ゆりかごから墓場までこれを続ける。儀式が人間の意識を形成し、集団を結びつける。死の恐怖を追い払い、居場所をつくり、存在の意義をもたらす。文明の権力者はこれを模倣する。儀式で人心を惹きつけ、富を供出させ、党派性を強め、統治を強固にする。人々の名前に属性のタグを次々とつける。ただし自分には一個もつけない。

わたしの時代には、儀式は技術によって日常生活と一体になっていた。体に埋めこまれ、遺伝子に組みこまれて子孫に伝えられる。増殖し、変異し、宿主より強い生命力を持つ。

この時代でもそうかもしれない。

画面を更新する衝動を止められない。情報爆発は不安を引き起こす一方で、空虚な魂を埋めてくれる。十五秒ごとにマウスを動かし、SNSを開き、コメントを読み、リツイートやリブログをする。そうやってページを閉じるが、十五秒後にはまた手を伸ばす。止められない。

現実での会話はしなくなる。空気は声を伝達する媒体としての役割を失う。車座になってうつむき、手にした最新モバイル端末を注視する。あたかも古代神の呪符をおがんでいるようだ。思考は指先から仮想のプラットフォームへ流れだす。議論し、笑い、じゃれあう。しかし周囲の現実は静まりかえっている。

人工環境の制御はやめられない。儀式は遍在する。祭礼、布教、礼拝、コンサート、ゲームなどの中央ステージに注目が集まる古典的な集会ばかりではない。

儀式も進化している。クラウドコンピューティングで分散化し、日常生活のあらゆるすきまにはいりこんでいる。センサーは温度、湿度、風速、光量などを感知し、ユーザーの心拍も、ホルモンバランスも、性的興奮も、気分も調節している。人工知能は神だ。福利厚生を管理し、新たな機会を提示する。一方でユーザーは孵卵器のなかの卵か、あやつり人形になる。毎日の一分一秒が終わりのない大儀式だ。

もはや儀式があなただ。

過激主義者はこの依存から脱却しようと考えた。儀式の力はその中身ではなく反復にある。なにげない動作で毎日読み書きをくりかえすうちに意識の奥底に浸透する。ハードディスクの磁気ヘッドが思考のパターンを何度もたどるようなものだ。その思想が、本人の自由意思として偽装されてしまう。二十一世紀初めのSF映画にそういうものがあった。恋愛は儀式のもっとも忠実な消費者だ。愛国心もだ。

そこで過激主義者は昔のラッダイトの手法を模倣した。機械を壊し、システムをハックした。目覚めよと人々に呼びかけ、科学技術を捨てて原野に帰れと説いた。過酷な自然のなかで心身を鍛え、原初の質朴さを獲得せよという。しかしメディアは少々辛辣に、その行動は七世紀に日本の禅宗の一派が提唱した儀式とおなじだと指摘した。

唯一できるのは、なにもしないことだ。

過激主義者は糸が切れた人形のように好き勝手な場所に横たわった。寝室、地下鉄、空港、広場、オフィス、砂浜、組み立て工場、カフェテリア、道路、トイレ……。なにもせず、なにも言わず、ただ横たわった。肉体が弱り、命が消えていくのを黙って待った。虚無で意味に対抗し、不自由で自由を解消し、自我を喪失することで再構築しようとした。

生命徴候が消えかけているのをセンサーが感知すると、人工知能はロボットのヘルパーを派遣して瀕死の体を回収させ、輸送ネットワークを通じて医療機関へ運ばせた。一般人が移動する経路を小舟がさかのぼるようにして、白く清潔な処置室に集められ、各種の生命維持装置とチューブ類がつながれる。

ここで彼らはジレンマの存在となった。無から生じたパラドクスだ。彼らはみずからの命でもって不動の闘争を完成させ、人類史上初めて自然死による集団自殺をはたした。

最高の儀式の一つを成し遂げたわけだ。

時感の乱れ

時間は錯覚であると、一九一五年にヨーロッパのあるユダヤ人科学者が言った。以来、均一不変の鉄板のようだった時間は、ダリの油絵で木の枝からたれた柔らかい時計のようになった。

科学はさまざまな方法で時間を制御しようとした。速度、重力、エントロピー、量子もつれ……。しかし最後は敗北宣言をした。この無色無形で遍在する幽霊をねじ伏せようと人類は格闘してきた。生命誕生のときからあり、死の間際にもある。最高の頭脳でもその秘密を解き明かせない。どんな人類文明も時間の矢を恐れる。飛ぶ方向は一つだけ。ひとたび解き放たれたら止まらず、もどらず、宇宙が熱死するまで飛びつづける。

世界が変わらないのなら、自分が変わるしかない。

科学者は人間の脳における時間感覚を研究しはじめた。数十億人が持つこの神経化学網で毎日とりとめない記憶の断片が浮かぶのは、ある意味で時間を飛び渡る体験といえないだろうか。実験によって、海馬の特定部位を刺激すると被験者に既視感を生じさせることがわかった。いま目のまえで起きていることを、あたかも子ども時代から予見していたように感じる。特殊能力を持つ編集者が人生を切り刻んでつなぎなおし、時間旅行の感覚を生み出すようなものだ。

この秘訣を掌中にすると、時間は魔術師の手がこねる粘土に変わった。伸ばすのも形を変えるのも自由自在。脳活動を速くすれば外部時間は遅くなるという興味深いパラドクスが成り立ち、その逆もある。意識の世界の相対論だ。高度な技法を使えば被験者の脳に閉回路を埋めこみ、『恋はデジャ・ブ』の主人公のようにおなじ一日をくりかえし経験させることもできる。実際には記憶操作による錯覚にすぎないが。

これを商機と見て、時感社が設立された。顧客の要望におうじてその時間感覚をさまざまに調節する。それなりに高額の料金は、もちろん物理世界の時間経過で算出される。

東アジアの学生は生活時間の大半を試験勉強についやしており、外部時間を遅くしたい需要がつねにある。そこで試験前夜は時感社の助けを借りて、あたかも『ドラえもん』のアンキパンのように一学期分の知識と試験対策のテクニックを不眠不休で頭に詰めこむ。このやり方は脳卒中の危険が〇・五パーセントあるため、防止する併用薬も広まった。

薬物常用者の求めは逆だった。主観時間を停止寸前まで遅くしたいという。強い薬物による幻覚作用を、氷山のなかの爆発のように緩慢に感じたい。一瞬の火花を、動かざること山のごとしという禅の心で体験したい。彼らは暗闇で正座して薬物が効くのを待ち、精神を飛ばして、肉体は生命維持装置にあずけた。彼らの時間は停止し、幻覚が現実になった。

老人は例外なく思い出が大好きだ。時感社への注文は細かく、金に糸目をつけない。人生でもっとも楽しかった日々をみつけ、編集してハイライト集をつくり、それをループさせて余生をすごす。そうやって回顧と懐旧にひたり、笑顔であの世へ旅立つ。

人間は知恵を無駄にしない。邪悪な天才もそれを発揮する。

　専制社会の統治者はこの技術の潜在能力をすぐに理解した。特殊機能を組みこんだバージョンを流通させて国民を奴隷化した。法定の八時間労働をさせながら、実質は十二時間以上の肉体労働や頭脳労働をさせた。おかげでGDPは大幅に上がったが、国民は疲弊して心身ともに壊滅状態になった。過労死されてはもともこもないので、政府は休暇治療専用のリゾートを開設した。そこでは技術的な方法で労働者の時間感覚を矯正し、バランスを回復させる。

　労働者たちは休暇の権利を勝ちとろうとさらに勤勉に働いた。実際には、奪われた時間をリゾートでとりもどしているだけなのだが、そんな真実は知らされない。

　ところが次世代の子どもたちは、先天的に時間感覚のバランスが狂っていた。社会機構がそれを調節しようとするとかえってゆがみが増え、制御不能になった。この次世代は忘却を身につけた。脳の過負荷をやわらげるための本能的戦略だ。定期的に（間隔の長さは人によって異なる）記憶がリセットされて、まっさらな新生児として目覚める。そんな彼らがおたがいを模倣するうちに、ある種の原始的な野生が発現して疫病のように広がった。文明と科学技術が築いた障壁を破って暴力と欲望がおもてに出てきた。

　彼らは都市と通りを跋扈《ばっこ》し、自分たちの天性の性質を変えようとする機械や制度を破壊してまわった。

　彼らは真に時間をわがものにし、そして不必要なものにした。

終章　異言症

「はじめに言葉があった。言葉は神とともにあった。言葉は神であった」（ヨハネによる福音書、第一章第

一節）
あるいは構造主義の言語学者ならこう言うだろう。

言語は思考を構築する。思考は世界を理解し、変容させる。つまり言語は世界の原動力たる神である。

神がいれば悪魔もいる。闇なくして光がないように。

人間と猿をへだてるのは、道具ではなく言語だ。表《シニフ》現《イアン》と内容《シニフィエ》をつなぐ橋が、主観的世界と物理的世界をつなぐ。意味はガンジス川のように滔々と流れる。人間は日常の感覚経験からその滴を抽出、保存、分類、一般化、昇華して、自己と客観的現実の境界線を規定する。そして他者との思想の交流や意図の伝達を学習し、それによって社会を形成する。労働、作業、家庭、権力、国家、戦争など、すべてがこれを基礎に築かれる。言語は理解の基準であり、人間のあらゆる議論は同一の言語体系を前提におこなわれる。

しかし言語であらわせないほころびはつねにある。宗教、音楽、絵画、愛情、苦痛、幸福、孤独……。これらの言葉は氷山の一角にすぎず、深遠で複雑な感覚が水面下に隠れている。そこには古代から伝えられた人類の文化的遺伝子がある。それらは地層のように褶曲し、重畳し、貫入し、現在まで連綿と続いている。

こういう話題を議論していると、自分でもなにを言っているのかわからなくなる。

あらゆる社会は一定の言語規範を公布して、大衆の思想を正そうとする。秦の始皇帝は中国全土で使用する漢字の書体を統一したが、これはオーウェルの『一九八四年』に出てくるニュースピークとおなじく、一部の言葉を消滅させ、新たな表現が出現するきっかけになった。ある用法は特定の階級が特定の場面でのみ使うものと決められ、大衆がこの高貴な表現を使うことは禁じられた。そこで庶民は脳の連想機能を働かせ、同音異義語や換喩を活用して話し言葉をつくった。舌と声帯による芸術といえる。

しかしある時代にはこの芸術的工夫も思想的ツール

として規制された。それを可能にしたのは技術だ。

政府はあらゆる新生児の言語中枢にファイアウォールを設置した。史上初のリアルタイム言語監視ネットワークだ。本人が不適切なことを言おうとすると、ファイアウォールのフィルター（つねに最新版に更新されている）が作動して発話を中断させ、内容に応じた強さの苦痛をあたえる。逆に権力者にとって好都合なことを言うと、ファイアウォールは報酬として快楽物質を脳内に放出する。

飴と鞭のすばらしい新世界だ。

このシステムはとてもうまく働き、人々はこのフィルター機構を自発的に遺伝子に組みこんだ。そうやってファイアウォールとシームレスに融合した子孫の頭では、懲罰相当の負の思念は浮かぶやいなや消え去り、苦痛を受ける危険は徹底的に排除された。このしくみはやがて無意識にはいりこみ、両生類、魚類、爬虫類時代の脳と融合して、人間の言語の最深部と一体化した。

そして新たな展開が起きた。

人間は未来でなにが起きるのか知らない。わたしが出発してきた時代の未来人たちも、なにが起きたのかよく理解できないままだった。一つの可能性として疑われるのは、人類は高等知性体の創造物であり、その脳に高度な設計の言語体系を埋めこまれていたのではないかということだ。その言語体系は文明の発達にしたがって進化するが、外来者の侵入と威嚇を受けると、運用規則にしたがってシステムリセットがかかる。すべて初期状態にもどってしまうのだ。そんな感染に弱いシステムだった。

想像できるだろうか、言語がなく、すべてが崩壊した世界を。

話せないということが問題なのではない。世界と自分を理解するためのツールを失ったのだ。宇宙は原初の混沌にもどった。

わたしは第二の言語体系を持って生まれてきた。このような者はごく少数だ。この時代なら〝天啓〟と呼ばれるだろう。

この言葉はわたしが話しているのではない。言葉がわたしをして話させているのだ。

高等知性体は愚かな人間に愛想をつかしたのかもしれない。新たな言語体系を持って生まれてきた代弁者が、混沌として名前のない原始社会の人類を指導して、世界を新たに認識し、文明を再建した。平和で明敏で美しい新世界になるはずだ。科学者はタイムマシンを発明し、時間線理論を発見した。異なる時間線にある並行世界の人々がおなじ轍を踏まないように、代弁者を派遣して福音を伝えようとした。残念ながら彼らの多くは望ましくない運命をたどったようだ。

わたし、スタンリーが、未来からの代弁者としてここへ来たのはそのためだ。しかし公表できないある理由から滞在を短縮し、この時間線を離れて次の未知なる世界へ飛ぶことになった。

この宇宙では、九が永遠、輪廻、至高無上を象徴する特別な数字だとされている。この九章からなる福音がこの世界の迷える魂を時の果ての扉へ導き、永劫回帰が実現されることを願っている。

エッセイ

Essays

中国ＳＦとファンダムへのささやかな手引き

A Brief Introduction to Chinese Science Fiction and Fandom

王侃瑜《レジーナ・カンユー・ワン》　Regina Kanyu Wang

鳴庭真人訳

中国ＳＦは最近まで外の世界にとって大部分が謎に包まれたままだった。二〇一五年、劉慈欣《リウ・ツーシン》がアジア初のヒューゴー賞を長篇『三体』で受賞し、二〇一六年八月には郝景芳《ハオ・ジンファン》がノヴェレット「折りたたみ北京」で二番目のヒューゴー賞を受賞した――どちらもケン・リュウによる翻訳で、彼自身ヒューゴー賞受賞歴のあるアメリカの作家だ。ますます多くの中国ＳＦが英語やその他の言語に翻訳されている今この時こそ、その歴史を探究するのに絶好の機会だろう。

　このエッセイは主にＳＦを対象としており、ファンタジイは範囲外だが、ファンタジイについても参考までに少しコメントしておこう。中国ではＳＦすなわち科幻と、ファンタジイすなわち奇幻の境界はかなり厳密に引かれている。一方で、われわれが神話や功夫伝説で培ってきた歴史的伝統があるため、中国ファンタジイをひとくくりに定義するのは難しい。とはいえ海外の読者には奇幻（ファンタジイ）と玄幻（もっぱら中国風の超自然的モチーフを含んだオンライン小説を指す）や魔幻（もっぱら西洋風の魔法モチーフを含んだ小説を指す）は区別しにくいだろうが。さらに細かい話をすると、中国の現代ファンタジイ小説には盗掘（「盗墓」：トレジャーハンターの一団が古代の墓へ侵入し、幽霊やその他あらゆる邪悪な存在と遭遇する物語）や時間旅行（「穿越」：現代人が特に理由もなく――あるいはささいな理由で――旧王朝の時代にさかのぼり、そこで入り組んだ宮廷の陰謀やメロドラマ的展開に巻き込まれる物語）、道教に基づく不老不死の探求（「修真」：主人公がさまざまな困難を乗り越えて道教の術で不老不死を追い求める物語）などは含まれず、それぞれ独自の人気ジャンルとして成立している。

現代中国ではいたるところでファンタジイ雑誌やファングループが登場しているが、SFに比べると中国のファンタジイ小説はまだ最盛期ではない。そういいながらも、近年ではすでに定評のある作品がTVドラマ化や映画化され始めている。例えば、「九州・天空城」（二〇一六）は〈九州〉を原作としたTVドラマだが、このシェアードワールドはいわば中国版「ダンジョンズ&ドラゴンズ」であり、多くのファンと作家の共同作業で築かれている。また「幻城」（二〇一六）は中国で有名なヤングアダルト作家・郭敬明《グオ・ジンミン》のベストセラー小説『幻城』［幻城］（二〇〇三）を映像化したTVドラマである。しかし本稿では、中国本土のSFについてのみ言及していく。

一　中国SF前史・初期史

どの文化でもそうであるように、中国の伝説や神話にはファンタジイの要素が大量に含まれている。しかし、中国におけるSFジャンル最初の文献は、早くも紀元前四五〇年から三七五年ごろに見つかる。道教の古典の一つ『列子』の「湯問」篇に載っている「偃師」という話だ。偃師は優れた工匠で、本物の人間に似せて動いたり歌ったり踊ったりできる精密な自動人形を作った。彼はこの模造人間を王に見せ、自分の腕前を証明しようとする。模造人間があまりに精密で真に迫っているので、王は偃師が本物の人間を使って自分をだまそうとしているのではないかと疑う。結局、偃師は自動人形が木と革だけでできていることを示すために壊さなければならなくなる。偃師の自動人形は初期のロボットの原型と見ることができる。

　われわれが今日知る形でのサイエンス・フィクションは清朝末期に初めて登場する。魯迅や梁啓超《リャン・チーチャオ》といった中国の知識人はSFを国家の繁栄を促す道具として重要視した。一九〇〇年、フランスの作家ジュール・ヴェルヌの『八十日間世界一周』の中国語訳が刊行された——これは中国最初の海外SFの翻訳で、陳寿彭《チェン・ショウポン》と薛紹徽《シュエ・シャオフィ》によって同書の英訳から重訳された（底本はジョージ・M・トールとN・ダンヴァーズ訳 *The Tour of the World in Eighty Days* で、サンプスン・ロウ・マーストン社から一八七三年に刊行された。のちに *Around the World in Eighty Days* と改題された）。魯迅といえばまちがいなく近代中国文学で最も著名な作家だが、彼はまたヴェルヌの『月世界旅行』や『地底旅行』といったSF小説を何冊か中国語に翻訳している。この二冊の翻訳は一九〇三年と一九〇六年にそれぞれ刊行された。魯迅はフランス語を読めなかったので、井上勤による日本語訳から重訳した。最初期の国産のSF小説として知られる荒江釣叟《ファンジアンデャオソウ》（匿名の著者のペンネームで、「寂れた川辺の老釣り人」の意）の「月球殖民地」［月球殖民地］は、《繡像小説》という文芸誌に一九〇四年から一九〇五年にかけて連載された。

　中国では長い間、文学は社会的な責任を担うべきものと考えられていた。二十世紀初頭には、中国におけるSFは西洋から伝わった先進的な科学と民主主義を教えるという重要な役割を期待された。中国語に翻訳された西洋のSFの大半はこの役が務まるよう改編されていた。例えば、ヴェルヌの『月世界旅行』の原文は二十八章からなるが、魯迅の翻訳は十四章しかない。『地底旅行』の方はフランス語の原文では四十五章だが、魯迅はこれを十二章に書き直した。皮肉なことに、こうした改編の大部分は読者がもっとストーリーに引きこまれるようにと、高度に技術的な内容をいくらか削除することに費やされた。

　戦争と政治的混乱が清朝末期（一八三三年～一九一一年）から中華民国期（一九一二年～一九四九年）にかけて続く。老舎《ラオショー》『猫城記』は一九三二年に刊行された。同書は人民共和国成立以前の中国SFでは最も広く世界中で知られている作品かもしれない。この長篇では一人称の語り手が火星へと飛び立つが、乗機が到着早々墜落する。唯一の生存者となった語り手は猫顔の異星人によって猫都に連れて行かれ、そこで生活する。異星人社会の皮肉な描写を通じて、著者は自分自身の社会を批評している。

　一九四九年の中華人民共和国の成立後、新しい中国SFの第一波が一九五〇年代に到来する。張然《ジャン・ラン》の『太陽系に遊ぶ夢』［梦游太阳系］は人民共和国期で最初のSF要素を含んだ物語とされている。一九五〇年に発表されたこの話は、太陽系の天体を夢物語の形式で紹介するというもので、ハードSFというよりSF風おとぎ話に近い。この時代の大物作家としては鄭文光《ジョン・ウェングワン》と童恩正《ドン・エンジョン》がいる。鄭《ジョン》の「地球から火星へ」［从地球到火星］（一九五四）は人民共和国期で最初のSF短篇とされている。三人の中国人の少年たちが宇宙船を盗み出し、火星への冒険に旅立つ話である。当時のSF作家たちは旧ソビエト連邦のSFから多大な影響を受けていた。ジュール・ヴェルヌ全集が一九五七年から一九六二年にかけてロシア語から翻訳されたのも、ソビエト連邦で高い評価を受けていたからだ。アレクサンドル・ベリャーエフといったソビエト連邦の作家の作品も翻訳された。この時代のSFの大半は子供向け、あるいはポピュラーサイエンスの教材として書かれ、楽観的で作品の幅も限られていた。

　その後、文化大革命が起こると、文学のための余地はわずかしか残らず、ましてやSFにはそれ以下しか残されなかった。「西洋資本主義」と少しでも関連があるものはことごとく有害とみなされた。多くの作家が断筆を余儀なくされた。改革開放政策の施行後、一九七〇年代後半に中国SFの黄金時代がついに到来する。多数の作品が登場し、それとともにファングループやSF専門誌も数を増した。この時代で最も高名な作家の一人が葉永烈《イエ・ヨンリエ》である。葉の『小霊通の未来漫遊』［小灵通漫游未来］（一九七八）は一五〇万部以上売れ、漫画版はさらにもう一五〇万部売れた。鄭《ジョン》・文光《ウェングワン》と童恩正《ドン・エンジョン》もふたたびSFを書き始めた。鄭の『人馬座へ飛ぶ』［飞向人马座］（一九七九）は中国SFの一つの到達点を示した。この長篇は三人の少年少女たちが太陽系外を何年も放浪したのち、全力を尽くして地球へ帰還しようとする物語である。童《ドン》の代表作『珊瑚島の殺人光線』［珊瑚岛上的死光］（一九七八）は人類の平和を守るため悪の企業に立ち向かう科学者の物語。『珊瑚島』は一九八〇年に同名で映画化され、中国最初のSF映画となった。

一九八三年、清除精神汚染キャンペーンによって、SFはまたも一掃された。一九七九年以来、サイエンス・フィクションは文学であるべきかポピュラーサイエンスであるべきかという議論が起きていたが、そこで疑似科学批判の矛先がSFに対して向けられたのである。一九八三年当時の中国の最高指導者・鄧小平が文芸作品で描かれる資本主義や搾取に苦言を呈した。SFは資本主義や商業主義の要素を含んでいるので精神汚染であるとみなされた。科学以上のことを語っている物語は政治的に有害とされたわけである。この時代、あえてSFを書いたり出版したりした者はごく少数しか——もっといってしまえば誰一人——いなかった。一九八〇年代後半から一九九〇年代前半にかけてようやく、中国SFはこの批判から立ち直り復興する。

二　商業SF雑誌の刊行

中国での商業雑誌の定義は、アメリカのそれとは少し違っている。中国で商業雑誌を発行するには、「ISBN」に似た「CN」という特殊な番号を取得して、政府から認可を受けなければならない。

一九七〇年代後半から一九八〇年代前半には、多くのSF雑誌が登場した。一九七九年、四川省で《科学文芸》が創刊された。それから三年のうちに《科学時代》、《科学文芸訳叢》、《科幻海洋》、《智慧樹》、それに《科幻世界——科学幻想作品選刊》が登場する。しかし、これらの雑誌はどれも《科学文芸》を除いて清除精神汚染キャンペーンの時期に廃刊してしまった。

一九八〇年には《科学文芸》は一号あたり約二〇万部を売り上げていたが、清除精神汚染キャンペーン後にこの数字は七百部まで落ち込んだ。一九八四年から、同誌の編集者だった楊瀟《ヤン・シャオ》が代表に就任する。楊《ヤン》は仲間たちとともに、中国SFの孤塁を守るため奮闘した。一九九一年には雑誌名を《科幻世界》に変更するとともに、同年成都で世界SF協会の年次例会を開催した。振り返ってみれば、この一九九一年こそ中国SFがふたたび花開きはじめた年だといえる。一九九九年には全国普通高等学校入学試験で「記憶が移植できたらどうなるか？」という小論文が出題されたが、これは同年の《科幻世界》に掲載された記事の見出しと同じだった。そんな後押しもあってか《科幻世界》の刊行部数は最盛期を迎え、二〇〇〇年には一号あたり三十六万一千部を記録した。

二十一世紀も近くなったころ、もう一つの中国SFにおける重要な雑誌が山西省で誕生する。《科幻大王》は一九九四年に創刊し、二〇一一年に《新科幻》と改名した。最盛期の部数は二〇〇八年の一号あたり約一万二千部だった。残念ながら《新科幻》は相対的な売り上げ低迷により二〇一四年末に廃刊する。《科幻Ｃｕｂｅ》は現存する中国の商業SF雑誌では一番後発である。最初の三号は二〇一六年に刊行され、毎号約五万部を売り上げた。この時期に登場しては消えていった他のSF雑誌には《世界科幻博覧》、《科幻—文学秀》がある。《萌芽》、《文芸風賞》、《超好看》にはSFだけでなく他ジャンルも掲載されていた。

三　初期中国SFファンダムの誕生

中国初のSFファングループは一九八〇年に上海で誕生した。ピッツバーグ大学のフィリップ・スミスが上海外国語大学を訪れてSF文学の講義を行った折、当時上海外国語大学に勤務していた呉定柏《ウー・ディンバイ》という研究者がSFサークルを学内に作って中国最初のSFファングループとすることを思いついたのである。一九八一年には科幻研究協会が上海、広東、黒竜江、ハルピン、遼寧、成都などいくつもの都市で創設され、その後清除精神汚染キャンペーンで一掃された。そして一九八八年になってようやく四川作家協会内に科普創作委員会が創設され、会長には童恩正《ドン・エンジョン》が就任した。この委員会は四川省のSF作家を団結させ、中国SFの創作をどん底の状態から羽ばたかせることを目的としていた。

一九九〇年には、姚海軍《ヤオ・ハイジュン》が彼の主宰するファンジン《星雲》の後援を受けて中国科幻愛好者協会を設立している。

一九九〇年代、地方ファングループと大学のSFサークルは中国全土に広まった。《科幻世界》も独自のファンクラブを設立した。

一九九八年になると、中国最初のオンラインSFファングループが登場した。中華網上科幻協会と飛騰科幻創作小組である。後者は規模が拡大した後、飛騰科幻軍団に改名した。その他重要なオンライン上のSFファングループとして、科幻桃花源、大江東去科幻社区、太空瘋人院がある。残念ながらどのグループも今日まで残っていない。活動していたメンバーの一部は今でもdouban.com（中国で人気の趣味ベースのSNSサイト）の科幻世界グループ（雑誌とは無関係）で議論を繰り広げている。

多くの中国SF作家はこれらファングループの活発なメンバーだった。

四　ファンジン

中国最初のファンジンは《星雲》といい、姚海軍《ヤオ・ハイジュン》が一九八九年から二〇〇七年まで編集していた。この年月の間に四〇号まで発行されている。姚海軍《ヤオ・ハイジュン》は《星雲》創刊時は黒竜江省の材木工場で働いていたが、今では《科幻世界》の編集長を務めている。《星雲》は現代中国ファンダムの発展に、それどころか中国SF史全体において、非常に重要な役割を果たした。同誌は編集者、作家、研究者、そして読者たちの架け橋となったのである。最盛期の部数は一号あたり千二百部以上といわれる。

他にも一九九〇年代に流行していたファンジンに、鄭州の范霖《ファン・リン》による《銀河》、成都の徐久隆《シュー・ジウロン》による《上天梯》、山東省の王魯南《ワン・ルーナン》による《第十号行星》と《TNT》、そして曽徳強《ゾン・ドーチアン》と周宇坤《ジョウ・ユークン》による《宇宙風》などがある。また《星雲》などにはメールマガジンもあり、国中の購読者に送られていた。しかしその大部分は資金と時間の不足によって数年しか続かなかった。

地方のSFファングループもまた独自のファンジンを発行していた。北京の《立方光年》と天津の《超新星》はその中でも代表的な二誌である。多くのSF作家の援助を受けた《立方光年》はかなりの高クオリティを誇っていた。しかし、編集者も作家もボランティアでプロジェクトを運営し続けるのは難しく、両誌とも数号しか続かなかった。

大学のSFサークルもファンジンを発行していたが、これもまた発行期間は短かった。唯一の例外が四川大学SF研究会発行の《臨界点》で、同誌は二〇一三年に二〇周年特別号を発行している。

インターネット黎明期には、数多くのウェブジンが登場した。中華網上科幻協会は一九九八年から一九九九年に《蒼穹火炎》全七号を、大江東去科幻社区は二〇〇五年から二〇〇六年に《辺縁》全四号を発行している。《新幻界》は二〇〇九年から二〇一三年にかけて三十二号まで発行されているが、どの号も極めて高いクオリティで、しかもウェブで無料ダウンロードできたことから、奇跡といわれている。《新幻界》は紙の書籍でもアンソロジーを二冊出版している。《新幻界》に掲載された短篇のうち、郝景芳《ハオ・ジンファン》の「見えない惑星」など数篇はその後英訳されている。

その他、今日でもまだ活動しているウェブジンとして《中国新科幻》や《科幻文匯》がある。どうか両誌に長寿と繁栄を。

五　SF賞と主要なイベント

銀河賞は中国SF界で作家が受ける最高の名誉であり、長年SFの賞はこれだけだった。銀河賞は一九八六年に《科幻世界》（元《科学文芸》）と《智慧樹》の二誌によって創設された。《智慧樹》廃刊後は《科幻世界》が唯一の主催者となった。銀河賞は《科幻世界》の掲載作もしくは出版物にのみ贈られ、読者の人気投票で決定される。しかし二〇一六年の銀河賞最優秀短篇部門は《人民文学》に掲載された陳楸帆《チェン・チウファン》の「巴麟」が受賞し、初めての例外となった。

そのため中国語で発表された全SF作品に開かれた賞が必要とされた。全球華語科幻星雲賞は世界華人科幻協会の主催により二〇一〇年に創設された。協会の全会員がノミネート権と投票権を持つほか、一般読者も投票可能だ。五つの最終ノミネート作品または候補者から、審査員による審査を経て受賞作が選ばれる。

　中国での主要な年次SFイベントはこの二つの賞を中心に開催される。通常はコンベンション風のファンによるお祭りだ。特定のルールは設けていないが、たいていは授賞式や祝賀会、深夜の野外バーベキューや飲み会が行われる。《科幻世界》も毎年銀河賞の授賞式の後に創作セミナーを開催している。一方、世界華人科幻協会のイベントは国際的なコンベンションの様相を呈し始めている。二〇一六年の科幻星雲賞授賞式では、アメリカSFファンタジイ作家協会会長のキャット・ランボー、日本SF作家クラブ会長の藤井太洋、第七十五回ワールドコン共同議長のクリスタル・ハフをゲストとして招待した。

　近年の中国SFの盛り上がりを受けて、新たな賞も続々登場している。例えば晨星・晋康科幻文学賞は二〇一五年に科学与幻想成長基金によって設立された。座標賞は二〇一五年に数人の熱烈なファンによって設立された。さらに二〇一二年に四川大学のファングループが設立した幻想類社団連合コンテストは二〇一六年に未来科幻大師賞と名前を変え、当初の主催グループが引き続き運営するとともに自分たちの会社を立ち上げて、ウェブ上の交流サイトとウェブ外でのイベントスペースをSFファンに提供している。

　中国SFの歴史において、国際的な会合が三度中国で開催されている。一九九一年の世界SF協会の年次例会、一九九七年の北京国際科幻大会、そして二〇〇七年の成都国際科幻・奇幻大会である。当時《科幻世界》の代表だった楊瀟《ヤン・シャオ》は一九八九年にサンマリノで開かれた世界SF協会の年次例会に出席し、一九九一年の成都での開催権を獲得する。楊《ヤン》は英語が得意ではなく、それまで国際的なSF関係者の会合に出席したこともなかった。内にも外にも障害を抱えながら、楊《ヤン》とその仲間は奮闘しどちらの障害も乗り越えた。この会合は政府から多大な支援を受け、大成功に終わった。一九七年の北京国際科幻大会も《科幻世界》が主催し、中国科学技術協会が後援した。この大会は中国のＳＦ文化を促進する上で重要な役割を果たした。その成果の一つが《科幻世界》の爆発的な売り上げ増加である。

二〇〇七年の成都国際科幻・奇幻大会はニッポンコン（第六十五回世界ＳＦ大会）の直前に《科幻世界》主催のもと、ＳＦ文化の促進を企図して開催された。この年、欧米の作家は中国を訪問したのち、日本でのワールドコンに向かった。

六　現代中国のＳＦファンダム

中国のＳＦファンを説明するバス理論というものがある。ＳＦへのファンの熱意はちょうどバスに乗るのとそっくりだというのだ。若い時はバスに乗ってＳＦを読み始める。年を取ると（そして目的地に着くと）、読むのを止めてバスを降りる。《科幻世界》の読者の大多数が中学生、高校生、大学生なのは事実だ。これに対し、大人のファンは英語や中国語の翻訳を通じて海外のＳＦ作品を読むことの方が多い。

活発なファンは存在するものの、全国的な「コンベンション」が定期的に開催されるには至っていない。大学のＳＦサークルは盛り上がっては衰退している。地方のファングループは登場しては姿を消している。中国のファンダムは分散していて、「長い」歴史を有する特定のファングループを見つけ出すことは困難だ。

しかし比較的長い歴史を持つ二つのファングループは今日まで活発に活動している。

そのうちの一つが科幻萃果核である。二〇〇九年に上海の四つの大学のＳＦサークルが大規模なイベントを合同開催することを決めた。このイベント、上海幻想節の準備期間中に、上海の大学SFサークル連合として苹果核は設立された。上海幻想節は二〇〇九年に開催され、二〇一一年からは現在まで毎年開かれている。大学が主体となったことから、開催側も参加者も大半は学生である。開催月（たいていは五月）の週末に、討論やパネルディスカッション、講演、LARP（体験型のRPG）など様々な催しが大学SFサークルの運営のもと各大学で行われる。参加者はゲストや内容にもよるが、イベントごとに三十人から二百人程度だ。

　苹果核は大学SFサークル連合以上のものに成長した。二〇一三年十月以降、苹果核は卒業生を対象に月例の会合を開くようになった。この集まりではたいてい午後に映画上映とそのテーマに関する講義、パネルディスカッション、短いプレゼンテーションなどを行い、夕方に食事会を開く。取り上げる話題は科学からファンタジイ、芸術から天文学まで多岐にわたる。いくつか例を挙げると、映画「スキャナー・ダークリー」上映とその後のフィリップ・K・ディックに関する講義、鬱や自閉症に関する討論、現代アート展「ヒーマン・チョン：複数の『もし』『そして』『しかし』」の鑑賞、スチームパンク風アクセサリーの自作ワークショップなど。平均では午後の活動には三十人から百二十人が参加し、食事会には五人から二十人が残る。

　二〇一四年十一月には読書会が結成された。ファンは毎月特定の本を読み、その本について集まって議論することを奨励される。記念すべき第一回の討論ではアイザック・アシモフ『永遠の終り』が取り上げられた。二〇一五年十二月の回はジェフ・ヴァンダミア『全滅領域』だった。二〇一五年九月には科幻星雲賞のノミネート作に関する特別討論が行われ、遅卉《チー・フウィ》い、『人造人間二〇七五：意識再構築』［伪人2075：意识重组」（二〇一四）が議論の俎上に載せられた。この読書会の目的は、限られた仲間内から出発して、次第に参加者を拡大していくことにあった。

創作ワークショップも二〇一五年に試験的に実施され、二〇一六年には公式の活動に加わった。少人数の作家が毎月顔を合わせてお互いの作品を論評し合っている。

萃果核は中国東部で最大のSFファングループというだけに留まらず、おそらくもっとも国際的な交流を行っている団体でもある。創設七年目にして、二〇一六年の科幻星雲賞ファンダム部門を受賞している。

もう一方の世界華人科幻協会（WCSFA）は中国最大のファングループで、二〇一〇年成都で設立され、香港で登録された。萃果核がファン主体の組織で上海周辺のSFファンの拠点として機能していたのに対し、こちらは公式組織であり、全国的なファンの拠点として機能している。

WCSFAは約三百名の会員を有し、その大半が「プロ関係者」――作家、翻訳家、編集者、研究者などで構成されている。二〇一〇年以降は毎年科幻星雲賞を主催している。中国SFの成長を目標に、運営委員会は毎年改善の努力を続けてきた。授賞式はこれまで成都、太原、北京で行われており、将来的にはより多くの都市での開催を予定している。

ここで言及しておきたいのが、北京が二〇一四年に中国最初のワールドコン誘致に挑戦していたことだ。最終的にはカンザスシティに敗れたものの、出だしとしては好調で、将来のワールドコンには大人数の中国代表団を送り込める見込みだ。

七　文芸・学術方面での中国SFの現在

劉慈欣《リウ・ツーシン》はその壮大な宇宙規模の想像力によって、現代の中国SFにおける最重要人物となっている。劉の〈三体〉三部作は絶大な人気を誇り、全六部からなる映画化が予定されている。第一巻の英訳は二〇一四年十一月に出版され——英訳された最初の現代中国SF長篇である——ヒューゴー賞を受賞した。続篇の二巻は二〇一五年と二〇一六年にそれぞれ英訳された。

王晋康《ワン・ジンカン》は二〇一四年にSF作家生活二十周年を迎えたが、彼もまた中国SFにおける重鎮である。王の物語は伝統的なリアリズムに深く根ざしており、生物学に着目したものが多い。代表作に短篇「アダムの帰還」「亚当回归」（一九九三）や長篇『生命の歌』「生命之歌」（一九九八）がある。

新華社通信に勤務している韓松《ハン・ソン》は、自分が昼間書いているニュース記事の方が、夜に書いているSFよりよほどSF的といったことで有名だ。彼の短篇はカフカの影響を受けた異様で超現実的なもので、その先駆的な作風によって特別な注目を集めている。代表作として短篇「宇宙墓碑」「宇宙墓碑」（一九九一）や長篇『赤い海』「红色海洋」（二〇〇四）がある。

何夕《フー・シー》の短篇は感情や気分の掘り下げが巧みで、読者の心に響く。もっとも有名な短篇である「傷心者」「伤心者」（二〇〇三）は同時代に理解されない理論を導き出した孤独な数学者と、彼をずっと信じ続ける母親の物語。二〇一五年には初の長篇『天の年獣』「天年」を上梓している。

まず間違いなく、彼らが今日の中国SFにおける「四大天王」である。

もっと若手では、リアリズムSFの牽引役である陳《チェン》楸帆《・チウファン》、主流文学の技法やアイデアをSF創作に応用する飛氘《フェイダオ》、哲学に焦点を当てた知的好奇心をかき立てる話を得意とする宝樹《バオシュー》、かつてジャーナリストだった経験を大いに生かしている張冉《ジャン・ラン》、巨大な舞台を自在に操る江波《ジアン・ボー》、一九九〇年代生まれのストーリーテリングの名手・阿缺《アー・チュエ》——彼らはみな中国でも最高レベルの教育を受けた集団の出身だ。

この章でこれまで取り上げた作家はみな男性だったが、中国には著名な女性作家も少なからずいる。趙《ジャオ・》海虹《ハイホン》、凌 晨《リン・チェン》、遅 卉《チー・フウイ》、夏笳《シアジア》、郝 景 芳《ハオ・ジンファン》、陳 茜《チェン・チエン》、糖匪《タンフェイ》――彼女たちはこのジャンルに独自の視点から取り組んでいる。趙 海 虹《ジャオ・ハイホン》の短篇は情緒やロマンティックな雰囲気を重視している点が特徴だ。凌 晨《リン・チェン》はハードＳＦ的な題材の扱いに長けている。遅 卉《チー・フウイ》は非常に多作なので、これが作風と言い切るのが難しい。夏笳《シアジア》は幻想的な風景や夢のような雰囲気を作り出すのが上手く、最近では中国の近未来の情景に注目し始めている。郝 景 芳《ハオ・ジンファン》は自分の作風を「ノンジャンル」とみているが、それは現実の出来事を意識しつつ、物語は想像上の世界を舞台にしているからだという。陳 茜《チェン・チエン》の短篇は言葉こそ平易だが、ハードＳＦとしての芯がある。そして糖匪《タンフェイ》の作品はニューウェーブの特徴を持ちつつ、作者本人は「型破りのＳＦ」と称している。

この中ではおそらく夏笳《シアジア》が一番知名度が高く、ヒューゴー賞受賞後は郝 景 芳《ハオ・ジンファン》も多くの注目を集めている。

学術分野では、北京師範大学の呉 岩《ウー・イエン》教授が率いる中国ＳＦの研究者グループがいる。北京師範大学には長年ＳＦを対象とする修士課程があり、二〇一五年九月には同専攻で初の博士課程の学生が募集された。ＳＦ専攻の博士課程ができるまで、夏笳《シアジア》や飛氘《フェイダオ》といった若い作家や研究者はＳＦへの関心を比較文学の分野と結びつけることが多かった。その大多数は清朝末期の中国ＳＦを研究対象としていたが、一方で近現代の中国ＳＦの方に関心を寄せる者もいた。こうした研究者たちが自分の同時代人や友人の作品を探求するようになったことは感慨深い。

八　中国のＳＦ映画

SFのIP（知的財産）が昨今の中国では大人気だ。劉慈欣《リウ・ツーシン》は〈三体〉三部作の映画化権をこのブームのずっと前に売却し、小説原作の中国SF「大作」映画の先例の一つとなった。このエッセイを書いている時点（二〇一八年初頭）ではまだ公開されていないが、舞台版は上海と北京で熱狂的に迎えられている。また、WCSFAが運営・贈賞する全球華語科幻電影星雲賞の第一回が二〇一六年八月に発表された。最優秀映画賞はチャウ・シンチー監督の「ミラクル七号」（二〇〇八）に贈られた。監督賞は「ドラゴン・クロニクル　妖魔塔の伝説」のルー・チュアンが受賞した。

何十という企画が制作中なので、今後中国のSF映画をもっと目にする機会も増えるだろう。

結論

中国SFは今まで以上に国際的な場での注目を集めている。ヒューゴー賞も受賞しているウェブジン《クラークスワールド》はSF小説の映画・コミック・ゲーム化に特化した中国の企業・微像文化（Storycom）と提携して二〇一五年から中国SFの翻訳プロジェクトを開始した。以来、《クラークスワールド》には毎月中国SFの短篇の翻訳が掲載されている。

古株のSFファン兼批評家・李兆欣《リー・ヂャオシン》が主催する《彗星科幻》は国際的なSF短篇創作コンテストで、毎月開催されている。中国と海外の作家が特定のテーマを題材に、制限時間内で短篇を書いて競い合う。短篇は中国語と英語の両方で発表され、中国のファンも海外のファンも作者名の伏せられた短篇から気に入ったものを選び、投票できる。現在コンテストは休止中だが、いずれ再開されることを期待している。

現代中国SF短篇の初の英訳アンソロジー『折りたたみ北京　現代中国SFアンソロジー』がケン・リュ

ウの編集・翻訳によって二〇一六年十一月に刊行された。

近年では中国ＳＦの翻訳に触れることは一段と容易になってきている。ぜひ手に取ってみてほしい。けっして期待は裏切らないから！

著者付記

中国ＳＦについてはチャン・フェン、姜倩《ジアン・チエン》、趙《ヂャオ》如漢《・ルーハン》、張軍《ヂャン・ジュン》、夏笳《シアジア》、董仁威《ドン・レンウェイ》の著述を参考にした。記して感謝する。

中国研究者にとっての新大陸：
中国ＳＦ研究

A New Continent for China Scholars:
Chinese Science Fiction Studies

宋明煒《ソン・ミンウェイ》　Mingwei Song

鳴庭真人訳

七年前、わたしはある上海の会議に出席した。ハーバード大学と復旦大学（中国でもトップクラスの大学の一つ）が共同で主催した現代中国文学をたたえる一大イベントで、中国の第一線の作家、詩人、エッセイスト、それに文芸評論家が出席していた。参加する大物の中にはのちにノーベル賞をとることになる莫言とその作家仲間数十人、大手文芸誌の編集長、高名な教授、さらには若手の人気作家も数人いた。その誰ひとり中国SFについてほぼ知識がない中、会議の締めくくりとなる午後も遅い討論会で二人のSF作家、韓松《ハン・ソン》と飛氘《フェイダオ》が自身のジャンルについて十分間の報告を行った。韓松《ハン・ソン》が中国SFのニューウェーブの代表作家、飛氘《フェイダオ》が新進気鋭の作家ということは後から知ったのだが、二人はこの十分間の報告のために膨大な時間を準備に費やしていた。わたしの記憶では、後ろに余華《ユー・ホワ》と蘇童《スー・ドン》という二人の文芸界の大物が座っていて、小声で雑談を交わしていた。それが韓松《ハン・ソン》がここ十年のSFのめざましい新たな発展について話し出したとたん、口を閉じて熱心に耳を傾けるようになり、飛氘《フェイダオ》が現代の作家の芸術面での探求と社会面での関心を、現代中国文学の創始者である魯迅——そしてまた二十世紀初頭の「科学小説」の初期の提唱者でもある——と戦略的に結びつけるころには、全聴衆が十分間音も立てず、多大な関心をもって韓松《ハン・ソン》と飛氘《フェイダオ》の話に聞き入っていた。

二〇一〇年七月十三日、午後三時三十分。

文学研究という分野に変化が訪れた瞬間だった。

その二日前、わたしは韓松《ハン・ソン》と飛氘《フェイダオ》に自己紹介していた。会話はよく弾んだ。二人に会う前に、彼らの著作は手に入るだけ全部読んでいた。三年前のことだが、復旦大学の教授である友人の厳鋒《イェン・フォン》から、『三体』と題した原稿が送られてきた（現在は英訳が出ている）。ぜひ読むようにと勧められたものの、当時は別のことで忙しく、最初の二章すら読み進めていなかった（この章立てはケン・リュウの英訳版と同じ順番である）。二〇〇八年になってようやく続きを読み始めたわたしは畏敬の念に打たれ、すぐさまこの中国SFの新潮流に夢中になった――劉慈欣《リウ・ツーシン》、韓松《ハン・ソン》、王晋康《ワン・ジンカン》、何夕《フー・シー》、拉拉《ラーラー》、趙海虹《ジャオ・ハイホン》、陳楸帆《チェン・チウファン》、夏笳《シアジア》、飛氘《フェイダオ》、郝景芳《ハオ・ジンファン》、遅卉《チー・フウイ》など。彼らが書いたものを見つかるだけすべて読むと、わたしは上海の会議の主催者に劉慈欣《リウ・ツーシン》を招待するよう強く提案した。残念ながら劉慈欣《リウ・ツーシン》はスケジュールの都合で来られなかったが、韓松《ハン・ソン》と飛氘《フェイダオ》は自分たちの使命をしくじらなかった。非常に謙遜しながらも説得力に溢れる演説で、SFをこの会議の話題の中心にすることに成功したのだ。韓松《ハン・ソン》と飛氘《フェイダオ》が話し終えるころには、わたしは啓示が降りてくるのを感じた――中国SFは一九九九年から二〇一〇年までの十年間、すでに黄金時代を迎えていた。不幸にも、それがSFファンの輪の外側の人々には伝わっていなかったのだ。主流文学の研究者は何一つ知らなかった。プレゼンテーションの間、飛氘《フェイダオ》はこの中国SFの新潮流を孤独な残留兵に例えていた。誰にも気づかれなければ、おそらくいずれ消滅していただろう。実際、文壇の誰一人『三体』をわざわざ手に取ろうとしなかったら、あるいは中国の見えざる現実を題材にした韓松《ハン・ソン》の奇妙な物語の、あの迷宮のような語り口を読み進める忍耐がなかったなら、中国SFの新潮流はおそらくSF作家とファンの内輪の盛り上がりに留まっていただろう。しかし二〇一〇年七月、韓松《ハン・ソン》と飛氘《フェイダオ》のおかげで、この孤独な残留兵は文芸エリートたちによる会議の檜舞台へと連れ出されたのだった。

この討論会の直後、わたしが非常に尊敬しているカリフォルニア大学ロサンゼルス校のシオドア・ヒューターズ教授が新進の中国SF作家を紹介するアンソロジーを構想し始めた。ヒューターズ教授の任を受け、わたしは文芸誌《レンディションズ》の特別合併号を編集した。同誌は中国でも最高峰の作家を何人か世界に紹介している。二年間かけ、何十人もの作家・翻訳家の支援を受けながら、この仕事は完成した。二〇一二年、現代中国SF作家の短篇十篇を掲載した《レンディションズ》特別号が刊行された。ちょうど時を同じくして、中国SFのもっとも熱心な翻訳者であるケン・リュウが参入してきた。その他の雑誌、例えば《パスライト》なども中国SFの翻訳を載せた特別号を刊行した。イタリアや日本など他の国々でも、中国SFは新たな言語で新たな命を吹き込まれていた。

ケン・リュウによる『三体』の翻訳が二〇一四年に出版され、二〇一五年のヒューゴー賞を受賞すると、中国SFの新潮流は国際的な一大事件となった。それ以降に起きたことについては、おそらく読者の大半もご存じだろう。オバマ大統領とマーク・ザッカーバーグがともに『三体』を絶賛した。その続篇『死神永生』［死神永生］は《ニューヨーク・タイムズ》のベストセラーリストを飾った。

研究者はいつも流行に少し遅れる。しかし今回、中国SFの大流行については無視できなかった。ほんの三、四年のうちに、中国SFは急速に中国研究者にとってもっとも豊穣な副分野の一つとなった。米国現代《M》語学文学《L》協会《A》、アジア《A》研究《A》協会《S》、米国《A》比較《C》文学《L》協会《A》、中国《A》・比較《C》文学《C》協会《L》などの主要な学術会議、同種のテーマ制パネルディスカッション、討論会、ワークショップがこぞって中国SFを取り上げた。このジャンルの新たな興隆に早くから注目していた中国系アメリカ人研究者の一人として、わたしにはアメリカと中国の両方（それにフランスとドイツも）から学会誌や紀要への投稿、特別号の編集、さらには会議やワークショップの開催まで依頼が殺到した。この活動で孤立無援だったわけではない。現代SFに関する論文を数篇執筆しているホア・リー、中国SF黎明期の研究に完全に特化した最初の研究書『天の帝国：中国SFの勃興』*Celestial Empire: The Emergence of Chinese Science Fiction* を近年上梓したナサニエル・アイザックスンといった戦友たちがいた。さらに重要なのは、完全に新世代の若い研究者がこのテーマに真剣に取り組み、より体系的な研究を進め、より刺激的な議論を交わしていることだ。ほとんど奇跡のようだった――わたしたちの眼前に学究的冒険のための新大陸が現れたのだ。

その上で、この分野にはそれ自体の歴史があることも強調しておかなければならない。今の勢いは新しく生まれたものだが、現代の研究のためにある程度の枠組みを準備した遺産がまだ残っている。ちょうど小説の方の新潮流にも先達がいるのと同じだ――二十世紀最初の十年間に少なくとも数回発生し、いずれも短命に終わったブーム。中国本土では一九五〇年代から六〇年代の、台湾では一九七〇年代から八〇年代の児童文学。そして改革開放時代初期の中国本土での大規模な復興。しかし中国SFの歴史はけっして連続した一つのものではない。政治や文化的パラダイムの変化によって引き起こされた空隙や中断が大量にある。どの世代でも新たな作家はパラダイムを一から確立しなければならなかった。彼らが過去の作家の著作に触れられる機会も何度かありはしたが、そこから明確な、実質を伴う影響を受けることはめったになかった。

しかし文学研究者にとっての課題とは、たんに先行世代が後世に与えた影響を調べるとか、首尾一貫し矛盾がないように見せかけた文学史を作ろうとすることばかりではない。文学研究者はテキストと文脈により重きを置く。わたしとしては近年の復興以前にこのジャンルに関する主要な研究を行った三人の学者に敬意を表さなければならない。一九八〇年代初頭、ドイツの中国学者ルドルフ・ワグナーは「ロビー文学：中国におけるサイエンス・フィクションの考古学と現在の機能」という長大な論文を発表した。この論文は主に改革開放時代初期のＳＦについて論じている。ワグナーはこれらをプロパガンダとは呼ばずロビー文学と定義し、中国の政治情勢の転換点におけるこのジャンルの多様な意味について精緻でありつつ共感を寄せた分析を行っている。ワグナーの論文は未来志向のＳＦを過去の歴史や現在の苦闘と結びつけた刺激に満ちた著作である。

一九八〇年代末には、呉定柏《ウー・ディンバイ》がパトリック・マーフィーと共同で一九八〇年代の中国ＳＦを収録した初の英訳アンソロジー『中国発のＳＦ』*Science Fiction from China*（一九八九）を出版している。呉《ウー》が書いた序文は中国ＳＦ史の概要として有用で、二十世紀初頭から一九八〇年代初頭までのこのジャンルにおける重要な作家や支持者の大半が載っているが、とりわけ改革開放初期の中国ＳＦの興亡を紹介することにページが費やされている。呉の序文はこの時期までに英語で出版された中国ＳＦに関する議論の集大成といえる。

一九九七年、デイヴィッド・ダーウェイ・ワンの画期的な著作『絢爛たる世紀末：清朝末期の小説の抑圧されたモダニズム　一八四九〜一九一一』*Fin-de-siecle Splendor: Repressed Modernities of Late Qing Fiction 1849-1911*（一九九七）が刊行された。同書の章の一つ「混乱した地平線：サイエンス・ファンタジイ」は梁啓超《リャン・チーチャオ》によって最初に提唱され、その後の約十年間（一九〇二年から一九一一年）繁栄した清代末期の科学小説に関する決定的な研究だった。ワンのアプローチはテキスト分析と文化史を組み合わせることで、物語の言説を想像力と認識論のレベルから探るというものだった。ワンの研究は清朝末期の科学小説を扱うのちの研究者の著作に深い影響を及ぼした。ワンの著作の刊行後、科学小説を含めた清朝末期の小説への学界の関心が再燃したといっても過言ではない。

中国では、中国SF研究の開拓者はおそらく呉岩《ウー・イエン》だろう。呉《ウー》はこのジャンルが他の研究者から認知される何十年も前から真剣に関わってきたほぼ唯一の研究者である。一連の学術論文に加え、二〇一一年には『科幻文学概説』［科幻文学论纲］と題した専門書を上梓している。ルドルフ・ワグナーや呉定柏《ウー・ディンバイ》、ディヴィッド・ダーウェイ・ワンと異なり、呉岩《ウー・イエン》は自分の研究対象を同時代の中国SF作家に絞り、西洋の作家と比較したり各種の理論（サイボーグやフェミニズム、グローバリゼーションなど）を援用したりして、これらの作家を分析している。今日の中国でSFに関する研究プロジェクトを行う博士課程の学生を指導する資格を持つ唯一の指導教官ということもあり、呉岩《ウー・イエン》が中国SF研究者のコミュニティにおける第一人者とみて間違いない。

中国SFが国際的な認知を得始めたころ、呉岩《ウー・イエン》はデポー大学の学術誌《サイエンス・フィクション・スタディーズ》の特別号を編集し、中国でのこのジャンルの全歴史——清朝末期のサイエンス・ファンタジイから老舎《ラオショー》『猫城記』、一九八〇年代から二〇〇〇年以降のごく最近のブームまで——を網羅する十篇の研究論文を収録した。劉慈欣《リウ・ツーシン》と韓松《ハン・ソン》の両名もこの特別号に寄稿しており、この分野の発展におけるランドマークとなっている。

わたし自身の中国SF研究は現代の作品、とりわけニューウェーブにやや偏っている。ニューウェーブという用語は英国SF史から借用したもので、この新しいジャンルの動向が社会的な関心と芸術的な革新性の両方を示していることにちなんでそう命名した。議論の余地のある定義であることは承知している。英語では論文を四篇（うち二篇はフランス語とドイツ語に翻訳された）、中国語では多数の論文と評論を発表してきた。最近の論文の一つ「不可視の表象：現代中国ＳＦの詩学とポリティクス」では、ニューウェーブと呼ばれる動向が一九八九年以降の政治文化から成長し、ジャンルを蘇らせたばかりでなく、ジャンル自体の類型――中国本土で二十世紀のほぼ全期間を通じて支配的だった、政治面でのユートピア主義と技術面での楽観主義――をも破壊したと論じた。現代のＳＦは様々な一般化した類型、文化的要素、それに政治的ヴィジョン――スペースオペラからサイバーパンク、ユートピア主義からポストヒューマニズム、パロディ化された中国の隆盛から国家の発展という神話の脱構築にいたるまで――を組み合わせたり刷新したりすることでジャンルを再活性化した。奇妙なことに、中国ＳＦはその黄金時代に突入すると同時に、ニューウェーブ的なジャンルの解体を引き起こしたのだ。この新たな潮流が持つ暗く破壊的な一面は、現実の「不可視」な次元、あるいは主流文学のリアリズムの言説で規定された特定の「現実」では簡単に表象できないものについて語っている。もっとも過激な一面を取り出せば、中国ＳＦの新潮流は前衛的な文化精神を糧として成長し、人間が従来の現実認識を超えて思考し、進歩や発展、経済の奇跡、国家と人民といった一般的な通念を疑問視するよう仕向けたのである。

　中国本土の作家に加えて、台湾と香港の作家数名についてもこのジャンルに重要な貢献をしたことで言及しておくべきだろう。特に駱以軍《ルオ・イージュン》、董啓章《ドン・チーヂャン》、黄錦樹《ファン・ジンシュー》といった実験小説の作家は全員がＳＦの要素を用いた上で、ヘテロトピア、ポストヒューマン、アイデンティティという隠喩などのモチーフを加えることでさらに洗練されたレベルの文学実験を達成している。中国語ＳＦは世界中の読者に発見され、探索され、注目を集める次の金脈となりうる。

　学会誌の特別号の編集や会議の主催をする中で、わたしは興味深いテーマに取り組む学者と何人か知り合った。たとえば、エイドリアン・シーレは劉慈欣《リウ・ツーシン》版のコスモポリタニズムについて書いている。キャラ・ヒーリイはＳＦにおけるジャンルの逸脱とトランスナショナリズムを研究している。ホア・リーは中国ＳＦを政治・環境・メタファーの面での各種テーマから掘り下げている。ジャン・ジンは現代中国文学の起源としての清朝末期の科学小説と一九五〇年代から八〇年代にかけての社会主義ＳＦの両方を研究している。ナサニエル・アイザックスンは清朝末期のＳＦに関する著作を上梓した後、中華民国期・人民共和国初期に他ジャンル内に現れたＳＦの亜種を調べている。わたし自身は台湾と香港の作家の亜種ＳＦにおけるヘテロトピアについての著述を準備している。李広益《リー・グァンイー》、任冬梅《レン・ドンメイ》、梁清散《リャン・チンサン》、チャン・フェンなどの研究者はこのジャンルの今後の研究にとって重要となる資料を発掘している。さらに包括的な文献目録や資料集に研究者がアクセスできる日も近いだろう。

　この研究分野は今も拡大を続け、新大陸は驚異に満ちている。中国ＳＦがいずれ、あるいはもうすでに、現代の中国文学研究でもっとも急成長を遂げた副分野になるとわたしは確信している。分野そのものを変容させ、われわれの中国文学の現代性に対する理解を、そしてその将来的な発展の可能性を作り変えたのだ。

サイエンス・フィクション：もう恥じることはない

Science Fiction: Embarrassing No More

飛氘《フェイダオ》　Fei Dao

鳴庭真人訳

数年前、わたしは尊敬するアート系映画の監督の講演を聴きに行った。彼はその作品の断固たるリアリズムで知られており、彼の映画で描かれた中国の小村が近代化の津波に呑まれる姿はわたしに自分の故郷を思い起こさせた。

講演の中で、彼は現代の中国社会が現在に囚われ、過去や未来の明確な姿を見失っていると述べた。それゆえ、次回作では過去に戻り、中国史を再検討・再評価したいとも。そこで質疑応答の折、最終的には未来を題材にした映画、つまりＳＦ映画を撮るのかと訊いてみた。

聴衆は大爆笑した。

参加者の大半にとって、「ＳＦ」という言葉がこの講演のような文化的で高尚な場で発せられること自体、場違いもはなはだしかった。わたしの質問は誰かがパヴァロッティにビートボックスを始めるつもりはありますかと尋ねてオペラの観客が凍りつくのと同じくらいショッキングなものだった。

正直な話、わたしはひどく恥ずかしかった。誰だって変な質問をして周り中の人間を気まずくさせるような「そういう奴」にはなりたくない。中国の人口十四億人のうち、ＳＦファンの数は消え入りそうなほどごく少数派だ。たいていの中国人にとって、「ＳＦ」といわれてイメージするのはアニメや武侠小説や奇抜な服装や変なヘアスタイルで頭がいっぱいの、幼くて内気なティーンエイジャーである。子供時代の他の趣味と同様、ＳＦは大人になれば忘れ去られる。サイエンス・フィクションは実用的でも有益でもなく、現実の生活に何の関係もないからだ。たいていの人の心の中では、首都がどこかも思い出せないような遠い国々ほどの存在感しかない。ときどき話題として耳にすることはあっても、何も知らないし、それ以上知りたいとも思わない。実際「SF」が会話にぽろっと出てきたら、みな戸惑った表情を浮かべて尋ねるだろう。「ハリー・ポッターの話？　SFってあれだよね？」

ともかく、当時はわたしももっと若く、度胸もまだ経験で鈍らされていなかった。そういうわけで、「重要で知的なテーマ」について議論する国際的な学術会議に参加した際、ふたたびSFを話題に出したいという例の説明不能な衝動に襲われた。休憩時間を利用して、ある著名なドイツ人の中国学者に近寄ると、中国のSFを一作でも読んだことがあるか訊いてみた。

この高齢で尊敬されているドイツ人学者はかつて、中華人民共和国の成立以降、中国の作家の著作で諸外国から高い評価を受けたものは一作もないと断言したことがあった。わたしの意見は異なった。

当時、莫言はまだノーベル賞を取っていなかったが、もとより彼のことは念頭になかった。劉慈欣《リウ・ツーシン》の〈三体〉シリーズの第二巻『黒暗森林』〔黒暗森林〕の出版直後で、中国じゅうのSFファンが興奮に沸き返っていた。わたしも少なくともSFの分野においては、現代中国の作家が偉大な西洋古典のどの作品にも劣らないものをついに書き上げたと確信していた。

しかし件《くだん》の著名な中国学者はわたしの説明を丁寧にさえぎった。「わたしはドイツのSFだって読んだことはないよ！」

これには返す言葉がなかった。いやはや、中国SFを読む中国人読者ですらめったにいないわけだ。

わたしは自分の愛するジャンルが文学史の頂点で、SFを評価できない奴は俗物だと信じるような過激で超のつくファンというわけではない。実際には他人と議論をすることすら好きではない。わたしの問いかけは一種のパフォーマンスアートだ。安心や心の平穏への欲求から、誰もが自分の周りに心の防壁を築き、現代生活でわたしたちに押し寄せる情報の激流をフィルタリングしている。「ＳＦ」は大半の人の防壁に無意味な情報とタグ付けされるキーワードの一つであり、わたしはこの語を壁越しに投げ込むことで、人が反射的に無視するかわりに改めて見直さざるを得ないようにしたいだけなのだ。多くの人がわたしの行動をくだらない、無意味なことだと思うのは承知の上だが、少なくともこの質問で誰も傷つけてはいない。

ここで西洋の読者には説明しておかなければならないだろう。長い間、中国でのＳＦは亜原子粒子や放射能も同然の、大多数の人々にとって検知不能な存在だった。文学専攻の学生が中国文学の教科書や研究史のどこを探しても、ＳＦに関する情報はほぼ一切得られない（なるほど西洋文学史ならマーガレット・アトウッドとか、カート・ヴォネガットとか、トマス・ピンチョンとかいった作家の名前が時々出てくる――しかし教科書はこうした作家が一種の「文学実験」としてＳＦの技法を用いたとだけ主張し続け、まるでジャンル専門の作家の存在で神聖な文学史の本を汚すなんて不届き千万と言わんばかりだ）。

優雅で、知的レベルが高く、畏敬の念すら覚える「真面目な」学術会議の雰囲気の中で、ＳＦ作家やＳＦ研究者を見つけるのはほぼ不可能だ。マスコミの報道にＳＦが登場することもめったにない。もしたまたま新聞や雑誌にＳＦに関する二百語の記事が載ったり、ベストセラーのヤングアダルト作家が創刊した人気雑誌にＳＦ作家の短篇が掲載されたりすれば、ファンはこのニュースを祝い、仲間内に知らせて回ろうと駆け出すだろう。ドリス・レッシングの『マーラとダン』*Mara and Dann: An Adventure* が出版された際、出版社も本の序文を依頼された作家も売り上げに悪影響が出るのを怖れてジャンルの分類について明言を避けた。

社会全体からかくも多くの無知・無関心を向けられた中国のＳＦファンは、自分たちの嗜好に特化した雑誌《科幻世界》の元に集まった。大学の同好会、インターネットの掲示板、その他草の根の活動を通じてファンはお互いに知り合って結束を深め、独自のサブカルチャーを形成した。避難所に潜み、孤立によって身を守りながら、彼らは身内だけで楽しみ、星々を見上げた時のセンス・オブ・ワンダーを理解したことも味わったこともない人々を気の毒がった。

以前、中国ＳＦをまったく知らない欧米の著名な作家や研究者たちの前で講演した際、わたしは「残留兵」というメタファーを使った。どの文化に属する人々からも忘れられ、無人の荒野でひとり、黙って隠れ潜む。いつか時が満ちれば行動に打って出て世界を変えるかもしれないが、そんな機会はついに訪れず、やがて忘却されることもまたありうる。未来の探検家はその謎めいた、終わらない戦争の機械の残骸を見つけるかもしれないが、その兵器を作り出し、鍛錬に励んだ者たちは永久に忘れ去られる。

しかし、劉慈欣《リウ・ツーシン》の傑作の第三巻『死神永生』「死神永生」の刊行直後、中国の文芸シーンに予想だにしなかった潮の変わり目が生じた。ＳＦを人々の視界から遠ざけていた断絶は、爆発的な放流のための力をため込むダムとしても機能していたのだ。若い中国人のファンは成長し社会に出ていたが、ジャンル小説への愛をまだ抱いていた。コンサートでの忠実なファンのように、彼らは微光を放つ棒を振り、自分たちの愛する芸術を応援した。日が落ち、何千という小さな光はいよいよ必死に勢いを増して踊り、何千という孤独な声が溶け合ってひとつの力強いリズムを持った詠唱へと変わる。ついに劉慈欣《リウ・ツーシン》が、このコンサートの主役がステージに登場して傑作を演じると、彼を迎える歓声はクレッシェンドして、空にかかった星々さえ震わせるようだ。

　社会全体が好奇心に湧いていた。「文学」を埋めつくす都市生活の紋切り型の描写と無気力な中産階級の問題に麻痺していた文芸評論家は、中国語で書かれた小説が雄大な宇宙叙事詩を語り、想像上の未来を壮麗に描くことができると知って驚愕した。新鮮な文学の土壌が無から実体化し、研究者や批評家がページに鋤を入れ耕すのを待っていた。

　突如、文学理論がふたたび注目の的となり、SFを主題とした論文の数が爆発的に増えた。著名な研究者が「SFの意味」についての講義を行い、前衛アーティストまでもが科学と人類の無限の潜在力が可能にする革命的なアイデアをいっしょに探求しないかとSF作家を熱心に誘った。次の有力IPを探していつも目を光らせている代理店やプロデューサーがSF作家に片端からすり寄って、「映画化に向いた話はないかな？」と知りたがった。

　ほんの数年のうちに、SF作家は透明な忘れられた本の虫から引く手あまたのスーパースターに変身した。作家たちは素朴で時代遅れなチェックのシャツを脱ぎ、おしゃれの達人に早変わりした——いや実際、なかにはファッション雑誌のページに登場した者もいた。誰もがSF作家ひとりひとりを歩く天才的アイデアの宝庫であるかのように扱った。

　SFの象徴やミームもまた一般人の想像力の中に浸透した。インターネット企業のCEOは〈三体〉シリーズの「暗黒の森林」を彼らの業界の容赦ない競争のメタファーと捉え、一方政府のスポークスマンは「暗黒の森林」を朝鮮半島の危機をめぐる最悪のシナリオの説明に用いた。SFが中国でこれほどまで人口に膾《かい》炙《しゃ》したことはいまだかつてなかった。中国の副主席がSFを国家の発展と進歩のための「原動力」と認め、その上自分もファンだと表明した。現代こそ中国でこれまでSFが経験した、もっとも好意的で、もっとも協力的な環境だと誰もが認めている。

　それでも、単なる目新しさはすぐに薄れる。この一度は表舞台に上がった残留兵がほんとうにSFをめぐる文化的熱狂の波を乗りこなし、維持する力となれるかどうかは予測不能だ。読者はさらなる『三体』を、それどころか『四体』や『五体』を期待して、いずれきっと失望するだろう。誰も劉慈欣《リウ・ツーシン》を模倣することなどできない（し、するべきでもない）。現時点で劉《リウ》は『死神永生』以降新作長篇を出版していないが、「大《ダー》劉《リウ》」といえば中国では並ぶ者なしのままだ（一説には劉《リウ》の著書の年間売り上げが、彼以外の全SF作家の年間売り上げの合計を上回るという）。中国の作家が二年連続でヒューゴー賞のロケットのトロフィーを持ち帰るという快挙の後で、一般社会の注目を保ち続けるのに他に何ができるだろう？　もし現在製作中の野心的SF映画が商業的成功を得られなかったら――忘れてはいけない、中国の観客はハリウッドの大予算大作SF映画を定期的に摂取して、非常に目が肥えているのだ――出資者はいつまで熱狂的でいられるだろう？

　こうした多くの問いへの答えはまもなく明らかになるだろうと思う。わたしの知り合いのSF作家の大半はその結果を気にしていない。彼らには本業があるからだ――エンジニア、記者、大学講師、研究者、裁判官、起業家など。たとえ現在の熱狂の波が燃えつきてSFがふたたび大多数の人々の視界から姿を消しても――わたしには一九三〇年代まで存在を知られず、数十年間の束の間の注目を浴び、その後科学者によって無慈悲に惑星の座から追いやられたあわれな冥王星のことを思い出させる――SF作家はたんに肩をすくめて自分たちの秘密基地に戻り、公衆の注目という輝かしくも移り気なスポットライトを避けて、想像力をさまよわせ続けるだろう。

　わたし自身についていえば、この関心の高まりと無数の現実離れした出来事を目撃できたことをうれしく思っている。冒頭で言及した映画監督についてもう少し話しておこう。講演の際、わたしは中国映画ではめったに未来が描かれないのはなぜか尋ねた。監督はおざなりに「歴史と現在の探求にはすでに未来への期待が含まれているからだ」と答えた。その瞬間、彼は数年後に自分が二〇二五年を題材にした映画を撮ることになるとはおそらく思っていなかっただろう。映画が公開された時、監督を「SFという実験的技法を通じてリアリズムを表現する新たな道を開いた」と賞賛したメディアがいくつかあった。この時、わたしは長年の夢が叶ったとわかった――他人とSFの話をしても、もう誰も恥ずかしさを覚える必要はないのだと。

解説

作家・翻訳家
立原透耶

ケン・リュウの解説でほぼ事足りている感もあるのだが、それ以外の部分に言及することで、多少の解説補足としたい。
中国ＳＦは以下のように分類されることが定説となってきている。本書掲載の作家がどの時代に属するのかもあわせて挙げておく。なおデビュー年での分類であり、出生年ではないことに注意。

原生代（一九〇二～一九四九）
中興代（一九四九～一九八三）
新生代（一九九一～二〇〇〇）劉慈欣《リウ・ツーシン》、韓松《ハン・ソン》
更新代（二〇〇一～二〇一〇）陳楸帆《チェン・チウファン》、夏笳《シアジア》、郝景芳《ハオ・ジンファン》、程婧波《チョン・ジンボー》、飛氘《フェイダオ》、糖匪《タンフェイ》、王侃瑜《レジーナ・カンユー・ワン》、呉霜《アンナ・ウー》、顧適《グー・シー》

全新代（二〇一〇〜現在）張冉《ジャン・ラン》、宝樹《バオシュー》（馬伯庸《マー・ボーヨン》は参考とした書物やウェブではこの分類に入っていないが、二〇〇六年に長篇を刊行したので更新代に該当するものと思われる）

夏笳《シアジア》（一九八四〜）英語で執筆した作品（噂によると、ケン・リュウに指導を受けたとのこと）が《ネイチャー》誌に載るなど活躍がめざましいが、おそらく英語圏でもかなりの作品が翻訳紹介されている作家の一人。アメリカで彼女の英語版短篇集がクラウドファンディングで成立し、目下、制作中。主に中短篇が中心で、リリカルな詩情溢れる作品が持ち味。見かけはソフトだが、根底にはハードな科学的思想が流れているのが特徴である。最近ではフランスで藤井太洋氏らとともに国際シンポジウムに登壇、流暢な英語で、作家としてまた学者として活躍している。日本語訳に「ヒートアイランド」（日文版『中国SF作品集』人民文学雑誌社主編、外文出版社、二〇一八年）など。

張冉《ジャン・ラン》（一九八一〜）八〇后《バーリンホウ》（一九八〇年代生まれ）のSF作家を代表する一人。二〇一二年よりSF創作を始める。ショートショートから中短篇まで、歴史SFや時間SFなど骨太の幅広い作風が持ち味。中国の二大SF大賞である銀河賞（中国国内の作品が対象）、全球華語科幻星雲賞（全世界の中国語で書かれた作品が対象）を次々と受賞するなど、賞レースの常連である。近未来を舞台にした〈灰色城邦〉シリーズは、技術のブレイクスルーによってこれまでの国家体制が崩れ、それぞれの技術を代表とする城邦、城（都市）、企業などが独立して国家のように存在する世界を描いている。作者本人はユーモラスなスピーチでいつも会場を沸かせているのが印象深い。

糖匪《タンフェイ》（一九七八〜）アイデアを思いつくと一気に書き上げるタイプとのこと。幻想風味の強い作品が多く、視覚的に鮮明な描写が多いのは、作者自身が写真家でありダンサーでもある、芸術家だからなのかもしれない。二〇〇五年からSFを書き始め、ケン・リュウから高い評価を得ている。アメリカの年間SF傑作選にも「コールガール」と「佩佩」の二作が選出された。短篇集『看見鯨魚座的人』が出版されており、その中に本短篇集収録の「壊れた星」が掲載されている。英語版では本アンソロジーの表題作はこちらである。

韓松《ハン・ソン》（一九六五〜）中国SF四天王（劉慈欣《リウ・ツーシン》、王晋康《ワン・ジンカン》、韓松《ハン・ソン》、何夕《フー・シー》）の一人。中国を代表する通信社、新華社で働き、夜に小説を書く。一九八二年にSF小説を初めて発表して以来、コンスタントに書き続けている。カフカに影響を受けたとされ、非常に難解な作風で知られる。最近の作品では悪夢めいたグロテスクさに磨きがかかっている。読者一人ひとりによって読み方が異なり、解釈が変わるため、「この小説はいったい何が言いたいのか」とネット上で討論になるほどである。最近、精選集全六巻がハードカバーで出版された。日本通で、SFから純文学まで膨大な作品を読破している。日本語訳では「水棲人」（長篇『紅色海洋』の一部。《SFマガジン》二〇〇八年九月号訳載）、「セキュリティ・チェック」（《SFマガジン》二〇一七年二月号訳載）、「再生レンガ」（『中国現代文学13』中国現代文学翻訳会編、ひつじ書房、二〇一四年）など。

程婧波《チョン・ジンボー》（一九八三〜）ファンタジイ色の強い、幻想風味の濃い作品に特色があり、原文の芸術的な美しさは飛び抜けている。児童文学の分野で世界的に高い評価を受けているばかりか、中国国内では純文学やSF分野でもさまざまな賞の候補になっている。繊細な筆致で描く滅びのシーンなどはため息が出るほどで、小説の優しい雰囲気に潜む鋭い視点、時にはっとするほどの現実を突きつけてくるあたり、彼女にしかできない独特の作風である。日本人の隣人と猫を通じた友好関係を描く作品など、国や言葉を超えたしみじみとした情愛の伝わる佳品がある。

宝樹《バオシュー》（一九八〇〜）二〇一〇年からSFの創作を開始。中短篇集や長篇など数冊が刊行されている。歴史ものや時間SFを得意とし、『科幻中的中国歴史』（三聯書店、二〇一七年）を編纂し、歴史SF作品を解読した「中国歴史科幻小説要目」に中国のみならずマレーシアの作家の作品など一覧をまとめている。現代のオタク用語やオタクな感覚が見え隠れする作品が少なからずあり、そこが非常に独特のユーモラスな雰囲気を醸し出している。ちなみに立原は彼を「中国のカジシン」と密かに呼んでいるのだが、実際に、さまざまな手法で数多くの時間SFを描く手腕はみごとである。日本語訳に「イントゥ・ザ・ダークネス」（日文版『中国SF作品集』人民文学雑誌社主編、外文出版社、二〇一八年）、「だれもがチャールズを愛していた」（《SFマガジン》二〇一九年八月号）など。

郝景芳《ハオ・ジンファン》（一九八四〜）前アンソロジーの表題作となった「折りたたみ北京」は、二〇一八年の第四十九回星雲賞海外短編部門を受賞し、ヒューゴー賞のみならず日本でも高い人気を見せつけた。彼女の作品は、貧富の差や社会の抱える問題に強い関心を抱くものが中心である。二〇二〇年には中短篇集『人の彼岸（仮題）』が早川書房より翻訳出版予定。日本語訳に短篇集『郝景芳短篇集』（及川茜訳、白水社、二〇一九年）、「最後の勇者」（日文版『中国SF作品集』人民文学雑誌社主編、外文出版社、二〇一八年）、「戦車の中」（《SFマガジン》二〇一九年四月号）など。

飛氘《フェイダオ》（一九八三〜）八〇后を代表するSF作家、研究者の一人。映画をテーマにしたもの、ロボットをテーマにした短篇集などの他にも文学的素養の高い、時に歴史を舞台にしたものなど幅広い作風をもつ。繊細で美しい文章は日本の大学でも教材に使われているほど。ロボットシリーズは収録作「ほら吹きロボット」以外にも「物語るロボット」〔講故事的機器人〕、「歌うロボット」〔会唱歌的機器人〕、「死へのゆっくりした旅路」〔去死的漫漫旅途〕などがある。日本語訳には「巨人伝（孤独な巨大ロボット）」（『中国現代文学　19』中国現代文学翻訳会編、ひつじ書房、二〇一八年）など。

劉慈欣《リウ・ツーシン》（一九六三〜）『三体』の鮮烈なイメージの強い作家だが、実は短篇の中にはユーモラスな味わいのある作品も少なくない。これら『三体』以前に発表した中短篇の中には『三体』に通じるアイデアや単語、テーマなどが散見され、いわば集大成として長篇化されたものが『三体』と言えるのかもしれない。二〇一九年に著者が来日した際に、「円」（前アンソロジー収録作品）は『三体』のあとに書かれた短篇で、そのほかは全て短篇が先に発表されているが、その違いはどこにあるのか？」と直接尋ねたところ、以下のような意外な返事がかえってきた。「「円」だけは別で、ケン・リュウに英語で発表する短篇、『三体』から一部抜粋してくれと頼まれ、彼の頼みで特別に書き下ろしたから、この作品だけが長篇からの短篇化なんだ」。名作「円」にはそんな秘密が！

吴霜《アンナ・ウー》（一九八六～）先述した、中国SF「更新代」の代表作家の一人。全球華語科幻星雲賞科幻電影創意金賞、中篇小説銀賞や百花文芸賞など次々と受賞。《クラークスワールド》や《ギャラクシーズ・エッジ》などにも英訳が発表されたほか、スペインなどでも翻訳されている。短篇集『双生』やケン・リュウの作品を中国語訳した『思惟的形状』などがある。かつてネットバラエティ番組『火星情報局』SF顧問やSFネット劇『狩夢特工』の文学顧問を務めた。歴史に詳しいことから歴史SFに秀でた作品が多い。本アンソロジーに収録された「宇宙の果てのレストラン――臘八粥《ろうはちがゆ》」はシリーズものであり、毎回さまざまなアイデアで読者を楽しませている。大きなSF大会で司会者を務めるなど、八面六臂の活躍を見せている。

馬伯庸《マー・ボーヨン》（一九八〇～）創作のみならず評論やブログなど大量の文章を発表しており、ジャンルは多岐にわたる。歴史資料を駆使して「正史に描かれていない」部分を創作するのに長けており、古典文学や歴史、哲学など深い造詣に基づいた小説には定評がある。中国版『24』とも呼ばれる『長安十二時辰』はテレビドラマ化され本格的な時代考証などが高く評価されてドラマの賞を獲得しており、二〇二〇年には日本での配信も決まっている。『水滸伝』や『三国志』を舞台にしたミステリ、骨董品の鑑別を切り口にした小説などさまざまだが、二〇一〇年には『風雨〈洛神賦〉』が中国で最も権威ある人民文学賞を受賞した。

顧適《グー・シー》（一九八五～）昼間は都市計画を仕事に現実の都市を設計し、夜は想像世界を設計する作家。二〇一一年より雑誌を中心にＳＦやサスペンスなど短篇小説を十数篇発表している。全球華語科幻星雲賞最佳中編金賞や全球華語科幻星雲賞最具潜力新作者銀賞、中国科幻銀河賞最佳短篇小説賞などを受賞。銀河賞受賞作の「メビウス時空」〔莫比乌斯時空〕はまさに時間も空間もねじくれた、論理的思索が楽しめるＳＦミステリである。

王侃瑜《ワン・カンユー》（レジーナ・カンユー・ワン。一九九〇～）九〇后。二〇一九年より発表場所を広げ、純文学雑誌での活動を始めたほか、英語で小説を書くことにも挑戦。その作品はイギリスのアンソロジーに選出され、オランダでも読まれている。彼女の現在の目標はＳＦ文学界の中に限られてしまっている

SF小説という殻を打ち破り、限界に挑戦すること。その一環として最初から英語での執筆に挑戦しているが、英語で書くものと中国語で書くものとでは語調が全く異なる作風になるそうで、その点が大変に興味深いのだそうだ。

陳楸帆《チェン・チウファン》（スタンリー・チェン。一九八一～）二〇二〇年に初の長篇『荒潮』が早川書房から翻訳出版されたばかり。サイバーパンク風味の本作は、現代社会が抱える病巣に大胆に切り込みつつ、恋愛あり、キャラ立ちあり、とありとあらゆる要素が詰め込まれた快作である。作家としてだけではなく優れたビジネスマンとしても、評論家としても発言力があり、発表する論文も示唆に富んでいる。最近は中国のSF界で次々と重責を担い、文字通り「中国SFの顔」として国内のみならず世界中に発信を行なっている。未知のウイルスで次々とゾンビ化していく現象を描く短篇「葬尸Inc」は、まるで今の新型コロナウイルスを予見しているかのような作品で、非常に興味深い。日本語訳に「巴鱗」（『灯火《ともしび》　新しい中国文学　2017　社会と人間』人民文学雑誌社編、外文出版社、二〇一七年）、「果てしない別れ」（日文版『中国SF作品集』人民文学雑誌社主編、外文出版社、二〇一八年）など。

＊本文の中国語についてのルビは、立原透耶氏に監修をいただきました。（編集部）

初出一覧

「おやすみなさい、メランコリー」〔晩安、忧郁〕"Goodnight, Melancholy"
《科幻世界》二〇一五年六月号／《クラークスワールド》二〇一七年三月号

「晋陽の雪」〔晋阳三尺雪〕"The Snow of Jinyang"
《新科幻》二〇一四年一月号／《クラークスワールド》二〇一六年六月号

「壊れた星」〔碎星星〕"Broken Stars"
《文艺风赏》二〇一六年九月号／《ＳＱマグ》二〇一六年一月号

「潜水艇」〔潜艇〕"Submarines"
《南方人物周刊》二〇一四年十一月十七日号／英訳本書初出

「サリンジャーと朝鮮人」〔塞林格与朝鲜人〕"Salinger and the Koreans"
《故事新编／*Tales of Our Time*》二〇一六年

「さかさまの空」〔倒悬的天空〕"Under a Dangling Sky"
《科幻世界》二〇〇四年十二月号／英訳本書初出

「金色昔日」"What Has Passed Shall in Kinder Light Appear"
《Ｆ＆ＳＦ》二〇一五年三／四月号

「正月列車」〔过年回家〕"The New Year Train"
《ELLE China》二〇一七年一月号／英訳本書初出

「ほら吹きロボット」〔爱吹牛的机器人〕"The Robot Who Liked to Tell Tall Tales"
《文艺风赏》二〇一四年十一月号／《クラークスワールド》二〇一七年四月号

「月の光」〔月夜〕"Moonlight"
《生活》二〇〇九年二月号／英訳本書初出

「宇宙の果てのレストラン——臘八粥《ろうはちがゆ》」［宇宙尽头的餐馆腊八粥］
"The Restaurant at the End of the Universe: Laba Porridge"
《最小说》二〇一四年五月号／《ギャラクシーズ・エッジ・マガジン》二〇一五年五月号

「始皇帝の休日」［秦始皇的假期］"The First Emperor's Games"
《家用电脑与游戏》二〇一〇年六月号／英訳本書初出

「鏡」［倒影］"Reflection"
《超好看》二〇一三年七月号／英訳本書初出

「ブレインボックス」［脑匣］"The Brain Box"
本書初出

「開光」［开光］"Coming of the Light"
『离线・黑客』二〇一五年一月刊／《クラークスワールド》二〇一五年三月号

「未来病史」［未来病史］"A History of Future Illnesses"
《文艺风赏》二〇一二年四～十二月号／《パスライト》二〇一六年第二号

「中国ＳＦとファンダムへのささやかな手引き」"A Brief Introduction to Chinese Science Fiction and Fandom"
《ミティラー・レビュウ》二〇一六年十一月号

「中国研究者にとっての新大陸：中国ＳＦ研究」"A New Continent for China Scholars: Chinese Science Fiction Studies"
本書初出

「サイエンス・フィクション：もう恥じることはない」［科幻：一种被治愈的尴尬症］"Science Fiction: Embarrassing No More"
本書初出

A HAYAKAWA SCIENCE FICTION SERIES No. 5047

この本の型は，縦18.4
センチ，横10.6センチの
ポケット・ブック判です.

〔月《つき》の光《ひかり》—現代中国《げんだいちゅうごく》SFアンソロジー—〕

2020年3月20日印刷　　2020年3月25日発行

編　　者　ケン・リュウ
著　　者　劉　慈　欣・他
訳　　者　大森望・中原尚哉・他
発 行 者　早　川　浩
印 刷 所　精文堂印刷株式会社
表紙印刷　株式会社文化カラー印刷
製 本 所　株式会社川島製本所

発行所　株式会社　早川書房
東京都千代田区神田多町2-2
電話　03-3252-3111
振替　00160-3-47799
https://www.hayakawa-online.co.jp

（乱丁・落丁本は小社制作部宛お送り下さい
送料小社負担にてお取りかえいたします）

ISBN978-4-15-335047-2 C0297
Printed and bound in Japan